Published by
DREAMSPINNER PRESS

5032 Capital Circle SW, Suite 2, PMB# 279, Tallahassee, FL 32305-7886 USA
http://www.dreamspinnerpress.com/

Allianz des Blutes
Urheberrecht der deutschen Ausgabe © 2015 Dreamspinner Press.
Originaltitel: Alliance in Blood
Urheberrecht © 2014 Ariel Tachna.
Erstausgabe: Mai 2008
Zweite Erstausgabe: Oktober 2014
Übersetzt von Anna Doe.

Umschlagillustration
© 2015 Paul Richmond.
Die Illustrationen auf dem Einband bzw. Titelseite werden nur für darstellerische Zwecke genutzt. Jede abgebildete Person ist ein Model.

Deutsche ISBN. 978-1-63477-197-9
Deutsche Erstausgabe. September 2016
v 1.0
Deutsche eBook Ausgabe. 978-1-63476-559-6
Deutsche Erstausgabe. April 2015

Gedruckt in den Vereinigten Staaten von Amerika.

ALLIANZ DES BLUTES

ARIEL TACHNA

Für Dawn, die erste meiner Adoptivschwestern, die mir ihre Freundschaft geschenkt hat, als ich niemanden hatte, und die mich zum Schreiben ermutigt hat, als es niemanden interessierte. Obwohl sie nicht mit dem Inhalt meiner Bücher übereinstimmt, hat sie alles gelesen, was ich je geschrieben habe.

Für Glynda, ohne die ich den Ausflug in die Welt des Schreibens nie unternommen hätte. Nur durch sie sind aus zwei Seiten Notizen 689 Seiten Text geworden.

Für Emmet und George, die mit mir beim Essen Ideen ausgetauscht haben (und mich einen Serienmörder nannten). Sie haben mir den Glauben an mein Projekt gegeben. Weiter so!

Für Nancy, die mir stundenlang die Hand gehalten hat, wenn wir fabuliert, umformuliert, Korrektur gelesen und die Geschichte ins Reine gebracht haben. Ohne Nancy wäre sie nie geschrieben worden.

Für meine anderen Adoptivschwestern Holly, Connie, Carol, Madeleine, Gwen und Julianne, die den Text wieder und wieder gelesen, korrigiert und mich ermutigt haben. Ohne sie wäre dieser Traum nie Wirklichkeit geworden.

Kommentar

EINIGE GESCHICHTEN beruhen auf Erfahrungen, seien sie selbst erlebt oder nur aus zweiter oder dritter Hand übermittelt. Andere Geschichten entspringen einer kreativen Fantasie, für die es oft keine Erklärung gibt und deren Ursprung unbekannt bleibt.

Ich kann mit Stolz behaupten, nie eine Vampirgeschichte gelesen zu haben. Weder Anne Rice, noch Laurell K. Hamilton oder Bram Stoker. „Dress of White Silk", ein Monolog, den ich in der siebten Klasse gelesen habe, wäre dem noch am ehesten vergleichbar. Als eine Freundin mich dazu aufforderte, doch eine Geschichte über das Übernatürliche zu schreiben, habe ich nur mit den Schultern gezuckt und zugestimmt. Ich dachte damals an die Hexen von Salem, die mich schon immer fasziniert haben. Dann ging ich schlafen, und als ich am nächsten Morgen wieder aufwachte, hatte ich drei unglaublich eindrucksvolle Bilder vor Augen. Ein mitternächtliches Treffen auf einem Friedhof, eine Schlacht, die zwei Geliebte wieder vereint und eine zweite Friedhofsszene, diesmal in der Morgendämmerung. Diese drei Bilder ließen mich nicht mehr los. Auch, dass ich gerade an zwei anderen Romanen schrieb und dabei noch ganztags arbeiten musste, änderte daran nichts. Es war den Bildern egal. Sie wollten, dass ihre Geschichte erzählt wird. Also schrieb ich sie auf. Mein Freund Emmet war der erste, der das Manuskript gelesen hat. Er gab es mir zurück und meinte, das wäre ja alles sehr informativ und wichtig, aber schon der Anfang würde meine Leser aber wahrscheinlich zu Tode langweilen. Natürlich hatte er recht. Er hat die unangenehme Eigenschaft, immer recht zu haben. Also fing ich von vorne an, und schon nach wenigen Tagen waren die ersten vier Kapitel geschrieben. Zu diesem Zeitpunkt wurde mir klar, dass es sich um mehr als nur einen Roman handelte. Es musste eine Serie werden.

Ich bin ein Mensch, der alles genau recherchiert. Ich halte das für sehr wichtig. Deshalb spielt die Geschichte in Paris, denn es ist die einzige Hauptstadt, die ich wirklich gut kenne. Über Vampire wusste ich dagegen gar nichts. Also habe ich den Text einer Freundin geschickt, die Vampirromane nur so verschlingt. Ich wollte wissen, woher ich mehr darüber erfahren kann. Sie las die vier Kapitel und verbot mir, auch nur einen einzigen Vampirroman in die Hand zu nehmen, bevor die Serie zu Ende geschrieben wäre. Sie meinte, meine Vampire wären so außergewöhnlich, dass es schade wäre, wenn sie durch die gängigen Klischees ihre Einmaligkeit verlieren würden. So kommt es, dass ich seit drei Jahren mit meinen Vampiren lebe, und – außer meinem eigenen – immer noch keinen einzigen Vampirroman gelesen habe.

Jeder, der mit mir übers Schreiben spricht, weiß, dass ich eine etwas merkwürdige Auffassung über die Länge von Texten habe. Für mich ist alles unter 20.000 Wörtern eine Novelle, und meine Romane haben leicht 200.000 oder mehr Wörter. Es hat daher niemanden meiner Kollegen überrascht, als aus fünf Kapiteln erst zehn, dann zwanzig wurden. Als ich damit anfing, hat mich die Länge nicht sonderlich gekümmert. Ich hatte eine Geschichte zu erzählen, und ich erzählte sie so, wie ich sie vor meinem inneren Auge sah. Schwierig wurde es erst, als ich sie an einen Verlag schickte, denn sie war für einen Band zu lang geworden. Trotzdem ist sie in meinem Kopf nur eine einzige Geschichte. Also habe ich mich wieder hingesetzt und mir die Handlung genauer angesehen. Ich habe wichtige Ereignisse gesucht, die es mir ermöglichten, die Geschichte neu zu strukturieren und in mehrere Bände aufzuteilen. Mit der Hilfe meiner Freunde und einigem Umformulieren ist *Allianz des Blutes* entstanden. Auch *Pakt des Blutes* war schon geschrieben, als ich den umgearbeiteten Text wieder an den Verlag schickte. Der zweite Band war fast doppelt so lang wie der erste, aber das lag am Handlungsablauf, der keine andere Unterteilung zuließ. *Konflikt des Blutes* und *Versöhnung des Blutes* existierten damals, zum Amüsement meiner Kollegen, nur als vage Ideen und Skizzen. Sie wissen, dass ich ein sehr ambivalentes Verhältnis zu meinen Skizzen habe. Das hat sich auch dieses Mal bestätigt. Nach den ersten beiden Kapiteln von *Konflikt* hatte ich schon wieder eine neue Idee, und aus den geplanten zwei Kapiteln wurden vier. Und so ging es weiter. Und weiter. Und weiter.

Viele Romane, auch einige Serien, erzählen die Geschichte eines einzigen Menschen oder eines Paares. Meine haben eine Besetzung von Tausenden von Menschen. Jeder einzelne von ihnen ist mir wichtig, auch wenn er manchmal wieder aus der Geschichte verschwindet, bevor er eine Chance hat, richtig zum Leben zu erwachen. Die Anzahl der Hauptpersonen ist etwas geringer, aber sie stehen im Mittelpunkt der Handlung, haben alle ihre Auftritte und spielen eine wichtige Rolle. Das macht den Handlungsablauf oft etwas trügerisch. denn jeder Tag ist vollgepackt mit Ereignissen. Während die eine Hauptperson gerade zu Hause im Bett liegt und sich erholt, ist eine andere in der Stadt unterwegs und hält nach dem dunklen Magier und seinen Schergen Ausschau. Eine einzelne Person mag ruhen, doch die Geschichte geht weiter.

Ich hoffe, dass die Personen Ihnen genauso ans Herz wachsen wie mir und meinen ersten Lesern.

Ariel Tachna
Mai 2008

1

PARIS BREITETE sich zu seinen Füßen aus. Die Lichter der Stadt glänzten wie Diamanten auf schwarzem Samt. Wenn er die Augen zusammenkniff, konnte er einzelne Gebäude und Monumente erkennen: Die Kathedrale von Notre-Dame mit ihren zwei Glockentürmen, das weiß leuchtende Sacré-Cœur auf dem Gipfel des Montmartre und den Eiffelturm, der über der Stadt aufragte. Seufzend wandte der weißhaarige Magier dem Fenster mit seinem verzierten Steingewölbe den Rücken zu. Er ließ den Blick durch das Büro schweifen. An den dunkel getäfelten Wänden hing eine Karte und in den Nischen, die die Täfelung durchbrachen, standen die Abzeichen seines Ranges und seiner Macht: das Medaillon, das ihn als den Generalkommandeur der Milice de Sorcellerie auswies, die Plakette mit den Namen seiner Vorgänger als Oberhaupt der Association Nationale de Sorcellerie, Fotos, die ihn mit dem Präsidenten der Republik, mit dem Premierminister oder anderen Staatsoberhäuptern zeigten.

Er konzentrierte sich auf die Karte und verfolgte die Leuchtpunkte, die den Weg der Patrouillen durch das Fünfte Arrondissement markierten. Mit einem Fingerschnippen änderte er die Anzeige und trat einen Schritt zurück, um sich die gesamte Stadt anzusehen. Er hätte sich auch das ganze Land anzeigen lassen können, aber Pascal Serriers Ziel war es, die Regierung zu stürzen. Daher beschränkten sich seine Guerillaattacken bisher auf Paris.

Er runzelte besorgt die Stirn, weil ein Leuchtpunkt seinen Weg zum Arc de Triomphe nicht fortsetzte. Hoffentlich war die Patrouille nicht in einen Hinterhalt von Serriers Rebellen geraten. Bevor er den wachhabenden Soldaten ansprechen konnte, klopfte es an der Tür. Er öffnete sie und winkte seine beiden führenden Offiziere ins Zimmer.

„Bellaiche hat einem Treffen zugestimmt", informierte General Marcel Chavinier die Offiziere, nachdem sie Platz genommen hatten. Er hielt den Brief hoch, den er vom Chef de la Cour der Pariser Vampire erhalten hatte. Es hatte Wochen gedauert, einen Vampir zu lokalisieren, und noch länger, den Namen und die Adresse ihres Anführers zu erfahren. Aber Marcel hoffte, dass es sich auszahlen würde. Wenn Serrier seine Attacken über die Île-de-France auf die Umgebung ausweitete, würde Marcel noch weitere Verbündete brauchen. Aber solange sie sich auf die Hauptstadt beschränkten, waren Bellaiche und seine Vampire ihre letzte und beste Hoffnung. „Morgen um Mitternacht auf dem Friedhof Père Lachaise. Einer von uns und einer von ihnen. Jeder weitere Anwesende wird als Kriegserklärung verstanden." Er ließ die Bombe platzen und sah sich abwartend um. Er kannte die

1

beiden Männer, die ihm auf der anderen Tischseite gegenüber saßen. Er kannte sie schon, seit erst Alain, dann Thierry, beide noch kaum den Kinderschuhen entwachsen, bei der ANS aufgetaucht waren, um die Kunst der Magie zu erlernen.

„Nur über meine Leiche!", explodierte Thierry Dumont. Marcel hätte fast gelächelt. Thierrys Reaktionen waren so vorhersehbar. Wenn jetzt Alain Magnier genauso erwartungsgemäß reagierte, würden sie mit ihren Vorbereitungen beginnen können. „Wir schicken keinen Magier ohne Begleitung zu einem Treffen mit einem Vampir. Was ist, wenn der Vampir nicht alleine kommt? Wenn er angreift? Wenn …" Der ehemalige Diplomat und jetzige General hörte sich den Ausbruch Thierrys geduldig an und wartete darauf, dass Magnier ihn stoppen würde.

„Ich gehe", unterbrach Alain seinen besten Freund. „Es ist eine Geste des Vertrauens. Sie haben uns ein Angebot gemacht, indem sie nur einen Vampir schicken. Wir müssen ihnen das gleiche Vertrauen entgegenbringen, indem wir nur einen Magier schicken. Außer Marcel und dir bin ich wahrscheinlich der einzige, der mächtig genug ist und dem wir diese Aufgabe anvertrauen können. Es braucht mehr als nur einen Vampir, um mich zu besiegen. Du weißt, dass ich unsere beste Hoffnung bin, Thierry. Lasst mich gehen. Wir verabreden eine gewisse Zeitspanne, und wenn ich danach nicht zurück bin, könnt ihr die Kavallerie schicken und mich aus ihren Klauen retten. Es ist ein Risiko, das wir eingehen müssen. Es lässt sich nicht vermeiden."

Es gab noch einen anderen Grund, warum Alain diese Mission nicht Thierry überlassen wollte. Aber darüber wollte er nicht sprechen, weil er Thierrys Reaktion auf dieses Thema nur zu gut kannte. Thierry hatte immer noch eine Chance auf ein glückliches Leben. Alain hatte diese Chance vor zwei Jahren verloren. Wenn also einer von ihnen zu diesem riskanten Treffen gehen musste, dann besser Alain, nicht sein Freund Thierry.

Alain wusste um das Risiko, das Marcel allein dadurch eingegangen war, dass er mit dem Anführer der Vampire in Kontakt getreten war. Es war ein Eingeständnis, Pascal Serrier, den mächtigen dunklen Magier, der diesen Krieg begonnen hatte, nicht ohne Hilfe besiegen zu können. Das allein war schon sehr mutig gewesen. Und es hatte die Magier verwundbar gemacht, sollte Jean Bellaiche einem Bündnis nicht zustimmen. Vom Ausgang dieses Kriegs hing nicht nur die Zukunft ihrer Gesellschaft ab, auch das Gleichgewicht der Welt stand auf dem Spiel. Das Gleichgewicht zwischen natürlichen und übernatürlichen Kräften und das Gleichgewicht der Elementarmächte, das die Welt stabilisierte. Unglücklicherweise war die öffentliche Meinung gespalten, was die Ursache des gegenwärtigen Ungleichgewichts der magischen Kräfte anging. Weltweit debattierten Magier und Regierungen darüber und suchten nach Lösungen. Alains Meinung nach waren die Ursachen eindeutig und lagen auf der Hand, aber nicht jeder sah die Lage genauso. Und selbst diejenigen, die die Situation richtig einschätzten, konnten sich nicht auf eine gemeinsame Vorgehensweise einigen. Dennoch war Eines unbestreitbar. Ohne die Magier und ihre Kontrolle über diese Kräfte würde in absehbarer Zeit alles und jedes im Chaos enden. Alain wusste es. Marcel wusste es. Alain hoffte, dass auch Thierry und die Vampire es wussten. Sie hatten es bisher nicht geschafft, dem Krieg eine günstige Wendung zu geben. Auf beiden Seiten stiegen die Zahlen der Opfer. Sie brauchten Verstärkung, bevor es nichts mehr zu retten gab. Sie hatten versucht, mit den Magiern der Nachbarländer in Kontakt zu treten, aber deren Antwort war eindeutig ausgefallen. Sie hielten es für ein innenpolitisches Problem, dass Frankreich selbst lösen musste. So lange das Ungleichgewicht die Grenzen Frankreichs nicht überschritt und auf die angrenzenden Länder übergriff, waren sie auf sich allein gestellt.

Thierry fluchte leise vor sich hin. Seine Emotionen luden die Luft um ihn herum mit magischen Funken auf und brachten sie zum Knistern.

„Beruhige dich, Thierry", befahl Marcel. Er wusste, dass der magische Schutzschild seines Büros stark genug war, um die Magie, die durch Thierrys Ausbruch freigesetzt wurde, zu neutralisieren. Aber der junge Mann musste lernen, sich besser unter Kontrolle zu halten. „Ich stimme Alain zu. Wenn du also nicht an seiner statt gehen willst, solltest du mir besser helfen, alles für seine Sicherheit zu tun."

„Das wäre keine gute Idee", meinte Alain, noch bevor Thierry antworten konnte. „Dein Temperament ist zu unberechenbar. Du gehst schon hoch, wenn du dir eine Beleidigung oder Gefahr nur einbildest. Dann wären wir wieder genau da, wo wir angefangen haben. Oder noch schlimmer. Vertraut mir."

„Ich vertraue dir. Es sind Bellaiche und seine Leute, denen ich nicht vertraue", erwiderte Thierry. „Wenn du nicht innerhalb einer halben Stunde wieder zurück bist, komme ich und hole dich da raus."

Alain stimmte Thierrys Bedingungen zu. Es war nur vernünftig, einen Plan zu haben, falls etwas schief ging. Die Vampire hatten bisher keinerlei Anstalten gemacht, sich in den Konflikt zwischen den Magiern einzumischen. Aber das war kein Grund, unnötige Risiken einzugehen. Schließlich wollten sie die Vampire genau darum bitten – Stellung zu beziehen und sich einzumischen. Serrier war ein Rassist, aber er war nicht dumm. Wenn er bisher noch nicht auf die Idee gekommen war, mit anderen magischen Gruppen in Kontakt zu treten, dann würde das bestimmt bald passieren. Es würde zwar voraussetzen, dass er seine Abscheu gegenüber angeblich minderwertigen Geschöpfen überwand, aber sie konnten sich nicht darauf verlassen, dass Serrier dazu nicht fähig wäre.

ALAIN GING in Gedanken jedes Detail ihrer Vorbereitungen sorgfältig durch. Er war bereit, den Vampiren die Chance zu geben, ihren guten Willen zu beweisen; aber er hatte im Verlauf des Krieges schon zu viel erlebt, um leichtfertig zu werden. Wenn er allein zu diesem Treffen gehen musste, dann wollte er so gut vorbereitet sein, wie Magie und moderne Hilfsmittel es nur zuließen. Er trug einfache, dunkle Wollhosen und einen schwarzen Rollkragenpulli. Hätte er sich die Mühe gemacht, sich im Spiegel anzusehen, dann wäre ihm aufgefallen, wie gut die dunkle

Kleidung zu seinem sandblonden Haar und seiner leichten Bräune passte. Aber er hatte vor zwei Jahren aufgegeben, sich Gedanken über sein Aussehen zu machen. Für ihn ging es nur noch um Funktionalität. Der lange Wintermantel würde ihn in der kalten Oktobernacht warm halten, und sollte es zu einem Kampf kommen, konnte er ihn leicht loswerden. Die Hose und der Pulli saßen locker genug, um seine Bewegungsfreiheit nicht einzuschränken, waren aber nicht so weit, dass ihn ein Gegner daran festhalten konnte. Sein Handy trug er in einer kleinen Tasche am Gürtel. Es würde ihm bei einem Kampf nicht helfen können, aber Thierry erfuhr, dass etwas schief gegangen war, falls er sich nicht meldete. Alain hatte schon vor langer Zeit die Kunst der stablosen Magie erlernt, war einer der wenigen Magier, die Zeit und Energie dafür aufgebracht hatten. Trotzdem trug er seinen Stab bei sich. Sollte er ihn offen tragen oder abgeben müssen, würde das den Vampir von seinen ehrenvollen Absichten überzeugen. Außerhalb der ANS war es kaum bekannt, dass zur Magie nicht unbedingt ein Stab nötig war.

Alain wollte gerade aufbrechen, als es an der Tür klopfte und er Thierrys Aura auf der anderen Seite der Tür spüren konnte. Mit einer leichten Handbewegung deaktivierte er den Schutzschild der Tür und ließ seinen Freund eintreten. „Was willst du hier?", fragte er und zog sich den Mantel an.

„Ich komme mit", antwortete Thierry.

„Damit bringst du uns nur beide um", erwiderte Alain.

„Nicht zum Treffen", erklärte Thierry. „Nur in der Métro. Ich warte in einer Bar in der Nähe des Friedhofs auf dich. Falls es Probleme gibt, kann ich schnell bei dir sein."

Alain stimmte ihm zu und sie machten sich auf den Weg nach Anvers, wo die nächste U-Bahn-Haltestelle war. Als sie die Wohnung verlassen hatten, reaktivierte Alain den Schutzschild. Dann fuhren sie mit der Linie 2 zum Père Lachaise. Alain und Thierry kamen so zeitig an, dass sie noch in Ruhe nach einer Bar suchen konnten, in der Thierry warten wollte. „Ich rufe dich in einer halben Stunde an", versprach Alain, als er Thierry in dem kleinen Café zurückließ, das in einer Straße direkt gegenüber dem Eingang des Friedhofs lag.

Als Alain am Friedhof ankam, konzentrierte er sich mit allen natürlichen und magischen Sinnen darauf, die Umgebung zu erkunden. Er konnte keinerlei Aura oder Präsenz feststellen, aber das hieß noch lange nicht, dass er allein war. Soweit er wusste, konnten Vampire ihre Anwesenheit verbergen, wenn sie verfolgt wurden. Der Wind pfiff leise und übertönte alle kleinen Geräusche, die Alain möglicherweise über das Eintreffen des Vampirs informiert hätten. Die tiefen Schatten der Gebäude und Bäume tauchten alles in undurchdringliche Dunkelheit. Alain entschloss sich, kein Risiko einzugehen und öffnete das Tor zum Friedhof mit einer kurzen Bewegung seines Stabs. Falls der Vampir schon eingetroffen war, wollte er ihm nicht zeigen, dass er nicht auf dieses Hilfsmittel angewiesen war. Dieses Ass wollte er in der Hinterhand behalten, falls er schnell von hier verschwinden musste. Das Tor öffnete sich vollkommen geräuschlos. Er betrat den

Friedhof und zog es wieder hinter sich zu, ließ es aber unverschlossen. So konnte Thierry im Notfall schneller bei ihm sein und er selbst konnte auch schneller die Flucht ergreifen.

„Wirf den Stab weg", sagte eine körperlose Stimme aus der Dunkelheit. Alain wirbelte herum und suchte nach dem Sprecher. Die Stimme war samtweich und hatte einen unverkennbar britischen Akzent.

Alain tat, was die Stimme ihm aufgetragen hatte, ließ den Stab fallen und trat einen Schritt zurück. „Ich bin jetzt unbewaffnet", sagte er. „Komm heraus, damit ich dich sehen kann."

In den Schatten war eine Bewegung zu erkennen und er drehte sich zu dem Vampir um. Alain wusste, dass die unterschiedlichen magischen Wesen in allen Formen und Größen auftraten, deshalb hatte er keine vorgefasste Erwartung, wie der Vampir aussehen würde und ob es eine Frau oder ein Mann wäre. Aber mit diesem Anblick hatte er nicht gerechnet. Dunkle Haare umrahmten ein honigfarbenes, bartloses Gesicht mit dunklen Augen. Der Vampir war ungefähr so groß wie Alain und ebenfalls in schwarz gekleidet. Aber er trug keinen Mantel oder Umhang, der ihn gegen die Kühle der Nacht geschützt hätte. Alain wurde an die Natur seines Gesprächspartners erinnert. Er wusste, dass Vampire nicht mehr alterten, das Geschöpf vor ihm konnte also zwischen zwanzig und mehreren hundert Jahren alt sein. Er war an der Schwelle zum Mann umgewandelt worden, alt genug, um erwachsen zu sein, aber jung genug, um noch unschuldig zu wirken. Alain musste sich ins Gedächtnis zurückrufen, dass es sich um einen Vampir handelte, dass dieser Mann seit seiner Erschaffung nicht mehr unschuldig gewesen war.

2

DER VAMPIR sah den Magier abschätzend an. Kurzes, helles Haar. Sandblond, vielleicht etwas rötlich. Genau konnte man es in der Dunkelheit nicht erkennen, auch nicht mit der übernatürlichen Sehkraft der Vampire. Ein starkes Gesicht mit hellen Augen, aber auch deren Farbe war nicht zu bestimmen. Das feste Kinn deutete Entschlusskraft und Charakterstärke an. Es war ein gutes Gesicht. Und ein gut aussehendes. Aber der Vampir wusste sehr wohl, dass Äußerlichkeiten trügerisch sein konnten. Er war selbst oft genug mit einem Engel verglichen worden, bis die Menschen entdeckten, dass sich in ihm ein Teufel verbarg. Der Magier war groß gewachsen, aber sein langer Mantel verhinderte, dass man seinen Körper erkennen konnte. Trotzdem – der Stab lag auf dem Boden. Das war ein gutes Zeichen. Der Magier hatte keinen Widerspruch geleistet und ihn anstandslos fallen lassen.

„Wie ist dein Name?", wollte der Magier wissen.

„Es ist vielleicht sicherer, keine Namen zu benutzen", erwiderte der Vampir. Als Jean ihn gebeten hatte, die Vampire zu repräsentieren, hatte der Chef de la Cour ihm nicht nur erklärt, warum dieses Treffen nötig war, sondern ihm auch zu Vorsicht und Wachsamkeit geraten. Der Mann, der vor ihm stand, war unzweifelhaft ein Magier. Doch ob er in heller oder dunkler Magie handelte, musste sich erst noch herausstellen. Serriers Propaganda war geschickt und wirkungsvoll, aber Jean war schon seit dreihundert Jahren der Chef der Pariser Vampire. Das war lange genug, um die Regeln des Jeu de Cour zu beherrschen.

„Wenn du anonym bleiben willst, ist das deine Entscheidung. Mein Name ist Alain", sagte der Magier.

„Du gehst ein unnötiges Risiko ein", wies ihn der Vampir zurecht, während er sich den Namen einprägte. Er wollte noch mehr wissen, konnte sich aber rechtzeitig zurückhalten, bevor ihm eine Frage entschlüpfte. *Anonymität*, rief er sich in Erinnerung.

„Sieh es als Geste des guten Willens", erwiderte Alain. „Ich nehme an, du weißt, warum wir hier sind."

„Ihr wollt unsere Hilfe. Das hat die Botschaft deutlich gemacht. Was Chavinier nicht erklärt hat, ist, warum wir sie euch geben sollten", antwortete der Vampir.

„Wenn wir den Krieg nicht beenden, wird das Gleichgewicht der Natur gestört. Das Land und auch der Rest der Welt wird zerstört werden, wenn wir Serrier nicht rechtzeitig aufhalten können", sagte Alain ernst.

„Soweit ich informiert bin, gibt es darüber unterschiedliche Meinungen."

„Ich habe nicht die Zeit, mich mit Bürokraten zu streiten", gab Alain zurück. „Die sehen die eigene Hand vor den Augen nicht. Ich habe dringendere Probleme. Zum Beispiel, diesen Krieg zu gewinnen."

„Aber warum sollten wir an eurer Seite kämpfen? Was könnt ihr uns dafür bieten?"

Alain suchte verzweifelt nach einem Angebot, das für die Untoten von Interesse sein könnte. Ihm wurde unangenehm bewusst, dass er nur die üblichen Vorurteile und Stereotypen über Vampire kannte. Er wusste nicht genug über sie, um ihnen ein Angebot machen zu können, das nicht als Beleidigung aufgefasst werden konnte. „Was wollt ihr?"

Der Vampir lachte bitter. „Ist das eine Fangfrage? Welche Antwort erwartest du darauf?"

„Ich kann euch nichts anbieten, wenn ich nicht weiß, was ihr euch wünscht", erwiderte Alain.

Die Eckzähne des Vampirs glänzten im Licht, als er seinen Mund zu einem höhnischen Grinsen verzog. „Was sich ein Vampir wünscht? Soll ich dir von der ständigen Gier nach warmem Menschenblut erzählen? Soll ich dir erzählen, wie verlockend es ist, einen Menschen an sich zu pressen und zu wissen, dass man sein Leben jederzeit auslöschen kann, wenn einem der Sinn danach steht? Oder vielleicht möchtest du hören, welche unzüchtigen Vorschläge mir meine Opfer schon gemacht haben, in der Hoffnung, ihr Leben zu retten? Was wünscht sich ein Vampir?", fragte er Alain und kam auf ihn zu, bis er direkt vor ihm stand. Er sah ihn mit wild flackernden Augen an und wartete darauf, dass der gleiche Ekel, die Furcht und der Hass sich im Gesicht des Magiers zeigten, die er schon so oft erlebt hatte.

Alain lagen die Worte für einen leichten Abwehrzauber schon auf den Lippen, als der Vampir weitersprach.

„Wieder unter den Strahlen der Sonne gehen zu können. Mit meinen Freunden ein Glas Bier zu trinken. Ein normales Leben zu führen", fuhr er fort. Der Magier – Alain – hatte ihn beeindruckt. Weder war er zurückgewichen, noch hatte er auch nur die geringste Abscheu erkennen lassen. Er blickte dem Magier in die Augen – sie waren blau, stellte er überflüssigerweise fest – und suchte nach Anzeichen einer Reaktion auf seine Worte.

„Du verlangst etwas, das nicht in unserer Macht liegt. Nenne mir einen Preis, den ich bezahlen kann, und wir können darüber reden."

Der Vampir glaubte ihm kein Wort, aber Jeans Anweisungen waren eindeutig gewesen. Das, und nur das war der Preis für ihre Kooperation – etwas, das die Magier ihnen geben konnten, wenn sie es nur wollten, wenn sie wirklich von der Milice und keine Rebellen waren. „Ein Mitspracherecht über unsere Zukunft. Gleichbehandlung mit den Magiern. Ja, wir sind anders. Aber wir sind nicht weniger wert."

„Wie meinst du das?", fragte Alain mit einem fragenden Ausdruck in seinem attraktiven Gesicht.

„Wir werden behandelt wie der letzte Dreck", schnauzte der Vampir ihn an und Wut verzerrte seine klassischen Züge. „Schlimmer noch als die nichtmagischen Menschen. Wir werden verfolgt und verjagt, wenn man uns findet. Nichtmagische werden durch Gesetze vor Diskriminierung geschützt. Wir wollen den gleichen Schutz."

Alain schwieg. Er erkannte, dass der Vampir recht hatte. Vampire wurden von vielen noch minderwertiger als Menschen eingestuft, waren es nicht wert, unter dem Schutz des Gesetzes zu stehen, obwohl sie doch durch ihr hohes Alter soviel Weisheit und Erfahrung besaßen. Es war in Alains Augen ein kleiner Preis für ihre Unterstützung, den Krieg zu gewinnen. „Ich mache die Gesetze nicht. Aber ich verspreche, mich für eure Sache einzusetzen und meine Stimme zu erheben."

„Und eure Oberhäupter?", hakte der Vampir nach. „Wird Chavinier auch auf unserer Seite stehen?"

„Es ist ein langwieriger Prozess", erinnerte ihn Alain. „Wir können nicht versprechen, erfolgreich zu sein. Aber wir können die Gesetze einbringen und in der Nationalversammlung und im Senat unterstützen."

Der Vampir wirkte nicht sehr überzeugt. Er drehte sich um, als wollte er wieder gehen. Jean war nicht der einzige, der die Regeln des Jeu de Cour beherrschte. Das Spiel durchdrang die Existenz der Vampire bis ins kleinste Detail. Es regelte die nicht enden wollenden Machtkämpfe um ihre Stellung in der gesellschaftlichen Hierarchie. Und immer galt es, den Schein zu wahren und das Gesicht nicht zu verlieren.

„Was muss ich tun, um meine Aufrichtigkeit zu beweisen?", platzte Alain heraus, weil er die Chance auf eine Allianz nicht zunichte machen wollte, bevor es überhaupt dazu gekommen war.

Der Vampir kam zurück und sah Alain eindringlich an. Natürlich gab es einen Weg, wie er ins Herz dieses Mannes – ins Herz jedes Menschen – schauen konnte. Die wenigsten wären jedoch bereit, sich dem Kuss eines Vampirs zu unterwerfen. Aber wenn der Magier es erlaubte, könnte der Vampir sich über dessen Absichten sicher sein.

„Lass mich dich schmecken."

Alain war schockiert. Ihn schmecken? Was sollte das heißen? „Was?", fragte er.

„Ein Vampir kann im Herz seiner Opfer lesen, wenn er ihr Blut schmeckt. Ich brauche nicht viel. Nur einige Tropfen. Lass mich die Aufrichtigkeit deines Angebots schmecken."

Alain nickte beklommen und sein Blick fiel auf die geschwungenen Lippen, hinter denen sich die scharfen Vampirzähne verbargen. Der Vampir war zweifelsohne stärker als Alain. Falls er die Situation ausnutzen wollte, konnte der Magier ihn wahrscheinlich nicht davon abhalten. Mit einem leichten Unbehagen zog Alain den Kragen seines Pullis zur Seite und entblößte seinen Hals.

„Dein Handgelenk reicht aus", knurrte der Vampir.

Erleichtert schob Alain den Ärmel nach oben und bot ihm das Handgelenk an. Der Gedanke an den Biss machte ihn nervös und er verspannte sich.

Der Vampir strich mit einem seiner langen Finger vorsichtig über das Gelenk, um die Haut nicht mit den scharfen Fingernägeln aufzukratzen. „Ganz ruhig. Wenn du dich entspannst, tut es weniger weh." Dann zog er den Arm an seinen Mund.

Alain spürte zuerst die Lippen des Vampirs, die erstaunlich weich und warm waren, wenn man bedachte, dass der Mann ein Untoter war. Dann wurden die Lippen zurückgezogen und die scharfen Zähne berührten Alains empfindliche Haut. Es waren nur die normalen Zähne, noch nicht die scharfen Eckzähne. Unter anderen Umständen hätte man es fast für eine Liebkosung halten können. Alain spürte, wie er sich gegen seinen Willen von diesem Wesen angezogen fühlte, das seinen Arm in der Hand hielt. Der Anblick des dunkelhaarigen Kopfes, der sich über Alains Arm beugte, war in seiner Einfachheit unglaublich erotisch. Dann bohrten sich die Zähne in Alains Haut und die Lust schoss wie ein Blitz durch seinen Körper. Es war noch nie seine Art gewesen, Lust und Schmerz zu vermischen, aber die Verbindung zwischen seinem Handgelenk und den Zähnen und Lippen des Vampirs übte trotz des anfänglichen Schmerzes eine starke sexuelle Wirkung aus. Alain durchfuhr ein Schauer und er kämpfte um seine Selbstbeherrschung.

Die Zähne des Vampirs hatten kaum die Haut des Magiers durchbohrt, als er die Verbindung spürte, die sich zwischen ihnen aufbaute. Es konnte es – bis zu einem gewissen Maß – bei jedem seiner Opfer fühlen, wenn er von ihnen trank. Aber so intensiv wie mit Alain war es noch nie gewesen. Der Vampir spürte, wie mit dem Blut die Magie des Mannes in seinen eigenen Körper eindrang und sich ausbreitete. Er widerstand der Versuchung, mehr von dem Blut zu trinken. Aber die wenigen Tropfen hatten ihn schon mehr gestärkt, als eine volle Mahlzeit von einem gewöhnlichen Menschen. Wie wäre es wohl, wenn er sich an dem Magier richtig satt trinken könnte? Der Vampir war ein impulsives Geschöpf und es nicht gewohnt, sich etwas vorzuenthalten. Aber der Magier war nicht so wie seine üblichen Opfer. Wenn er seinem Durst nachgab, würde der Magier ihn wahrscheinlich aufhalten, möglicherweise sogar verletzen. Und die Allianz, die er für Jean vorbereiten sollte, würde nie zustande kommen. Er zog seine Zähne aus Alains Handgelenk, leckte mit der Zunge über die Wunde, um die Blutung zu stillen und die letzten kostbaren Tropfen zu erhaschen. Dann hob er widerstrebend den Kopf.

Alain starrte ihm ins Gesicht. An den Zähnen des Vampirs hingen noch einige Blutstropfen und er hätte sich abgestoßen fühlen sollen. Aber stattdessen fand er den Anblick des Vampirs nur unerklärlich erotisch. Alains Puls schlug immer noch wild von der Intimität des Bisses, von der Zunge des Vampirs, die ihm zärtlich über die Wunde geleckt hatte. Er fragte sich, ob der Vampir fühlen konnte, wie wild Alains Herz pochte. Ihre Blicke trafen sich und für einen langen, angespannten Moment sahen sie sich tief in die Augen. Blau traf auf braun und Alain war sich einen Augenblick lang nicht sicher, ob der Vampir vielleicht fliehen

9

oder ihn wieder beißen wollte, ob er selbst vielleicht fliehen oder das Blut von den roten Lippen des Vampirs lecken wollte.

„In dir ist keine Lüge", sagte der Vampir schließlich. Seine Stimme klang bemüht neutral. „Ich werde Jean empfehlen, die Allianz mit euch zu schließen und auf eurer Seite zu kämpfen."

„Ich werde Marcel eure Bedingungen ausrichten. Ich verspreche, dass er sie einhalten wird."

Der Vampir nickte und drehte sich um. „Warte", rief Alain ihm nach. „Können wir uns morgen wieder treffen, damit ich dir Marcels Antwort überbringen kann?"

Der Vampir blieb mit dem Rücken zu Alain stehen und nickte zustimmend. Als er einen Schritt weiter gegangen war, hielt Alains Stimme ihn wieder zurück. „Sag mir deinen Namen. Nach dem, was wir eben geteilt haben, möchte ich deinen Namen wissen."

Der Vampir drehte sich immer noch nicht um. Er traute sich nicht. Aber seine weiche Stimme durchdrang die Dunkelheit. „Orlando."

3

DER KLANG seines Namens hing noch in der feuchten Nachtluft, als Orlando selbst schon gegangen war. Nur ein leises Rascheln im Laub begleitete sein Verschwinden. Alain starrte auf die Stelle, wo der Vampir eben noch gestanden hatte. Der Name hallte in seinem Kopf nach. Orlando.

Orlando.

Alain fragte sich, woher Orlando wohl kam und wer seine Vorfahren waren. Welche Umstände hatten dazu geführt, dass er zum Vampir geworden war? Der Akzent ließ auf seine britische Herkunft schließen, aber alles andere blieb ein Rätsel.

Eine kühle Brise ließ die wenigen Blätter, die noch an den Bäumen hingen, erzittern. Das Rauschen und die Kälte jagten Alain einen Schauer über den Rücken und er sah sich um. Die Grabsteine aus Marmor, Sandstein, Metall und Mörtel warfen dunkle Schatten. Der Wind nahm zu, wirbelte das Laub um seine Füße auf und blies es über die Gräber. Alain zitterte wieder. Während seines Gesprächs mit Orlando hatte er das Wetter und die Umgebung kaum wahrgenommen. Er dachte über ihre Unterhaltung nach und suchte nach Hinweisen auf Verrat in den Worten und Taten des Vampirs. Aber er konnte keine finden. Nur Bitterkeit, Zynismus und auch Wut hatte er spüren können. Orlandos Wunsch nach einem normalen Leben war Alain sehr zu Herzen gegangen. Er hatte immer geglaubt, dass sein Herz vor zwei Jahren abgestorben wäre, aber der Schmerz und das Leid in Orlandos Worten waren zu tief empfunden, um Alain nicht zu berühren.

Das war auch der Grund, warum er den Vampiren seine Hilfe angeboten hatte. Er konnte sie nicht mehr zu dem machen, was sie einst gewesen waren. Er wusste nicht, ob es eine solche Magie überhaupt gab. Aber er konnte ihnen zumindest helfen, ein besseres Leben zu führen. Alain war sich ziemlich sicher, Marcel von der Rechtmäßigkeit ihres Anliegens überzeugen zu können. Und wenn Marcel einen Weg beschritt, würden andere ihm folgen. Marcel hatte schon vor dem Krieg und der Gründung der Miliz großen Einfluss auf die Politik gehabt. Wenn es nach Alain ging, würde den Vampiren Gerechtigkeit widerfahren und Gleichbehandlung zuteilwerden.

Alains Gedanken verließen das Gespräch und er erinnerte sich daran, wie Orlando sich über seine Hand gebeugt hatte. Das Bild wollte ihm nicht aus dem Kopf gehen. Orlando hatte genau das getan, was er Alain versprochen hatte. Nach wenigen Tropfen hatte er aufgehört zu trinken. Das allein überzeugte Alain, dass Orlando recht gehabt hatte und wirklich in sein Herz sehen konnte. Das unglaubliche

Gefühl, dass die Zähne des Vampirs an seinem Handgelenk ausgelöst hatten, kam zurück und löste eine ganz andere Art von Schauer in ihm aus. Jetzt, wo Orlandos Anwesenheit ihn nicht mehr ablenkte, konnte Alain kaum glauben, was er selbst getan und dem Vampir erlaubt hatte. Aber seine Reaktion auf den Biss – und er benutzte dieses Wort wissentlich – zwang ihn zu dem Eingeständnis, dass er es genossen hatte, dass es ihn sogar auf eine Weise erregt hatte, wie es ihm in der Vergangenheit noch nie passiert war.

Als er ein Geräusch hinter sich hörte, drehte er sich um und hob die Hände, um sofort mit einer passenden Beschwörung reagieren zu können. Vor ihm stand Thierry mit dem Stab in der Hand. Alain ließ die Arme wieder sinken.

„Ist alles in Ordnung mit dir?", fragte Thierry.

„Ja", versicherte ihm Alain. „Er ist wieder gegangen. Du kannst den Stab wegstecken."

Thierry ließ ebenfalls den Arm sinken, steckte den Stab aber nicht weg. „Warum hast du dich dann nicht gemeldet?"

„Ich habe nachgedacht", erwiderte Alain bedächtig.

„Nachgedacht?", wiederholte Thierry ungläubig. „Komm jetzt, es ist kalt hier. Lass uns einen warmen Ort finden, dann kannst du mir erzählen, wie euer Treffen verlaufen ist."

Alain ging langsam zum Tor, immer noch leicht benommen von seinem Erlebnis mit Orlando, als Thierry ihn zurückhielt. „Hast du nicht etwas vergessen?", fragte Thierry und zeigte auf den Boden.

Dort lag immer noch Alains Stab, den er auf Orlandos Aufforderung hin fallen gelassen hatte. Alain hatte ihn, nach allem was geschehen war, ganz vergessen. Er ging zurück, hob ihn auf und steckte ihn in eine Manteltasche, die extra für diesen Zweck gedacht war. „Lass uns gehen", sagte er barsch. Er wollte nicht mehr an die beunruhigende Begegnung mit dem Vampir denken. Er wusste, dass er es Thierry früher oder später erklären musste. Auch Marcel musste informiert werden. Aber Alain hoffte, die mehr … privaten Details für sich behalten zu können.

Er folgte Thierry gedankenlos zu der U-Bahn-Haltestelle, von der ihre Bahn nach Hause abfuhr. Sie waren die beiden einzigen Passagiere, die so spät auf einen Zug warteten, und als er nach einigen Minuten einfuhr, waren sie auch die einzigen, die in dem Wagen saßen. „Was hat er gesagt?", wollte Thierry wissen, als sie Platz genommen hatten und der Zug wieder losfuhr.

„Er hat zugestimmt. Für einen Preis", erwiderte Alain.

„Für welchen Preis?", fragte Thierry misstrauisch.

„Dass wir Gesetze einbringen, um die Vampire vor Diskriminierungen zu schützen. Sie haben weniger Schutz als die nichtmagischen Menschen, wenn es um solche Dinge geht. Ich habe nie darüber nachgedacht, bevor Orlando es erwähnte. Aber er hat recht, es ist nicht fair."

„Orlando?", fragte Thierry scherzhaft.

Alain wurde etwas rot, obwohl er sich keine Reaktion anmerken lassen wollte. „So heißt er. Ich habe ihm gesagt, ich würde mit Marcel über seine Bedingungen reden."

Thierry sah ihn nachdenklich an. Dann zog er am Kragen von Alains Pulli. „Hat er dich gebissen?"

„Was?", fragte Alain irritiert und entzog sich Thierrys Griff.

„Du bist zu leicht zu überreden. Du hast dich doch nicht beißen lassen, oder?"

Alain hätte seinen besten Freund beinahe belogen. Er wollte lügen. Er wollte dieses kleine Detail für sich behalten, zwischen ihm und Orlando. Aber er wusste, dass Orlando Bellaiche davon erzählen würde, um den Chef de la Cour von Alains Aufrichtigkeit zu überzeugen. Außerdem hatte er Thierry noch nie belogen. Wortlos schob er den Ärmel seines Pullis nach oben und zeigte ihm das Handgelenk mit den beiden kleinen Bisswunden, wo Orlandos Zähne seine Haut durchbohrt hatten. Als er die Wunden sah, überkam ihn wieder eine Welle des Verlangens. Er unterdrückte es rücksichtslos. Es war nur eine Geste des guten Willens gewesen. Ende der Geschichte.

Als Thierry die Bisswunden sah, hallte seine laute Stimme durch das leere Abteil. „Du Narr! Was ist nur in dich gefahren, dass du dich hast beißen lassen? Warum hast du ihn nicht daran gehindert?"

„Ich habe es ihm angeboten", sagte Alain leise und bereitete sich auf das Verhör vor, das jetzt unweigerlich folgen würde.

„Was hast du?" Das war noch einige Stufen lauter und explosiver als Thierrys erster Protest. „Wie konntest du so dämlich …" Ihn verließen die Worte. „Du musst zu einem Arzt."

Alain seufzte. „Er hat nicht von mir getrunken. Er hat nur einige Tropfen genommen, um sicher zu sein, dass ich die Wahrheit gesagt habe."

„Das musst du mir erklären", verlangte Thierry. Er war überzeugt davon, dass sein Freund hinters Licht geführt worden war.

„Vampire können in den Herzen ihrer Opfer lesen. Ich habe ihn mein Blut schmecken lassen und so davon überzeugt, dass ich ihn nicht betrüge."

„Das hat er dir gesagt?", fragte Thierry.

Alain nickte.

„Und du hast es ihm geglaubt?" Alain konnte sehen, dass Thierry wieder wütend wurde.

„Es hat keine Minute gedauert, Thierry. Er hat nicht mehr genommen, als er mir versprochen hat. Er hat mich zu nichts gezwungen. Er hat sogar selbst vorgeschlagen, mich nur ins Handgelenk zu beißen, nicht in den Hals. Und als er fertig war, hat er mir zugesichert, mit Bellaiche über unser Angebot zu reden. Wir wissen so wenig über sie. Das meiste sind Vorurteile und Altweibergeschwätz. Wenn wir sie als Verbündete wollen, müssen wir endlich mehr über sie erfahren. Keine Legenden und schlechten Filme, sondern die Wahrheit. Es ist zumindest eine gute Strategie." Alain hoffte, dass wenigstens dieses Argument zu Thierry durchdrang und ihn überzeugte. Thierry war ein Hitzkopf und manchmal sehr impulsiv, aber er war auch ein gewiefter Stratege.

„Na gut", stimmte Thierry zu. „Wir werden sehen, was wir in Erfahrung bringen können. Marcel kann eine neue Botschaft schicken, wenn wir soweit sind. Dann können wir uns wieder mit ihnen treffen und über unsere Pläne reden."

„Das wird nicht nötig sein", meinte Alain und stellte sich auf einen neuen Wutausbruch ein. „Ich habe mich für morgen Abend mit Orlando verabredet, um ihm zu berichten, was Marcel von ihren Bedingungen hält. Und nein, du wirst mich auch morgen nicht begleiten. Er hat mir heute nichts getan, obwohl er die Möglichkeit dazu gehabt hätte. Er wird mir auch morgen nichts tun."

Thierry konnte sich nicht vorstellen, was der Vampir gesagt oder getan hatte, um Alain von seiner Harmlosigkeit zu überzeugen. Thierrys Erfahrung nach gab es so etwas wie Harmlosigkeit nicht. Er konnte nichts tun, um Alains Einstellung zu ändern, aber er selbst würde den Vampiren nicht so leicht vertrauen. Nicht ohne weitere Beweise. Er musste dafür sorgen, dass Alain keine Dummheiten machte oder sich in Gefahr begab. Thierry wollte diesen Krieg nicht führen, ohne seinen besten Freund an der Seite zu haben.

„T'es imbécile, Alain. Das ist dir doch klar, oder?", sagte Thierry liebevoll, als sie die U-Bahn verließen.

„Du sagst es mir oft genug", erwiderte Alain lachend. „Ich kann das nicht allein durchziehen, Thierry. Ich bitte dich nicht, ihnen zu vertrauen. Aber ich bitte dich, mir zu vertrauen. Hilf mir dabei, damit wir eine Chance haben."

Oh verdammt! dachte Thierry. Wenn Alain sich etwas so von Herzen wünschte, konnte er ihm nichts abschlagen. Das war schon vor dreißig Jahren so gewesen, als sie sich kennengelernt hatten. Und es hatte Thierry immer wieder Ärger und Probleme eingebracht. „Na gut", stimmte er widerstrebend zu. „Aber nur, weil du mich so nett bittest."

Alain kicherte vor sich hin und legte seinem besten Freund den Arm um die Schultern. Auf Thierry konnte er sich immer verlassen.

4

ORLANDO STAND in den Schatten eines mächtigen Grabmals verborgen und beobachtete Alain. Ein Friedhof mitten in der Nacht ist kein Ort, an dem man sich wohlfühlt; deshalb hatte er erwartet, dass der Magier ihn sofort wieder verlassen würde. Aber stattdessen war Alain nachdenklich stehen geblieben und wirkte sogar etwas fassungslos. Orlando konnte es ihm gut nachempfinden. Es ging ihm genauso. In seinen mehr als zweihundert Jahren als Vampir hatte er noch nie etwas erlebt, das auch nur annähernd an die Gefühle herankam, die ihn beim Geschmack von Alains Blut überkommen hatten. Seit sein Schöpfer ihn vor vielen Jahren umgewandelt hatte, war es ein selbstverständlicher Teil seiner Existenz geworden, sich von der Lebenskraft anderer Menschen zu ernähren. Aber trotz allem, was er zu Alain gesagt hatte, war es nur ein funktionaler, unvermeidbarer Teil seines Lebens. Orlando trank Blut, weil er nicht anders konnte, nicht, weil er dabei ein besonderes Vergnügen empfand. Bis jetzt. Selbst die wenigen Tropfen, die er von Alains Blut geschmeckt hatte, waren ein beglückendes Erlebnis gewesen. Nur ein kleiner Schluck, nicht mehr. Man konnte es kaum als Imbiss bezeichnen. Jean hatte oft gesagt, dass es für beide Seiten ein Vergnügen sein sollte, wenn ein Vampir von seinem Opfer trank. Wie Sex, nur viel besser, hatte der alte Vampir gesagt. Orlando hatte seinen Worten nie Glauben geschenkt. Er hatte es sich einfach nicht vorstellen können, dass ein solcher Genuss, eine solche Freude, überhaupt existieren könnte. Bis heute.

Orlando sah, wie ein zweiter Magier den Friedhof betrat. Er kniff die Augen zusammen. Alain war also doch nicht ganz allein gewesen. Orlando machte ihm daraus keinen Vorwurf. Zumindest auf den Friedhof war Alain allein gekommen. Orlando beobachtete die beiden Magier und fragte sich, in welcher Beziehung sie wohl zueinander standen. Sie sprachen so vertraut miteinander, dass er von einer unerklärlichen Eifersucht erfasst wurde. Seine Vampirzähne kamen zum Vorschein und er wollte den anderen Magier anfauchen, wollte ihm die Bisswunden an Alains Handgelenk zeigen, damit er verstand, dass Alain zu Orlando gehörte. Er beneidete den Mann um seinen vertrauten Umgang mit Alain, zwang sich aber, in den Schatten zu bleiben. *Du bist ein Vampir*, rief er sich ins Gedächtnis. *Niemand will dich.*

Nachdem die beiden Magier gegangen waren, verließ auch Orlando den Friedhof und kehrte zu Jeans Wohnung zurück, wo der Chef de la Cour auf seinen Bericht wartete. Auf dem Weg dachte er über die Wirkung von Alains Blut nach. Orlando hatte an diesem Tag noch nichts getrunken. Aber gestern hatte er so viel getrunken, dass er eigentlich noch für einen weiteren Tag gesättigt sein sollte. Trotzdem fühlte er auf dem Weg zu Jean Hunger in sich aufsteigen. Es war kein normaler Hunger. Die Passanten auf der Straße waren keine Versuchung für ihn. Es war ein spezieller Hunger. Ein Hunger auf einen blonden Magier, der nicht angeekelt vor ihm zurückgewichen war. Der sich Orlandos sehnlichste Wünsche angehört hatte, ohne sich darüber lustig zu machen. Der versprochen hatte, für die Anliegen der Vampire seine Stimme zu erheben. Der Orlando sein Blut angeboten hatte, um seine Aufrichtigkeit unter Beweis zu stellen. Orlando hungerte nach Alain.

Er nahm sich vor, Jean zu fragen, was es mit dem Blut der Magier auf sich hatte. Aber erst mussten sie über das Ergebnis des Treffens reden.

Jean erwartete ihn an der Wohnungstür. „Alors?", fragte er mit besorgter Stimme. Orlando stand seine innere Aufgewühltheit ins Gesicht geschrieben. Jean wollte diese Allianz mit den Magiern, weil sie seinen Leuten nur Vorteile bringen konnte. Aber Orlando war ihm wichtiger. Seit Jean ihn aus der Hölle gerettet hatte, war der junge Vampir wie ein Bruder für ihn geworden.

„À mon avis?", erwiderte Orlando. „Gehe die Allianz ein."

„Einfach so", bemerkte Jean und stellte seine persönliche Betroffenheit für den Moment zurück. Er würde von Orlando noch früh genug die Wahrheit erfahren. „Und warum?"

„Er hat unsere Bedingungen ohne Diskussion akzeptiert. Sein einziger Einwand war, dass die Gesetze nur durch Parlamentsbeschluss geändert werden können. Aber das wussten wir bereits", erwiderte Orlando. „Wir wollten nur den Fuß in die Tür stellen. Er ist bereit, uns dabei zu helfen. Und wenn er recht hat, und die Klimawechsel und Naturkatastrophen auf das magische Ungleichgewicht zurückzuführen sind, dann schadet uns Untätigkeit mehr als die Gefahr durch eine offene Konfrontation mit Serrier."

„Und du glaubst ihm?"

„Ja", sagte Orlando nachdrücklich. „Er hat mich sein Blut schmecken lassen. Er ist ein Magier der Milice und sein Wort ist seine Verpflichtung. Er ist fest davon überzeugt, dass die Ereignisse seine Interpretation der Lage bestätigen."

„Wie viel hast du getrunken?" Jean legte die Hände um Orlandos Gesicht und studierte die Farbe seiner Haut.

„Einige kleine Tropfen. Warum?" Orlando entzog sich Jeans Griff und sah ihn fragend an.

„Das Blut der Magier ist Gift für uns", erklärte Jean.

„Gift?", fragte Orlando überrascht. „Wie Gift hat es sich ganz sicher nicht angefühlt. Im Gegenteil, es ist wesentlicher erfüllender als normales Blut."

Jean schwieg einen Moment. „Erfüllender? Was genau meinst du damit?", wollte er dann wissen.

„Die wenigen Tropfen haben mich mehr gesättigt, als wenn ich einen normalen Menschen komplett leer getrunken hätte. Ich konnte ihn im ganzen Körper spüren und seine Magie ist durch meine Adern geflossen. Das Gefühl hat jetzt wieder nachgelassen, aber so lange es angedauert hat, habe ich mich stärker gefühlt als jemals zuvor."

Auch diese Nachricht schien für Jean vollkommen neu zu sein. „Wir müssen die Wahrheit über die Magier erfahren. Deine Erfahrung widerspricht allem, was ich bisher zu wissen glaubte. Komm jetzt, wir haben noch viel Arbeit vor uns, bevor wir den Vertrag unter Dach und Fach bringen können."

„Wir haben nur einen Tag Zeit", warnte Orlando. „Ich habe für morgen um Mitternacht ein neues Treffen mit ihm verabredet."

„Was hast du?", rief Jean.

„Er ist allein gekommen, hat freiwillig seinen Stab aufgegeben und mich von seinem Blut trinken lassen. Selbst wenn Chavinier unsere Bedingungen ablehnt, wird Alain sich nicht anders verhalten. Mir droht keine Gefahr durch ihn."

„Na gut", meinte Jean, nahm sich aber vor, Orlando in der nächsten Nacht im Auge zu behalten. Er konnte sich nicht erklären, warum Orlando dem Magier so sehr vertraute, auch wenn er dessen Blut getrunken hatte. Er hatte Orlando zu dem Treffen geschickt, weil der einer der misstrauischsten Vampire war, die Jean kannte. Er selbst war der einzige, dem Orlando wirklich vertraute. Vielleicht hatten die Magier ja eine Möglichkeit gefunden, um den Geschmackssinn der Vampire zu manipulieren. „Lass uns jetzt an die Arbeit gehen. Wir müssen noch einiges in Erfahrung bringen. Ich will vor allem wissen, welche anderen Wirkungen sein Blut noch auf dich haben kann."

Orlando stimmte ihm zu und folgte ihm in die Bibliothek.

AM ANDEREN Ende von Paris wälzte Alain sich unruhig in seinem einsamen Bett hin und her. Er war sofort eingeschlafen, als er sich hingelegt hatte, aber sein Schlaf war alles andere als erholsam. Er wurde von lebhaften Träumen heimgesucht. Erst sah er Orlando vor sich, der sich über sein Handgelenk beugte und sein Blut trank. Dann änderten sich die Traumbilder. Aus der Erinnerung wurde Fantasie. Es waren schweißtreibende, erotische Fantasien, die auf Alain einstürmten. Fantasien von Vampirzähnen, nackten Körpern und Blut, das zwischen ihnen ausgetauscht wurde. Fantasien von Haar, so braun wie Schokolade, und von dunklen Augen, die Alain voller Verlangen ansahen.

In seinem Traum hielt Alain Orlando nicht nach den ersten Schlucken zurück. Er bot dem Vampir sein Blut an wie ein Festmahl, bis Orlando vor Stärke und Macht am ganzen Körper glänzte. Es hätte Alain eigentlich auslaugen sollen, Orlando so viel Blut zu geben. Aber stattdessen fühlte er sich erfrischt und neu belebt, als hätte dieser Akt des Teilens seine eigene Macht wachsen lassen. Als Orlando den Kopf hob, glänzten seine Eckzähne blutig, so wie auf dem Friedhof. Aber dieses Mal zog Alain sich nicht zurück, sondern er ging auf Orlando zu und legte ihm den Mund auf die Lippen, um sein eigenes Blut dort zu schmecken. Orlandos scharfe Zähne fuhren Alain über die Zunge und erinnerten ihn daran, dass dies kein normaler Kuss mit einem normalen Mann war, aber er ließ sich dadurch nicht abschrecken. Er wollte Orlando noch näher sein, fühlte sich zu ihm hingezogen wie eine Motte zum Licht. Er wusste genau, welches Schicksal der Motte bevorstand, aber das konnte ihn nicht zurückhalten. Die Versuchung war zu groß. Alain hob die Hand und fuhr Orlando über die seidigen Haare und die zarte Haut, die kühl war wie Marmor, sich aber mehr und mehr erwärmte, als Alains Blut durch Orlandos Adern floss und ihm neues Leben und neue Wärme spendete. Orlando beendete ihren Kuss und drückte den Mund an Alains Hals.

Alain wachte schlagartig auf. Seine Hände zitterten noch von dem Traum. Es wunderte ihn nicht, dass er Orlando begehrte. Er hatte sich schon vor Jahren, noch vor seiner Heirat mit Edwige und der Geburt ihres Sohnes Henri, mit seiner Bisexualität abgefunden. Was ihn aber beunruhigte, war die Tatsache, dass ihn Orlandos Natur offensichtlich nicht im Geringsten störte oder gar abstieß. Das derzeitige Objekt seiner Begierde war ein Vampir, ein Geschöpf der Nacht, das vom Blut anderer Menschen lebte. Alain war sich sicher, dass ihn dieser Gedanke beunruhigen sollte. Er machte sich keine Illusionen. Das Blut, das Orlando zum Überleben brauchte, wurde von seinen Opfern genauso freiwillig gegeben, wie Alain selbst sich in dieser Nacht angeboten hatte. Orlando hatte es frei zugegeben, dass er seine Opfer als Beute betrachtete, der er das Leben schenken konnte. Oder auch nicht. Alain wusste es, und eigentlich sollte er soviel Abstand wie möglich zwischen sich und diesen dunkelhaarigen Vampir bringen. Es sollte ihm den Magen umdrehen vor Ekel, wie Orlando sich ernährte und wie er selbst sich dem Vampir angeboten hatte. Aber als er mit den Fingern über die Bisswunden an seinem Handgelenk fuhr, wusste er genau, dass er es das nächste Mal wieder tun würde. Wenn Orlando ihn darum bat, würde er sich ihm wieder genauso bereitwillig zur Verfügung stellen, wie er es das erste Mal getan hatte. Die enge Verbindung, die er zwischen sich und Orlando gespürt hatte, war zu unwiderstehlich. Sie hatte Alain genauso in ihren Bann geschlagen, wie Orlandos Worte über sich und seine Natur.

Bei dieser Erkenntnis überlief ihn ein Schauer. Sie offenbarte ihm eine Seite seiner Persönlichkeit, die ihm vollkommen neu war. Wenn man von seiner Bisexualität absah, hatte Alain bisher immer einen sehr normalen Geschmack gehabt. Einfacher, unkomplizierter Sex hatte immer ausgereicht, um seine Bedürfnisse zu befriedigen. An Orlando war nichts einfach und unkompliziert, schon deshalb nicht, weil immer Blut im Spiel war. Alains Blut. Er hatte immer noch Probleme, diese Erkenntnis zu verarbeiten. Könnte er sich wirklich damit abfinden, Orlando sein Handgelenk, vielleicht sogar seinen Hals oder mehr anzubieten, um ihn zu ernähren? Dachte er wirklich ernsthaft darüber nach, das nicht nur einmal, sondern sogar regelmäßig zu tun? Orlando hatte angedeutet, dass er Sex benutzte, um seine Opfer gefügig zu machen. Die körperliche Nähe erleichterte es ihm, seine Zähne in ihren Hals zu schlagen, teilweise, ohne dass seine Opfer es bemerkten oder sich später daran erinnerten. Alain hatte seine Liebhaber noch nie mit anderen geteilt.

18

Wenn er das auch von Orlando verlangte, müsste er im Gegenzug dazu bereit sein, sein eigenes Blut zu opfern, damit Orlando immer genug zu trinken hatte.

„Du hast den Verstand verloren", murmelte er vor sich hin. „Wie kommst du auf den Gedanken, dass er das überhaupt will?" Er konnte zwar seine eigene Reaktion auf den Biss des Vampirs nicht leugnen, aber er hatte keinerlei Hinweise darauf, dass Orlando dabei mehr empfunden hatte, als bei jedem anderen seiner Opfer auch. War Orlando überhaupt an Männern interessiert? Alain hatte ihm auf dem Friedhof die perfekte Möglichkeit geboten, aber Orlando hatte sie nicht wahrgenommen. Hieß das, dass er nur an Frauen interessiert war? Oder war es nur Alain, der ihm gleichgültig war?

Er konnte keine Antworten auf seine Fragen finden, aber sie ließen ihn nicht mehr zur Ruhe kommen. Er stand auf und schleppte sich unter die Dusche, in der Hoffnung, dass sich die Spinnweben, die sein Gehirn vernebelten, unter dem heißen Wasser auflösten. Vielleicht konnte er dann wieder klar denken und seinen Bericht für Marcel schreiben.

Eine Stunde später war er angezogen und hatte seinen Verstand wieder einigermaßen beisammen. Er verließ die Wohnung und machte sich auf den Weg zu Marcel. Als er dort ankam, saß Marcel gerade beim Frühstück.

„Ich habe dich erst später im Hauptquartier der Milice erwartet", meinte der ältere Mann.

„Ich konnte nicht schlafen", erwiderte Alain. „Ich dachte mir, so können wir früher anfangen, uns eine Strategie zurechtzulegen."

„Brauchen wir denn eine Strategie?", fragte Marcel trocken.

„Die Vampire sind bereit, eine Allianz zu schließen. Ihre einzige Bedingung ist, dass wir ihnen helfen, fair und gerecht behandelt zu werden. Ich habe mir nie Gedanken über ihre Lebensbedingungen gemacht, Marcel. Aber sie haben keinerlei gesetzlichen Schutz, wenn jemand sie nur deshalb verjagen will, weil sie Vampire sind. Nichtmagische werden vor Diskriminierung geschützt, aber wir lassen zu, dass Vampire wie Freiwild behandelt werden. Das ist nicht fair."

„Das sind also ihre Bedingungen?", fragte Marcel.

„Es ist wenig genug, wenn sie uns dafür helfen, diesen Krieg zu gewinnen. Nur einige Gesetze, die sie schützen und ihnen die gleiche Würde geben wie anderen Menschen auch."

„Ich dachte immer, das wäre selbstverständlich", meinte Marcel. „Aber vielleicht trägt ihre Unterstützung in diesem Krieg dazu bei, dass es endlich auch Realität wird."

„Dann hältst du sie also nicht für böse?", fragte Alain.

„Ich bin mir sicher, dass es schlechte Vampire gibt, so wie es auch schlechte Magier gibt", erklärte Marcel. „Sie waren in ihrem früheren Leben ganz normale Männer und Frauen mit ihren individuellen Persönlichkeiten. Ich glaube nicht, dass sich ihr Charakter durch die Umwandlung in Vampire geändert hat. Nur ihre Lebensweise hat sich geändert. Aber du hast einen Grund für deine Frage." Das war eine Feststellung. Alains Fragen waren offensichtlich zu spezifisch gewesen. Es musste einen Grund dafür geben, dass er so früh hier aufgetaucht und sie gestellt hatte. Schon als Kind war er oft zu Marcel nach Hause gekommen, wenn ihm etwas auf dem Herzen gelegen hatte.

Alain wusste nicht, ob es klug war oder nicht, aber er schob den Ärmel hoch und zeigte Marcel die Bisswunden. „Der Vampir, mit dem ich gesprochen habe, meinte, er könnte am Geschmack meines Blutes erkennen, ob ich die Wahrheit gesagt habe. Er hat nur einige Tropfen getrunken, aber Thierry glaubt, dass er mich durch seinen Biss manipulieren könnte."

Marcel sah einige Minuten nachdenklich vor sich hin, bevor er Alain eine Antwort gab. „Das weiß ich nicht. Ich höre seit vielen Jahren alle möglichen Geschichten über die Vampire. Aber es sind nur Geschichten, nicht mehr. Ich habe nie einen Beweis für diese Behauptung bekommen. Ich denke, wir sollten unsere neuen Verbündeten nach der Wahrheit fragen."

Alain überlegte, was er Marcel noch berichten sollte. Sollte er ihm von seinen Träumen erzählen? Ihn vielleicht um Rat fragen? Bevor er zu einer Entscheidung gekommen war, legte ihm Marcel die Hand auf die Schulter. „Du bist sehr nachdenklich, mein Freund. Sag mir, was dich bedrückt."

„Ich muss ständig an ihn denken", antwortete Alain. Seine Worte richteten sich an den Freund und Lehrer, nicht an den General.

„Ihn?"

„Orlando. Den Vampir. Ich habe heute Nacht von ihm geträumt. Diese Gefühle sind neu für mich."

„Und du fragst dich, ob es daran liegt, dass er ein Vampir ist", meinte Marcel. „Das mag sein. Aber es ist mit Sicherheit keine spezielle Magie, die Vampire besitzen. Eher ist es die Faszination des Unbekannten. Wenn die Vampire durch den Austausch von Blut Menschen beeinflussen könnten – meinst du wirklich, dass sie sich dann so lange mit ihrer gegenwärtigen Situation abgefunden hätten?"

Alain musste zugeben, dass Marcels Argument logisch war.

„Ich zweifle nicht daran, dass Orlando eine faszinierende Persönlichkeit ist. Das trifft auf die meisten Vampire zu. Und ja, ich habe in meiner Jugend auch einige von ihnen kennengelernt. Aber er hat nicht die Macht, deinen Verstand oder dein Herz zu kontrollieren. Dabei ist er ganz auf seinen persönlichen Charme angewiesen", versicherte ihm Marcel. „Nachdem ich deine Befürchtungen zerstreut habe, wäre es schön, wenn wir uns jetzt der anderen Angelegenheit widmen könnten. Wir müssen entscheiden, wann und wo das nächste Treffen stattfinden soll und was wir mit den Vampiren noch besprechen müssen."

„Ich sage ihnen alles, was du willst, aber du musst dich bis heute Abend entscheiden. Orlando hat zugestimmt, mich um Mitternacht wieder zu treffen, um die Allianz zu besiegeln", erwiderte Alain.

Marcel zog überrascht eine Augenbraue hoch, fing sich aber schnell wieder. „Dann sollten wir jetzt schnell entscheiden, was wir von unseren neuen Bündnispartnern erwarten."

ORLANDO UND Jean verbrachten den Tag damit, in der Bibliothek Informationen zu sammeln. Die geschlossenen Fensterläden und schweren Vorhänge hielten das tödliche Sonnenlicht fern. Als die Sonne unterging, stellten sie die Bücher in die Regale zurück. „Hast du etwas gefunden?", fragte Orlando.

„Nur Legenden und Altweibergeschwätz", antwortete Jean frustriert.

„Bei mir auch", meinte Orlando. „Wo können wir jetzt noch suchen?"

„Es gibt jemanden, denn wir fragen können. Ich bin Chef de la Cour geworden, weil der einzige ältere Vampir sich dazu entschieden hat, sich aus der Gesellschaft zurückzuziehen. Aber wenn jemand mehr weiß, dann ist es Lombard. Wir können ihn besuchen und hoffen, dass er uns empfängt", sagte Jean.

„Christophe Lombard?", fragte Orlando. „Ich wusste nicht, dass er noch am Leben ist. Es heißt …"

„Es wird viel geredet. Für einen Vampir bist du noch sehr jung, Orlando. Lombard war schon ein alter Mann, als er umgewandelt wurde. Er lebt schon seit einigen tausend Jahren als Vampir. Jetzt verlässt er sein Haus nur noch, um zu trinken, und auch das nur, wenn es unbedingt nötig ist. Nach meiner letzten Information hat er eine vertrauensvolle Dienerin gefunden, die ihm sogar das Jagen abnimmt. Wir werden sehen, ob er mit uns reden will und was er uns sagen kann. Wenn wir Pech haben, müssen wir experimentieren und unsere eigenen Erfahrungen sammeln", erklärte Jean.

Orlando nickte. Es machte ihn mehr als nervös, einem so alten Vampir zu begegnen. An Jean hatte er sich gewöhnt und dachte nicht mehr über das hohe Alter seines Freundes nach, aber Lombard war mindestens doppelt so alt. Aber da Jean es für die einzige Möglichkeit zu halten schien, an neue Informationen zu gelangen, würde Orlando ihn begleiten. Er konnte nur hoffen, dass Lombard ihm seine Nervosität nicht anmerkte.

Sobald es vollständig dunkel war, verließen die beiden Vampire Jeans Wohnung und machten sich auf den Weg. Sie hatten fünf Stunden Zeit, bevor Orlando sich wieder mit Alain treffen wollte. Fünf Stunden, um den altehrwürdigsten Vampir der Stadt in seinem Versteck aufzusuchen und ihm Informationen zu entlocken.

Sie klopften an die Tür seiner Zuflucht und wurden von einer Vampirin begrüßt, die Orlando noch nie gesehen hatte. Jean begrüßte die Frau mit ihrem Namen. „Wie geht es dir, Mireille?", fragte er, als sie die beiden Besucher ins Haus bat.

„Recht gut. Aber Monsieur ist in letzter Zeit ziemlich … mürrisch. Vielleicht kannst du ihn etwas aufheitern?", erwiderte Mireille.

„Wir werden uns alle Mühe geben", versprach Jean und betrat das Zimmer, zu dem Mireille sie geführt hatte. Orlando folgte ihm. Das Zimmer war so gut wie leer. Ein viktorianisches Sofa aus blauem Brokat und einige Stühle im gleichen Stil waren die einzigen Möbelstücke. Im Kamin brannte ein Feuer. Jean nahm auf einem der Stühle Platz und forderte Orlando auf, sich ebenfalls hinzusetzen. „Jetzt können wir nur noch abwarten", sagte Jean zu Orlando, der sich vorsichtig auf dem zerbrechlich wirkenden Stuhl niedergelassen hatte. „Wenn – und falls! – es ihm genehm ist, wird er uns Gesellschaft leisten."

„Ich hoffe nur, dass wir nicht allzu lange warten müssen", meinte Orlando. „Ich muss meine Verabredung einhalten und will mich nicht verspäten."

„Welche Verabredung kann so wichtig sein, dass du sie meiner Gesellschaft vorziehst?", tönte eine tiefe Stimme aus der Dunkelheit.

Jean sprang auf wie ein junger Soldat, der von seinem Vorgesetzten bei einem Nickerchen erwischt worden war. Orlando erhob sich etwas bedächtiger.

„Was gehen dich meine Verabredungen an?", fragte er herausfordernd und mit instinktivem Wagemut. Jean zischte ihm etwas zu, aber Orlando ließ sich nicht einschüchtern.

„Du hast Temperament, mein Kleiner", sagte Lombard, als er aus den Schatten trat. Orlando erkannte sofort, warum Jean mit so viel Respekt über den alten Vampir gesprochen hatte. Lombard überragte sie beide. Er war mindestens zwei Meter groß und eine ehrfurchtgebietende Erscheinung. Orlando schoss durch den Kopf, dass Lombard zu seiner Zeit ein wahrer Riese gewesen sein musste. Es dauerte einen kurzen Augenblick, bis er realisiert hatte, dass sich niemand diesem Mann entgegenstellte.

„Ich bitte um Verzeihung, Ältester", sagte Orlando. „Ich habe überhastet gesprochen."

„Gib deinen Widerstand nicht zu schnell auf", erwiderte Lombard. „Es ist schon etliche Jahre her, seit jemand den Mut hatte, mir zu widersprechen. Es ist ermüdend und langweilig, von allen gefürchtet zu werden. Nun, Jean, was bringt dich zu mir?", wollte er wissen. „Und mit diesem Kind im Schlepptau?"

„Wir haben den ganzen Tag nach Informationen gesucht, um mehr über die Wirkung von Magierblut auf Vampire zu erfahren. Alles, was wir gefunden haben, sind alte Geschichten, in denen steht, das Blut würde uns verbrennen oder vergiften. Diese Märchen entbehren jeder Grundlage. Aber wir müssen die Wahrheit wissen", erklärte Jean.

„Die Wahrheit über das Blut der Magier", wiederholte Lombard mit ernster Stimme. „Ich habe die gleichen Geschichten gelesen wie du. Ich habe sie in meiner Bibliothek gefunden. Aber ich habe noch nie einen Vampir getroffen, der das Blut eines Magiers getrunken hätte. In den Geschichten steht, es sei giftig und würde uns von innen heraus verbrennen, wenn wir es trinken. Wenn wir es berühren, verbrennt es uns angeblich von außen. Die Geschichten sagen auch, dass es uns den freien Willen raubt und uns ihrer Macht unterwirft. Aber ich kenne eine Geschichte, die dir wahrscheinlich unbekannt ist, weil sie niemals niedergeschrieben wurde. Ich war damals noch ein sehr junger Vampir, der hart damit zu kämpfen hatte, seine neue

22

Natur zu verstehen. Deshalb habe ich die folgenden Ereignisse möglicherweise nicht richtig verstanden. Mein Schöpfer brachte mich damals auf einen Friedhof. Neben einem Grabstein lag ein kleines Häuflein Asche. Er deutete auf die Asche und sagte mir, das würde aus einem Vampir werden, der zu viel von einem Magier getrunken hat. Ich fragte ihn, wie er das meinte. Er antwortete mir nur, der Vampir habe vergessen, dass er nicht allein unter der Sonne wandeln könnte. Damals dachte ich, das Blut hätte den Vampir vernichtet, hätte ihn von innen heraus verbrannt oder um den Verstand gebracht, sodass er sich der Gefahr nicht mehr bewusst war. Aber ich habe mich seitdem oft gewundert, was der Vampir am Grab seines Opfers wollte oder warum er immer weiter von ihm getrunken hat, wenn das Blut ihn doch zerstörte. Und ich habe mich gefragt, wieso ein so mächtiger Magier es einem Vampir erlaubt hat, ihn bis auf den letzten Blutstropfen auszusaugen."

Orlando wollte nach dem Namen des Magiers fragen, weil es ihm wichtig vorkam. Aber er schwieg und überließ es Jean, mehr von Lombard zu erfahren. „Wie hast du es dir erklärt?"

„Wie du dir denken kannst, habe ich nur Vermutungen. Aber ich habe mich oft gefragt, ob ich wirklich die ganze Geschichte erfahren habe. Vielleicht hat der Vampir den Magier gar nicht ausgesaugt, sondern am Grab seines Geliebten gestanden. Vielleicht hat ihn die Trauer überwältigt, sodass er nicht mehr allein weiter existieren wollte und deshalb in die Sonne getreten ist."

„Was hat dein Schöpfer dann mit der Bemerkung gemeint, dass der Vampir nicht allein unter der Sonne wandeln konnte?", wollte Orlando wissen. „Wie hätte er unter der Sonne wandeln können, selbst wenn der Magier bei ihm war?"

„Das kann ich dir nicht sagen", antwortete Lombard. „Die einzige Möglichkeit ist, dass das Blut des Magiers seine Magie auf den Vampir übertragen hat, wo sie für einige Zeit wirksam war."

„Orlando?", hakte Jean nach.

„Ich habe seine Magie gespürt, als ich sein Blut getrunken habe", erwiderte Orlando. „Ich habe gespürt, dass es weiße Magie war, und dieses Gefühl hat einige Zeit angehalten. Aber es waren nicht mehr als zehn Minuten."

„Wie viel Blut hast du getrunken?", fragte Lombard.

„Nur einige Tropfen", antwortete Orlando.

„Und doch hast du es zehn Minuten lang gespürt. Wie viel länger hätte es wohl gewirkt, wenn du mehr getrunken hättest?", überlegte Lombard.

„Lange genug, um einen Sonnenaufgang zu sehen und zu überleben?" Jean war skeptisch. „Ich kann mir nicht vorstellen, dass wir nichts davon wüssten, wenn es möglich wäre."

„Wenn der Vampir nach dem Tod des Magiers mit seinem eigenen Ende bezahlt, kann ich mir durchaus vorstellen, dass dieses Wissen unterdrückt worden ist, um unsere Art nicht zu gefährden. Ich weiß nicht, ob das stimmt. Aber es wäre eine logische Erklärung für das, was ich gesehen und gehört habe", meinte

Lombard. „Du hast nur einen kleinen Vorgeschmack gehabt", fügte er, an Orlando gewandt, hinzu. „Was würdest du geben, um mehr zu probieren, mein Kleiner?"

„Nahezu alles", gab Orlando zu. Seine Antwort brachte ihm einen erstaunten Blick von Jean ein.

„Nach nur einem Schluck?", rief Jean ungläubig. Er hatte sich so sehr auf die mögliche körperliche Gefahr konzentriert, die das Blut für Orlando haben könnte, dass er ganz vergessen hatte, welche Wirkung das Erlebnis auf die Gefühle seines Freundes gehabt hatte.

Orlando nickte. „Nach unserem Treffen ist ein Freund des Magiers auf den Friedhof gekommen. Ich habe mich hinter einem Grabstein versteckt, um sie ungesehen zu beobachten. Sie haben sich nicht berührt, aber sie waren so vertraut miteinander, dass ich den Mann am liebsten in Stücke gerissen hätte. Ich wollte ihm zeigen, wo ich Alain gebissen habe, um meinen Anspruch auf ihn zu demonstrieren. Ich würde Alain nie dazu zwingen, mich von ihm trinken zu lassen. Aber ich würde alles tun, damit er es mir erlaubt."

„Siehst du", sagte Lombard zu Jean. „Deshalb wurde es wahrscheinlich für gefährlich gehalten. Und jetzt will ich wissen, wieso ein Vampir von einem so köstlichen schmeckenden Sterblichen nur wenige Tropfen getrunken hat."

Jean berichtete Lombard von Chaviniers Botschaft und der Allianz mit den Magiern.

„Dann mischen wir uns also wieder in die Geschäfte der Sterblichen ein", sagte Lombard leise.

„Wieder?", fragte Orlando.

„Es gab einmal einen Magier, der uns in einer ähnlichen Situation um Hilfe gebeten hat. Wir haben sie ihm gewährt und mussten große Verluste hinnehmen. Aber damals haben wir nicht versucht, ihr Blut zu trinken. Vielleicht kann es uns einen gewissen Schutz geben. Vielleicht haben die Magier auch genauso viel über uns vergessen, wie wir über sie", antwortete Lombard. „Ich werde langsam müde. Ich möchte jetzt allein sein." Mit diesen Worten stand er auf und verschwand wieder in den Schatten.

„Sag mir noch eines, bevor du gehst", rief Orlando ihm nach. Er musste den Namen des Magiers erfahren und wollte seine Chance dazu nicht verstreichen lassen.

„Ja?", kam Lombards Stimme aus der Dunkelheit.

„Wer war der Magier?"

„Merlin."

Damit verschwand Lombard endgültig wieder in den Schatten, aus denen er gekommen war. Orlando und Jean waren entlassen und verabschiedeten sich. Nicht weit von ihnen kündeten die Glocken von Notre-Dame die zehnte Stunde.

Jean spürte Orlandos Ungeduld, Alain wiederzusehen, aber die Zeit ließ sich nicht beschleunigen. „Du solltest dir jemanden suchen und trinken", riet er seinem Freund. „Geh nicht hungrig zu eurem Treffen. Du kannst die Versuchung nicht gebrauchen."

Orlando gab ihm keine Antwort. So richtig der Ratschlag auch war, er wusste genau, dass er ihn nicht befolgen würde. Ihn interessierte nur noch ein Geschmack, und das war der Geschmack Alains. Es mochte an Selbstmord grenzen, aber er war fest entschlossen, sich kein anderes Opfer zu suchen, bevor Alain ihn nicht endgültig abgewiesen hatte.

5

DIE GÄRTEN von Versailles waren in dunkle Schatten getaucht. Die Patrouille huschte von Baum zu Baum, um nicht entdeckt zu werden. In einiger Entfernung glänzte golden das Schloss, als sie zum Grande Canal kamen. Die Springbrunnen waren abgeschaltet und nur hier und da waren Vögel zu hören, die sich in den Bäumen für die Nacht einrichteten.

Dann verstummten auch sie.

Der Hauptmann der Patrouille gab seinen Begleitern mit einer Geste zu verstehen, stehen zu bleiben und leise zu sein. Er traute der Stille nicht. Ein plötzlicher Windstoß war ihre einzige Warnung.

Dann hallten laute Schreie durch den Park und Flüche flogen über die dunkle Aue, durchschnitten die Nachtluft rasend und explosiv wie Geschosse. Menschen krümmten sich und sackten zusammen unter dem magischen Angriff, den kein Körper auszuhalten geschaffen war. Die Patrouille der Milice wurde getrennt, versuchte, dem Angriff auszuweichen und sich neu zu formieren, aber sie war der Übermacht nicht gewachsen. Einer nach dem anderen mussten sie sich geschlagen geben, fielen bewusstlos oder tot zu Boden, je nachdem, von welchem Gegner oder von welchem Spruch sie getroffen wurden.

Eine Magierin schaffte es noch, einen Hilferuf abzusetzen. Sie hockte hinter einer Hecke und hoffte inständig, nicht entdeckt zu werden, bevor sie diesen Angriff gemeldet hatte. Es war nur eine Routinepatrouille gewesen und sie hatten nicht damit gerechnet, in dieser relativ unbedeutenden Gegend in einen Hinterhalt zu geraten. Über ihr erhellte ein Blitz die Nacht. Ein gellender Schrei war zu hören und verstummte schlagartig. Die Magierin wusste nicht, dass es ihr eigener Schrei war, der letzte, den sie jemals ausstoßen würde.

ORLANDO WARTETE ungeduldig darauf, dass es Mitternacht wurde. Er saß in einem Café und trank einen Espresso, den er weder wollte noch schmeckte, der ihm aber den Anschein eines ganz normalen Pariser Bürgers gab, der ausgegangen war, um den Abend zu genießen. Er dachte darüber nach, was sie von Lombard erfahren hatten und welche Bedeutung es für ihre Situation haben konnte. Sein Verstand weigerte sich beinahe, die Konsequenzen von Lombards Informationen zur Kenntnis zu nehmen. Unter der Sonne zu wandeln. Das waren die Worte des alten Vampirs gewesen. Konnte das wahr sein? Konnte es wirklich möglich sein, dass das Blut eines Magiers die Vampire vor den zerstörerischen Kräften der

Sonnenstrahlen schützte? Und wenn ja, welche Wirkungen hatte das Blut noch? Würde er den Kaffee wieder schmecken können, ihn nicht mehr nur deshalb trinken, weil er eine schöne Erinnerung war? Würde er die Wirkung einer Zigarette spüren können, nicht nur ihren geschmacklosen Rauch inhalieren? Konnte das Blut eines Magiers ihm wenigstens den Anschein eines normalen Lebens zurückgeben? Die Sehnsucht danach sprengte ihm fast das Herz. Er war nicht freiwillig zum Vampir geworden, und wenn er auch nur die geringste Chance hatte, wieder so etwas wie ein normales Leben zu führen, dann würde er dafür jedes Risiko eingehen. Falls Alain es ihm erlaubte.

Orlando dachte darüber nach, wie es wäre, Alain durch einen anderen Magier zu ersetzen, sollte er sich weigern. Aber jede Zelle seines Körpers sträubte sich gegen die Vorstellung. Er konnte sich diese Reaktion selbst nicht erklären. Orlando beschloss, das Thema diplomatisch anzugehen und als eine strategische Option darzustellen. Ein Vampir, der nicht nur nachts, sondern auch bei Tageslicht kämpfen konnte, war ein wesentlich wertvollerer Bündnispartner als ein Vampir, der dem Rhythmus der Sonne unterworfen war.

Orlando sah auf die Uhr. Halb zwölf. Zeit zu gehen. Er legte einige Euro auf den Tisch und ließ seine Tasse halb ausgetrunken stehen. Der Kaffee war ihm egal geworden. Seine Gedanken waren nur noch bei dem bevorstehenden Treffen mit Alain.

ALAIN HATTE erwartet, dass Thierry darauf bestehen würde, ihn wieder bis zum Friedhof zu begleiten. Aber Thierry ließ den ganzen Tag nichts von sich hören und tauchte zu Alains Überraschung auch am Abend nicht vor seiner Tür auf. Alain vermutete, dass Marcel ihm vielleicht einen Auftrag gegeben hatte, um ihn anderweitig zu beschäftigen. Alain hatte sich nicht auf den Magier verlassen wollen, der mit der Recherche über die Vampire beauftragt worden war. Deshalb hatte er den Nachmittag bei Marcel im Hauptquartier verbracht und jede noch so unwichtige Information gesammelt, die mit Vampiren zu tun hatte. Aber sie hatten nichts Zuverlässiges gefunden, außer altbekannten Tatsachen über die Lichtempfindlichkeit der Vampire und ihre Abhängigkeit von Blut. Alles andere waren nur Legenden und Horrorgeschichten, die von abergläubischen Menschen geschrieben worden waren, die Hass auf die Vampire schüren wollten. Alain wäre das noch vor einigen Tagen nicht aufgefallen, aber seine Gespräche mit Orlando und Marcel hatten ihn eines Besseren belehrt und es war ihm wie Schuppen von den Augen gefallen. Orlando hatte die Wahrheit gesagt, als er über Verfolgungen und Diskriminierungen gesprochen hatte. Alain hatte den Eindruck, dass die Vampire von jedermann gehasst wurden. Außer von dir, erinnerte ihn seine innere Stimme.

Das war die zweite Erkenntnis dieses Tages. Mit ihr wusste Alain noch weniger anzufangen, als mit der ersten. Er fühlte sich zu einem Vampir hingezogen. Wirklich, er fühlte sich sexuell zu einem Untoten hingezogen. Es war ein beunruhigender

Gedanke, aber wenn er aus seiner gescheiterten Ehe etwas gelernt hatte, dann die Erkenntnis, auf sein Herz zu hören.

Er wusste nicht, ob Vampire, außer für Blut, so etwas wie Verlangen oder gar Zuneigung empfinden konnten. Aber als er sich mit der Métro auf den Weg zum Père Lachaise machte, wusste er genau, dass er Orlando wieder sein Blut anbieten würde, wenn er nur danach gefragt wurde. Selbst wenn das bedeutete, dass Orlando am Geschmack von Alains Blut dessen Begehren erkennen konnte.

Alain betrat den Friedhof. Er war wesentlich weniger wachsam als am Vorabend. Selbst wenn Orlando schlechte Nachrichten hatte, Alain konnte sich nicht vorstellen, von ihm angegriffen zu werden. Er hielt seinen Stab locker in der Hand und ließ ihn sofort fallen, als er Orlando zwischen den Grabsteinen entdeckte.

„Hallo", sagte er leise und fühlte sich plötzlich unsicher.

„Hallo", erwiderte Orlando und kam hinter dem Grabstein hervor. „Hast du Nachrichten für mich?"

„Das habe ich. Und du? Hat Bellaiche der Allianz zugestimmt?"

„Oui. Und Chavinier?"

„Oui", antwortete Alain verlegen. Ihre Unterhaltung kam ihm steif und aufgesetzt vor. So konnten sie in fünf Minuten alles Wesentliche sagen und sich danach wieder trennen. Alain zupfte an seinem Ärmel. „Ich nehme an, du willst wieder mein Blut schmecken, um sicher zu sein, dass ich die Wahrheit sage. Damit Bellaiche uns glaubt." Widerstrebend, und doch auch begierig, hielt er Orlando sein Handgelenk hin.

Orlando starrte ihn einen Augenblick lang erstaunt an. Er konnte noch die Spuren seines ersten Kusses an Alains Arm erkennen. Der Magier musste wissen, was geschehen würde. Er war schon einmal gebissen worden. Trotzdem vertraute er Orlando genug, um ungefragt sein Handgelenk zu entblößen und es Orlando hinzuhalten. Noch nie hatte jemand Orlando so sehr vertraut. Er ging einen Schritt auf Alain zu. „Ja, du hast recht. Natürlich", stimmte er ihm zu und hob Alains Arm an seinen Mund. Kurz bevor er Alains Haut berührte, hielt er inne. Er dachte nicht mehr an seinen Hunger, der war unbedeutend. Alain hatte ihm sein Blut angeboten, und das war ein Geschenk, das Orlando niemals missbrauchen würde. So sanft er nur konnte biss er in Alains Gelenk und ließ zwei Tropfen des köstlichen Blutes auf seine Zunge fallen. Dann zog er seine Zähne wieder aus Alains Arm und leckte über die Wunde, um sie zu verschließen.

So wie schon in der Nacht zuvor, war Alain auf Orlandos Biss vorbereitet gewesen. Wie in der Nacht zuvor spürte er die Zunge, die beruhigend über seine Haut glitt, bevor die Zähne zuschlugen. Dann waren sie da, glitten über seine Haut und versenkten sich fast zärtlich in seinem Gelenk. Sie durchstießen kaum die Haut, und eine betörende Mischung aus Schmerz und Ekstase fuhr durch Alains Körper, versprach ihm ungeahnte Genüsse, wenn er sich Orlando nur hingeben könnte. Alain überließ sich seinen Gefühlen und Orlandos Verlangen. Dann spürte er die Zunge, die seine Wunden versiegelte. Er wollte Orlandos Kopf ergreifen, ihn wieder an seinen Arm drücken, damit Orlando noch mehr trinken konnte und ihre Verbindung noch nicht beendet würde. Aber er erinnerte sich daran, dass das, was für ihn die erotischste Erfahrung seines Lebens war, für Orlando nicht mehr bedeutete als eine alltägliche Form der Nahrungsaufnahme.

Orlando ließ Alains Blut über seine Zunge gleiten und hob den Kopf, so wie gewöhnliche Menschen einen guten Wein genossen. Alains Magie floss durch seine Adern und ließ ihn für eine kurze Zeit an den Gefühlen des Magiers teilhaben. So wie in der Nacht zuvor, zeigte ihm der Geschmack des Blutes, dass Alain mit den besten Absichten gekommen war und dass Orlando Chaviniers Angebot ernst nehmen konnte. So wie in der Nacht zuvor, schmeckte Orlando die Reinheit von Alains Seele. Aber er schmeckte auch eine neue, unerwartete Regung. Er hätte sie fast nicht erkannt. Dann wusste er es. Es war Begehren. Alains Begehren. Für ihn, für Orlando.

In diesen wenigen Tropfen Blut schmeckte Orlando noch etwas anderes, und es war vollkommen unerwartet. Akzeptanz. Alain sah ihn nicht an und sah den Vampir. Er sah ihn an und sah Orlando St. Clair. Orlando fragte sich, ob er Grund zur Furcht hatte. Als ihn das letzte Mal jemand so angesehen hatte, war er gegen seinen Willen zum Vampir gemacht worden. Er schüttelte den Kopf, um diese Erinnerungen zu verdrängen. Sicher, das Begehren war vergleichbar. Aber Alain war ein anderer Mensch. Er würde niemals einen unschuldigen Jungen in sein Bett locken und ihn dann umwandeln, um ihn behalten zu können. Diese Art der Bosheit und des Eigennutzes war Alain fremd, da war sich Orlando sicher.

„Ich habe heute jemanden kennengelernt", sagte er, um die Unterhaltung nicht vorzeitig zu beenden und Alain gehen zu lassen. „Es ist jemand, von dem ich nicht wusste, dass er noch existiert."

Thierry stand im Schatten des Friedhofstores und rollte mit den Augen. Er hatte all seine Willenskraft zusammenreißen müssen, um nicht zu verhindern, dass Alain dem Vampir sein Handgelenk anbot. Aber der Vampir hatte Alain kaum berührt, da ließ er ihn auch schon wieder los. Also war Thierry geblieben, wo er war. Er konnte nachvollziehen, dass Alain den Vampir attraktiv fand, aber bei dem Gedanken an die scharfen Zähne in der Nähe seiner Haut lief ihm eine Gänsehaut über den Rücken. Und das war kein gutes Gefühl. Thierry war Marcel unendlich dankbar dafür, dass er diese Aufgabe Alain übertragen hatte.

Bevor Alain und Orlando ihre Unterhaltung fortsetzen konnten, wurde die Stille durch das Klingeln eines Handys gestört. Mit einer schnellen Bewegung hatte Alain seinen Stab in der Hand und suchte nach der Geräuschquelle, um sich und Orlando vor jedem potenziellen Eindringling zu beschützen.

Auch Orlando war auf einen Angriff gefasst und drehte sich suchend um. Er wusste nicht, ob er dem Magier eine Hilfe sein konnte, aber er war darauf vorbereitet, jederzeit einzugreifen. Als er sah, wie der Stab in Alains Hand geflogen kam, erschreckte ihn das fast mehr, als das unvermutete Geräusch. Offensichtlich hatte der Magier mehr Fähigkeiten, als er auf den ersten Blick zu erkennen gab.

Natürlich änderte diese Erkenntnis nichts an dem Charakter Alains, aber er war trotzdem mächtiger, als Orlando ihm zugetraut hätte.

„Merde!", war eine Stimme aus dem Dunkel zu hören.

Alain ließ seufzend seinen Stab sinken. „Was zum Teufel machst du hier, Thierry?", fragte er in Richtung der Stimme.

Thierry kam aus seiner dunklen Ecke. „Ich kann dir ganz genau sagen, was ich hier nicht tue. Ich kämpfe *nicht* in einem Krieg, den wir gewinnen müssen. Ich verteidige keine unschuldigen Menschen, noch nicht einmal unsere Freunde. Aber während ihr beiden hier Neuigkeiten über den letzten Tag ausgetauscht und geplaudert habt, sind dort draußen Magier gestorben!", brüllte er.

Mehr musste Alain nicht hören. „Wo?", fragte er. Das einzige, was Thierry so sehr aufregen konnte, war eine verloren Schlacht mit Serrier und seinen Handlangern.

„Versailles", antwortete Thierry emotionslos.

„Aleth?"

„Tot", erwiderte Thierry. „Ich werde nie erfahren, ob wir unsere Beziehung hätten retten können. Während wir uns hier auf dem Friedhof amüsiert haben, hat meine Frau da draußen gekämpft und ist gefallen. Ich dachte, diese Allianz …", – das Wort kam wie ein Fluch über seine Lippen – „… sollte uns helfen. Stattdessen hält sie mich von der Front fern." Er wandte sich Orlando zu. „Wie zum Teufel wollt ihr das wiedergutmachen?"

Bevor Orlando ihm antworten konnte, meldete sich eine andere Stimme aus der Dunkelheit. „Wir können ihren Tod vielleicht nicht ungeschehen machen, aber Orlando hat alles andere getan, als nur zu plaudern. Er wollte deinem Freund gerade berichten, was wir heute in Erfahrung gebracht haben. Und das könnte sich noch als sehr nützlich erweisen."

Die drei Männer wandten sich dem Neuankömmling zu, aber Orlando war der einzige, der den dunkelhaarigen Vampir erkannte. „Was machst du hier, Jean?", fragte er.

„Das gleiche, wie der da", antwortete Jean und zeigte auf Thierry. „Die Lage im Auge behalten."

Orlando seufzte. „Jean Bellaiche, das ist Alain, der Magier, von dem ich dir erzählt habe."

„Alain Magnier", sagte Alain mit einem Kopfnicken, reichte Bellaiche aber nicht die Hand. Das konnte er einfach nicht. Nicht, nachdem er gerade eben erst Orlando sein Handgelenk angeboten hatte.

„Und das ist Thierry Dumont", sagte Alain. „Ein Freund und Soldat in unserem Krieg." Thierry grunzte nur zur Begrüßung. „Was habt ihr also heute erfahren?"

Orlando sah Jean an, der ihm mit einer Handbewegung zu verstehen gab, diese Frage selbst zu beantworten. Der Chef hatte den jungen Vampir noch nie so selbstbewusst erlebt, wie seit der kurzen Bekanntschaft mit Alain. Wenn Orlando die Sache in die Hand nehmen wollte, dann ließ Jean ihm gerne den Vortritt.

„Vielleicht ist es unwichtig", gab Orlando zu. „Aber wir haben heute den ältesten Vampir von Paris, vielleicht sogar der ganzen Welt, besucht. Er hat uns eine alte Geschichte erzählt, die schon vor langer Zeit passiert ist und nie aufgeschrieben wurde. In einer Interpretation der Geschichte wird ein Vampir, der das Blut eines Magier trinkt, immun gegen Sonnenlicht."

„Das hört sich nicht sehr zuverlässig an", meinte Thierry.

„Richtig", erwiderte Orlando. „Aber die einzige Möglichkeit, es zu überprüfen, ist ein Versuch. Der Vampir, der das Blut des Magiers getrunken hat, ist lange tot, genauso wie der Vampir, der Lombard die Geschichte erzählt hat."

„Dieser Vampir … hat er sich den Magier zufällig erwählt?", wollte Alain wissen.

„Das wissen wir nicht", erwiderte Jean. „Wir wissen nur, dass er das Blut des Magiers getrunken hat."

„Wisst ihr, wer es war?", fragte Alain.

Orlando und Jean sahen sich an. „Merlin", antwortete Orlando.

Alain schüttelte den Kopf. „Der mächtigste Magier aller Zeiten. Ihr wisst auch, dass keiner von uns an seine Macht heranreicht, selbst wenn sein Blut dieses Wunder ermöglicht hat. Es ist durchaus wahrscheinlich, dass unser Blut nicht die geringste Wirkung hat."

„Ich habe deine Magie noch in mir gespürt, nachdem ich gestern von dir getrunken habe. Heute war es genauso. Ich habe die Hoffnung, dass es funktioniert. Wir müssen es nur versuchen", meinte Orlando.

„Und wenn es nicht funktioniert, begehst du Selbstmord!", rief Alain. Er konnte den Gedanken nicht ertragen, Orlando schon wieder zu verlieren.

„Ich habe nicht vor, direkt in die Sonne zu marschieren", gab Orlando zurück. „Ich kenne meine Grenzen. Aber wenn ich sie etwas ausweiten kann, nachdem ich dein Blut getrunken habe, dann können wir in kleinen Schritten die wirklichen Grenzen erkunden."

„Und wie kommst du auf die Idee, dass du so einfach Alains Blut trinken kannst?", nahm Thierry Alain in Schutz.

„Willst du dich an seiner Stelle anbieten?", konterte Orlando. „Ihr seid die einzigen Magier, die hier anwesend sind."

„Das wird nicht nötig sein", unterbrach sie Alain. Er würde nie zulassen, dass Thierrys Handgelenk in die Nähe von Orlandos Zähnen kam. „Ich mache das schon. Aber hier ist nicht der richtige Ort."

„Du hast recht", stimmte Orlando ihm zu. „Der sicherste Platz wäre in meiner Wohnung. Dort weiß ich genau, wo die Sonne durch die Fenster scheint. Ich habe schon vor langer Zeit gelernt, ihr auszuweichen."

„Ich komme mit", insistierte Thierry.

„Das ist nur fair", meinte Jean zustimmend. „Ich werde ebenfalls dabei sein, wenn auch nur im Schatten. So haben beide Seiten einen unabhängigen Zeugen, der den Versuch beurteilen kann."

„Ich glaube nicht, dass ihr beiden unabhängig seid", bemerkte Orlando.

„Vielleicht nicht", gab Jean zu. „Aber wir sind zumindest nicht direkt involviert."

„Wollen wir dann gehen?", schlug Orlando vor. „Wir können über die Details reden, wenn wir in meiner Wohnung sind."

Alain trat an Orlandos Seite. Er wollte mit ihm reden, aber vor allem wollte er bei ihm sein und ihn nicht aus den Augen lassen. Als sie sich auf den kurzen Weg zu Orlandos Wohnung begaben, senkte er den Kopf zu Orlando hinab, um von Thierry und Jean nicht gehört zu werden. „Du hast gesagt, dass du meine Magie fühlen kannst. Wie fühlt sie sich an?", wollte er wissen.

„Am Anfang war es wie ein leichtes Kribbeln", erwiderte Orlando. „So wie der Sprudel in einer Flasche Mineralwasser. Es ist durch meinen ganzen Körper gefahren und hat mich dann umhüllt wie eine warme Decke." Er machte eine kurze Pause. „Oder wie ein Geliebter."

Alain erschauerte. Wie ein Geliebter. Genau das wollte er für Orlando sein. Wenn seine Magie dazu beitragen konnte, wollte er alles dafür geben, was in seiner Macht stand.

„Wie lange hat es angehalten?", fragte er Orlando.

„Zehn Minuten ungefähr."

„Das ist nicht sehr lange", erwiderte Alain enttäuscht.

„Nein", sagte Orlando. „Aber ich habe auch nicht sehr viel getrunken. Das erste Mal waren es nur wenige Schlucke. Das zweite Mal war es noch weniger, und trotzdem hat die Wirkung angehalten. Wenn ich mehr trinken würde – ohne dich zu verletzen natürlich, nur um mich zu stärken – dann hält es vielleicht länger an. Wir müssen experimentieren, um die Grenzen auszuloten. Ich weiß, dass wir nicht viel Zeit haben. Aber je früher wir die Antwort wissen, umso früher können wir den Krieg zu unseren Gunsten wenden. Wir wollen euch helfen, wie immer wir können, ganz egal, wie dieses Experiment ausgeht. Aber ein Krieg hält sich nicht an den Rhythmus der Sonne. Wenn wir diese Grenze überwinden können, werden wir viel wertvollere Verbündete sein."

„Nicht jeder Magier wird euch sein Blut geben wollen", meinte Alain.

„Und es wird Vampire geben, die es nicht trinken wollen", erwiderte Orlando. „Damit werden wir uns befassen, wenn wir die konkreten Fakten haben. Als erstes sollten wir deinen Freund Thierry davon überzeugen, dass es einen Versuch wert ist."

Während ihres Gesprächs hatten sie die Avenue Gambetta hinter sich gelassen und waren in der Rue Desirée angekommen. Orlando schloss das Hoftor auf und führte die drei Männer über das enge Treppenhaus in seine Wohnung im dritten Stock. Es war eine typische Junggesellenwohnung – Schlafzimmer, Bad, kleine Küche und Wohnzimmer. Nichts Besonderes, aber ein Ort, wo er tagsüber Schutz fand. Nur im Wohnzimmer gab es Fenster mit schweren Samtvorhängen. Orlando zog sie auf und öffnete die Klappen auf der Außenseite. Dann zog er die Vorhänge wieder zu.

„Wir öffnen sie bei Sonnenaufgang, wenn wir unser Experiment durchführen", sagte er. „Bis dahin ist es mir lieber, wenn sie geschlossen sind. Ich möchte nicht, dass die Nachbarn neugierig werden und sich fragen, was wir hier mitten in der Nacht treiben."

Thierry setzte sich in einen Sessel, um möglichst viel Abstand zwischen sich und die Vampire zu bringen. Jean nahm in dem anderen Sessel Platz und überließ das Sofa Alain und Orlando. Die beiden schienen keine Probleme mit der Nähe zu haben und machten es sich bequem.

„Wie genau stellst du dir die Sache vor?", wollte Jean wissen.

„Unser Experiment?" fragte Orlando.

„Die Allianz", erwiderte Jean.

„Da gibt es keine vorgeschriebene Regel", meinte Thierry. „Der Krieg findet nicht auf einem festen Schlachtfeld statt. Wir konfrontieren die dunklen Magier da, wo wir sie treffen. Wir versuchen, ihre Angriffe zurückzuschlagen und ihre Pläne zu durchkreuzen. Wenn wir Gefangene machen, werden sie wegen dunkler Magie ins Gefängnis geworfen. Die anderen bringen wir um. Je mehr von uns kämpfen, um so mehr von ihnen können wir ausschalten. Wenn wir es schaffen könnten, Serrier auszuschalten, wäre die Schlacht so gut wie gewonnen. Aber bisher ist er uns noch immer entkommen."

„Dann sind wir nicht mehr als Kanonenfutter", bemerkte Orlando bitter.

„Das muss nicht so sein", meinte Alain. „Wir versuchen, offenen Schlachten auszuweichen. Die Verluste sind zu hoch, besonders unter der Zivilbevölkerung. Stattdessen legen wir Köder aus und schlagen dann zu, wenn sie in die Falle gehen. Ihr kennt euch damit aus, eure Opfer anzulocken. Ihr könnt die gleichen Methoden bei den dunklen Magiern anwenden."

„Was sollen wir gegen ihre Magie tun?", fragte Jean.

„Es gibt Gegenzauber, mit denen wir uns und euch beschützen können. Ihr müsst nicht allein gegen sie kämpfen. Wir stehen Seite an Seite, kombinieren eure Gaben und unsere, um gemeinsam erfolgreich zu sein", erklärte Alain.

„Gaben?", fragte Orlando höhnisch. „Wir haben keine Gaben. Nur Flüche."

„Dann benutzt die", sagte Thierry. „Benutzt gegen sie, was immer ihr habt. Gott weiß, sie haben auch keine Hemmungen."

So diskutierten und stritten sie die ganze Nacht. Als die Morgendämmerung nahte, wurden Jean und Orlando langsam unruhig, obwohl die Vorhänge immer noch fest zugezogen waren.

„Was ist los?", wollte Alain wissen.

„Eine natürliche Reaktion auf den Sonnenaufgang", erklärte Orlando. „Obwohl wir wissen, dass die Vorhänge zugezogen sind und kein Licht durchlassen, will unser Körper sich instinktiv vor der Sonne verbergen."

„Dann wird es also Zeit?", fragte Alain.

„Bald", erwiderte Orlando. „Wir müssen noch abwarten, bis die Sonne direkt ins Fenster scheint. Dann können wir den Vorhang aufziehen. Ich kann es einige Minuten lang aushalten, ohne Schaden zu nehmen. Aber es ist sehr schmerzhaft."

Sie saßen in angespannter Stille zusammen, bis Orlando entschied, dass jetzt der richtige Zeitpunkt gekommen sei. Er sah Alain unsicher an, wusste nicht, was er sagen sollte, um seinem Bedürfnis Ausdruck zu verleihen. Alain fühlte, was in ihm vorging und hielt ihm, wie schon zweimal zuvor, seinen Arm hin. „Hier", sagte er leise. „Nimm dir, was du brauchst."

Orlando sah ihm in die Augen, dann legte er die Hände um Alains Arm und hob seine Hand an den Mund. Er war sich der Anwesenheit von Jean und Thierry schmerzlich bewusst. Er wollte von Alain trinken, seine Magie aufnehmen. Für einen Vampir war das eine sehr intime Handlung, deshalb war ihm die Anwesenheit der beiden Männer unangenehm.

Jean stand auf und machte sich auf den Weg in die Küche. Als Thierry seinem Beispiel nicht folgte, legte er ihm die Hand auf die Schulter und zog ihn hoch. „Was ist denn los?", wollte Thierry wissen, aber Jean gab ihm keine Antwort, bis sie das Zimmer verlassen hatten.

„Bist du wirklich so voyeuristisch?", fragte er dann.

„Wovon redest du?", erwiderte Thierry.

„Man sieht einem Vampir nicht zu, wenn er trinkt. Es ist unhöflich. Es ist, als würde man zwei Menschen beim Sex zusehen", erklärte Jean. „Wenn es dir also nichts ausmacht, wäre es eine gute Idee, einige Minuten hier zu bleiben."

„Aber …", protestierte Thierry.

„Aber nichts. Orlando wird deinem Freund nichts antun. Er hat selbst zu viel zu verlieren. Gib ihnen einige Minuten Zeit, dann kannst du wieder zurückgehen und deinen Freund bewachen."

Thierry verschränkte die Arme vor der Brust und wollte offensichtlich Einspruch erheben, aber Jean ignorierte ihn einfach.

Im Nebenzimmer starrte Orlando auf die zarte Haut von Alains Arm. Der Magier hatte ihm den unversehrten Arm gereicht, in den Orlando noch nicht gebissen hatte. Orlando holte tief Luft, um sich auf seinen Kuss vorzubereiten. Er fühlte Alains Blick, der auf ihn gerichtet war. Aber es war nicht der bittende Blick eines Opfers, denn weder Angst noch Wut lagen in Alains Augen. Es war ein Blick voller Begehren. Es war das gleiche Begehren, dass Orlando schon bei seinem zweiten Biss geschmeckt hatte.

6

LANGSAM UND bedächtig führte Orlando Alains Handgelenk an den Mund. Er dachte an den Geschmack der zarten Haut und des heißen Blutes, das darunter pulsierte. Seine langen Eckzähne kamen zum Vorschein. Er presste die Lippen an die Haut, die bald sein Zeichen tragen würde. Alain würde sein Zeichen tragen. Nicht nur, weil Orlando es sich wünschte, sondern weil sie beide es so wollten. Der Gedanke war atemberaubend. Er konnte den Duft von Alains Haut riechen, eine Mischung aus Eau de Cologne, dem Schweiß des vergangenen Tages und – darunter – der Geruch nach Alain, einmalig und unvergesslich. Orlando würde diesen Geruch nie wieder mit einem anderen verwechseln, würde Alain immer daran erkennen können.

Alain wurde langsam unruhig. Worauf wartete Orlando noch? War etwas nicht in Ordnung? Der Vampir saß nahezu unbeweglich an Alains Seite, hielt sein Handgelenk umfasst und presste die Lippen an Alains Haut. Alain hätte mehr Begeisterung, mehr Eifer erwartet. Orlando hatte den Geschmack seines Blutes doch genossen. Aber dann spürte er, wie Orlandos Zunge ihm sanft über die Haut glitt, um sie auf die scharfen Zähne vorzubereiten. Orlandos Zähne pressten sich an Alains Puls und er schloss die Augen, um sich besser auf den bevorstehenden Biss konzentrieren zu können.

Orlandos Eckzähne durchdrangen Alains Haut. Danach hielt er kurz inne, denn der Biss brannte zu Anfang schmerzhaft und er wollte Alain etwas Zeit geben, sich an das Gefühl zu gewöhnen. Als er spürte, wie Alain sich wieder entspannte, fing er leicht zu saugen an. Heißes Blut füllte Orlandos Mund. Es schmeckte nach Kupfer und nach Alain. Orlando ließ sich Zeit, um das Gefühl länger genießen zu können.

Alain erschauderte, als Orlando zu saugen begann und seine Zähne sich langsam tiefer in die Wärme von Alains Handgelenk bohrten. Er ballte die Fäuste und unterdrückte jede Bewegung, wollte die Illusion noch etwas länger aufrechterhalten, dass es sich nur um ein Experiment handelte. Er war froh, dass Jean und Thierry das Zimmer verlassen hatten. Thierry hätte ihm bestimmt angesehen, mit welchen Gefühlen er kämpfte. Orlandos saugender Rhythmus passte sich Alains Pulsschlag an. Er konnte das Pochen in seinem ganzen Körper spüren. Mit jedem Saugen drangen die Zähne tiefer in ihn ein und Orlandos Kehle zog sich bei jedem Schluck zusammen. Und mit jedem Saugen, mit jedem Stoß von Orlandos Zähnen, wuchs Alains Erregung.

Orlando schmeckte Alains zunehmende Leidenschaft an dem Blut, das in seinen Mund strömte. Der berauschende Geschmack löste in seinem Körper das gleiche Verlangen aus. Er rutschte etwas zur Seite, um besser in Alains Augen sehen zu können, ohne seinen Biss unterbrechen zu müssen. Alains Gesicht war ein Bild der reinen Ekstase. Seine Wangen waren rot angelaufen, seine Pupillen erweitert, sein Mund halb geöffnet. Er atmete keuchend und seine Zunge schob sich zwischen die weißen Zähne. Ihre Begegnungen waren immer spannungsgeladen gewesen, aber die Intimität dieses Augenblicks trieb die Erregung in neue Höhen. Orlando fühlte, wie ein Begehren in ihm aufstieg, das er so seit Jahrhunderten nicht mehr empfunden hatte.

Alain spürte Orlandos Blick auf sich gerichtet, aber es gelang ihm nicht, seine Reaktion auf den Biss zu beherrschen und das kühle Äußere zur Schau zu stellen, das von ihm bei diesem Experiment erwartet wurde. Er war zu sehr in der Erotik des Anblicks vor ihm gefangen. Orlando war die Sünde in Menschengestalt. Seine dunklen Augen blitzten im schwachen Schein der kleinen Lampe, das Haar fiel ihm in die Stirn und sein offener Mund bewegte sich saugend an Alains Gelenk, als wollte er ihn am liebsten ganz verschlingen. Alain hätte sich nicht dagegen gewehrt.

Orlando schloss die Augen, um seine tiefe Verbindung zu Alain besser genießen zu können. Er konnte spüren, wie Alains Magie sich wärmend in ihm ausbreitete, sein ganzes Sein umfing und ihm neue Kraft gab. In diesem kurzen Augenblick fühlte Orlando sich unbesiegbar.

Das Gefühl war so überwältigend, dass es Orlando aus dem Rhythmus brachte. Alain hatte zwar die Erlaubnis zu dem Biss erteilt, aber ihr Experiment diente einem bestimmten Zweck. Die Lust, die Orlando in Alains Blut schmeckte, die er in Alains Gesicht lesen konnte, war kein Freifahrtschein für Orlando, in diesem Biss mehr zu sehen, als das Experiment, als das er gedacht war. Das zu tun, würde bedeuten, das wachsende Vertrauen zwischen ihm und Alain zu gefährden, und nichts lag Orlando ferner. Er wollte nicht, dass Alain jemals wieder mit Furcht an seinen Biss dachte. Er wollte nicht, dass Alain Angst davor hatte, ihm sein Blut zu schenken. Vorsichtig zog er seine Zähne aus Alains Körper und fuhr mit der Zunge über die Bisswunden. Sie waren größer als an dem anderen Handgelenk, weil Orlando tiefer und länger getrunken hatte. So sehr er sich auch bemüht hatte, sanft zu sein, Alain würde die Wunden spüren und deutlich sehen können. Orlando leckte zärtlich über die empfindliche Haut und reinigte sie von dem Blut. Dann hob er den Kopf und sah Alain in die Augen.

Das Saugen hörte auf und Alain spürte, wie Orlandos Zähne aus den Bisswunden gezogen wurden. Dann fühlte er wieder die heilende Zunge, die über seine Haut glitt und ihn auf eine Weise berührte, die nichts mit ihrem Experiment zu tun hatte. Als Orlando den Kopf hob, gab Alain seinen Widerstand auf und tat das, was er sich seit seiner ersten Begegnung mit dem Vampir gewünscht hatte. Er legte die Hände um Orlandos Kopf und küsste ihn. Als er mit der Zunge in

36

Orlandos Mund eindrang, konnte er sein eigenes Blut schmecken. Es war kein langer Kuss, aber Alain hatte der Versuchung nicht widerstehen können, einen kleinen Geschmack dieses köstlichen Mundes zu erhaschen. Selbst, wenn es ihm eine Ohrfeige einbringen würde. Selbst, wenn es alles ruinieren würde, was sie geplant hatten. Die Versuchung war zu groß gewesen.

Alains Kuss überraschte Orlando. Er hatte zwar das Begehren des Magiers gespürt, hätte aber nie damit gerechnet, dass Alain seine Gefühle in die Tat umsetzte. Orlando hatte schon oft die begehrlichen Blicke anderer Menschen auf sich gerichtet gesehen, aber sobald sie von seiner wahren Natur erfuhren, wandten sie sich wieder von ihm ab. Alain hatte gerade den Kuss eines Vampirs erlebt und war dennoch bereit, mit ihm den Kuss eines Menschen zu teilen, der in seiner Macht demjenigen des Vampirs in nichts nachstand.

Schwer atmend trennten sie sich wieder. Alain fiel es nicht leicht, sich wieder unter Kontrolle zu bringen. Er wollte sich in Orlando versenken und in den Gefühlen schwelgen, die der Vampir in ihm zum Leben erweckt hatte. Aber bevor er etwas sagen oder tun konnte, das er vielleicht später bereut hätte, kam Thierry ins Wohnzimmer gestürmt.

„Seid ihr endlich fertig?", verlangte er zu wissen.

„Ja", erwiderte Alain, ohne seinen Freund anzusehen. Er hatte nur Augen für Orlando. „Wie fühlst du dich?", fragte er ihn. „War es anders, als die beiden ersten Male?"

Orlando suchte nach Worten. „Ich kann die Magie spüren", sagte er und meinte damit den Zweck ihres Experiments, nicht seine sexuelle Erregung. „Sie liegt wie ein Filter zwischen mir und der Welt. Ich glaube, dass es funktioniert hat. Wie geht es dir? Ich habe doch nicht zu viel getrunken, oder?"

„Es geht mir gut", versicherte ihm Alain wahrheitsgemäß. Tatsächlich fühlte er sich durch den Biss sogar gestärkt und würde das Experiment jederzeit wiederholen, sollte Orlando sich das wünschen. „Was tun wir jetzt?"

„Du ziehst die Vorhänge zurück. Danach werde ich sehen, wie viel Sonnenlicht ich ertragen kann." Orlando war nervös, trotz des Wagemuts, den er vor dem Biss zur Schau gestellt hatte. Er kannte seine Grenzen nicht, war jedoch bereit, sie im Interesse ihrer Allianz zu erkunden. Aber er hatte auch noch andere Gründe, sich einen erfolgreichen Verlauf ihres Experiments zu wünschen. Er könnte dann nämlich so oft von Alain trinken, wie der Magier es erlaubte. Es war ein unglaublich verlockender Gedanke.

Jean war an der Zimmertür stehen geblieben. „Wo bin ich vor der direkten Sonnenstrahlung sicher?", fragte er. Er konnte kein Risiko eingehen, weil er nicht den Schutz des Magierbluts hatte.

„Du kannst an der Tür bleiben", sagte Orlando. „Um diese Uhrzeit scheint die Sonne nicht mehr als einen Meter ins Zimmer."

Jean nickte.

„Alain, öffnest du jetzt bitte die Vorhänge?", fragte Orlando.

Alain stand auf und ging zum Fenster. Er zögerte einen Moment, dann zog er die Vorhänge einige Zentimeter zur Seite, bis ein schmaler Strahl der Herbstsonne ins Zimmer fiel. Er wollte Orlando keinem unnötigen Risiko aussetzten. *Im Krieg muss man immer Risiken eingehen*, wäre Thierrys Antwort auf Alains Bedenken gewesen. Und das war auch richtig. Aber dieses Wissen machte es Alain auch nicht leichter, seine Befürchtungen vor einem Misslingen des Experiments zurückzustellen.

Orlando erhob sich ebenfalls und ging langsam auf den kleinen Flecken Sonnenlicht zu. Alle Augen waren auf ihn gerichtet. Kurz bevor er die tödlichen Strahlen erreichte, blieb er nachdenklich stehen.

„Ist alles in Ordnung?" fragte Alain und trat an seine Seite.

„Ja", erwiderte Orlando lächelnd. „Hier ist die Grenze. Soweit kann ich während des Tages ans Fenster gehen. Wenn ich hier stehe, habe ich normalerweise schon das Gefühl, ich würde verbrennen. Meine Haut wird grau und aschig." Er streckte eine Hand aus. Es war ihr nichts anzusehen. Die Haut hatte die gleiche leicht braune Tönung, die sie auch vorhin gehabt hatte, als sie noch zusammen auf dem Sofa saßen. Orlando ging einen weiteren Schritt auf das Fenster zu.

Alain sah mit angehaltenem Atem zu, wie Orlando sich Schritt um Schritt dem Fenster näherte. Mit jedem Schritt wurde Orlandos Lächeln breiter. Dann stand er nur noch einige Zentimeter vom Fenster entfernt.

„Sei vorsichtig", rief ihm Jean von der Tür zu.

„Es ist unfassbar", sagte Orlando. „Ich bin so nah, dass ich die Wärme der Sonne auf meiner Haut spüren kann, aber sie verbrennt mich nicht. Schau dir das nur an, Jean", rief er und hielt seine Hand hoch. „Das Licht hat keinerlei Wirkung auf mich. Ich könnte mich wahrscheinlich direkt in die Sonne stellen und es würde trotzdem nichts passieren."

Alain hätte ihn am liebsten aufgehalten und zurück ins Zimmer gezogen. Aber das war nicht der Sinn der Sache. Sie wollten schließlich sehen, ob das Blut eines Magiers Vampire vor der Sonne schützte.

Orlando hielt wagemutig einen Finger direkt in die Sonnenstrahlen. Jean zuckte zusammen, weil er erwartete, dass der Finger sich in Asche verwandelte. Aber nichts geschah. Die Haut glänzte im Sonnenlicht, aber sie zeigte keinerlei Spuren von Verbrennungen. Ermutigt öffnete Orlando die Faust und hielt seine ganze Hand in die Sonne. Immer noch nichts. Er ging die letzten Zentimeter zum Fenster, stellte sich direkt ins Licht und sah zum ersten Mal seit über zweihundert Jahren wieder hinaus in die Sonne. Er ließ sich von ihren Strahlen bescheinen und kämpfte gegen die Tränen. Als er sich wieder unter Kontrolle hatte, drehte er sich zu den anderen um. „Es klappt", sagte er mit glänzenden Augen.

Dann drehte er sich wieder zum Fenster, riss die Tür weit auf und betrat den kleinen Balkon. Er hob sein Gesicht der Sonne entgegen und lächelte. Sie konnte ihm nichts mehr anhaben, nicht, so lange Alain an seiner Seite war. Orlando nahm sich die Zeit, einen Blick auf die Nachbarschaft zu werfen, in der er schon seit

Jahren lebte, die er aber immer nur im Licht der Straßenlaternen gesehen hatte. Die Häuser waren, wie es für Paris typisch ist, aus gelblichem Kalkstein gebaut. Sie glänzten hell im Morgenlicht. Es war der schönste Anblick, den Orlando seit Jahren erlebt hatte, obwohl eigentlich nichts Besonderes zu sehen war. Lange Minuten blieb er einfach nur auf dem Balkon stehen und badete im warmen Sonnenlicht, das er so viele Jahre entbehrt hatte. Er hatte sich immer danach gesehnt. Dann dachte er an den gestrigen Abend in dem kleinen Café zurück. Wenn das Blut eines Magiers ihm die Sonne wieder zurückgab, was konnte es dann noch bewirken?

„Komm rein", rief ihm Alain aus dem Zimmer zu. „Wir wissen nicht, wie lange die Wirkung anhält. Ich will dich nicht wieder verlieren."

Orlando wollte nicht ins Zimmer zurückgehen, wollte diesen Augenblick, diese wunderbare Erfahrung noch länger genießen. Aber Alain hatte recht. Orlando trat über die Schwelle ins Zimmer, lächelte Alain zu und legte die ganze Dankbarkeit, die er für das Geschenk des Magiers empfand, in seinen Blick.

Alain sah die Freude, die in Orlandos Gesicht lag, als er wieder in die kleine Wohnung kam. Ihm wurde warm ums Herz und er erkannte, dass er alles in seiner Macht stehende tun würde, damit Orlando dieses strahlende Lächeln nie wieder verlor. Die paar Tropfen Blut waren nur ein kleiner Preis, den er gerne dafür bezahlte.

„Es klappt", wiederholte Orlando und sah Jean an.

„Du solltest aus der Sonne gehen. Schau dir deine Haut an", warnte ihn Jean nach einigen Minuten.

Orlando sah auf seine Hand und stellte fest, dass sie tatsächlich einen gräulichen Schimmer bekam. Er ging zurück in das schattige Zimmer, aber seine Haut blieb grau. „Was ist mit dir los?", fragte Alain.

„Die Wirkung hat nachgelassen. Ich kann deine Magie kaum noch spüren", antwortete Orlando. „Das passiert, wenn ein Vampir dem Sonnenlicht ausgesetzt wird."

„Aber du bist nicht mehr in der Sonne. Warum geht es nicht weg?", wollte Alain wissen. Er hatte Angst um Orlando.

„Es geht erst weg, wenn er wieder Blut trinkt", sagte Jean aus den Schatten. Alain schob sofort seinen Ärmel hoch.

Thierry griff ihn am Arm. „Auf keinen Fall!", schrie er. „Du hast ihm sowieso schon zu viel gegeben. Ich lasse das nicht zu." Thierry schluckte. „Wenn du Blut brauchst, dann nimm es von mir", sagte er zu Orlando.

Alain musste sich fast auf die Zunge beißen, um nicht gegen Thierrys Vorschlag zu protestieren. Er wollte nicht, dass ein anderer Mensch die gleiche tiefe Verbindung mit Orlando einging, wie er selbst sie erlebt hatte. Ihm fiel auf, dass Orlando sich ebenfalls bedeckt hielt. Dann meldete sich Jean zu Wort. „Das ist eine gute Idee. Dann können wir gleich überprüfen, ob die Wirkung generell ist."

Ohne allzu große Begeisterung ging Orlando auf Thierry zu. Jean verließ das Zimmer und forderte Alain auf, ihm zu folgen, um Orlando und Thierry allein zu lassen.

„Mach schon, beiß zu", sagte Thierry und hielt die beiden Männer zurück. Mit einem Vampir allein im Zimmer zu sein, war das letzte, was er wollte. Orlando hob seinen Arm an die Lippen und biss so unbeteiligt wie möglich zu. Er trank gerade genug, um seine Haut zu heilen. In dem Blut konnte er Thierrys Magie spüren und erkannte, dass der Mann ein gutes Herz hatte. Aber er schmeckte auch eine Dunkelheit, die er nicht weiter erkunden wollte. Außerdem war Thierry nicht Alain. Der Geschmack war nicht derselbe. Auch seine Magie fühlte sich anders an. Orlando sehnte sich nach Alains Blut und Magie. Er ließ Thierrys Arm los und trat zurück, um Alain wieder näher zu sein.

„Nun?", fragte Jean.

„Nun was?", erwiderte Orlando. Er fühlte sich, als hätte er mit Thierrys Blut die Verbindung zwischen sich und Alain beschmutzt. Und Alain hatte es mit ansehen müssen.

„Hat es die gleiche Wirkung?", führte Jean aus.

„Nein", sagte Orlando unbeteiligt.

7

„Deine Haut ist geheilt. Wieso war die Wirkung anders?", fragte Alain und fuhr sanft mit einem Finger über Orlandos genesene Haut. Er hatte es gehasst, Orlandos Mund an Thierrys Arm sehen zu müssen, aber er hatte nicht das Recht, Orlandos Blutdurst für sich allein zu beanspruchen. Noch nicht.

„Deine Magie hüllt mich ein, als ob sie mich beschützen wollte. Ich konnte Thierrys Magie spüren, aber sie hat mich nicht auf die gleiche Weise erfüllt wie deine", sagte Orlando und suchte nach den richtigen Worten, um seine diffusen Gefühle besser zu erklären. Er kam dabei noch näher auf Alain zu, als würde die Anwesenheit des Magiers ihm den gleichen Schutz gewähren wie sein Blut.

„Vielleicht hast du nur zu wenig getrunken", vermutete Alain. Orlandos Worte ließen ihn seine Eifersucht vergessen und er wollte die Arme um den Vampir legen, so wie seine Magie sich um ihn gelegt hatte. Aber er widerstand der Versuchung. Sie waren nicht allein und er wusste nicht, wie Orlando auf eine solche Geste reagieren würde. Wie Thierry und Jean darauf reagieren würden. Jean behandelte den jungen Vampir sehr fürsorglich und Alain hatte nicht vor, sich Jeans Zorn zuzuziehen.

„Auf dem Friedhof habe ich von dir weniger getrunken, und doch hat es diese Wirkung gehabt. Sie war nur schwächer als heute", erwiderte Orlando.

„Vielleicht beschränkt sich die Wirkung auf den ersten Magier, dessen Blut du geschmeckt hast", schlug Jean vor. „Das würde erklären, warum Alains Blut stärker wirkt als Thierrys. Vielleicht verhindert Alains Blut, dass Thierrys seine volle Schutzwirkung entfalten kann."

Orlando dachte darüber nach. „Das könnte sein. Vielleicht solltest du auch von Thierry trinken, um zu sehen, wie es wirkt", schlug er dann vor.

„Einen Moment!", protestierte Thierry. „Darf ich dazu vielleicht auch etwas sagen?"

„Wir müssen es herausfinden", warf Alain ein. „Wenn es nur zwischen Orlando und mir funktioniert, ist es keine große Hilfe. Komm schon, Thierry. So schlimm ist es doch gar nicht." Er warf Orlando einen Blick zu und hoffte, dass der Vampir ihn richtig verstehen würde; ihr gemeinsames Erlebnis war alles andere als schlimm gewesen. Aber Alain kannte Thierry und wollte ihm deshalb seine wahren Gefühle bei dem Biss nicht beschreiben. Sonst wäre Thierry in Windeseile über alle Berge verschwunden und nur noch eine Staubwolke von ihm zu sehen.

Alains Worte trafen Orlando ins Herz, bis er den Blick bemerkte, den der Magier ihm zuwarf. Er hätte Alain gerne unterstützt, aber das wäre vermutlich nicht sehr hilfreich gewesen. Thierry war schon misstrauisch genug.

„Na gut", gab Thierry grummelnd nach. „Aber ihr beiden bleibt im Zimmer. Ich mache nur mit, weil ich das Beste für unsere Allianz will. Ist das klar?"

„Du musst nicht sehr viel trinken", sagte Orlando zu Jean. „Ich konnte die Magie in Alains Blut schon beim ersten Biss spüren, obwohl ich nur einige Tropfen geschmeckt habe."

„Schließt die Vorhänge", sagte Jean. „Dann kann ich ins Zimmer kommen." Alain verließ Orlandos Seite für einen kurzen Augenblick, um die Bitte des älteren Vampirs zu erfüllen. Als nur noch das Licht der kleinen Lampe neben dem Sofa das Zimmer erhellte, ging er zu Orlando zurück und wartete ab, was als Nächstes geschehen würde.

Jean ging so vorsichtig auf Thierry zu, als würde er sich einem wilden Tier nähern. Er streckte die Hand aus und wartete darauf, dass Thierry ihm den Arm reichte. Jean wollte nicht riskieren, dass Thierry seine Magie gegen ihn richtete. Er wollte sie in seinen Adern spüren.

Zögernd ließ Thierry zu, dass Jean ihn am Arm nahm. Als Jean den Mund öffnete und seine spitzen Eckzähne sichtbar wurden, zuckte Thierry zusammen. Alain hatte zwar nicht viele Worte gemacht, aber Thierry war sich sicher, dass sein Freund Orlandos Biss genossen hatte. Auf dem Friedhof hatte Alain keinen anderen, für Thierry nachvollziehbaren Grund gehabt, dem Vampir sein Handgelenk für einen zweiten Biss anzubieten. Alain hatte es einfach nur gewollt. Thierry konnte das nicht verstehen. Er hatte bei Orlandos Biss keinerlei Vergnügen empfunden und konnte auch Jeans Biss nicht genießen. Es war schmerzhaft. Mehr nicht.

Jean konnte den Unterschied zwischen Thierrys Blut und dem Blut eines normalen Sterblichen schmecken. Dieser Unterschied konnte durch Thierrys Magie erklärt werden. Aber Jean spürte nichts von dem, was Orlando ihnen beschrieben hatte. Er spürte weder die Magie durch seinen Körper fließen, noch fühlte er sich besonders beschützt. Aber er erkannte die Wahrheit in Thierrys Worten. Der Magier wollte, dass die Allianz erfolgreich war. Er würde alles dafür tun. Er würde sogar – widerstrebend – sein Blut geben, wenn es sich als hilfreich erwies. Aber Jean spürte noch etwas anderes, das den Geschmack von Thierrys Blut unangenehm überlagerte. Es war eine tiefe, unendliche Trauer, die wie ein düsterer Schatten auf Thierrys Seele lag.

„Nichts", sagte er und ließ Thierrys Arm los. „Ich kann die Magie schmecken, aber ich fühle keine Wirkung. Nicht so, wie du es uns beschrieben hast."

„Dann muss es einen anderen Grund geben", sagte Alain. „Was könnte es nur sein?"

„Vielleicht ist es etwas Besonderes in deinem Blut?", meinte Jean.

„Das können wir nur auf eine Weise herausfinden", erwiderte Alain zurückhaltend. Er wollte sich von Jean nicht beißen lassen. Aber nach dem, was er zu Thierry gesagt hatte, konnte er es kaum ablehnen. Er schob den Ärmel auf der anderen Seite hoch, wo Orlando ihn auf dem Friedhof gebissen hatte. Es war nur ein kleiner Unterschied, aber er war wichtig für Alain. Er wollte Jean nicht auf der gleichen Seite trinken lassen, auf der Orlando ihn vorhin gebissen hatte.

Orlando zischte protestierend, als er sah, was Alain vorhatte. Er wollte seinen Magier nicht mit anderen Vampiren teilen. Alain legte ihm beruhigend die Hand auf die Schulter. „Wir müssen es probieren", sagte er leise zu Orlando. Mehr traute er sich in Anwesenheit von Thierry und Jean nicht zu sagen. Er musste erst mit Orlando allein über die Gefühle reden, die sich zwischen ihnen entwickelten.

Jean hatte Orlandos Reaktion gesehen und nahm Rücksicht darauf. So unpersönlich wie möglich zog er Alains Handgelenk an den Mund. Er hoffte fast, dass auch Alains Blut keine Wirkung auf ihn hatte. Es wäre zwar ein Rückschlag, wenn Orlando als einziger von dem Blut eines Magiers profitieren konnte, aber Jean wollte mit seinem Freund nicht in Konflikt geraten.

Alain spürte, wie Jeans Zähne in seine Haut eindrangen und das vertraute Saugen begann. Aber Jeans Biss löste nicht die gleiche intime Verbindung aus, die er mit Orlando geteilt hatte. Vielleicht lag es an der anderen Situation oder daran, dass sie nicht allein waren. Alain wusste es nicht, aber der Unterschied war ihm wichtig.

Wie schon bei Thierry, konnte Jean auch in Alains Blut die Magie schmecken. Aber auch dieses Mal spürte er keine der Wirkungen, die Orlando beschrieben hatte. Aber er spürte Alains Leidenschaft für Orlando. Es überraschte ihn, denn in den meisten Fällen ließ das Begehren der Menschen schnell nach, wenn die Vampire sich ihnen offenbarten. Er ließ Alains Hand los und trat einen Schritt zurück. Alain ging sofort wieder an Orlandos Seite. Diese Geste überraschte Jean erneut. Ihm war schon aufgefallen, wie sehr Orlando Alains Nähe suchte. Es war interessant, dass es Alain offensichtlich genauso ging. Was immer sich zwischen den beiden entwickelte, es schien auf Gegenseitigkeit zu beruhen. Da Jean sich jetzt sicher war, nicht von Alains Blut profitieren zu können, wollte er diese Beziehung mit allen Kräften unterstützen. Orlando hatte schon viel zu viele Jahre in verbitterter Einsamkeit verbracht. Jean konnte nur hoffen, dass Alain mehr in Orlando sah, als nur den nützlichen Bündnispartner, der ihre Sache unterstützte, dass er alle Facetten der Persönlichkeit des jungen Vampirs gleichermaßen zu schätzen wusste.

„Das hat auch nicht funktioniert. Es ist komplizierter, als wir erwartet haben", sagte Jean. Er sah die Erleichterung, die sich bei seiner Feststellung in Orlando und Alains Mienen ausbreitete. Selbst, wenn ihre spezielle Verbindung sich nicht auf andere Vampire und Magier übertragen ließ, Jean würde Orlando auf jeden Fall dabei helfen, sie fortzuführen. Der junge Vampir hatte in seinem Leben noch nicht viel Grund gehabt, so glücklich und froh zu sein.

„Ich bin mir sicher, dass es nicht nur mit uns funktioniert", meinte Alain. „Was haben wir übersehen?"

„Was wäre, wenn ..." Orlando brachte den Satz nicht zu Ende.

„Orlando?", fragte Alain.

„Vielleicht ist eine bestimmte Kombination von Vampir und Magier nötig. Vielleicht ist irgendwo dort draußen der richtige Magier für Jean. Oder der richtige Vampir für Thierry. Das würde es erklären." Orlando wartete schweigend darauf, dass jemand seine Idee wieder verwarf. Er wusste, dass er nicht sehr klug war. Er hatte keinerlei Schulausbildung und sein Schöpfer hatte ihm immer wieder gesagt, was für ein dummer Kerl er wäre.

Die anderen drei dachten über Orlandos Vermutung nach. „Das würde erklären, was wir bisher wissen. Aber wie sollen wir es überprüfen?", fragte Alain schließlich.

„Ich weiß es nicht. Aber wir sollten mit Marcel darüber reden, bevor wir es öffentlich machen. Was immer der Grund ist, so lange es nur mit euch beiden funktioniert, können wir nicht viel Begeisterung erwarten", meinte Thierry.

„Er wird hierher kommen müssen", stellte Jean fest. „Ich kann die Wohnung nicht vor Sonnenuntergang verlassen, und auch bei Orlando wissen wir nicht, wie lange die Wirkung anhält, selbst wenn er wieder trinken würde. In zwanzig Minuten kommt man nicht sehr weit, und er kann seine Energie unterwegs nicht erneuern. Es kommt nicht sehr gut an und würde zu Unruhe führen, in der Öffentlichkeit Blut zu trinken."

„Es ist kein Problem, Marcel einfach anzurufen. Er hat heute Vormittag eine Pressekonferenz und kann danach vorbeikommen", sagte Alain. „Vielleicht fällt ihm etwas ein, das wir bisher übersehen haben. Aber ich glaube, Orlando liegt mit seiner Idee richtig."

Orlando wurde von einem unbekannten Gefühl erfasst. Es dauerte einen Moment, bis er erkannte, dass es Stolz war. Seine Idee war akzeptiert worden. Sie hatten sie nicht einfach zurückgewiesen. Er wollte nach Alain greifen, um seine Erfolgsgefühle mit dem Magier zu teilen. Diese Reaktion machte ihm schlagartig bewusst, dass Alain ihm mittlerweile schon mehr bedeutete, als nur eine praktische Blutquelle oder ein Hilfsmittel, um die Sonne zu sehen.

Während Orlando noch mit seinen neuen und zerbrechlichen Emotionen kämpfte, rief Alain Marcel an. „Er kommt in einigen Minuten vorbei", teilte er mit, nachdem er das Gespräch beendet hatte.

„Es ist euch doch klar, dass es keine leichte Sache sein wird, falls ihr recht behaltet? Was sollen wir dann tun? Die Magier in einer Reihe aufstellen und so lange von jedem Vampir beißen lassen, bis sich ein passendes Paar gefunden hat? Ich kann mir vorstellen, dass die Vampire daran ihre reine Freude haben, aber für mich ist das nichts", meinte Thierry sarkastisch.

„Hast du einen besseren Vorschlag?", fragte Alain in einem Tonfall, der sonst respektlosen Untergebenen vorbehalten war. Thierry zog überrascht die Augenbrauen hoch, sagte aber nichts. „Dann spare dir deine Kritik an den Vorschlägen der anderen."

Orlando starrte die beiden Magier mit offenem Mund an. Er hatte schon nicht damit gerechnet, dass Alain sich seine Idee anhörte und sie sogar in Erwägung zog. Aber dass er sogar seinen besten Freund zurechtwies, hatte Orlando noch weniger erwartet.

„Na gut", grummelte Thierry. „Ich habe jetzt Hunger. Gibt es in der Nähe ein Café oder eine Boulangerie, wo ich mir ein Frühstück besorgen kann?"

„Am Ende der Straße", sagte Orlando. „Es liegt auf dem Weg zum Friedhof. Dort bekommst du alle süßen Köstlichkeiten, die du dir nur wünschen kannst. Bei Kaffee bin ich überfragt. Die Cafés hier servieren nur im Haus. Sie verkaufen nicht zum Mitnehmen."

Thierry nickte. „Kommst du mit, Alain?"

„Nein, ich bleibe lieber hier. Bring mir bitte ein Pain au Chocolat mit."

Thierry hatte ein merkwürdiges Gefühl, als er Alain allein mit den beiden Vampiren zurückließ. Aber er musste auch zugeben, dass Orlando sich offensichtlich sehr um Alain kümmerte. Also war es wohl in Ordnung. Außerdem wollte er nur einige Meter die Straße runter gehen, um Frühstück zu besorgen. Länger als zehn Minuten konnte das nicht dauern. Was sollte in der kurzen Zeit schon passieren? Er hatte kaum zu Ende gedacht, da wünschte er schon, sich diese Frage nie gestellt zu haben. Marcels Anruf in der letzten Nacht hatte ihm deutlich genug gezeigt, was jederzeit und überall passieren konnte. Aber er durfte jetzt nicht an Aleth denken. Dazu war heute nicht der passende Zeitpunkt. Es führte außerdem zu nichts, über seine frühere Frau nachzugrübeln. Thierry hoffte, irgendwann später einen ruhigen Moment dafür finden zu können. Im Augenblick war jedoch zu viel los, deshalb konnte er sich nicht mit den Gedanken an sie – und alles andere – belasten. Mit diesem Entschluss machte er sich auf den Weg in die Konditorei.

8

KAUM WAR die Tür hinter Thierry ins Schloss gefallen, verließ auch Jean das Wohnzimmer. Alain und Orlando blieben allein in dem durch die kleine Lampe nur schwach beleuchteten Raum zurück. „Du … du hast mir zugehört", sagte Orlando, dessen Gedanken immer noch um Alains Zustimmung zu seinem Vorschlag kreisten.

„Warum hätte ich das nicht tun sollen?", fragte Alain erstaunt.

„Weil Jean der einzige ist, der mir zuhört. Ich bin jung und hübsch, und als ich umgewandelt wurde, hat mich das in eine sehr missliche Lage gebracht. Ich muss dumm sein. Jedenfalls denken das die anderen Vampire. Und alle anderen Menschen sehen in mir nur den Vampir und glauben sowieso, wir hätten von nichts eine Ahnung." Orlando war seine Bitterkeit deutlich anzuhören.

„Offensichtlich zu unrecht", erwiderte Alain. „Du hast heute schon mehrere gute Ideen gehabt, selbst wenn sich einige als falsch erwiesen haben. Wie sich herausgestellt hat, haben wir am Ende alle falsch gelegen."

Er ging zum Sofa zurück und setzte sich wieder hin. „Darf ich dir eine persönliche Frage stellen?", wechselte er das Thema. „Vielleicht lässt sich das Problem mit der Sonnenstrahlung lösen, auch wenn wir an der Ursache nichts ändern können."

Orlando war die Frage unangenehm, aber er wollte nicht, dass Alain ihn wieder abschrieb und verließ. Er kam zum Sofa und nahm neben dem Magier Platz. „Frag mich", stimmte er zu. „Ich versuche, dir so gut wie möglich zu antworten."

„Du hast dich vorhin nicht satt getrunken, bevor du in die Sonne getreten bist, nicht wahr?", fing Alain an.

„Nein", sagte Orlando. „Darum ging es auch nicht. Wir wollten nur herausfinden, ob dein Blut mich vor den Sonnenstrahlen schützt."

„Wie viel mehr hättest du unter normalen Umständen getrunken?", fuhr Alain fort.

„Einiges mehr", gab Orlando zu. „Aber das wollte ich nicht, weil wir nicht darüber gesprochen hatten. Ich wollte deine Zustimmung nicht einfach voraussetzen oder dich ausnutzen."

„Ihr tötet eure Opfer nicht, wenn ihr von ihnen trinkt. Das stimmt doch, oder? Ich weiß, was du auf dem Friedhof gesagt hast. Aber wenn ihr jedes Opfer töten würdet, hätte man euch vermutlich schon ausgerottet."

„Meine Opfer sterben nicht", gab Orlando zu. „Es wäre nur gefährlich, wenn ich lange gehungert hätte. Und selbst dann könnte ich rechtzeitig aufhören. Wenn ich mehr bräuchte, könnte ich mir ein zweites Opfer suchen. Ich würde nur dann jemanden aussaugen, wenn ich ihn oder sie umwandeln wollte. Und ich habe mir vor langer Zeit geschworen, das niemals zu tun. Warum willst du das wissen?"

„Weil ich wissen möchte, wie lange dich mein Blut beschützen kann, wenn du dich satt getrunken hast. Zwanzig Minuten in der Sonne sind eine kurze Zeit und helfen uns nicht viel weiter. Du hättest gerade genug Zeit, um rechtzeitig Schutz zu suchen, falls ein Kampf sich bis in die Morgendämmerung hinzieht. Aber es würde nicht ausreichen, um bei Tageslicht kämpfen zu können", erklärte Alain.

Orlando hatte nach dem ersten Satz schon nicht mehr zugehört. Sich satt trinken. An Alains Blut. Er hatte es angeboten … „Hast du eigentlich eine Vorstellung davon, was du mir gerade angeboten hast?", wollte er wissen.

„Nicht wirklich", gab Alain zu. „Ich weiß, wie es war, als du mich gebissen hast. Es ist wahrscheinlich so ähnlich und dauert nur länger."

Und es ist intensiver, intimer und erotischer. Einfach mehr. Aber das sagte Orlando nicht. Wahrscheinlich würde es Alain sowieso nicht entmutigen. Alain hatte sich noch nicht einmal durch Orlandos Warnungen entmutigen lassen. „Und wenn es dich schwächt?"

„Wir müssen nur das richtige Maß finden", beharrte Alain auf seinem Vorschlag. „Wir müssen herausfinden, welche Wirkung es auf uns beide hat. Selbst, wenn es bedeutet, dass wir es nicht mehr so oft tun können. Wir müssen es herausfinden", wiederholte er.

Orlandos Augen kribbelten. Wenn er noch ein normaler Mensch wäre, würden ihm jetzt die Tränen über die Wangen laufen. Aber die waren ihm, zusammen mit seiner Menschlichkeit, geraubt worden. Nur das Kribbeln war ihm geblieben. „Vertraust du mir wirklich so sehr?", fragte er leise.

„Diese Allianz bedeutet für mich, dass ich dir mein Leben anvertraue", antwortete Alain.

„Es geht dir nur um die Allianz?", hakte Orlando nach.

„Nein." Mehr konnte Alain nicht mehr sagen, weil Orlando in seinen Armen lag und ihn küsste. Es war nicht der Kuss eines Vampirs. Es war der Kuss eines Sterblichen. Mund an Mund, ein sanftes Angebot zärtlichen Verlangens. Ihre Lippen bewegten sich langsam, erkundeten den Kontakt, das Geben und Nehmen ihrer Berührung. Ihr erster Kuss war noch voller Leidenschaft und Blutlust gewesen. Dieser Kuss war das Gegenteil davon. Er war Erkundung und Zärtlichkeit, geschlossene Lippen und sanfte Berührungen. In seiner Sanftheit drang er in Orlandos Herz und seine geschundene Seele vor, heilte einen Teil der Schmerzen, die nach Jahren der Misshandlung und der Pein zurückgeblieben waren. Noch nie hatte ihn jemand so berührt. Er beendete den Kuss und schaute Alain in die Augen. Dort sah er Begehren, aber auch noch Vieles mehr. Er sah die Zärtlichkeit, die ihren Kuss bestimmt hatte, und er sah Respekt, wie er ihm bisher nur von Jean entgegengebracht worden war.

„Du musst mir sagen, wenn es dir zuviel wird", sagte Orlando. „Ich will dich nicht verlieren." Er wusste, dass Alain bei diesen Worten wahrscheinlich an den

Tod denken würde. Aber Orlando meinte mehr als das. Er wollte Alain auch nicht an Angst und Abscheu verlieren. „Lass dir von mir keine Furcht einjagen."

„Das tust du nicht", versicherte ihm Alain. „Obwohl ich zugeben muss, dass meine Gelenke ziemlich wund sind. Könntest du über einen anderen Ort für den Biss nachdenken?"

Orlando sah sehnsüchtig auf die glatte Haut an Alains Hals, wo der Puls kräftiger und schneller schlug als zuvor. Er wollte Alain auf dem Sofa ausstrecken, sich über ihn beugen und seine Lippen und Zähne auf diese verführerische Stelle an Alains Hals drücken. Doch Jean war im Nachbarzimmer, Thierry konnte jederzeit wieder zurückkommen, und sie erwarteten noch einen dritten Magier. Das Wohnzimmer war der falsche Ort, aber es war auch noch zu früh, um Alain vorzuschlagen, sich ins Schlafzimmer zurückzuziehen. Wenn Orlando dort die Kontrolle verlor, würde er mit seinen Zähnen an Alains Hals mehr Schaden anrichten als anderswo. Er musste sich eine weniger gefährliche Stelle für seinen Biss suchen, auch wenn es nicht das war, wonach ihn wirklich verlangte. Orlando griff nach Alains Hand und zog den Ärmel bis über den Ellbogen hoch. „Hier", sagte er und fuhr mit dem Finger sanft über die Innenseite des Armes.

Alain erschauderte. Er nickte und lehnte sich an die Armlehne des Sofas. Dann legte er den Arm auf die Rückenlehne. „Bediene dich", flüsterte er.

Orlando zwang sich abzuwarten, bis er sicher war, sich wieder unter Kontrolle zu haben. Alains Angebot war eine größere Versuchung, als der Magier ahnen konnte. Orlando wollte sich auf ihn stürzen und sich bedienen, aber er wollte auch das Vertrauen ehren, dass sich zwischen ihnen entwickelt hatte. Deshalb durfte er sich nicht wie ein wildes Tier aufführen. Er hatte schon vor langer Zeit gelernt, seinen Opfern Vergnügen zu bereiten, wenn er von ihnen trank. Orlando hasste den Geschmack nach Furcht. Er wollte seine ganze Erfahrung dazu benutzen, um dieses Erlebnis für Alain so angenehm wie möglich zu gestalten.

Er suchte sich eine passende Position, um Alains Arm gut erreichen zu können. Alain beschwerte sich nicht und stieß ihn auch nicht weg, deshalb machte Orlando es sich so bequem wie möglich und lehnte sich an Alains Seite. Er wollte Alain nicht festhalten, nur berühren. Dann leckte er über Alains Bisswunden und hoffte, dass sie so schneller heilten. Er bedeckte Alains Arm vom Handgelenk bis zum Ellbogen mit kleinen Küssen, ohne ihn dabei seine Zähne spüren zu lassen. Seine Eckzähne hatten sich schon spürbar verlängert, als Alain ihm das erste Mal mehr von seinem Blut angeboten hatte, aber er wollte den Magier nicht verletzen. Er wollte ihn nur an der auserwählten Stelle beißen. Vielleicht würde irgendwann der Tag kommen, an dem er Alains Körper von oben bis unten mit kleinen Bissen bedecken konnte, um ihm seine Liebe zu beweisen. Aber heute war noch nicht dieser Tag. Der Gedanke daran erregte Orlando und machte ihn hart, doch er ignorierte es. Auch das war etwas, das er im Laufe der Jahre gelernt hatte. Seine Unsicherheit hatte ihm immer im Weg gestanden, deshalb hatte er nie eine Beziehung zu einem anderen Vampir ihrer Gemeinschaft gesucht. Seine impulsive Reaktion auf Alain überraschte ihn deshalb. Sie war so ungewöhnlich, dass er sich vornahm, später genauer darüber nachzudenken und den Ursachen auf den Grund zu gehen. Jetzt konzentrierte er sich auf Alain und beobachtete ihn genau. Er wollte die sensibelste Stelle am Arm des Magiers finden, um ihm genauso viel Vergnügen bereiten zu können, wie er selbst bei dem Biss empfand. Alain schnappte hörbar nach Luft. Da war es, ungefähr fünf Zentimeter unterhalb der Armbeuge. Orlando leckte über die Stelle und bereitete sie mit seinem Speichel vor, bis die Haut feucht und weich war. So schmerzte der Biss weniger und verheilte schneller.

Alain war angespannt in Erwartung des Bisses. Nicht aus Furcht, wie beim ersten Mal. Er freute sich darauf, die Verbindung zu Orlando wieder zu erleben, die er bei dem letzten Biss in sein Handgelenk gespürt hatte. Orlandos kleine Küsse waren wie ein Vorspiel, das Alains Sinne zum Klingen brachte. Als Orlandos Mund an einer besonders empfindlichen Stelle innehielt, entfuhr ihm ein leises Keuchen. Die unermüdlichen Liebkosungen von Orlandos Zunge auf seiner Haut schickten Wellen der Erregung durch seinen Körper und er spürte, wie jeder einzelne Nerv in ihm in Alarmzustand versetzt wurde. Dann fühlte er Orlandos Zähne über seine Haut gleiten und sein Blut fing zu kochen an. „Mach schon", bettelte er. „Beiß mich."

Alains Worte waren die Erlaubnis, auf die Orlando gewartet hatte. Mit einer einzigen, ruckartigen Bewegung versenkte er seine spitzen Zähne in Alains Arm, so tief er nur konnte. Was jetzt noch kam, war Genuss und Vergnügen.

Alain zuckte zusammen, als seine Haut so plötzlich durchbohrt wurde. Er warf den Kopf zurück und gab sich der Mischung aus Leidenschaft und Schmerz hin, die einzig Orlandos Biss in ihm auslösen konnte. Seine wachsende Erregung wurde nur noch durch die enge Hose im Zaum gehalten. Und sie war allein auf Orlandos Zähne zurückzuführen. Wenn der Vampir Alain jemals ernsthaft verführen wollte, wäre er ein williges, hilfloses Opfer. Die Gefühle waren ähnlich wie bei Orlandos letztem Biss, aber sie waren intensiver. Dieses Mal würde Orlando sich nicht zurückhalten, würde sich satt trinken. Jede Bewegung der Zähne in Alains Arm, jede Bewegung der Zunge auf seiner Haut trieb Alains Sinne in neue Höhen. Es machte keinen Unterschied, ob Orlando auch nur in die Nähe von Alains Schwanz gekommen war oder nicht. Sein ganzer Körper pulsierte, als Orlando zu saugen begann. Es war intensiver als alles, was Alain jemals erlebt hatte. Er konnte sich kaum vorstellen, wie es wäre, wenn Orlando an einem intimeren Körperteil saugen würde. Er hob den anderen Arm, und als er die samtweichen Haare unter seinen Fingern fühlte, legte er die Hand an Orlandos Kopf. Nicht als Aufforderung, nur als einfache Ermutigung, die Orlando zeigen sollte, dass sie beide das Gleiche empfanden.

Orlando fühlte die Hand des Magiers an seinem Kopf, die ihm zärtlich durch die Haare fuhr. Er drückte sich fester an ihn. In Alains Berührung lag eine Zärtlichkeit, die Orlando sein ganzes Leben lang vermisst hatte. Er hatte noch nie eine solche Zuneigung erlebt, wenn man von Jeans Freundschaft absah. Orlando hatte sich immer eingeredet, dass er das nicht brauchte, dass er unabhängig war. Aber als er Alains Hand an seinem Kopf spürte, wusste er, dass er sich etwas vorgemacht hatte. Alain weckte Gefühle in Orlando, die er nie für möglich gehalten hätte. Er fühlte sich so lebendig wie nie zuvor.

Nur vage nahm Orlando wahr, dass irgendwo eine Tür geöffnet und wieder geschlossen wurde. Er hörte Stimmen im Flur, eine davon Jeans, die andere kannte er nicht. Alains Liebkosungen machten alles andere unwichtig.

Auch Alain hatte sich in Orlando verloren. Bis er eine Stimme hörte, die nicht hierher gehörte. Die Stimme sprach einen Fluch aus, der Orlando ernsthaft verletzen, wenn nicht gar töten konnte. Das Adrenalin, das durch Alains Körper schoss, ließ ihn den Rausch vergessen, in den ihn Orlandos Lippen und Zähne versetzt hatten. Nichts hätte so ernüchternd sein können. Ohne lange nachzudenken, konterte Alain den Fluch und neutralisierte ihn.

Orlando schmeckte die Veränderung in Alains Blut. Er spürte die Wut und die Alarmbereitschaft. Mit einem leichten Lecken, das die Blutung stillen sollte, ließ er Alains Arm los und drehte sich um, um sich der Bedrohung zu stellen, die Alain so sehr in Aufregung versetzt hatte. Seine Sinne waren durch Alains Magie gestärkt und er erkannte die Macht, die der Magier beschworen hatte und mit der er jede weitere Bedrohung abzuwehren gedachte.

„Was soll das?", fauchte Alain und sah den Mann an. Der Kerl war wirklich der letzte, den er hier gebrauchen konnte.

„Diese ... *Kreatur* hat dich angegriffen", erwiderte der schwarzhaarige Magier.

„Payet", antwortete Alain mit kalter Stimme. „Erstens ist das keine Kreatur, sondern Orlando, einer unserer neuen Verbündeten. Zweitens hat er mich nicht angegriffen. Er hat mein Blut getrunken. Hast du dir überhaupt die Zeit genommen, um zu sehen, ob ich mich gegen ihn gewehrt habe? Und wenn ja, solltest du deine Augen untersuchen lassen. Ich habe jedenfalls freiwillig mitgemacht. Was willst du hier eigentlich?"

Alain sah den Schauer, der dem anderen Magier bei diesen Worten über den Rücken lief. „Marcel hat mich gebeten, ihn zu begleiten", antwortete Payet.

„Na gut", erwiderte Alain. „Aber jetzt wirst du dich bei Orlando entschuldigen. Dein Fluch hätte ihn schwer verletzen, vielleicht sogar umbringen können." Allein der Gedanke daran war für Alain unerträglich und brachte sein Blut zum Kochen. Fast noch schlimmer war, in einem so intimen Moment unterbrochen worden zu sein. Warum musste Marcel sich unter allen Magiern von Paris ausgerechnet für Payet als Begleiter entscheiden?

„Es tut mir leid", sagte Payet, aber es hörte sich nicht sehr bedauernd an.

„Ich glaube dir nicht", erwiderte Orlando und ging auf ihn zu. Alain kam mit ihm, weil er Payet keine zweite Chance geben wollte, Orlando zu verletzen. „Ich glaube nicht, dass es dir auch nur im Geringsten leidtut. Was geht es dich an, dass Alain sein Blut mit mir teilt? Was gibt dir das Recht, dich in unsere Angelegenheiten einzumischen?"

„Wenn ich es nicht besser wüsste, hätte ich fast den Verdacht, dass du diese Allianz nicht willst", fügte Alain hinzu. „Ist es das, Payet? Zeigst du uns endlich dein wahres Gesicht?"

„Marcel hat mir nicht gesagt, warum wir hier sind", sagte Payet und hob entschuldigend die Hände. Seine haselnussbraunen Augen blitzten. „Er hat mich nur gebeten, ihn zu begleiten. Ich habe euch schon hundert Mal gesagt, dass ich einen Grund hatte, Serrier zu verlassen. Ich habe nicht vor, wieder zu ihm zurückzukehren. Ich weiß nicht, wie ich euch sonst noch davon überzeugen soll."

Alain sah Orlando an. „Ich schon", meinte er, ohne auch nur einen Gedanken an Orlandos Gefühle zu verschwenden. „Lass dich von Orlando beißen. Lass ihn die Wahrheit deiner Worte in deinem Blut schmecken." Er winkte Orlando auffordernd zu.

Orlando sah Payet erschrocken an, als er Alains Worte hörte. Dann riss er sich wieder zusammen und sein Gesicht nahm einen gleichgültigen Ausdruck an. Er streckte den Arm nach Payet aus. Als er den Magier ins Handgelenk biss, versuchte er, sich seinen Ärger über Alains Vorschlag nicht anmerken zu lassen. Er nahm einen kleinen Schluck, um das Blut zu schmecken. Dann spuckte er es aus. Er wollte das, was er gerade mit Alain geteilt hatte, nicht durch fremdes Blut besudeln. Aber er fragte sich, warum der blonde Magier ihm das zugemutet hatte. Schätzte er Orlando wirklich so gering?

„Er hat die Situation falsch eingeschätzt", sagte er tonlos zu Alain. „Er hat in seiner Vergangenheit dunkle Magie betrieben und sie ist noch in ihm zu schmecken. Aber jetzt steht er loyal auf eurer Seite."

Sobald er den beiden Magiern seinen Bericht gegeben hatte, drehte er sich um und ging in sein Schlafzimmer. Er wollte allein sein, um Alains Verrat zu verarbeiten.

9

Das laute Knallen von Orlandos Schlafzimmertür brachte Jean und die beiden anderen Magier, Marcel und Adèle Rougier, aus dem Flur ins Wohnzimmer.

„Was habt ihr mit ihm gemacht?", wollte Jean wissen. Er war zwar nicht wütend, wirkte aber definitiv misstrauisch, als er erst Alain, dann den anderen Magier ansah, der sich immer noch das Handgelenk hielt. Hätte er sich nicht um Orlando gesorgt, er hätte sich den gut aussehenden, dunkelhaarigen Mann etwas genauer angesehen, der sich so von den beiden anderen Magiern unterschied, die er bisher kennengelernt hatte. Hätten ihn ihre erfolglosen Versuche und die angespannte Atmosphäre nicht so nervös gemacht, wäre ihm der Funke Erkenntnis wahrscheinlich nicht entgangen, der sich in ihm eingenistet hatte. Aber so war er mit seinen Gedanken nur bei Orlando. Jean wollte wissen, was Alain ihm angetan hatte, um ihn so aufgeregt aus dem Zimmer stürmen zu lassen. Ohne auf Payets Widerstand Rücksicht zu nehmen, griff er nach dessen Hand und drehte sie um.

„War das Orlando?", fragte er, als er die Bissspuren bemerkte.

Alain nickte.

„Warum?"

„Payet hat einen Fluch auf uns gerichtet. Ich wollte wissen, ob wir ihm vertrauen können", erklärte Alain.

Jean starrte Alain an. Aus seiner Ungläubigkeit wurde Wut. „Wie konntest du Orlando das antun?"

„Was denn?", wollte Alain wissen, aber Jean hörte nicht mehr auf ihn. Alains niederträchtiges Verhalten war alles, was er noch wahrnahm. Jean hatte sich in einen epischen Wutausbruch hineingesteigert.

„Er ist sein ganzes Leben lang benutzt und missbraucht worden, bis ich ihn gefunden und gerettet habe. Ich werde nicht zulassen, dass ihm das jemals wieder passiert", zischte er Alain an. „Lieber nehme ich den Bruch dieser Allianz und deinen Tod in Kauf, als dass ich dir erlaube, ihn so zu behandeln."

Alain erstarrte. Er hatte Jeans Drohung gehört und nahm sie ernst, aber es war der erste Teil von Jeans Tirade gewesen, der Alain erschüttert hatte. Jemand hatte Orlando missbraucht. Jemand hatte diesen wunderschönen Vampir misshandelt und fürchterliche Dinge mit ihm angestellt. Alain spürte, wie sich ihm der Magen umdrehte.

Marcel hoffte, die Wogen wieder etwas glätten zu können. „Wenn Alain einen Fehler gemacht hat, solltest du ihm erklären, wie er ihn wiedergutmachen kann", mischte er sich mit ruhiger Stimme ein.

„Verdammt, das kann ich ihm nur raten", knurrte Jean Marcel an. Er drehte sich wieder zu Alain um und starrte ihn mit dem gleichen funkelnden Blick an, mit dem er schon seit Jahrhunderten ungehorsame Vampire und abergläubische Idioten in Angst und Schrecken versetzte. „Du wirst dich bei Orlando entschuldigen, und wenn du auf Händen und Knien kriechen musst. Du wirst ihm bei allem, was dir lieb und teuer ist versprechen, dass du ihn nie wieder bitten wirst, einen anderen als dich zu beißen. An welchen Gott du auch immer glauben magst, du wirst zu ihm beten, dass Orlando dir verzeiht. Denn wenn er es nicht tut, werde ich dich bis ans Ende der Welt verfolgen, und einer von uns beiden wird es nicht überleben. Und da ich schon mal hier bin, kann ich dir versprechen, dass es nicht ich sein werde."

Alain sah Jean verwirrt an. „Ich verstehe das nicht. Ich verspreche dir alles, was du willst. Aber erkläre mir wenigstens, was ich falsch gemacht habe."

„Es gibt für einen Vampir keine persönlichere und intimere Entscheidung als die, wessen Blut er trinkt. Es ist unsere einzige Nahrungsquelle. Du hast ihm jede Wahl genommen, als du ihn aus Eigeninteresse aufgefordert hast, das Blut eines anderen Menschen zu trinken", erklärte Jean, der immer noch wütend war. Aber er war mit Freuden bereit, Alain dessen Dummheit vor Augen zu führen.

„Das wusste ich nicht", erwiderte Alain, dem schlecht wurde, als er seinen Fehler erkannte. Ihm war nicht klar gewesen, dass er mit seiner Bitte Orlandos Vertrauen missbraucht hatte. Er wäre sonst niemals auf die Idee gekommen. Alain fragte sich, warum Orlando seine Bitte nicht abgelehnt hatte, aber das hätte Alain auch nicht aus der Verantwortung entlassen. Er hätte es besser wissen müssen. „Ich schwöre dir, dass ich das nicht wusste. Er hat auf dem Friedhof davon gesprochen, im Blut eines Opfers die Wahrheit schmecken zu können. Es hat sich so alltäglich angehört, dass ich nie vermutet hätte, wie sehr meine Bitte ihn verletzen würde."

„Du hast ihn benutzt", erwiderte Jean. „Du hast ihm die Wahl genommen und seine Fähigkeiten für deine eigenen Interessen ausgenutzt. Vielleicht ist er bereit, es dir zu verzeihen. Vielleicht auch nicht. Aber du solltest um seine Vergebung beten. Ich habe nicht über hundert Jahre daran gearbeitet, ihm seinen Glauben an sich selbst zurückzugeben, nur damit du alles, was ich erreicht habe, wieder zerstören kannst. Das bist du nicht wert."

„Was ist mit ihm passiert?", fragte Alain, der wissen wollte, was einen Vampir so sehr verletzten konnte.

„Das solltest du mich fragen, wenn meine Wut wieder verraucht ist. Vielleicht erzähle ich es dir dann. Besser wäre es aber, du würdest ihn überzeugen, zu dir zurückzukehren. Dann kannst du ihn selbst fragen. Es ist seine Geschichte."

„Aber ...", begann Alain.

„Nein", fiel Jean ihm ins Wort. „Rede mit ihm und bringe die Sache in Ordnung. Oder stelle dich meinem Zorn."

Alain ging auf die Schlafzimmertür zu. Marcel griff ihn am Arm und warf ihm einen bedeutungsvollen Blick zu. Alain verstand. Bring es in Ordnung oder Jean ist nicht der Einzige, der hinter deinem Blut her sein wird. Er hörte, wie die Wohnungstür geöffnet wurde, drehte sich aber nicht um. Die anderen konnten Thierry erzählen, was hier passiert war. Und falls es nicht Thierry war, konnten sie sich auch darum kümmern. Alains Gedanken waren nur noch bei dem Vampir im Nachbarzimmer. Bei dem Vampir, den er so tief verletzt hatte, ohne es auch nur zu ahnen.

Er wusste nicht, was er zu Orlando sagen und wie er ihm sein Handeln erklären sollte. Aber wenn es nötig wäre, würde er wirklich vor ihm auf den Knien kriechen. Nicht nur deshalb, weil Jean und Marcel es von ihm erwarteten, sondern vor allem deshalb, weil seine Gefühle für Orlando alles in den Schatten stellten, was er jemals in seinem Leben für einen anderen Menschen empfunden hatte. Selbst für die Frau, die er geheiratet hatte.

Der Junge – und in Alains Augen war er nicht älter als ein Junge – hatte in ihm etwas geweckt, das er mit dem Tod seines Sohn für immer verloren geglaubt hatte. Er wollte Orlando besitzen und beschützen. Es waren Gefühle, wie er sie empfunden hatte, wenn er seinen Sohn in den Armen gehalten hatte. Damit endete allerdings die Ähnlichkeit. Das Begehren, das er für Orlando empfand, hatte in Alains Beziehung zu seinem Sohn sicherlich keine Rolle gespielt. Dennoch, seine Gefühle waren umso stärker, weil sie so lange geruht hatten. Er musste Orlandos Vergebung erlangen, was immer dazu auch nötig war.

Als die Tür sich hinter Alain schloss, drehte Jean sich zu den vier Magiern um. „Ich möchte euch im Moment nicht sehen", sagte er ohne Umschweife. Dann ging er in die Küche und schloss ebenfalls hinter sich die Tür.

Thierry stand im Flur und sah schweigend von einer Tür zu anderen. „Was ist hier los? Als ich gegangen bin, war noch alles in Ordnung", fragte er dann.

Marcel seufzte. „Ich weiß es nicht. Erzähl mir die Geschichte von Anfang an, dann verstehe ich es vielleicht selbst besser und kann es dir erklären."

Thierry kam mit einer Tüte Gebäck ins Wohnzimmer. Er nickte Payet kalt zu. Adèle begrüßte er etwas höflicher. „Was dürfen die beiden erfahren?", fragte er Marcel.

„Ich vertraue ihnen", erwiderte Marcel. Er wusste genau, dass sich Thierrys Misstrauen auf Payet beschränkte. Wäre nur Adèle anwesend gewesen, hätte Thierry nicht gezögert. „Du kannst ihnen alles sagen." Er warf einen hoffnungsvollen Blick auf die Schlafzimmertür, hinter der kein Ton zu hören war. „Wir müssen sowieso alle Bescheid wissen, wenn diese Allianz erfolgreich sein soll."

Thierry war über diese Auskunft nicht sehr glücklich, aber er akzeptierte sie, weil Marcel sein Vorgesetzter war. Wenn Marcel etwas befahl, stellte Thierry seine persönlichen Gefühle zurück und gehorchte ihm.

„Alain hat sich gestern um Mitternacht wieder mit Orlando getroffen. Die Vampire haben der Allianz zugestimmt und ich dachte, damit wäre die Sache abgeschlossen. Aber da Alain ein so ehrenwerter Bastard ist, hat er Orlando wieder von seinem Blut trinken lassen."

Marcel hörte schweigend zu. Diese Neuigkeiten überraschten ihn nicht. „Und dann?", wollte er wissen.

„Dann hat mein Handy geklingelt. Du hast mich angerufen, um mir von dem Überfall in Versailles zu berichten. Darüber werden wir später auch noch reden müssen. Was hat sich Serrier nur dabei gedacht, außerhalb von Paris einen solchen Hinterhalt zu legen? Strategisch hat er davon nicht den geringsten Vorteil. Wie auch immer, das Klingeln hat mich verraten. Aber Orlando war auch nicht allein gekommen. Durch Bellaiches Anwesenheit waren wir wieder quitt und alles in Ordnung. Sie haben uns von einer alten Legende erzählt, die mit der Wirkung von Magierblut auf Vampire zu tun hat. Offensichtlich gab es einen Vampir, der Merlins Blut getrunken hat und dadurch immun gegen Tageslicht wurde. Ich war ziemlich skeptisch, aber Orlando wollte einen Versuch riskieren und Alain hat ihm sein Blut zur Verfügung gestellt." Thierry unterdrückte ein Schaudern, als er daran zurückdachte. Zu seiner Genugtuung war Payet nicht so erfolgreich. Aber es überraschte ihn, dass weder Marcel noch Adèle sich eine Reaktion auf seine Neuigkeit anmerken ließen.

„Hast du es auch versucht?", fragte Adèle.

„Nur Alain und Orlando. Es hat funktioniert. Jedenfalls für einige Minuten. Dann wurde Orlandos Haut grau und ist so geblieben, nachdem er das Tageslicht wieder verlassen hat. Das passiert offensichtlich, wenn Vampire leichter Sonnenstrahlung ausgesetzt werden. Orlando sagte, er bräuchte mehr Blut, um sich davon zu erholen. Ich wollte nicht, dass er noch mehr von Alain trinkt. Deshalb habe ich ihm mein Handgelenk angeboten."

„Dein Handgelenk?", fragte Payet. „Als ich ins Zimmer gekommen bin, hat er nicht von Alains Handgelenk getrunken."

„Er hat wieder getrunken?", rief Thierry.

„Er hatte seinen Mund an Alains Armbeuge. Deshalb habe ich …"

„Halt", unterbrach ihn Marcel. „Soweit sind wir noch nicht. Thierry, was ist passiert, nachdem er dein Blut getrunken hat?"

„Es hat seine Haut geheilt, aber er ist davon nicht wieder immun geworden. Das kann offensichtlich nur Alains Blut bewirken."

„Was ist mit Bellaiche? Hat er es probiert?", fragte Marcel nach.

„Weder mein Blut noch Alains haben bei ihm gewirkt. Wir vermuten, dass eine bestimmte Kombination erforderlich ist, um die richtige Wirkung zu erzielen", schloss Thierry seinen Bericht ab.

„Oder eine bestimmte Gefühlslage", überlegte Marcel. „Fühlt sich Orlando genauso zu Alain hingezogen, wie es umgekehrt der Fall ist?"

Die Frage überraschte Thierry. Daran hatte er noch nicht gedacht. „Vielleicht", gab er zu. „Die beiden lassen sich jedenfalls kaum aus den Augen. Also, was ist während meiner Abwesenheit passiert?"

„Das erzählt dir Raymond am besten selbst", meinte Marcel und warf Payet einen kurzen Blick zu.

„Wir sind in die Wohnung gekommen, Marcel, Adèle und ich. Bellaiche hat uns eingelassen. Aber da ich Alain nirgends sehen konnte, habe ich mir gedacht, ich sollte sicherheitshalber nach ihm suchen. Ich bin ins Wohnzimmer gekommen und habe die beiden auf der Couch entdeckt. Der Vampir hielt Alains Arm in der Hand und hat von ihm getrunken. Er hat praktisch auf ihm gesessen. Es sah aus, als würde er Alain festhalten. Ich konnte mir nicht vorstellen, dass Alain das freiwillig zulassen würde. Deshalb habe ich mit einem Spruch begonnen, um den Vampir aufzuhalten. Noch bevor ich damit zu Ende war, hat Alain schon mit einem Gegenzauber gekontert und mich zusammengestaucht, weil ich einen Verbündeten angreifen wollte."

„Er verhält sich seit einigen Stunden sehr beschützerisch gegenüber Orlando", erklärte Thierry.

„Alain hat verlangt, dass ich mich bei Orlando entschuldige. Das habe ich getan, aber er wollte es nicht akzeptieren. Er hat mich herausgefordert und behauptet, ich wäre ein Spion. Ich habe das zurückgewiesen und ihm gesagt, ich hätte noch nichts von der Allianz gewusst. Er hat mir nicht geglaubt. Dann hat er den Vampir aufgefordert, mich zu beißen, um die Wahrheit herauszufinden. Ich habe es zugelassen, weil mir nichts anderes übrig blieb. Der Vampir hat mich gebissen und gesagt, ich wäre kein Spion. Dann ist er in dem anderen Zimmer verschwunden. Den Rest kennt ihr."

„Dieser verdammte Idiot!", fluchte Thierry.

„Du wusstest von diesem … Tabu?", fragte Marcel.

„Ja. Als Orlando das erste Mal von Alain getrunken hat, bevor er dann in die Sonne gegangen ist, hat Jean darauf bestanden, dass wir das Zimmer verlassen. Er sagte, es wäre sonst, als würden wir sie beim Sex beobachten. Und dann fordert Alain Orlando einfach auf, dich zu beißen, als ob es nichts bedeuten würde", erklärte Thierry kopfschüttelnd. „Kein Wunder, dass Bellaiche so wütend war. Alain wird sich einiges einfallen lassen müssen, bis Orlando ihm das verzeiht. Ich möchte nicht in seiner Haut stecken."

„Ich auch nicht", stimmte Marcel ihm zu. „Aber während wir darauf warten, können wir überlegen, wie es weiter geht. Alains Blut hat Orlando also gegen Sonnenstrahlen immun gemacht."

„Die Wirkung hat ungefähr zwanzig Minuten angehalten", bestätigte Thierry. „Vielleicht hätte es länger gewirkt, wenn er mehr getrunken hätte."

„Wenn wir die Wirkung verlängern und auf andere übertragen könnten, würde uns das vollkommen neue Angriffsmöglichkeiten geben", bemerkte Marcel.

„Aber wie wollen wir das erreichen?", fragte Thierry. „Keiner von uns hatte eine Wirkung auf Bellaiche."

„Dann ist eben keiner von euch der richtige Magier gewesen. Wir müssen nur die passenden Paarungen herausfinden", erwiderte Marcel in aller Ruhe.

„Das haben sie auch gesagt. Aber wie wollen wir das erreichen? Wir haben doch keine Ahnung, ob es überhaupt auf andere übertragbar ist", warf Thierry ein.

„Und wir werden es auch nicht erfahren, wenn wir es nicht versuchen. Hier sind drei neue Magier anwesend. Wir werden herausfinden, ob einer von uns zu Bellaiche passt. Dann sehen wir weiter", erklärte Marcel.

„Dann sollten wir Alain alles Gute und viel Erfolg wünschen. Ich glaube nicht, dass Bellaiche ein Wort mit uns wechselt, so lange Orlando nicht mit einem Lächeln auf den Lippen aus diesem Zimmer kommt."

DAS KLEINE Nachttischlämpchen wurde eingeschaltet und beleuchtete Orlandos bleiche Züge. Sein plötzlicher Schein blendete Alain, aber nachdem seine Augen sich daran gewöhnt hatten, merkte er, dass es nicht sehr hell brannte. Orlando sah ihn kurz an und wandte den Blick wieder ab.

„Bitte, lass mich alles erklären", bat Alain.

„Erklären, warum du mich wie eine Hure behandelt hast?", wollte Orlando wissen. „Das würde mich wirklich interessieren."

10

HURE.

Das Wort war wie ein Schlag ins Gesicht. Alain zuckte zusammen, als er es hörte. „Nein", widersprach er. „Nein, so habe ich es nicht gemeint. Du musst mir glauben, dass ich es nicht so gemeint habe."

„Und warum sollte ich dir das glauben?", fragte Orlando kalt.

„Du hast geschmeckt ...", begann Alain.

„Sag das nicht", unterbrach ihn Orlando. „Benutze nicht als Ausrede, was ich deiner Meinung nach geschmeckt haben sollte. Ich habe mich offensichtlich getäuscht. Sonst hättest du mir nicht einfach so befohlen, das Blut eines anderen Mannes zu trinken."

„Und wenn ich es nicht gewusst habe?", fragte Alain.

„Nicht gewusst?", rief Orlando. „Wie konntest du es nicht wissen? Hast du es nicht gespürt, als wir zusammen waren? Konntest du nicht erkennen, wie persönlich es war?"

„Doch", sagte Alain. „Ich habe noch nie etwas Vergleichbares gefühlt. Aber ich wusste nicht, dass es etwas Besonderes ist, bis Jean von mir getrunken hat und ich es bei ihm nicht fühlen konnte. Ich wollte dich nicht darum bitten, von Payet so zu trinken, wie du es von mir getan hast. Ich wollte nur ..."

„Du hast mich um gar nichts gebeten!", widersprach Orlando. „Du hast ihm einfach gesagt, dass ich es tun würde. Du hast einfach vorausgesetzt, dass du es von mir verlangen kannst. Ich bin kein Eigentum. Hast du mich verstanden? Ich gehöre niemandem!"

„Ich wollte dich nicht wie mein Eigentum behandeln", sagte Alain. „Payet hat auf Serriers Seite gestanden, als der noch nicht so mächtig war. Er ist erst vor einigen Monaten zu uns zurückgekehrt und hat behauptet, er hätte einen Fehler gemacht und wollte jetzt wieder auf unserer Seite kämpfen. Marcel vertraut ihm, aber ich kann das nicht. Nicht nach all dem, was Payet für Serrier getan hat. Als er dich angreifen wollte, habe ich den Kopf verloren. Ich hätte ihn töten können. Ich hätte es auch getan, wenn dir etwas passiert wäre. Aber ich habe die Möglichkeit gesehen, ihn ein für allemal als Spion zu überführen. Ich hätte dich erst fragen sollen, ob du dazu bereit bist. Es tut mir leid."

„Das reicht nicht", erwiderte Orlando. „Ich habe nur von ihm getrunken, weil ich deine Autorität nicht in Frage stellen wollte. Aber ich bleibe nicht bei einem Mann, der mich so behandelt."

„Zum Teufel mit meiner Autorität!", rief Alain. „Du hättest Nein sagen sollen. Und wenn du das vor Payet nicht tun wolltest, hättest du mich auf die Seite ziehen und mit mir reden können."

„Das sagst du so einfach", meinte Orlando. Seine Stimme hörte sich verbittert an. „Nein ist wahrscheinlich das Wort, das mir am schwersten fällt."

„Warum?", wollte Alain wissen, obwohl er die Antwort fürchtete. Aber er musste sie von Orlando hören, wenn ihre Beziehung eine Zukunft haben sollte.

„Ich sollte es dir nicht sagen", erwiderte Orlando. „Ich sollte mich an die Wand drehen und gar nichts sagen, bis es dir zu dumm wird und du gehst."

„Du kannst mich gerne ignorieren", sagte Alain. „Aber ich werde nicht gehen. Keinesfalls. Nicht, bevor ich dich nicht überzeugt habe, mir zu verzeihen."

„Und das alles für eure wertvolle Allianz?", fragte Orlando höhnisch.

„Nein, verdammt. Deinetwegen. Und meinetwegen", antwortete Alain. „Ich will mit dir zusammen sein. Ich will das zurück, was sich zwischen uns beiden angebahnt hat, bevor ich alles versaut habe." Und etwas leiser fuhr er fort: „Ich habe einen Fehler gemacht. Ich gebe es zu. Ich entschuldige mich dafür. Sag mir jetzt, wie ich es wiedergutmachen kann."

„Es ist nicht wiedergutzumachen", sagte Orlando.

„Dann sag, was ich tun muss, damit du mir eine zweite Chance gibst" setzte Alain leise nach. Er hatte seinen Gefühlen noch keinen Namen gegeben. Er hatte noch nicht darüber nachgedacht, was er wirklich für Orlando empfand. Aber er war nicht bereit, es kampflos aufzugeben.

„Du kannst damit anfangen, mir einige Dinge zu versprechen", verlangte Orlando.

„Sag mir, welche Versprechen du von mir hören willst, und ich gebe sie dir", erwiderte Alain.

Seine Antwort war Orlando zu schnell gekommen. Er hegte schon Zweifel an Alains Ehrlichkeit, bevor der die Versprechen gehört und ihnen zugestimmt hatte. Orlando versuchte, sich an die Aufrichtigkeit zu erinnern, die er in Alains Blut geschmeckt hatte. Aber das Gefühl des Verrats und der Enttäuschung in ihm war noch so stark, dass er seinen eigenen Wahrnehmungen nicht mehr vertraute. Er runzelte die Stirn. „Kannst du mir versprechen, für mich einzutreten, egal, wer sich gegen mich wendet?", fragte er.

„Natürlich", sagte Alain überzeugt.

„Selbst dann, wenn es Thierry oder Chavinier sind? Wirst du meine Rechte auch ihnen gegenüber verteidigen?", hakte Orlando nach.

„Natürlich verteidige ich dich gegenüber Thierry", fing Alain an. „Bei Marcel ..."

„Verschwinde", sagte Orlando. „Auf diesen Mist kann ich verzichten."

„Du musst das verstehen, Orlando. Wir sind im Krieg. Marcel ist mein oberster Vorgesetzter. Ich schulde ihm meine Loyalität."

„Es tut mir leid, Alain. Ich kann das nicht ertragen. Ich will mich nicht wieder fragen müssen, wann der Mensch, dem ich vertraue, sich gegen mich wendet oder mich verrät. Ich habe zu lange so gelebt. Ich werde das nie wieder zulassen. Ich kann es nicht", sagte Orlando enttäuscht. Er hatte so gehofft, dass Alain anders wäre. Aber er hätte es besser wissen müssen. Er hatte schon vor langer Zeit gelernt, dass er dazu verdammt war, alleine zu bleiben. Von Jean abgesehen.

Alain kam an seine Seite. Er kniete sich neben das Bett, wo Orlando immer noch saß, und drückte ihm die Hand. „Ich will dir alles geben, worum du mich bittest", versuchte er es erneut. „Aber ich habe auch Marcel gegenüber Versprechen abgelegt. Du bittest mich darum, möglicherweise ein Versprechen zu brechen, dass ich einem Magier gegeben habe, den ich über alles respektiere."

„Und du bittest mich um mein uneingeschränktes Vertrauen im Austausch gegen einen Respekt, der unter Vorbehalten steht. Das ist nicht fair", wies Orlando ihn zurecht. Sie hatten noch keine Zeit gefunden, um über ihre Beziehung zu reden. Aber Orlando verstand dennoch sehr gut, was eine Beziehung mit Alain für ihn bedeuten würde. Das Blut des Magiers machte süchtig, sowohl durch seine Magie wie durch den unvergleichlich süßen Geschmack. Sie würden schnell einen Punkt erreicht haben, an dem Orlando alles für einen noch so kleinen Schluck tun würde. Das durfte er nur zulassen, wenn er sich sicher sein konnte, dass Alain immer für ihn da wäre. Bedingungslos.

Alain kam sich hilflos vor. Er musste an den Blick denken, denn Marcel ihm vorhin zugeworfen hatte. Marcel wollte, dass er sich wieder mit Orlando versöhnte. Marcel erwartete es sogar von ihm. Aber dann musste Marcel auch Verständnis für Alains Entscheidung haben. „Du hast recht", sagte er zu Orlando. „Ich werde dich auch verteidigen, wenn es gegen Marcel ist. Aber ich glaube nicht, dass es dazu kommen wird. Als ich gestern mit ihm über dich gesprochen habe, hat er euch gegen den Aberglauben verteidigt, der in den alten Schriften steht. Was soll ich dir noch versprechen?"

„Dass du niemals einen anderen Vampir von dir trinken lässt. Du gehörst mir, und ich will dich nicht mit anderen teilen", verlangte Orlando.

Alain zögerte. Nicht, weil keine anderer Vampir sein Blut trinken sollte. Das wollte Alain selbst nicht. Aber ihn beunruhigte die Vorstellung, jemandem zu gehören. „Würdest du denn von anderen Magiern trinken?", fragte er nach.

„Ich wollte die anderen nie beißen", antwortete Orlando. „Seit ich das erste Mal von deinem Blut getrunken habe, wollte ich keinen anderen mehr beißen. Schwörst du mir, genauso mir zu gehören, wie ich dir gehören will?"

„Ich schwöre es", erwiderte Alain ohne langes Zögern. Wenn Orlando es ihm versprach, war er mehr als willens, es ihm gleichzutun.

„Auf was schwören Magier?", wollte Orlando wissen.

„Auf das, was ihnen am meisten bedeutet", erwiderte Alain. „Auf was schwören Vampire?"

„Vampire haben eine besondere Art, den Pakt mit einem Sterblichen zu besiegeln", sagte Orlando. Er dachte an die Bissnarben, die ihm ab und zu bei Sterblichen aufgefallen waren, die einem Vampir den Treueschwur geleistet hatten.

„Und wie geht das?", erkundigte sich Alain. „Ich tue alles, was dazu erforderlich ist."

„Alles?", wollte Orlando wissen.

„Alles." Auch dieses Mal zögerte Alain nicht mit seiner Antwort.

Orlando griff in die Schublade seines kleinen Nachttisches. „Weißt du, was das ist?", fragte er und zog einen kleinen Gegenstand daraus hervor.

Alain streckte die Hand danach aus. „Darf ich es sehen?", fragte er.

Orlando ließ den Gegenstand in Alains Hand fallen. Alain erkannte, dass es ein Ring war. Er besah ihn sich genauer. „Es sieht aus wie ein Siegelring", meinte er. „Woher hast du ihn?"

„Er hat dem Vampir gehört, der mich geschaffen hat", erklärte Orlando. „Ich habe ihm den Ring abgenommen, als ich ihn zerstört habe."

„Warum hast du ihn zerstört?", fragte Alain unbehaglich. Jean hatte angedeutet, dass Orlando unter Vampiren genauso gelitten hatte wie unter Menschen. Würde Orlando seine Vergangenheit preisgeben?

„Weil ich seine Misshandlungen nicht einen Tag länger ertragen hätte", antwortete Orlando emotionslos. „Kein einziger erzwungener Biss mehr, keine einzige Vergewaltigung und kein einziges Auspeitschen. Ich musste entweder seine Existenz beenden oder meine. Jean hat mir klargemacht, dass ich den Qualen ein Ende machen konnte, ohne mich selbst zu zerstören. Ich wollte den Ring in die Seine werfen, aber Jean hat vorgeschlagen, ich sollte ihn als Erinnerung behalten an die Vergangenheit, der ich entkommen bin. Er sagte, der Ring würde mich immer daran erinnern, dass ich stärker war als dieser Bastard, der mich in sein Bett gezwungen hat. Deshalb habe ich ihn behalten. Ich sehe ihn mir immer dann an, wenn ich mich schwach fühle. Der Bastard hat mich zwar zum Vampir gemacht, aber jetzt entscheide ich selbst über mein Schicksal."

Orlando zitterte am ganzen Leib, als er mit seiner Geschichte zu Ende war. Allein die Worte bereiteten ihm Pein, obwohl doch schon so viele Jahre vergangen waren, seit Jean gekommen und die Wahrheit über Orlandos Versklavung erfahren hatte.

Alain fühlte sich sterbenselend, nachdem er Orlandos Worte gehört hatte. Er hatte, wenn auch nicht absichtlich, Orlando in eine Lage gebracht, die den jungen Vampir an den Albtraum erinnert haben musste, dem er entkommen war. „Sag mir, was ich tun soll", forderte er Orlando auf. „Wie kann der Ring mir helfen, dir zu schwören, dass ich dich niemals wieder so behandeln werde?"

„Es ist eigentlich ganz einfach", erklärte Orlando. „Auf der Kommode steht eine Kerze. Ich zünde sie an, halte den Ring einige Minuten in die Flamme, dann presse ich ihn hier auf deine Haut." Er streichelte mit den Fingern über eine Stelle direkt unter Alains Ohr. „Dieses Zeichen wird jedem Vampir zeigen, dass du mir gehörst."

Damit hatte Alain nicht gerechnet. Er wusste zwar selbst nicht, was er erwartet hatte, aber mit Sicherheit nicht, wie ein Stück Vieh gebrandmarkt zu werden. Er schluckte nervös, während er nach einer passenden Antwort suchte. Ihm war klar, dass es höllisch wehtun würde. Die Stelle am Ohr, die ihm Orlando gezeigt hatte, war besonders empfindlich. Aber der Schmerz war nicht das Hauptproblem. Er hatte Narben von Verletzungen, die wesentlich ernster gewesen waren als das, was Orlando mit ihm vorhatte. Was ihn zögern ließ, war der Gedanke, ein Brandmal zu tragen. Was auch immer die Zukunft für sie bringen mochte, wenn er zustimmte, würde er für alle Zeiten Orlandos Zeichen tragen. Alain war nie ein unterwürfiger Mensch gewesen. Von jedem Vampir, der die Narbe sah, als Orlandos Eigentum erkannt zu werden, ging gegen Alains Natur. Er starrte den Ring an. Orlando hatte für diesen Ring gelitten. Er hatte sehr dafür gelitten, und Alain hatte diese Pein verschlimmert, auch wenn es nicht seine Absicht gewesen war. „Wird dann alles wieder gut sein zwischen uns?", wollte er wissen.

„Das wird es", antwortete Orlando.

„Versprichst du mir auch, mir das nächste Mal rechtzeitig Bescheid zu sagen, wenn ich wieder eine Dummheit machen will?", fragte Alain.

„Das werde ich", versprach Orlando.

„Dann tu es. Gib mir dein Zeichen."

11

ORLANDO RÜHRTE sich nicht von der Stelle. Er saß nur da und starrte Alain an. Er konnte nicht glauben, dass der Magier sich einverstanden erklärt hatte, sein Zeichen zu tragen. Er hatte erwartet, dass Alain ihn vielleicht auslachen oder einfach nur zur Hölle wünschen würde. Noch nie war jemand bereit gewesen, ein Opfer für Orlando zu bringen, schon gar nicht ein Opfer dieser Größenordnung. Für die anderen Vampire war er nur ein nutzloses Anhängsel. Nur Jean war anders, aber auch der sah in ihm nur ein Kind, das man beschützen musste. Keiner hatte jemals das Durchhaltevermögen in ihm erkannt, ohne dass er die jahrelangen Misshandlungen nicht überwunden hätte. Keiner hatte jemals die Stärke in ihm erkannt, ohne die er die Jahre unter der Kontrolle seines Schöpfers gar nicht überlebt hätte. Selbst Jean blickte nur teilweise hinter die Fassade. Niemand von ihnen nahm Orlando wirklich ernst, und sein Zeichen auf Alains Haut würde sie alle schockieren. Orlando war es egal. Alles, was ihn kümmerte, war das Vertrauen, das Alain ihm entgegenbrachte. Alain schätzte ihre aufkeimende Beziehung so sehr, dass er bereit war, für den Rest seines Lebens Orlandos Zeichen zu tragen, deutlich sichtbar für jeden Vampir und Magier, der es erkennen konnte.

Die Stille zwischen ihnen zog sich hin, bis Orlando schließlich aufstand, Streichhölzer aus einer Schublade zog und die Kerze auf der Kommode anzündete. Er sah in die flackernde Flamme und war sich plötzlich nicht mehr sicher, ob er sein Vorhaben wirklich durchführen sollte. Es erinnerte ihn beunruhigend an den Missbrauch, den er in der Gewalt seines Schöpfers erlebt hatte. Er drehte sich zu Alain um, der sich mittlerweile auf die Bettkante gesetzt hatte. Der Gesichtsausdruck des Magiers überraschte ihn: Vertrauen. Vertrauen und Begehren.

Es war das Begehren, das den Ausschlag gab. So merkwürdig es Orlando auch vorkam, aber Alain schien ihn wirklich zu begehren, denn er wollte Orlandos Zeichen auf seiner Haut. Mit neuer Kraft hielt Orlando den Ring in die Flamme. Er spürte die Hitze in den Fingern, ignorierte sie aber, selbst als sie unangenehm wurde. Das bisschen Hitze konnte ihn nicht ernsthaft verletzen, und je heißer der Ring wurde, umso schneller konnte er Alain sein Zeichen aufdrücken.

Alain beobachtete, wie Orlando den Ring erhitzte. Er konnte ihn nicht sehen, weil Orlando die Sicht blockierte. Aber er wusste, dass der kleine Ring heißer und heißer werden würde und wunderte sich, wie Orlando die Hitze so lange aushalten konnte. Er musste noch viel über Vampire lernen. Und er würde damit beginnen, sobald Orlando ihm sein Zeichen in die Haut gebrannt hatte. Während Alain darüber nachdachte, lief ein Schauer der Furcht und des Begehrens durch seinen

Körper. Furcht vor den Schmerzen, die ihm bevorstanden. Begehren für Orlando, den er wieder zum Lächeln bringen und dem er zeigen wollte, was Freude und Glück bedeuteten. Mit dem Alain zusammen sein wollte, egal, um welchen Preis.

Orlando blies die Kerze aus und ging auf Alain zu. Der Ring glühte vor Hitze. „Wenn du es nicht willst, musst du es mir jetzt sagen", gab er Alain eine letzte Chance, es sich anders zu überlegen.

Alain sah auf das glühende Metall und riss sich zusammen. „Ich will es", erwiderte er leise. Er war fest entschlossen, sein Wort zu halten.

Orlando griff mit der freien Hand nach Alain Kinn und bog ihm den Kopf zurück, um sein Ziel zu finden. „Nicht bewegen", warnte er und drückte den Ring an Alain Hals. Es zischte leise, als der Ring sich in die Haut einbrannte.

Es tat weh. Das Metall war so heiß, dass es sich im ersten Moment fast kalt anfühlte.

Alain hatte sich auf die Schmerzen vorbereitet, aber sie übertrafen seine Erwartungen. Er konnte spüren, wie der Ring seine Haut versengte, wie er sich tiefer und tiefer einbrannte. Alain atmete zischend aus und seine Augen tränten vor Schmerz.

Im Wohnzimmer hob Marcel, der sich mit den anderen Magiern unterhielt, plötzlich den Kopf. Er spürte eine uralte, machtvolle und unbekannte Magie, die aus dem Schlafzimmer nach draußen drang.

Orlando presste den Siegelring an Alain Hals. Eine Sekunde, dann zwei. Als er Alains Zischen hörte, zog er den Ring weg. Er wollte Alain diese Schmerzen keine Sekunde länger zumuten. Der Ring fiel ihm aus der Hand und landete scheppernd auf dem Fußboden. Orlando beugte sich nach unten und drückte einen Kuss auf sein Zeichen. Sein feuchter Atem und seine sanfte Zunge besänftigten die Wunde. „Es ist vorbei", flüsterte er Alain zu. „Ich werde dich nie wieder verletzen."

Alain drehte den Kopf und drückte den Mund auf Orlandos Lippen, küsste ihn besitzergreifend und mit einer Leidenschaft, die der Orlandos, als er den Ring in Alains Haut gedrückt hatte, in nichts nachstand. Als sie sich wieder trennten, sagte er: „Du solltest mir nichts versprechen, das du nicht halten kannst. Wir werden noch oft genug so dumm sein, uns zu verletzen oder zu erzürnen. Das gehört zu jeder Beziehung dazu. Versprich mir lieber, mich niemals absichtlich zu verletzen. Das ist ein Versprechen, das ich annehmen kann."

„Das verspreche ich", sagte Orlando. „Das verspreche ich dir." Er fuhr Alain zärtlich mit den Fingern über die Stirn, strich die blonden Haare zurück, bis er ihm in die graublauen Augen schauen konnte. Er erkannte darin das gleiche Vertrauen, das gleiche Begehren, das er auch schon gesehen hatte, bevor er Alain sein Zeichen eingebrannt hatte. Aber er sah auch die Schmerzen, die Alain empfand. „Warte einen Moment", sagte er leise.

Alain nickte und Orlando ging ins Badezimmer, wo er ein Tuch unter das kalte Wasser hielt. Dann kehrte er zu Alain zurück, setzte sich zu ihm auf die

Bettkante und drückte das feuchte Tuch an die Brandwunde. „Ist es so besser?", fragte er ihn mit besorgter Stimme.

Alain sah Orlando in die schokoladenbraunen Augen. Sie waren voller Mitgefühl und Zärtlichkeit, aber darunter konnte er auch ein kaum unterdrücktes Verlangen erkennen. „Was geschieht jetzt?", wollte er von Orlando wissen.

„Wie meinst du das?", fragte der Vampir.

Alain deutete vage auf seinen Hals. „Du hast mich gezeichnet. Was muss ich jetzt tun?"

„Das weiß ich auch nicht", erwiderte Orlando. „Warum willst du das wissen?"

„Ich bin jetzt dein Eigentum", meinte Alain.

Orlando starrte ihn erschrocken an. „Glaubst du das wirklich? Dass ich einen Sklaven will, der mir zu Willen ist? Nein. Nein, nein, nein. Das hast du gedacht und hast es trotzdem zugelassen?" Orlando konnte sein sinnloses Geplapper nicht verhindern. Das hatte er nicht gewollt. Niemals. Er wusste aus eigener Erfahrung, was das bedeutete, und er würde es niemals von jemandem verlangen.

„Worum geht es dann?", fragte Alain verwirrt.

„Es geht um gegenseitige Verpflichtung. Ich bin für dich da und du für mich. Es geht darum, zusammen zu gehören und zusammen zu bleiben. Es geht darum, den anderen vor sich selbst zu stellen. Um Vertrauen, auch dann, wenn es schwerfällt. Es geht um uns …" Orlando verstummte. „Wenn du das nicht willst …"

Orlando konnte seinen Satz nicht zu Ende bringen. Alain verschloss ihm den Mund mit einem Kuss, überwältigt von den Worten, die er gehört hatte. Er wusste genau, was er wollte, auch wenn er sich anfangs zurückgehalten hatte. Er wollte sein Leben mit Orlando teilen. Aber es war alles so schnell gegangen. Zu schnell, wie Thierry wahrscheinlich sagen würde. Doch Alain vertraute auf sein Herz, und das sagte ihm, er sollte Orlando nie wieder gehen lassen, sollte ihn mit beiden Händen festhalten. Orlandos Zeichen in seinem Fleisch symbolisierte dieses Verlangen, es zeigte aller Welt, dass Alain Magnier sich mit allem, was er war, Orlando verschrieben hatte und … „Wie heißt du eigentlich mit Nachnamen?", fragte Alain, als ihm auffiel, dass sie sich nie offiziell vorgestellt worden waren.

„St. Clair", antwortete Orlando abwesend. Ihm schwirrte immer noch Alains Geständnis durch den Kopf, und der anschließende Kuss trug auch seinen Teil dazu bei. „Wieso willst du das wissen?"

„Damit ich jedem sagen kann, wessen Zeichen ich trage", erwiderte Alain.

Bei diesen Worten wurde Orlando von einer Welle des Begehrens überflutet. Er war versucht, Alain aufs Bett zu werfen, um ihn auf eine andere Art in Besitz zu nehmen. Aber sie wurden im Nachbarzimmer erwartet und er kannte Jean. Dort würde nichts Produktives besprochen werden, so lange der nicht sicher war, dass es Orlando gut ging.

„Deine Freunde werden über mein Zeichen nicht sehr glücklich sein", bemerkte er und versuchte seine Leidenschaft zu zügeln.

„Wahrscheinlich nicht", stimmte ihm Alain zu. „Aber um die geht es nicht. Mein Privatleben geht sie nichts an." Er dachte kurz über seine Worte nach und fasste Orlando an der Hand. „Unser Privatleben geht sie nichts an. Wir beide wissen, was es bedeutet. Sie müssen es gar nicht erfahren. Und wenn doch, dann kann mir ihre Meinung egal sein. Ich bin unabhängig genug, um nicht auf jede ihrer Launen Rücksicht nehmen zu müssen. Marcel ist der einzige, dessen Meinung zählt. Und wenn wir es ihm erklären, kann ich mir nicht vorstellen, dass er etwas dagegen einzuwenden hat. Was glaubst du, wie Jean reagieren wird?"

„Es wird ihn zu Anfang vermutlich schockieren. Er sieht mich trotz meines Alters oft noch wie ein Kind, das seinen Schutz braucht. Er wird sich daran gewöhnen müssen."

„Wie alt bist du?", fragte Alain.

„Zweihunderteinundfünfzig Jahre", erwiderte Orlando.

„Und seit wann bist du ein Vampir?"

„Seit zweihundertachtundzwanzig Jahren. Mein Schöpfer hat mich umgewandelt, kurz bevor der Aufstand der amerikanischen Kolonien begann. Ich war damals dreiundzwanzig Jahre alt. Ich hätte wahrscheinlich meinen vierundzwanzigsten Geburtstag nicht erlebt, wenn ich ihm nicht begegnet wäre. Ich war damals ein junger Soldat und sollte nach Amerika in den Krieg geschickt werden. Von meinen damaligen Kameraden hat keiner überlebt."

„Es tut mir so leid, wie er dich in all diesen Jahren misshandelt hat", meinte Alain. „Aber wenn er dich nicht umgewandelt hätte, wären wir beide jetzt nicht hier. Und das tut mir nicht im Geringsten leid."

Orlando lächelte. Ein echtes, viel zu seltenes Lächeln. „Es ist wohl das erste Mal, dass ich auch froh bin, ein Vampir zu sein. Ich habe ihn so lange dafür gehasst und verflucht, dass es mir merkwürdig vorkommt, es plötzlich anders zu sehen. Aber du hast recht. Hätte er mich nicht gesehen und begehrt, ich hätte dich niemals kennengelernt." Er beugte sich vor und küsste Alain. Er wollte Alains Kuss, seinen Mund schmecken. Der Geschmack war genauso einmalig wie Alains Geruch, wie das Gefühl seines Körpers unter Orlandos Händen. Er konnte nicht genug davon bekommen, seinen Magier zu berühren. Allein der Gedanke daran bereitete ihm unbeschreibliche Freude. Sein Magier. Und er war jetzt Alains Vampir. Für jetzt und immerdar.

Alain gab sich Orlandos Kuss hin und ließ ihn seinen Mund erkunden. Das Gefühl von Orlandos Zunge an seiner, das vor und zurück, weckte aufs Neue Alains Verlangen. Sie mussten die anderen loswerden, um endlich mehr Zeit für sich allein zu haben. Er brauchte Orlando. Jetzt. Atemlos unterbrach Alain ihren Kuss, um Orlando seine Wünsche mitzuteilen.

„Wir müssen wieder ins Wohnzimmer zurückgehen, und sei es nur, um die anderen loszuwerden", sagte er seufzend. „Ich bin diese ständigen Unterbrechungen leid."

Orlandos Gedanken kamen in die Gegenwart zurück. Er wusste, was Alain damit meinte. Sie mussten auch noch herausfinden, wie viel Blut Orlando von

Alain trinken konnte, ohne ihm zu schaden und ihn zu schwächen. Das Blut, das er die beiden letzten Male getrunken hatte, reichte ihm mindestens für einen Tag. Er fühlte sich immer noch von Alains Magie umhüllt. Plötzlich überkam ihn ein unwiderstehliches Verlangen, wieder die Sonne zu sehen. Bevor er seinen Vorschlag äußern konnte, verzog Alain schmerzlich das Gesicht und griff nach dem feuchten Tuch an seinem Hals. Orlando beugte sich wieder vor und drückte einen Kuss auf die Brandwunde. „Würde dir etwas Eis helfen?", fragte er. „Ich habe genug davon im Kühlschrank."

„Das wäre gut", meinte Alain. „Ich möchte Marcel nicht bitten, die Schmerzen magisch zu mindern. Aber sie sind unangenehm und lenken mich ab."

„Dann komm", erwiderte Orlando. „Wir holen uns Eis aus der Küche." Er stand auf und hielt Alain ohne zu zögern die Hand hin. Dann verließen sie gemeinsam das Schlafzimmer.

12

ORLANDO KAM aus dem Schlafzimmer in den Flur. Zu seiner Überraschung war die Küchentür, die vorhin noch offen gestanden hatte, jetzt geschlossen. Er öffnete sie und betrat, immer noch Hand in Hand mit Alain, die Küche. Am Tisch saß Jean und grübelte vor sich hin. Sein Blick blieb für einige Sekunden auf ihren verschränkten Händen haften, dann sah er Orlando ins Gesicht.

„Geht es dir wieder besser?", wollte er wissen.

„Ja", erwiderte Orlando und ließ Alains Hand los, um im Kühlschrank nach dem Eisbehälter zu suchen. Er entnahm ihm einige Eiswürfel und wickelte sie in das Tuch, das die Wunde an Alains Hals bedeckt hatte.

„Was ist passiert?", fragte Jean.

Alain ließ das Tuch sinken, um Jean das Brandmal zu zeigen. Dann bedeckte er es wieder mit dem eisgekühlten Tuch. Jean fasste ihn am Arm und hielt ihn zurück. „Was ist das?", wollte er wissen. Seine Stimme hatte einen bedrohlichen Unterton.

Orlando zog Jeans Hand weg und presste das Tuch vorsichtig an Alains Hals. „Mein Zeichen", antwortete er und legte die Hand besitzergreifend auf Alains Schulter.

„Dein ... Zeichen", sagte Jean langsam. „Du Idiot! Ist dir eigentlich klar, was du da getan hast?"

„Nenn ihn nicht so!", explodierte Alain, als Orlando bei Jeans Worten zusammenzuckte.

„Wir haben uns einige Versprechen gegeben", antwortete Orlando kühl. „Und wir haben sie nach Art der Vampire besiegelt."

„Was habt ihr euch versprochen?", fragte Jean im gleichen kühlen Tonfall. Alain war über die Reaktion überrascht. Er hätte nicht damit gerechnet, dass ausgerechnet Jean sich so feindselig äußern würde.

„Das ist unsere Privatangelegenheit", erwiderte Orlando. „Warum willst du es wissen?"

„Weil du offensichtlich nicht weißt, was du da versprochen hast. Hast du dich nie gefragt, warum diese Zeichen so selten zu sehen sind? Warum nur so wenige von uns einen Avoué haben? Du hast einen sehr alten Ritus vollzogen, dessen Ursprünge im Dunkel der Geschichte liegen. Und jetzt musst du die Konsequenzen tragen", schrie Jean.

„Ihr habt den Aveu de Sang abgelegt, das Bekenntnis des Blutes. So lange Alain lebt, wirst du für ihn verantwortlich sein. Du hast versprochen, ihm jeden

Wunsch zu erfüllen und ihm dein ganzes Leben zu widmen. Du hast dich zu seinem Sklaven gemacht", fuhr Jean fort und sah Orlando tief in die Augen, um ihm den Ernst der Lage klarzumachen.

„Er braucht nichts anderes zu tun, als dir sein Blut zu verweigern, und schon bist du geschwächt. Er kann dich sogar damit vernichten, denn so lange er lebt, wirst du kein anderes Blut mehr trinken können, als das seine. Es würde dich krank machen und töten."

„Das verstehe ich nicht", sagte Alain. „Warum sollte ihn fremdes Blut krank machen?"

„Weil es in der Natur des Bundes liegt, den ihr durch Orlandos Zeichen eingegangen seid. Was immer du ihm versprochen hast, er hat dir das gleiche Versprechen gegeben, ob er es wollte oder nicht", antwortete Jean. „Ich hoffe nur, dass du es wert bist, Magier."

„Es steht dir nicht zu, ihm zu drohen", sagte Orlando und stellte sich zwischen die beiden Männer. „Ich hatte Alain schon versprochen, nur noch von ihm zu trinken, so wie er mir versprochen hat, sein Blut nur noch mit mir zu teilen. Ich sehe keinen Unterschied zu dem, was du gerade gesagt hast."

„Aber es ist nicht mehr deine freie Entscheidung. Damit hat er Macht über dich", erklärte Jean.

„Diese Macht habe ich ihm schon vorher gegeben", erwiderte Orlando. „Und er hat mir die gleiche Macht gegeben."

„Die Macht über Leben und Tod?", fragte Jean herausfordernd.

„Jedes Mal, wenn er mich sein Blut trinken lässt, muss er darauf vertrauen, dass ich ihn nicht töte", stellte Orlando klar. „Ich müsste nur zuviel trinken, und er wäre tot."

Alain trat an Orlandos Seite und legte ihm die Hand auf die Schulter, um seine Aufmerksamkeit von Jean abzulenken. „Ich wollte dir diese Versprechen geben und ich werde sie auch einhalten. Daran ändert sich auch durch diesen Bund nichts. Ich will dir geben, was du von mir brauchst. Aber es ist mehr, als du selbst beabsichtigt hast. Wir sollten Marcel fragen, ob er einen Weg kennt, den magischen Bund zu lösen, ohne dass du davon krank wirst. Es beunruhigt mich, dass du nur noch von mir trinken kannst. Was passiert, wenn wir, aus welchem Grund auch immer, getrennt werden und du musst trinken? Wir befinden uns im Krieg. Was passiert, wenn ich verwundet werde und dir kein Blut geben kann?", fragte Alain besorgt.

„Nein", widersprach Orlando vehement. „Ich will keinen anderen. Ich will nur noch dich, seit ich das erste Mal von dir getrunken habe. Wir werden es so planen, dass wir immer zusammen sind, wenn ich dich brauche. Selbst wenn ich es nicht müsste, ich würde nur von dir trinken wollen."

„Damit gehst du ein sinnloses Risiko ein", warf Jean ein.

„Das ist meine eigene Entscheidung", erwiderte Orlando.

„Ja, das ist es", stimmte Alain zu. „Aber ich musste es dir anbieten. Du hast gerade erfahren, dass unser Versprechen uns stärker bindet, als du es vorhergesehen hast. Ich wollte dir nur anbieten, es zurückzunehmen, falls du es dir anders überlegt haben solltest. Du hast mir deine Antwort gegeben. Wir müssen nicht mehr darüber reden."

Als sie ein Geräusch von der Tür hörten, drehten sie sich um und sahen Thierry dort stehen, der eine Tüte mit Gebäck in der Hand hatte. „Ich bringe unser Frühstück", sagte er und hielt die Tüte hoch. Er und die anderen Magier hatten gehört, wie sich die Schlafzimmertür geöffnet hatte und das Paar in die Küche gegangen war. Aber sie hatten die beiden noch nicht gesehen, als es dort plötzlich laut geworden war. Das Pain au Chocolat für Alain war Thierry deshalb gelegen gekommen, um nach dem Rechten zu sehen und herauszufinden, ob zwischen Alain und Orlando alles wieder in Ordnung war. Ihm fiel das Tuch auf, das Alain sich an den Hals drückte, und Wut stieg in ihm auf. Wieso hatte der verdammte Vampir schon wieder trinken müssen? Er würde Alain mit seiner Unersättlichkeit noch umbringen. Thierry ging auf sie zu und zog Alain die Hand mit dem Tuch vom Hals. Orlando reagierte sofort und fasste Thierry am Arm, um ihn aufzuhalten.

Thierry erwartete, zwei Bisswunden zu sehen, so wie an Alains Handgelenken. Stattdessen erblickte er das frische Brandmal und explodierte. „Was zum Teufel ist das?"

„Die Besiegelung eines Versprechens", erwiderte Alain seelenruhig.

„Du hast dich von ihm brandmarken lassen", schrie Thierry. Er ließ Alains Hand los und stürzte sich auf Orlando, der ihm geschickt auswich. „Was hast du mit ihm gemacht, Vampir?", fauchte Thierry ihn an und wollte wieder nach ihm greifen. „Welche dunkle Magie hast du eingesetzt, um ihn dazu zu bewegen?"

Noch bevor Orlando antworten oder Jean sich einmischen konnte, hatte Alain sich zwischen sie gedrängt und stand Thierry Auge in Auge gegenüber. Er ließ das Tuch aus der Hand fallen. Die Eiswürfel schlugen mit einem Knall auf und verteilten sich über den Küchenfußboden. „Wie lange sind wir schon Freunde?", fragte Alain leise. Seine Reaktion überraschte alle. Orlando runzelte die Stirn, weil er eine etwas entschiedenere Verteidigung von Alain erwartet hätte.

„Seit dreißig Jahren", antwortete Thierry.

„Dann solltest du unsere Freundschaft nicht so leichtfertig aufs Spiel setzen", sagte Alain. „Erstens hat der Vampir, wie du sehr gut weißt, auch einen Namen. Also benutze ihn, wenn du von ihm sprichst. Und zweitens … Hast du in den dreißig Jahren, die wir uns schon kennen, auch nur ein einziges Mal erlebt, dass mich jemand dazu bringen konnte, etwas gegen meinen Willen zu tun?"

„Nein", gab Thierry zu. Er musste sich ehrlicherweise eingestehen, dass Alains Unnachgiebigkeit der Grund für ihre schlimmsten Auseinandersetzungen gewesen war. Niemand konnte Alain zu etwas zwingen, von dem er nicht selbst überzeugt war.

„Dann solltest du etwas mehr Vertrauen in mich setzen, wenn du Orlando schon nicht vertrauen kannst. Er musste mich nicht verhexen. Dieses Brandmal ...“ Thierry und Jean zuckten bei dem Wort zusammen, „... besiegelt die Versprechen, die wir uns gegeben haben. Versprechen, die ich aus freiem Willen abgelegt habe.“

Diese Worte hatte Orlando hören wollen. Seine Anspannung verflog und er trat an Alains Seite. Ohne Thierry dabei aus den Augen zu lassen, hob er das Tuch und die Eiswürfel auf. Dann hielt er sie wieder an Alains Wunde. Alain bedankte sich mit einem liebevollen Lächeln.

„Das verstehe ich nicht“, meinte Thierry. „Du kennst ihn gerade sechsunddreißig Stunden. Wie kannst du nach einer so kurzen Zeit schon bereit sein, sein Zeichen zu akzeptieren?“

„Wie immer ich es dir auch erkläre, du würdest es nicht verstehen“, antwortete Alain nachdenklich. „Es ist einfach so.“

„Wenn es wieder darum geht, einen jungen und hilflosen Menschen zu beschützen, bist du dieses Mal wirklich zu weit gegangen“, sagte Thierry. „Ich weiß genau, was dich seit Henris Tod umtreibt.“

„Lass das“, erwiderte Alain mit eiskalter Stimme. Jeden anderen hätte er für diesen Kommentar ohne langes Nachdenken niedergeschlagen, aber er und Thierry kannten sich schon lange genug, um sich mit Worten zu einigen. „Mein Sohn hat damit nichts zu tun. Er hat nichts mit meinen Gefühlen für Orlando zu tun, der trotz seines jugendlichen Aussehens älter ist, als wir beide zusammen.“ Orlando fiel ein Stein vom Herzen, als Alain ihn so vehement verteidigte, aber es betrübte ihn auch, von Alains totem Sohn zu hören. Offensichtlich musste er noch mehr über den Magier lernen, als ihm bisher bewusst geworden war. Er hatte durch Alains Blut viel über dessen Charakter erfahren, aber die Einzelheiten und Hintergründe, die diesen Charakter geformt hatten, konnte er darin nicht schmecken.

„Thierry? Alain?“, rief Adèle von der Tür. „Was ist hier los?“

„Nichts“, sagte Alain mit grimmiger Entschlossenheit. Er sah wütend zwischen Jean und Thierry hin und her. „Gar nichts. Wir wollten gerade darüber reden, wie wir jetzt weiter vorgehen.“

Adèle betrachtete neugierig das Tuch an Alains Hals. Aber sie konnte die angespannte Atmosphäre spüren, und sie wäre nicht in ihre gegenwärtige Position gekommen, wenn sie solche Anzeichen ignorieren würde. Deshalb nickte sie nur und machte den Weg frei, damit die anderen ins Wohnzimmer vorausgehen konnten.

Marcel sah auf, als Thierry, Alain und Orlando den Raum betraten. Auch er war über das Tuch an Alains Hals überrascht, aber er kannte seinen Offizier gut genug, um in Ruhe auf eine Erklärung zu warten. Als er bemerkte, dass Payet eine Frage dazu stellen wollte, brachte er ihn mit einem bedeutungsvollen Blick zum Schweigen.

Adèle wartete, bis die anderen Magier und Orlando an ihr vorbeigegangen waren, dann gesellte sie sich zu Jean. Sie warf ihm einen bewundernden Blick zu und als Jean an der Tür zum Wohnzimmer stehen blieb, sah sie ihn erstaunt an. Aber

Jean wollte sich nur davon überzeugen, dass die Vorhänge dicht geschlossen waren. Dann betrat er das Zimmer. „Bist du wirklich so empfindlich?", fragte Adèle.

„Ja", erwiderte Jean. „Ein einziger Sonnenstrahl kann uns töten, wenn er uns an der richtigen Stelle trifft."

„Thierry hat uns erzählt, dass Orlando heute in der Sonne gestanden hat."

„Das hat er", bestätigte Jean. „Offensichtlich hat Alains Magie ihn beschützt." Jean war immer noch nicht sehr glücklich über das Brandmal und all seine Implikationen, aber daran konnte er nichts mehr ändern. Seufzend sah er Adèle an und nahm sich vor, Alain gut im Auge zu behalten. Wenn es sein musste, würde er den Magier eher töten, als zuzulassen, dass Alain Orlando zu seinem Sklaven machte. Alains Tod würde Orlando befreien und ihm erlauben, wieder von anderen Opfern zu trinken, auch wenn Jean darüber Orlandos Freundschaft verlieren würde. Aber hoffentlich waren diese Sorgen unbegründet und Alain so vertrauenswürdig, wie Orlando zu glauben schien. Es war ihre einzige Chance, die kommenden Herausforderungen zu bestehen.

„Glaubst du, sie haben recht? Dass es für jeden Vampir funktioniert, wenn er nur den richtigen Magier findet?", wollte Adèle wissen.

„Mag sein", antwortete Jean. „Es ist den Versuch auf jeden Fall wert."

„Vielleicht bin ich die passende Partnerin für dich", schnurrte sie. Sie hätte nichts dagegen einzuwenden, mit diesem höllisch attraktiven Vampir mehr Zeit zu verbringen. Im Gegensatz zu Payet hatte sie nicht die geringsten Vorbehalte, sich von einem Vampir beißen zu lassen. Besonders dann, wenn der so gut aussah wie Jean.

Jean warf der Frau an seiner Seite einen Blick zu. Er hatte sie natürlich schon gesehen, als sie gekommen war. Aber dann war die Sache mit Alain passiert, und er war so wütend gewesen, dass er nicht weiter auf sie geachtet hatte. Sie war eine Schönheit, groß und schlank, mit einer starken Persönlichkeit, die nicht zu übersehen war. Die enge Hose und die Stiefel, die sie trug, betonten ihre langen Beine. Die maßgeschneiderte Jacke brachte ihre Figur bestens zu Geltung. Sie hatte ein anziehendes Gesicht, und im Moment zog es Jean Aufmerksamkeit auf sich. Die dunklen Haare fielen ihr lang über den Rücken, was man bei Frauen in diesen Zeiten nur noch selten sah. Jean vermisste es sehr, weil er es aus seiner Jugend gewohnt war. Er liebte es, die langen Haare einer Frau in die Hände zu nehmen. Ja, er wollte von ihr trinken. Mit Freuden. „Vielleicht bist du das", sagte er. „Wir werden es einfach ausprobieren müssen."

„Was ausprobieren?", fragte Payet von der anderen Seite des Zimmers.

„Ausprobieren, ob einer von uns der passende Magier für Jean ist", antwortete Adèle ungeduldig.

„Lasst uns erst darüber reden", meinte Marcel bedächtig. „Wir sollten versuchen, logisch und vernünftig darüber nachzudenken. Herausfinden, warum es bei bestimmten Paaren funktioniert und bei anderen nicht."

„Es liegt nicht an Alain", sagte Orlando sofort, weil er seinen Magier nicht mehr teilen wollte. „Und an mir auch nicht. Ich habe bei Thierry nichts gespürt, und Jean ging es mit Alain genauso."

„Es ist auch nicht der erste Magier, den ein Vampir beißt. Sonst hätte Thierrys Magie auf mich wirken müssen", ergänzte Jean.

„Marcel hat überlegt, ob es die … Gefühle sein könnten, die der Vampir und der Magier füreinander empfinden", meinte Adèle. „Soweit ich weiß, wollte Orlando Alain beißen, und der war dazu bereit, von ihm gebissen zu werden. Ich kann mir nicht vorstellen, dass eure anderen Versuche unbedingt freiwillig waren."

„Nicht wirklich", erwiderte Thierry trocken.

„Dann lasst uns diese Idee weiter verfolgen", schlug Adèle vor. „Ich bin bereit dazu, wenn du nichts dagegen hast", fuhr sie fort und sah Jean an.

„Ganz und gar nicht", sagte Jean eifrig und griff nach ihrer Hand. Er hob sie an die Lippen und atmete ihren schweren Geruch ein. An diese Magierdame könnte er sich gewöhnen und hoffte deshalb, dass sie zusammen passen würden. Er biss ihr ins Gelenk und nahm einen Schluck von ihrem Blut. Es war stark und wohlschmeckend. Er konnte ihr Verlangen, ihre Intelligenz, ihre Integrität und ihre Macht schmecken. Aber er spürte nichts von der Wirkung, die Orlando beschrieben hatte. Er fühlte sich nicht von ihrer Magie umhüllt und beschützt. Es war wie das Blut eines beliebigen Sterblichen.

Traurig hob er den Kopf. „Nichts", sagte er bedauernd.

Adèle ließ die Hand an ihre Seite fallen und bedauerte ebenfalls, dass es nicht funktioniert hatte. Erneut zerbrachen sie sich die Köpfe auf der Suche nach einer Erklärung.

„Was ist mit dem Rang?", schlug Alain vor und sah den Chef de la Cour an. „Ich war Marcels Botschafter und Orlando hat dich vertreten. Das hat uns zu Gleichgestellten gemacht. Jedenfalls zu dem Zeitpunkt, als wir uns das erste Mal getroffen haben."

Marcel sah Alain an, der an Orlandos Seite stand und ihm wie selbstverständlich den Arm um die Schultern gelegt hatte. Marcel wusste genau, dass an dieser Geste nichts Selbstverständliches war. „Wir könnten es versuchen", meinte er und schob seinen Ärmel hoch.

Jean ging bereitwillig auf den älteren Mann zu. Als er ihm in die lederharte Haut des Handgelenks biss, wurde er von der Macht des Magiers fast aus dem Gleichgewicht gebracht. Er schmeckte einen tiefsitzenden Respekt für jedes Leben, ob magisch oder nicht, und er schmeckte einen tiefen Glauben an die Gleichheit aller Menschen. Marcel wäre ein machtvoller Verbündeter, wenn die Zeit kam, gegen die Diskriminierung der Vampire zu kämpfen und die Gesetze zu ändern. Aber auch von Marcels Magie fühlte Jean sich nicht umhüllt und beschützt. Er ließ das Handgelenk des Magiers los und verbeugte sich höflich, so wie er es am Hof der französischen Könige vergangener Jahrhunderte gelernt hatte. Es hätte nicht in diese Zeit passen sollen, aber Jeans Verbeugung war so elegant und perfekt, dass alle sie als vollkommen natürlich empfanden. „Es ist mir eine Ehre, an deiner Seite kämpfen zu dürfen", sagte Jean.

„Aber ich werde nicht derjenige sein, der dich beschützten wird, nicht wahr?", fragte Marcel, obwohl er die Antwort auf seine Frage schon wusste.

„Bedauerlicherweise nicht", erwiderte Jean.

„Ist es vielleicht alles nur eine Frage des Zufalls?", überlegte Thierry. „Etwas anderes fällt mir dazu nicht mehr ein."

„Zweifellos ist es eine Frage der Chemie, die das Blut des Magiers mit dem Vampir verbindet", meinte Marcel.

„Oder es sind doch nur Orlando und Alain", sagte Jean

„Das mag sein. Aber ich will die Hoffnung noch nicht aufgeben", erwiderte Marcel. „Wir haben noch einen anderen Magier, der hier anwesend ist und von dem du trinken kannst. Und außer ihm leben hier in Paris noch Hunderte andere. Es wird einige Zeit dauern, aber wir sollten nicht aufgeben, bevor wir alles versucht haben. Raymond?", forderte Marcel Payet auf.

Payets Gesichtsausdruck hätte fast als komisch bezeichnet werden können, wäre die Lage nicht so ernst gewesen. Er war schon einmal gebissen worden, und es war alles andere als angenehm gewesen. Payet wollte diese Erfahrung nicht wiederholen. „Ich glaube nicht …", protestierte er und erhob sich.

„Halt den Mund, Payet", knurrte Thierry. „Setz dich wieder hin und gib ihm deinen Arm. Du behauptest doch immer, auf unserer Seite zu stehen. Nun, das gehört auch dazu und gibt dir die Chance, es uns zu beweisen. Ob es dir gefällt oder nicht."

Widerstrebend gehorchte Payet Thierrys Aufforderung. Der große Magier flößte ihm Angst ein. Marcel mochte zwar mächtiger sein, aber Thierry sah aus, als könnte er jeden Mann in Stücke reißen, ohne auch nur die geringste Magie einsetzen zu müssen. Und er schien schon wütend genug zu sein, um das auch jederzeit zu tun.

Jean sah Payet grimmig an. Er wusste aus Erfahrung, was in dem Magier vor sich ging. Normalerweise suchte er sich einfach ein anderes Opfer, wenn er mit einer so tiefsitzenden Furcht konfrontiert wurde. Aber hier ging es um mehr als Durst. Hier ging es darum, einen Magier zu finden, dessen Magie ihn beschützen konnte, so wie Alains Magie es mit Orlando tat. Er hob die zitternde Hand Payets an seine Lippen und biss zu. Er wollte es so schnell wie möglich hinter sich bringen, damit sie sich wichtigeren Dingen zuwenden konnten.

Seine Vorbehalte hielten nur so lange an, bis der erste Blutstropfen seine Zunge berührte. Er schmeckte den zurückliegenden Verrat und die Verschwörung in Payets Blut, die alte, dunkle Magie, die unter der neuen, unverbrüchlichen Loyalität lag, unter der weißen Magie, der sich Payet sich jetzt verpflichtet fühlte. Und diese Magie umhüllte Jean und wickelte sich um ihn wie eine wärmende Decke, die ihn vor der Außenwelt beschützte. Das war es, was Orlando ihm beschrieben hatte, das war dieses Gefühl, von einem schützenden Mantel umgeben zu sein.

„Es wirkt", sagte Jean und hob langsam den Kopf. „Ich kann es fühlen. Es ist so, wie Orlando es beschrieben hat. Wenn ich etwas mehr trinken würde, könnte ich wahrscheinlich in die Sonne treten."

13

NACH JEANS Mitteilung herrschte lange Stille.

„Wir sollten sie allein lassen", brach schließlich Orlando das Schweigen. Alain konnte die Panik erkennen, die sich auf Payets Gesicht ausbreitete. Er überlegte, wie er den Mann wieder beruhigen konnte, aber ihm fiel nichts ein. Er hatte sich zu Orlando hingezogen gefühlt und dessen Bisse hatten sie noch näher zusammengebracht. Aber damit würde Payet nichts anfangen können. Es wäre wahrscheinlich das letzte, wonach Payet der Sinn stand.

Alain forderte die anderen mit einem Kopfnicken auf, ihm in die Küche zu folgen. Es war besser, Jean die Erklärungen zu überlassen. Alain hatte selbst genug zu erklären, wenn Marcel von dem Brandmal und der Natur des Bundes erfuhr, den Alain mit Orlando eingegangen war. Er wusste nicht, welche Wirkung seine Enthüllungen auf Thierry haben würden, und ob der sich wieder beruhigen oder noch wütender werden würde, wenn er über die wahre Bedeutung des Zeichens an Alains Hals informiert wurde. Sie waren schon fast ein Leben lang befreundet und doch fiel es ihm in vielen Fällen immer noch schwer, Thierrys Reaktionen vorherzusehen. Besonders dann, wenn es sich um Alain selbst drehte.

Marcel hatte genug von Alains Gespräch mit Thierry und seinem Streit mit Jean gehört, um das Thema auf sich beruhen zu lassen. Er warf Payet noch einen langen, bedeutungsvollen Blick zu, dann ging er den anderen in die Küche voraus. Sie drängten sich in den kleinen Raum, setzten sich an den Tisch oder suchten sich Stehplätze an der Wand. Orlando ging direkt zum Kühlschrank, um mehr Eiswürfel zu holen.

Alain hatte sich zwar nicht beschwert, aber die Brandwunde an seinem Hals musste schmerzen. Orlando war von seinem Schöpfer oft genug mit glühenden Eisen gefoltert worden, um zu wissen, wie sehr selbst ein Vampir unter solchen Wunden litt. Für einen Sterblichen wie Alain musste es noch schlimmer sein. Er wickelte neue Eiswürfel in das Tuch an Alains Hals.

„Könnt ihr mir jetzt berichten, was geschehen ist?", eröffnete Marcel das Gespräch.

Thierry verzog das Gesicht, als Alain die Hand sinken ließ und das Brandmal enthüllte.

Marcel kniff die Augen zusammen, sagte aber zunächst nichts. Dann murmelte er eine Beschwörung und begleitete sie mit einer schnickenden Handbewegung. Alain spürte Marcels Magie, die seine Wunde inspizierte. „Verändere nichts daran", sagte er.

Marcel schüttelte den Kopf. „Ich habe nichts verändert. Ich will nur die Natur des Bundes besser verstehen und habe die Wunde untersucht. Ich hoffe sehr, dass ihr euch an eure Versprechen halten werdet, denn das ist eine Magie, gegen die ich nichts ausrichten kann."

„Magie?", fragte Thierry. „Welche Magie? Von Magie habt ihr mir nichts gesagt." Seine Stimme nahm langsam an Lautstärke zu.

„Weil es nichts geändert hätte", erwiderte Alain. „Die Magie tut nichts anderes, als Orlando dazu zu zwingen, in Zukunft nur noch von mir zu trinken."

„Ich brauche keine Magie, um dieses Versprechen zu halten", ergänzte Orlando und sah Thierry drohend an. „Also ändert sie nichts."

„Es gefällt mir trotzdem nicht", knurrte Thierry.

„Und es geht dich immer noch nichts an", sagte Alain. Als er sich wieder zu Marcel umdrehte, fiel ihm der besorgte Ausdruck in Adèles Gesicht auf. Um sowohl sie als auch Marcel zu beruhigen, sagte er: „Es hat nicht mit der Allianz zu tun. Niemand muss es uns nachmachen, selbst wenn es andere Paare zwischen Vampiren und Magiern gibt, bei denen die Magie funktioniert. Es gibt keinen Grund, warum diese Paare exklusiv sein sollten." Er wandte sich an Orlando. „Das stimmt doch, oder?"

„Ja", antwortete Orlando bedächtig. „Die Vampire können immer noch fremdes Blut trinken, wenn sie nicht vorhaben, tagsüber ins Freie zu gehen. Obwohl ich vermute, dass der Magier sich besser auf seinen einen Partner beschränken sollte, um nicht zu viel Blut zu verlieren. Besonders dann, wenn die Schutzwirkung des Blutes sich auf einen Vampir beschränkt."

„Gut", meinte Marcel. „Es ist eine Sache, einen Magier vor einem Kampf um Blut für einen geschätzten Verbündeten zu bitten. Es wäre aber eine ganze andere Sache, wenn er sich ständig für die spontanen Gelüste eines Vampirs zur Verfügung stellen müsste."

„Orlando ist mehr von mir abhängig, als ich es von ihm bin", erklärte Alain. „Die Magie, die du gespürt hast, verhindert, dass er von einem anderen trinkt. Er hat keine andere Wahl." Alain zuckte zusammen, als ein plötzlicher Schmerz durch seine Brandwunde schoss.

„Ich habe mich dazu entschieden", sagte Orlando mit fester Stimme. „Das Eis hilft nicht sehr, oder?", fragte er Alain. „Was kann ich noch tun, um deine Schmerzen zu lindern?"

„Es gibt Beschwörungen", warf Thierry ein.

„Nein", lehnte Alain ab. „Es geht schon. Es erinnert mich an die Gedankenlosigkeit, mit der ich dich verletzt habe."

„Dafür hast du dich schon entschuldigt", meinte Orlando. „Es gibt keinen Grund, dass du diese Schmerzen erträgst, wenn Thierry oder Marcel etwas dagegen unternehmen können."

„Aber ..."

„Nein. Ich habe dich darum gebeten", sagte Orlando und deutete auf die Wunde. „Jetzt bitte ich darum, nicht meinetwegen zu leiden. Es reicht, dass du mein Mal akzeptiert hast." Ohne Alain die Möglichkeit zu geben, ihm zu widersprechen, drehte er sich zu Thierry um. „Hilf ihm. Bitte."

„Thierry", sagte Alain warnend, aber der ignorierte ihn und sprach eine Beschwörung, um Alains Schmerzen zu lindern.

Alain fühlte sofort, wie die Schmerzen nachließen, zu seiner Überraschung aber nicht komplett verschwanden. Er sah Thierry fragend an, der ihm unauffällig zunickte. Alain erwiderte das Nicken. Er war seinem Freund dankbar dafür, seine Gefühle respektiert zu haben.

JEAN WARTETE ab, bis die anderen das Wohnzimmer verlassen hatten. Dann drehte er sich wieder zu Payet um, der immer noch auf dem Sofa saß. Der Schock stand dem Magier ins Gesicht geschrieben. Als Jean wieder nach seiner Hand fassen wollte, versuchte Payet zu entkommen und rutschte panisch in die äußerte Ecke des Sofas. „Halt", befal Jean. „Warum hast du solche Angst?"

„Ich will nicht zum Hörigen eines Vampirs werden", sagte Payet.

„Von allen dämlichen … Ich will keinen Sklaven. Hör mir zu, Payet. Ich weiß, dass du mich nicht magst. Ich mag dich auch nicht sonderlich, aber dein Blut scheint der Schlüssel zu sein, damit ich mich im Sonnenlicht aufhalten kann. Und das möchte ich tun. Wir werden uns also auf akzeptable Bedingungen einigen, die es mir ermöglichen."

Raymond schauderte vor Abscheu. Er konnte das Bild von Orlando, der sich über Alains Arm gebeugt hatte, nicht aus dem Kopf bekommen. „Nein", protestierte er. „Das kann nicht funktionieren."

„Denk doch nach", erwiderte Jean beharrlich. „Im Moment vertraut dir nur Chavinier, bei den anderen sieht es nicht so gut aus. Ich muss nur in die Küche gehen und ihnen sagen, dass du nicht damit einverstanden bist; dann werden sie sich sofort nach dem Grund für deine Verweigerung fragen. Ich brauche ihnen noch nicht einmal von der dunklen Magie in deinem Blut zu berichten. Sie werden sofort ahnen, dass du etwas zu verbergen hast. So wirst du nie ihr Vertrauen gewinnen."

„Das kannst du nicht tun", rief Raymond.

„Wart nur ab", bluffte Jean.

Der Magier ließ resigniert die Schultern hängen. „Was verlangst du von mir?"

„Nur genug Blut, um nach draußen auf den Balkon gehen zu können. Es muss nicht unangenehm für dich sein, wenn du dich nur entspannen könntest."

Payet erschauderte wieder. „Dann tu es einfach", gab er schließlich nach.

Jean setzte sich aufs Sofa und führte Payets Handgelenk an die Lippen. Da der Magier keinerlei Anstalten machte, dem Erlebnis auch angenehme Seiten abgewinnen zu wollen, wahrte Jean ebenfalls Distanz. Er konnte allerdings nicht verhindern, den vollen Geschmack von Payets Blut und die Kraft der Magie zu genießen, die ihn mit jedem Schluck stärker einhüllte.

Payet zwang sich zur Ruhe, als Bellaiche seine Hand nahm und sie näher und näher an die Lippen hob. Aber er konnte sich nicht entspannen. Er sah die langen Zähne, die in Bellaiches Mund glänzten. Payet drehte sich der Magen um, als er daran denken musste, dass ihn diese Zähne gleich beißen würden. Er konnte es nicht ertragen, aber ihm blieb keine andere Wahl. Er war auf Marcels Wohlwollen angewiesen. Wenn Marcel ihm das Vertrauen entzog, wäre er Serriers Schergen hilflos ausgeliefert, die ihn für seinen Verrat immer noch verfolgten. Payet schloss die Augen. Er wollte nicht sehen, was gleich mit ihm geschehen würde. Er würde sich unterwerfen und Bellaiches Bedürfnis nach Blut stillen, aber mehr nicht.

Jean rief sich ins Gedächtnis zurück, wie Orlando das Gefühl beschrieben hatte, das erste Mal seit Jahrhunderten wieder in der Sonne zu stehen. Sie bereiteten sich nicht auf eine Schlacht vor, und für einige Minuten Sonnenlicht brauchte Jean keinen unbegrenzten Schutz. Er spürte, wie die Wirkung der Magie stärker wurde und langsam eine Barriere zwischen ihm und der Welt errichtete. Jean konnte nicht sagen, wann diese Barriere stark genug war, um ihn vor der Sonnenstrahlung zu schützen. Dazu fehlten ihm die Vergleichsmöglichkeiten. Es ließ sich nur durch Versuch und Irrtum herausfinden, so wie alles in diesem Prozess. Als er das Gefühl hatte, genug getrunken zu haben, hob er den Kopf und ließ Payets Hand wieder los.

„Weißt du", versuchte er, die Stimmung etwas zu heben, „wenn wir das in Zukunft regelmäßig machen, solltest du mir zumindest deinen Namen verraten."

Payet zuckte bei der Vorstellung auf eine Wiederholung dieses Erlebnisses zusammen. Aber es gab keinen Ausweg aus der Situation. „Raymond", antwortete er dumpf.

„Raymond", wiederholte Jean. „Gut, Raymond. Wir sollten jetzt Folgendes tun. Wir holen die anderen ins Zimmer zurück, damit sie auch sehen können, ob deine Magie mich genauso beschützt, wie Orlando durch Alain beschützt worden ist. Dann finden wir heraus, wie viel ich von deinem Blut trinken muss, um die Wirkung auf mehrere Stunden auszudehnen."

Raymond nickte niedergeschlagen. Er fragte sich, warum Bellaiche ihn überhaupt in die Diskussion einbezog. Es war nicht so, dass er etwas zu sagen hatte. Wenn Bellaiche es wollte, musste Raymond nachgeben. Alles andere würde bedeuten, dass er Marcels Schutz verlor.

Jean fiel Raymonds Niedergeschlagenheit nicht auf. Er war zu sehr in seiner Vorfreude gefangen, endlich wieder die Strahlen der Sonne fühlen zu können. Er ging zur Zimmertür und rief die anderen durch den Flur zurück. „Wir sollten jetzt meine Lichttoleranz testen", erklärte er, als sie alle wieder im Wohnzimmer versammelt waren.

Orlando ging auf das Fenster zu, um die Vorhänge aufzuziehen. Alain hielt ihn zurück. „Lass mich das machen", sagte er.

„Ich fühle mich genauso sicher, wie beim ersten Mal", protestierte Orlando.

„Tu mir den Gefallen", bat Alain. „Wenn du dich täuschst, könnte es dich umbringen. Ich will dich nicht verlieren."

Obwohl ein Teil von Orlando sich dagegen sträubte und die Richtigkeit seines Schutzgefühls unter Beweis stellen wollte, war er von Alains Fürsorge so überwältigt, dass er nickte und wieder soweit ins Zimmer zurücktrat, bis er vor den Sonnenstrahlen sicher war. Jean stellte sich an seine Seite und legte ihm den Arm um die Schultern. Dann öffnete Alain die Vorhänge und überzeugte sich davon, dass die beiden Vampire noch im sicheren Schatten standen. Die Geste des älteren Vampirs überraschte ihn. Orlando lächelte Jean noch einmal aufmunternd zu, dann verließ er ihn und ging selbstbewusst auf die Balkontür zu. Alain beobachtete ihn mit Argusaugen, konnte aber keine Veränderungen in Orlandos Hautfarbe feststellen. Er entspannte sich wieder etwas und richtete seine Aufmerksamkeit stattdessen auf Bellaiche. Jean trat langsam vor und legte nach jedem Schritt eine kurze Pause ein, um zu sehen, welche Wirkung die zunehmende Sonnenstrahlung auf ihn ausübte. Dann stand er endlich bei Orlando und die Herbstsonne fiel ungefiltert auf sein Gesicht.

„Komm mit nach draußen", sagte Orlando. „Schau dir Paris bei Tageslicht an."

14

JEAN STAND regungslos auf Orlandos Balkon, fühlte die wärmende Sonne auf seiner Haut und sah zum ersten Mal seit über tausend Jahren die Welt wieder im Tageslicht. Er kannte Orlandos Straße so gut wie seine eigene, aber nur in den Schatten der Nacht. Er kannte die geschäftigen Geräusche der Stadt bei Tage, aber er hatte sie nie sehen können. Er kannte den Geruch des Herbstlaubes, aber nicht seine Farbe. Bis heute nicht. Aber jetzt kam alles zurück – die vergessenen Erinnerung an seine Kindheit und Jugend in einer Stadt, die so anders gewesen war als das heutige Paris. Da, wo sie jetzt standen, hatten sich damals noch Felder und Wiesen ausgebreitet. Jean konnte plötzlich verstehen, warum Orlando für einen Schluck von Alains Blut nahezu alles zu geben bereit war. Raymonds Blut konnte Jean eine Freiheit geben, die er seit seiner Umwandlung nicht mehr besessen hatte. Seit der Zeit der Wikingerüberfälle am Ende des 10. Jahrhunderts.

Orlando stand an Jeans Seite und genoss ebenfalls die warme Sonne. Aber seine Gedanken waren mehr nach Innen gerichtet. Er dachte an den Magier, der ihm dies ermöglicht und mit dem er sich auch persönlich verbunden hatte. In seinem Herz purzelten die Gefühle – Begehren, Furcht, Vorfreude, Lust – wild durcheinander und drohten, ihn zu überwältigen. Er wollte in die Wohnung zurückgehen, alle Besucher aus dem Haus werfen und mit Alain allein sein. Orlando klammerte sich an die Eisenbrüstung des Balkons, um von der Welle der Gefühle nicht überrollt und hinweggespült zu werden.

Sein Verstand sagte ihm, dass sie sich jetzt um die Planung kümmern mussten. Sie mussten entscheiden, wie es mit der Allianz weitergehen sollte, nachdem ihre erfolgreichen Versuche mit dem Magierblut vollkommen neue Möglichkeiten eröffnet hatten. Sie mussten die anderen Vampire davon überzeugen, dass Magierblut ungefährlich war und sie, wenn sich die passenden Partner fanden, sogar vor dem Sonnenlicht schützen konnte. Und sie mussten die Magier davon überzeugen, sich für den Erfolg der Allianz von einer unbekannten Anzahl Vampire beißen zu lassen, um die richtigen Partner zusammenzubringen. Nach Orlandos Einschätzung lagen die persönlichen Vorteile eindeutig auf Seiten der Vampire. Sein Verstand sagte ihm, dass sie sich jetzt um die Planung kümmern mussten, aber sein Instinkt verlangte danach, endgültig für sich zu beanspruchen, was ihm gehörte.

Als Jean aus seiner Erstarrung erwachte und zurück ins Zimmer ging, folgte ihm Orlando. Er konnte sich nicht vorstellen, des Sonnenlichts jemals müde zu werden, aber er musste auch nicht seine Zeit damit vertrödeln. Mit Alain an seiner

Seite konnte er jederzeit auf den Balkon zurückkehren, wenn ihm der Sinn danach stand. Er wusste jedoch nicht, wie viel Jean getrunken hatte und wollte nicht riskieren, seinen Freund allzu lange der Sonne auszusetzen.

Sobald sie wieder im Zimmer waren, kam Alain zu ihm und suchte auf Orlandos Haut nach Spuren der aschgrauen Farbe, die auf eine zu lange Sonneneinwirkung hinweisen könnten. Aber Orlando strahlte nahezu vor Gesundheit. Alain wollte die Vorhänge wieder zuziehen, doch Orlando hielt ihn zurück. „Lass das Licht noch für eine Weile ins Zimmer scheinen. Wir müssen wissen, wie lange wir es aushalten können."

Alain runzelte zwar die Stirn, gab ihm aber nach. Er würde Orlando genau im Auge behalten und bei den geringsten Anzeichen einer Veränderung auf seiner Haut die Vorhänge sofort schließen.

„Wie gehen wir jetzt vor?", fragte Orlando die Anwesenden. Er konnte sich zwar seinen Wunsch nicht erfüllen und sie aus der Wohnung werfen, aber er wollte zumindest dafür sorgen, dass ihre Diskussion so kurz wie möglich dauerte.

Adèle machte den Anfang. „Wenn wir uns wirklich auf Versuch und Irrtum beschränken müssen, dann ist die einfachste Lösung, so viele Vampire und Magier wie möglich in einem Raum zu versammeln und jeden nach seinem Partner suchen zu lassen."

Raymond erschauderte, traute sich aber nicht, etwas dagegen einzuwenden. Er wollte nicht riskieren, dass Bellaiche ihn falsch verstand. Stattdessen meldete sich Thierry zu Wort. „Ich kann mir nicht vorstellen, dass es allzu viele Magier gibt, die sich für dieses Experiment freiwillig zur Verfügung stellen", konterte er Adèles Enthusiasmus. „Was sollten sie damit gewinnen?"

Adèle warf ihm einen scharfen Blick zu.

„Verbündete", erinnerte Jean.

„Aber ist es für die Allianz wirklich unverzichtbar?", fuhr Thierry beharrlich fort.

„Wenn sie funktionieren soll?", warf Alain ein. „Wahrscheinlich nicht. Aber ihr wisst alle, dass wir nicht nur nachts kämpfen müssen. Sicher, nachts sind die Vampire gute Verbündete. Aber Serrier muss mit seinen Angriffen nur bis zum Sonnenaufgang warten, und dann haben wir wieder eine Pattsituation. Wenn die anderen Vampire sich allerdings, wie Orlando und Jean, im Sonnenlicht bewegen können, können sie uns nicht nur nachts unterstützen und an unserer Seite kämpfen."

„War der Biss wirklich so unerträglich?", wollte Adèle von Thierry wissen.

Alle Augen richteten sich auf Thierry, dem die Frage sichtlich unangenehm war. „Es war nicht das … das welterschütternde Erlebnis, das es für Alain gewesen zu sein scheint", sagte er nach einigem Überlegen.

„Weil du dich dagegen gewehrt hast", behauptete Jean. „Ich frage mich, ob dir der Gedanke daran nicht mehr zuwider war als die wirkliche Erfahrung. Vielleicht wäre der Biss einer Vampirin weniger erschreckend für dich. Das geht vielen Männern so."

Neben ihm durchfuhr Raymond, unbemerkt von den anderen, wieder ein Schaudern. Anspannung und Furcht machten ihm schwer zu schaffen. Er wollte laut schreien und allen mitteilen, wie ekelhaft die Erfahrung gewesen war und dass sie niemandem zuzumuten wäre. Aber er schwieg, weil er sich vor der Reaktion auf seine Worte fürchtete.

„Die Magier werden zustimmen, wenn ich sie dazu auffordere", sagte Marcel. „Wie sieht es mit den Vampiren aus?" Er sah Jean fragend an.

„Die meisten werden wohl mitmachen", antwortete Jean. „Ich kann ihnen nicht einfach Befehle erteilen wie ein General seiner Armee. Aber die meisten werden sich meinem Wunsch beugen. Außerdem wird die Aussicht, sich wieder im Tageslicht bewegen zu können, viele überzeugen."

„Die Zusammenkunft wird nach dem Einbruch der Dunkelheit stattfinden müssen", warf Adèle ein. „Sonst können die Vampire nicht daran teilnehmen."

„Am besten wäre eine Zeit kurz vor der Morgendämmerung", schlug Orlando vor. „So können sie bei Sonnenaufgang sofort die Vorteile der neuen Partnerschaften austesten."

„Aber dadurch haben wir auch ein Problem", widersprach Jean. „Was passiert mit den Vampiren, die keinen Partner finden? Sie stecken dann, wo immer auch das Treffen stattfindet, fest und müssen dort bis zum nächsten Sonnenuntergang ausharren."

„Wie wäre es, wenn wir uns früh genug treffen, um ihnen Zeit für den Heimweg zu lassen?", schlug Alain vor. „Ich glaube nicht, dass die Aussicht auf eine sofortige Demonstration der Vorteile die Skeptiker auf beiden Seiten überzeugen kann. Aber wir wollen nicht, dass allzu viele es für sinnlos halten und nicht teilnehmen."

„Die Sonne geht gegen sieben Uhr auf", sagte Marcel. „Würde eine Stunde ausreichen, damit diejenigen, die keinen Partner finden, wieder sicher nach Hause kommen?"

„Ich denke schon", erwiderte Jean. „Um diese Zeit fährt bereits die U-Bahn. Solange wir einen zentral gelegen Versammlungsort wählen, sollte eine Stunde ausreichen."

„Und wie lange soll diese … diese Blutprobe ungefähr dauern?", fragte Thierry und verzog angeekelt den Mund.

„Das hängt davon ab, von wie vielen Teilnehmern wir ausgehen können", erwiderte Jean.

„Nur in Paris?", fragte Alain. „Ungefähr zweihundert. Mehr, wenn wir einen späteren Termin wählen, damit entfernter lebende Magier anreisen können."

„Jeder Tag, den wir länger warten, kostet Menschenleben", protestierte Thierry. „Sowohl Magier als auch nichtmagische Menschen. Was immer wir auch tun, wir müssen uns beeilen. Wir müssen so schnell wie möglich handeln, um Leben zu retten." Thierry weigerte sich standhaft, an Aleth zu denken. Er konnte sich darum kümmern, wenn das alles vorbei war. Aleth würde es verstehen. Sie war auch Soldatin gewesen. Trauer war ein Luxus, den er sich im Moment nicht leisten konnte. Vielleicht konnte er nach dieser Besprechung mit Alain in eine Bar gehen, um sich zu betrinken und sie so zu betrauern, wie sie es verdient hatte. Er warf seinem Freund ein Blick zu, aber der hatte in seiner Verliebtheit nur Augen für den nahezu lächerlich schönen Vampir an seiner Seite, sodass Thierry seine Pläne wieder revidierte. Alain würde ohne Orlando nirgendwohin gehen, und Thierry war noch nicht bereit, den Vampir ins Vertrauen zu ziehen. Noch nicht. Wenn es soweit war, musste er mit seiner Trauer alleine fertig werden.

„Nichts spricht dagegen, bei Bedarf mehrere Versammlungen abzuhalten", meinte Jean. „Wenn es Vampire gibt, die aus irgendwelchen Gründen nicht zu dem ersten Treffen kommen, aber von den Vorteilen hören, werden sie mit Sicherheit eine zweite Chance wahrnehmen. Wir sind nicht so zahlreich wie ihr, aber wir sind genauso weit verbreitet. Wenn jeder Vampir aus Paris kommt, können wir etwa einhundertfünfzig Teilnehmer erwarten."

„Wie viel Zeit müssen wir dann einplanen, wenn wir gegen sechs Uhr die Versammlung auflösen wollen?", wiederholte Marcel Thierrys Frage.

„Zwei Stunden sollten ausreichen", meinte Jean. „Selbst wenn nicht jeder Vampir von jedem Magier trinkt, sollten wir in dieser Zeit einige Paare finden."

„Wir sollten ihnen genau erklären, woran sie ihren Partner schon nach wenigen Blutstropfen erkennen können", präzisierte Orlando. „Dann müssen sie sich nicht soviel Zeit nehmen. Und wir müssen sie darauf hinweisen, dass sie danach nur noch von ihrem Partner trinken dürfen. Wir wollen nicht, dass ein Magier zuviel Blut verliert und stirbt, bevor der Morgen kommt."

„Dann stellt sich jetzt die Frage nach dem Ort für das Treffen", sagte Alain. „Wo können sich fast vierhundert Menschen versammeln, ohne dass unsere Feinde davon Wind bekommen und misstrauisch werden?"

„Irgendein Ort mit einem verborgenen Zugang", schlug Thierry vor.

„Oder ein Ort, an dem vierhundert zusätzliche Personen nicht auffallen", meinte Adèle.

Marcel drehte sich zu ihr um. „Du hast schon eine Idee. Weihst du uns ein?"

„Auf den Bahnhöfen kommen Tag und Nacht Züge an und fahren wieder ab. Wenn wir einen Wartesaal magisch versiegeln, sodass nur noch Vampire und Magier Zutritt haben, könnten wir uns dort versammeln, ohne dass der zusätzliche Betrieb auffallen würde. Besonders dann, wenn wir Gruppen bilden und die Ankunft der Teilnehmer über eine gewisse Zeit verteilen."

„Das ist eine hervorragende Idee", erwiderte Jean beeindruckt.

„Ich habe mehr als ein hübsches Gesicht", sagte Adèle herablassend. Sie bedauerte mittlerweile nicht mehr allzu sehr, dass sie nicht zu Jean passte. Sie wusste, dass er uralt sein musste, um der Chef de la Cour der Vampire von Paris geworden zu sein. Es gab schon genug moderne Männer, die sie wegen ihres Aussehens nicht ernst nahmen. Adèle hatte nicht vor, sich mit Jahrhunderte alten Verhaltensweisen auseinandersetzen zu müssen.

„Das habe ich gemerkt", kam Jeans trockener Kommentar. Raymond rutschte unruhig hin und her, als er sah, mit welcher Aufmerksamkeit Bellaiche auf Adèle einging. Ihre Magie hatte dem Vampir nicht helfen können. Flirtete er trotzdem noch mit ihr? Der Gedanke schockierte Raymond. Warum machte er sich überhaupt Gedanken darüber, wem Bellaiche seine Aufmerksamkeit widmete? Es war ja nicht so, dass er sie auf sich selbst gerichtet haben wollte. Wirklich, er sollte froh darüber sein, dass Bellaiche ihn ignorierte und sich mit Adèle befasste.

„Welcher Bahnhof?", fragte Orlando. Paris hatte sieben Bahnhöfe und sie mussten sich für einen davon entscheiden.

„Der Gare de Lyon", schlug Thierry vor. „Er ist zwar nicht sehr zentral gelegen, aber auf dem Gare St. Lazare gibt es keine passenden Wartesäle. Und vom Gare de Lyon kommen alle wieder schnell nach Hause."

„Dann müssen wir uns nur noch für einen Termin entscheiden", sagte Marcel. „Es ist schon Nachmittag und ich bezweifle, dass wir bis Morgen alle erreichen."

„Für mich wäre das mit Sicherheit zu knapp", stimmte Jean zu. „Selbst, wenn ich bei Sonnenuntergang anfange, alle zu kontaktieren. Sie hätten nicht mehr genug Zeit, um kommen zu können. Wie wäre es mit übermorgen?"

„Ja", stimmte Marcel ihm zu. „Bis dahin sollten wir es schaffen können."

„Gut", meinte Jean. „Dann treffen wir uns auf dem Gare de Lyon um vier Uhr morgens."

„Im Wartesaal am Hauptgleis. Der an den Gleisen der RER ist zu klein", ergänzte Adèle, die den Bahnhof in Gedanken vor sich sah. Die Züge in die Vororte und ins Umland fuhren so häufig, dass sie keinen großen Wartesaal rechtfertigten.

Orlando sah, wie Alain mit Mühe ein Gähnen unterdrückte. Es wurde Zeit, dass die anderen langsam verschwanden. Sie wussten es nur noch nicht. „Bestens", verkündete er. „Jetzt, wo das auch entschieden ist, sollten wir Alain und Thierry etwas Ruhe gönnen, während wir alle Vorbereitungen treffen, um unsere Pläne in die Tat umzusetzen. Wir können uns morgen nach Sonnenuntergang wieder hier treffen und uns um die restlichen Details kümmern."

Marcel und Thierry sahen Orlando überrascht an, aber der war schon aufgestanden und ging zur Tür. Die Magier zogen ihre Mäntel an und bereiteten sich auf ihren Aufbruch vor. „Bleibst du bei mir?", flüsterte Orlando Alain zu.

Alain nickte und wartete an Orlandos Seite, bis die anderen zur Tür gingen. Thierry warf Alain einen fragenden Blick zu, aber der schüttelte nur den Kopf und gab Thierry damit zu verstehen, dass er bei Orlando bleiben wollte.

Marcel betrachtete ihn kritisch. „Du bist seit fast einer Woche ohne Unterbrechung im Dienst. Nimm dir morgen frei."

Alain nickte ihm dankbar zu. Marcel ging, und kurz darauf schloss sich die Tür hinter den anderen Magiern, die ihm folgten. Alain hörte, wie im Wohnzimmer die Fensterläden geschlossen und Vorhänge zugezogen wurden. „Nach über tausend Jahren macht das Sonnenlicht Jean nervös", erklärte Orlando.

„Verständlicherweise", stimmte Alain ihm zu und versuchte, ein Gähnen zu unterdrücken. Er war seit mehr als vierundzwanzig Stunden auf den Beinen und die Müdigkeit machte sich bemerkbar.

„Leg dich hin", forderte Orlando ihn auf. „Ich will nur Jean sagen, dass er es sich bequem machen soll, bis er nach Einbruch der Dunkelheit nach Hause gehen kann. Dann komme ich sofort nach."

Als Alain Orlandos Schlafzimmer betrat, ließ seine Erschöpfung nach und machte einer aufgeregten Vorfreude Platz. Selbst wenn sie nur zusammen im gleichen Bett schlafen würden, es wäre eine Intimität, die er seit seiner Scheidung mit keinem Menschen mehr geteilt hatte. Was immer auch sonst passiert war, er hatte immer allein geschlafen.

Jetzt nicht mehr, dachte er mit einem zittrigen Lächeln auf den Lippen, als er sich auf Orlandos Bett setzte und die Schuhe auszog. Er beugte sich vor, um auch die Socken von den Füßen zu ziehen, dann stand er auf und entledigte sich seiner Hose und des Pullovers. Er faltete sie zusammen und legte sie auf die Kommode. Nur noch mit einem T-Sirt und der Unterhose bekleidet, schlug er die Decke zurück und kroch in das Bett des Vampirs. Er hob die Hand und strich mit den Fingern vorsichtig über das Brandmal an seinem Hals. Es schmerzte immer noch, selbst wenn er es nicht berührte. Aber es störte ihn nicht mehr. Alain nahm sich vor, sich demnächst bei Thierry dafür zu bedanken.

Dann öffnete sich die Tür und Alain vergaß alles, was außerhalb des Schlafzimmers lag.

IM WOHNZIMMER saß Jean auf dem Sofa und starrte auf die Vorhänge und die Tür, die sich hinter Orlando schloss. Es waren noch vier Stunden bis zum Sonnenuntergang. Er holte sich eine Zeitschrift aus dem Regal und bereitete sich auf eine lange Wartezeit vor.

15

ORLANDO BLIEB mitten im Schlafzimmer stehen und konnte die Augen nicht von dem Anblick in seinem Bett abwenden. Die Decke lag über Alains Hüfte, aber Orlandos Fantasie reichte aus, um sich vorstellen zu können, was sich darunter verbarg. Aber der Rest war für den Augenblick auch schon großartig anzuschauen. Der Magier – sein Magier – saß, nur mit seiner Unterwäsche bekleidet, in Orlandos Bett. Das eng anliegende T-Shirt enthüllte mehr, als es verbarg, selbst im Dämmerlicht der kleinen Nachttischlampe. Es ließ Alains Körper im Halbschatten golden leuchten. Orlandos Blick blieb an Alains markanten Gesichtszügen hängen und er ließ sie auf sich einwirken. Es war ein elegantes Gesicht mit einer breiten, hohen Stirn. Alter und Sorgen hatten noch kaum ihre Spuren hinterlassen. Die ausgeprägten Wangenknochen und die gebogene Nase belegten Alains noble Herkunft, sein kräftiges Kinn zeugte von Charakterstärke. Die vollen Lippen, die Orlando schon viermal geküsst hatten, versprachen ungeahnte Wonnen, und das Brandmal unter seinem Ohr war ein Testament seines Versprechens an Orlando, ein unübersehbares Zeichen des Bundes, den sie geschlossen hatten. Und dann waren da noch diese tiefblauen Augen mit ihren feinen Fältchen, die sich auf Orlando richteten und seinen Blick gefangen hielten, während sie beide an der Schwelle zu einem neuen Abschnitt ihrer Beziehung verharrten.

Keiner von ihnen war so naiv, um nicht zu wissen, was passieren würde, wenn Orlando zu Alain ins Bett kam. Es würde vielleicht nicht gleich passieren, aber bald. Heute Nachmittag noch, spätestens in der kommenden Nacht. Sie hatten sich als Abgesandte kennengelernt und waren dann Verbündete in einer politischen Allianz geworden, sie hatten sich gegenseitige Treue geschworen und standen jetzt vor dem letzten Schritt, der sie zu Geliebten machen würde, zu Partnern in jeder Beziehung und für den Rest von Alains Leben.

Orlando konnte diese Erkenntnis in Alains Augen ablesen und war sich sicher, dass sein Blick Alain das Gleiche sagte. Nach langen Sekunden konnte er den Blick abwenden und ließ ihn tiefer wandern, über Alains Arme und Brust. Seine braunen Augen brannten vor Begehren, als er jede Kontur von Alains Körper in sein Gedächtnis einbrannte. Orlandos zukünftiger Geliebter mochte kein junger Mann mehr sein, wenn man es nach den Maßstäben der Sterblichen beurteilte. Aber sein Körper hatte dadurch in Orlandos Augen nur gewonnen. Er erkannte die Stärke in Alains Armen und wusste, dass sie, so reglos und harmlos sie auch im Moment auf dem Bett lagen, diese Stärke immer nur zu Orlandos Schutz einsetzen würden. Sie würden ihn niemals verletzen. Er konnte es kaum erwarten, diese Arme um sich zu spüren und von ihnen näher gezogen zu werden. Unter Alains engem T-Shirt waren eine kräftige Brust und ein flacher Bauch zu erkennen. Orlandos eigene Brust zog sich zusammen bei der Vorstellung, sich an Alains Haut zu schmiegen und sie unter den Fingern zu spüren. War Alains Haut glatt und zart oder war sie weich und behaart? Orlando war begierig, es herauszufinden. Aber er wollte nichts übereilen und diese Vorfreude auf künftige Entdeckungen noch etwas länger genießen. Er wollte jede Sekunde davon unvergesslich machen und jedes Geheimnis, das sich ihm enthüllte, wie einen Schatz aufbewahren.

Alain ließ Orlandos erkundende Blicke bewegungslos über sich ergehen. Er wartete geduldig auf den nächsten Schritt. Sie mussten viel übereinander lernen – ihre Signale, ihre Vorlieben und ihr Wünsche. Es würde einige Zeit dauern. Aber bevor es soweit kam, mussten sie die Hürde der ersten Intimität überwinden. Alain holte tief Luft und schlug einladend die Decke zurück.

Orlando zögerte nicht. In Sekundenbruchteilen durchquerte er das Zimmer und fiel an Alains Seite vor dem Bett auf die Knie. Er blickte noch einmal in Alains Gesicht, um all das aus der Nähe in sich aufzunehmen, was ihm zuvor entgangen war: die lange, dünne Narbe auf dem rechten Wangenknochen, das Grübchen im Kinn, die Bartstoppeln, die Alains Wangen bedeckten. Nahezu willenlos hob der die Hand und legte sie auf Alains Wange. Mit den Fingern der anderen Hand strich er ihm über die Stirn und fuhr ihm sanft über die Augenbrauen. Die weichen Haare brachten seine Fingerspritzen zum Kribbeln.

Alain schloss die Augen. Es waren so harmlose Berührungen, sie waren kaum zu spüren. Und doch waren es die Berührungen eines Geliebten, Berührungen, die mehr bedeuteten als nur Sex. Sie versprachen Zärtlichkeit und Mitgefühl, eine Hingabe, die über das reine Vergnügen hinausging. Dann bewegten sich die Finger weiter über Alains Gesicht, von den Augenbrauen glitten sie über seine Schläfe und seine Wangen. Auf der Narbe hielten sie einen Moment inne. „Es ist nichts von Bedeutung", flüsterte Alain. Es war ein dummer Unfall gewesen, schon lange verheilt.

Orlando akzeptierte die Erklärung, aber er beugte trotzdem den Kopf und küsste die Narbe. Er wollte jede einzelne von Alains Narben küssen, als könnte er sie dadurch heilen, so, wie er die Wunden heilen konnte, die seine Zähne hinterließen. Er ließ die andere Hand über Alains Wange nach unten gleiten, bis sie auf dem Brandmal zu liegen kam und es schützend bedeckte, so wie er sein Leben Alains Schutz und Sicherheit widmen wollte. Alain griff nach Orlandos Hand und drückte sie, als wollte er ihm versichern, dass seine Berührung, das Mal, mit dem er ihn gezeichnet hatte, willkommen und ersehnt wären.

Orlando lächelte, legte Alain die Hand in den Nacken und zog ihn an sich, um ihn zu küssen. Mit der anderen Hand strich er über Alains Schulter, fühlte die harten Muskeln – eine körperliche Stärke, die Orlando unwiderstehlich anzog – und ließ sie von dort über die stoffbedeckte Brust wandern. Durch das T-Shirt konnte er die Wärme fühlen, die Alains Haut ausstrahlte.

Er unterbrach ihren Kuss. „Ist das wirklich noch nötig?", fragte er und zog an dem T-Shirt.

Wortlos zog sich Alain das T-Shirt über den Kopf. Orlando hockte sich auf die Fersen und genoss den Anblick von Alains nacktem Oberkörper. Seine Brust war mit einem dünnen Pelz aus dunkelblonden Haaren bedeckt, die sich nach unten zu einer schmalen Linie verengten und die wie ein Pfeil auf seine Lenden zuliefen. Orlando lief das Wasser im Munde zusammen. Dieser Mann, dieser wunderbare, prachtvolle Mann, gehörte ihm. Er beugte sich vor, um Alain wieder zu küssen. Sein Hemd berührte Alains nackte Brust.

Auch dieser Kuss war zärtlich, aber er war dennoch fordernder als der erste. Orlandos Zunge glitt über Alains Lippen, bis der den Mund öffnete und ihm unbeschränkten Einlass gewährte. Der Vampir reagierte sofort, aber nicht mit der Rückhaltlosigkeit, die Alain erwartet hatte. Orlando ließ sich Zeit, Alain zu fühlen und zu schmecken, fuhr ihm mit der Zunge neckend über die Zähne, die Lippen und den Gaumen. Er forderte Alains Zunge heraus, wollte mit ihr spielen.

Alain nahm die Herausforderung an und erwiderte Orlandos Zärtlichkeiten, erkundete seine Lippen, seine Zähne und das Innere seines Mundes. Es überraschte ihn, keine Spur von Orlandos langen Vampirzähnen fühlen zu können. Als sie sich wieder trennten, murmelte er verwundert: „Du hast mich ohne Vorwarnung erwischt."

Orlando sah ihn verwirrt an. Alain griff nach Orlandos Hemd. Der knöpfte es auf, zog es aus und warf es achtlos zu Boden. Was kümmerte ihn das Hemd, wenn er sich um Alain kümmern musste.

Jetzt war es Alain, der ihn anstarrte. Orlando war schlank und glatt, seine Muskeln klar herausgebildet, aber nicht übermächtig. Er erinnerte Alain an die Panther, die er im Zoo gesehen hatte, ein Bild tödlicher Eleganz und Geschwindigkeit. Er legte die Hand an Orlandos Seite, brauchte den Körperkontakt, um das Begehren im Zaum zu halten, das ihn beim Anblick seines Geliebten überkam.

Orlando fuhr mit den Fingern durch Alains kurze Haare. „Ist es so besser?", fragte er.

Alain ließ die Hand nach unten gleiten, bis sie den Bund von Orlandos Hose erreichte. „Ja", erwiderte er. „Aber es ist noch nicht perfekt."

Orlando grinste, um die Nervosität zu verbergen, die sich unter seiner Lust verbarg. Er stand auf, öffnete langsam den Gürtel und die Knöpfe seiner Hose. Sie rutschte über seine Beine nach unten und er trat sie zur Seite. Nervös ließ er Alains Blick über sich ergehen, in der Hoffnung, die Zustimmung seines Geliebten zu finden. Dann kam er ins Bett zurück und kniete sich über Alain.

Alain spürte Orlandos Gewicht auf seinen Beinen und legte ihm die Hände auf die Oberschenkel, um ihm mehr Halt zu geben. Er sehnte sich danach, jeden Quadratzentimeter von Orlandos Haut zu berühren, sie so schnell wie möglich unter seinen Fingern zu spüren. Aber ein undefinierbares Gefühl warnte ihn davor und er überließ Orlando die Initiative. Alain wollte sich zurückhalten, bis Orlando ihn besser kannte und ihm voll vertrauen konnte.

Alains Geduld zahlte sich aus. Orlando legte ihm die Hände auf die Schultern und fuhr ihm zärtlich über die Arme. Den Handgelenken und der Armbeuge widmete er mehr Aufmerksamkeit, weil Alain hier besonders sensibel reagierte. Er blickte in Alains Augen und hatte das Gefühl, in einem Meer von Blau zu versinken. Für einen Augenblick saß er reglos da und überließ sich dem Verlangen, das sich in Alains Augen spiegelte. Es war wie ein wärmendes Bad im hellen Sonnenlicht, das Orlando an Körper und Seele reinigte. Er hatte sich immer für verdammt gehalten, doch in Alains liebevollem Blick fand er seine Erlösung.

Alain sah Orlandos Gesicht an, wie aufgewühlt und verwirrt der Vampir war. Er hätte gerne den Grund dafür gewusst, traute sich aber nicht, Orlando danach zu fragen. Stattdessen streichelte er ihm über die Wange, um ihm auf diese Weise Trost zu spenden.

Die simple Geste riss Orlando aus seiner Erstarrung. Er schmiegte sein Gesicht an Alains Hand und fuhr ihm mit den Lippen sanft über die Fingerspitzen. Dann richtete er seine Aufmerksamkeit wieder auf den Körper seines Geliebten. Er ließ die Finger sanft durch den weichen Pelz gleiten, der Alains Brust bedeckte und sich so anders anfühlte als seine eigene, glatte Haut. Bald wollte er mehr und erkundete liebkosend Alains Brust, seine harten Muskeln und die zarte, sensible Haut.

Alains Erregung nahm zu und er war froh, dass die Bettdecke seine Erektion verhüllte. Orlandos Zurückhaltung und seine beinahe schüchterne Vorgehensweise ließen Alain vermuten, dass der Vampir schon lange keinen Geliebten mehr gehabt hatte, auch wenn er bei ihrem ersten Treffen auf dem Friedhof das Gegenteil angedeutet hatte. Deshalb wollte Alain ihn mit seiner Reaktion nicht unter Druck setzen oder bedrängen. Sie hatten es nicht eilig. Sie hatten alle Zeit der Welt, mindestens aber bis zum nächsten Sonnenuntergang. Sie konnten sich in aller Ruhe kennenlernen, ihre Körper erkunden und ihre eigenen Regeln aufstellen.

Alain schloss die Augen und lehnte sich zurück, um das Verlangen, das Orlandos zärtliche Berührungen in ihm auslösten, in vollen Zügen genießen zu können.

Nach einiger Zeit war es für Orlando nicht mehr genug, Alain nur mit den Händen zu berühren. Er rutschte zurück und beugte sich über ihn, weil er auch schmecken wollte, was er eben noch gestreichelt hatte: die kleine Delle an Alains Schlüsselbein, sein Brustbein und jede einzelne Rippe. Alain fuhr ihm mit den Fingern durch die Haare, aber Orlando fühlte sich durch die zarten Berührungen nur ermutigt, nicht gelenkt oder gar bedrängt. Trotzdem verschränkte er seine Finger in Alains wandernde Hände und drückte sie sanft auf die Matratze zurück.

Er knabberte zärtlich an Alains Haut und hielt dabei seine Zähne unter strikter Kontrolle. Bei jedem kleinen Biss stockte Alain der Atem. Als Orlando fast jede Stelle von Alains Oberkörper unter den Lippen und an den Zähnen gespürt hatte, legte er den Mund auf einen der kleinen Nippel. Alains Hände verkrampften sich in Orlandos Griff, als wollten sie ihn auffordern, mehr, immer mehr von ihm zu schmecken.

Es hätte der Aufforderung nicht bedurft.

Orlando verlangte genauso nach mehr wie Alain. Er fing zu saugen an, erst leicht, dann immer stärker. Abwechselnd leckte er mit der Zunge über Alains Nippel und biss dann mit den Zähnen sanft zu.

Orlandos Liebkosungen rissen Alain in einen Wirbel des Begehrens. Bei jeder Berührung von Orlandos weicher Zunge auf seiner Haut hielt er die Luft an. Er konnte kaum noch atmen. Wenn Orlando so weiter machte, würde Alain auch noch den letzten Rest Beherrschung verlieren.

Orlando schien zu spüren, dass Alains Selbstbeherrschung ihre Grenzen erreicht hatte. Er ließ den Nippel aus dem Mund gleiten und küsste sich über Alains Brust und Hals nach oben, bis sich ihre Lippen berührten. Alain klammerte sich an ihn wie ein Ertrinkender. Orlandos Mund war der Anker, der ihm Halt gab, den Sturm des Verlangens und Begehrens zu überstehen, der durch seinen Körper tobte.

„Bitte", flüsterte Alain. Er konnte keine anderen Worte mehr finden, um seinen Gefühlen Ausdruck zu verleihen. Er wusste nur noch, dass Orlando den Schlüssel zum Paradies in Händen hielt.

Orlando verstand Alain auch ohne weitere Worte. Er legte sich an seine Seite und zog ihn mit dem Rücken aufs Bett. Dann schlüpfte er zu Alain unter die Decke und drückte sich der Länge nach an ihn.

Alain keuchte laut, als er Orlando an seinem Körper spürte. Er konnte Orlandos harten Schwanz fühlen, der sich an seine Hüfte presste. Alain rollte sich auf die Seite und zog Orlando in die Arme.

Der nutzte ihre neue Position aus. Er fuhr mit den Händen über Alains Rücken nach unten und zog ihn noch fester an sich. Sie rieben sich sinnlich aneinander, bis ihre Erregung ins Unerträgliche stieg und sie zu überwältigen drohte.

Dann endlich zog sich Orlando etwas zurück, griff zwischen ihre Körper und streichelte über Alains Erektion. Alains Hüften zuckten und er stieß in Orlandos Hand, ermutigte ihn, härter und schneller zu reiben. Orlando küsste ihn am Ohr.

„Hast du auch nur die geringste Ahnung, wie wunderbar du bist?", fragte er Alain, während seine Hand sich immer fester und schneller auf und ab bewegte. „Weißt du, wie unfassbar es ist, dass du hier bei mir bist, dass du mir genug vertraust, um mein Brandmal zu tragen, dich von mir berühren, küssen und in den Armen halten zu lassen? Ich will sehen, wie du kommst, wie du alles für mich aufgibst. Komm jetzt," flüsterte er Alain ins Ohr.

Alain konnte sich nicht mehr dagegen wehren. Er war der rauen Stimme und dem warmen Atem Orlandos, seinen geschickten Händen und seinen leidenschaftlichen Worten hilflos ausgeliefert. Danach ließ Orlando Alains Schwanz los und streichelte ihm sanft über die Brust und die Wange.

Alain wollte sich erkenntlich zeigen, wollte Orlando auch so glücklich machen, wie Orlando *ihn* glücklich gemacht hatte. Aber nachdem der Rausch der Leidenschaft mit seinem Orgasmus erloschen war, nahm die Erschöpfung überhand und die schlaflose Nacht machte sich bemerkbar. Er konnte die Augen kaum noch offen halten. Orlando strich ihm zärtlich über die Lider und drückte sie zu. „Schlaf jetzt", wisperte er mit seiner sexy Stimme. „Ich bewache deine Träume."

16

SOBALD SICH die Tür zu Orlandos Wohnung hinter ihnen geschlossen hatte, schickte Marcel Thierry weg. „Kümmere dich um Aleth", sagte er. „Ich will dich vor unserem nächsten Treffen morgen Abend nicht mehr sehen."

Wie Marcel erwartet hatte, erhob Thierry sofort Einspruch. „Du kannst dich nicht allein um die Planung kümmern, Marcel", protestierte er. „Besonders mit Alain ...", er deutete hilflos mit der Hand in Richtung der Wohnung hinter ihnen.

„Du und Alain seid nicht meine einzigen Helfer", erinnerte Marcel ihn freundlich. „Aleth ist jetzt deine erste Priorität. Geh nach Versailles. Kümmere dich um ihre Bestattung. Nimm dir die Zeit, um sie zu trauern, damit du morgen Nacht und danach deine Aufgaben erfüllen kannst."

Schließlich gab Thierry nach und verließ die drei Magier. „So", sagte Marcel und drehte sich zu Raymond und Adèle um. „Wir haben einiges an Arbeit vor uns. Alain ist erschöpft und Thierry muss sich um die Beerdigung seiner Frau kümmern. Damit fällt die Verantwortung euch beiden zu. Ich weiß, dass ihr mich nicht enttäuschen werdet."

„Was soll ich tun?", fragte Adèle, während sie sich auf den Weg zur U-Bahn-Haltestelle machten.

„Du musst den Wartesaal für unsere Versammlung vorbereiten", erwiderte Marcel. „Die Tür muss mit einem Schutzschild versehen werden, damit nach Mitternacht nur noch Vampire und Magier den Raum betreten können. Wenn du damit fertig bist, erwarte ich dich im Hauptquartier. Dann sehen wir weiter."

Adèle nickte und nahm die Bahn, die in Richtung Süden zum Gare de Lyon fuhr. Marcel wandte sich an Raymond. „Du begleitest mich und hilfst mir dabei, unsere Leute über das Treffen zu informieren."

Raymond nickte ebenfalls und folgte Marcel auf den anderen Bahnsteig, von dem die Métro nach Norden abfuhr. Als sie im Hauptquartier der Milice eintrafen, rief Marcel sofort seine führenden Offiziere zusammen. Sie würden seine Befehle nach unten weiterleiten und delegieren, bis jeder Magier in Paris über den Termin informiert war.

„Wie soll es weitergehen, nachdem alle in dem Wartesaal angekommen sind?", fragte Raymond.

„Wir werden ihnen den Sinn der Allianz und unsere Pläne erklären", antwortete Marcel. „Die Magier werden den Wert von zusätzlichen Verbündeten mit Sicherheit zu schätzen wissen. Ich hoffe, dass sich die Vampire durch die Hoffnung überzeugen lassen, sich bei Tageslicht wieder frei bewegen zu können. Wir haben dich und Alain als Zeugen dafür, dass Magier durch die Blutspartnerschaft keinen Schaden nehmen."

„Können wir uns da wirklich sicher sein?", platzte es aus Raymond heraus. Erst als Marcel ihn überrascht ansah, wurde ihm bewusst, wie sein Einwand interpretiert werden konnte. Raymond zögerte und suchte nach den richtigen Worten. Er musste es Marcel so erklären, dass der nicht misstrauisch wurde und an Raymond zu zweifeln begann. „Schau dir Alain an", versuchte er es. „Er hat sich dieser Kreatur doch mehr oder weniger ausgeliefert."

Marcel schüttelte betrübt den Kopf. Er hatte mit Raymond offensichtlich noch viel Arbeit vor sich. „Das hat er", gab Marcel ihm recht. „Aber Orlando hat das gleiche getan. Es ist ihre Privatangelegenheit und hat keinerlei Auswirkungen auf die Allianz. Du solltest mich gut genug kennen, um zu wissen, dass ich sonst niemals zugestimmt hätte. Die Partnerschaften, die wir morgen hoffentlich schließen können, werden reine Zweckbündnisse sein. Wenn wir einen Angriff planen, werden wir uns vorher treffen und die Vampire trinken lassen. Nach dem Kampf und der abschließenden Lagebesprechung geht jeder wieder seiner Wege, bis ein neuer Einsatz ansteht. Dass Alain und Orlando ihren eigenen Weg gehen und eine festere Verbindung eingegangen sind, ist ihre freie Wahl gewesen. Andere mögen das Gleiche tun, aber das muss jedes Paar für sich entscheiden. Du musst Bellaiche nur dann sehen, wenn es deine Pflicht erforderlich macht. Du musst ihm nicht mehr Blut geben, als er braucht, um gegen die Sonne immun zu werden. Darauf werden wir morgen bei unserer Erklärung höchsten Wert legen."

„Ich wünschte, ich könnte auch so fest daran glauben", meinte Raymond. „Aber was passiert, wenn Bellaiche nicht nur zum Kämpfen mein Blut trinken will? Wenn er jeden Tag an die Sonne will?"

„Solange du ihm genug gibst für den Kampf, hast du keine weiteren Verpflichtungen mehr. Du kannst ihn jederzeit abweisen", erwiderte Marcel. „Falls er dich zwingen will, wehrst du dich dagegen. Mach ihm seine Grenzen klar, ohne ihn zu verletzen." Marcel sah auf die Uhr. „Geh jetzt nach Hause. Ich erwarte dich erst morgen bei Sonnenuntergang wieder zum Dienst. Wir treffen uns gleich nach Einbruch der Dunkelheit bei Orlando."

Damit war Raymond entlassen und verließ das Zimmer. Endlich allein, entfuhr Marcel der Seufzer, den er in Anwesenheit der anderen unterdrückt hatte. Er wusste, dass viele der Magier Raymonds Bedenken teilen würden. Marcel wünschte sich, er könnte mit Bellaiche darüber reden. Sie mussten die Bedingungen für die Allianz unmissverständlich klären, bevor sie den anderen Magiern und Vampiren gegenübertraten. Offensichtlich konnten individuelle Paare eine festere Beziehung eingehen, aber Marcel wollte vermeiden, dass seine Magier sich dadurch unter Druck gesetzt fühlten. Es war alles nicht so einfach, wie es auf den ersten Blick ausgesehen hatte. Alain und Orlando hatten mit ihrem Bund die Grenzen der Normen gesprengt, die für die Allianz erforderlich waren. Marcel konnte sich gut vorstellen, dass dadurch auch in anderen Vampiren Wünsche geweckt wurden, aber er wusste nicht, wie viele der Magier darauf eingehen würden. Er dachte darüber nach, wie er selbst den Biss empfunden hatte. Wahrscheinlich war sein Erlebnis nicht repräsentativ gewesen und fühlte sich von Vampir zu Vampir unterschiedlich an, so wie auch ein Kuss sich mit jedem Partner anders anfühlte. Bellaiches Biss war sehr geschäftsmäßig gewesen und hatte nichts von dem intimen Erlebnis gehabt, als das die Vampire es Thierrys Worten nach normalerweise betrachteten. Es hatte etwas gebrannt, aber der Schmerz hatte schnell wieder nachgelassen. Dann war da nur noch das merkwürdige, ziehende Gefühl gewesen, nachdem Bellaiche zu saugen begann. Im Großen und Ganzen betrachtet, war es keine sehr unangenehme Erfahrung gewesen. Marcel wusste, dass Alain ihm da zustimmen würde, obwohl sie über diesen Aspekt des Bisses noch nicht gesprochen hatten. Wenn Alain auch nur den geringsten Widerwillen bei Orlandos Biss empfinden würde, hätte er sich dem Vampir nie auf diese Art verpflichtet.

Marcel war sich noch nicht sicher, welche Auswirkungen die Beziehung zwischen Alain und Orlando auf die Allianz haben würde. Aber er war überzeugt davon, dass die beiden für den Erfolg der Allianz alles geben würden, denn Spannungen zwischen Magiern und Vampiren konnten ihre private Beziehung beträchtlich verkomplizieren. Marcel musste entscheiden, was er den anderen darüber sagen sollte und was er vielleicht besser verschwieg. Jeder, der die beiden zusammen sah, würde auf den ersten Blick erkennen, dass ihre Beziehung etwas Besonderes war und über die Erfordernisse der Allianz hinausging. Ihre Körpersprache strahlte eine tiefe Intimität aus, und das war schon so gewesen, als Orlandos Biss noch das Einzige war, das die beiden verbunden hatte. Wenn sie erst Geliebte waren, und Marcel war sich sicher, dass das bis morgen der Fall wäre, würde auch der Dümmste erkennen, in welcher Beziehung sie zueinander standen. Marcel hatte damit kein Problem, aber wollte nicht, dass die anderen sie als Vorbild sahen. Deshalb musste er ihnen die besondere Beziehung zwischen Alain und Orlando erklären, obwohl er sie selbst noch nicht richtig verstehen konnte. Vielleicht war es ja doch besser, nur auf die unmittelbaren Aspekte der Allianz einzugehen und alle weiteren Erklärungen Alain zu überlassen, sollte jemand so verwegen sein, ihn danach zu fragen.

Marcel kannte Alain schon seit zwanzig Jahren. Damals war der junge Magier bei ihm vorstellig geworden, um sich um einen Job zu bewerben. Er hatte Marcel durch seine Unverfrorenheit und seine Stärke sehr beeindruckt, obwohl er damals noch in den Anfängen seiner Ausbildung steckte. Marcel hatte ihn als Gehilfen eingestellt und Alain alles beigebracht, was er über Magie wissen musste. Als Marcel dann erfuhr, dass Alain sein erlerntes Wissen zu Hause an seinen Freund weitergab, hatte er auch Thierry rekrutiert. Später hatte er Alain während seiner Ehe und nach dem Tod seiner Frau und seines Sohnes beigestanden. Der Überfall war damals wie ein Akt willkürlicher Gewalttätigkeit erschienen, hatte aber den Krieg angekündigt, den sie jetzt mit den dunklen Magiern ausfochten. Alains Ehe hatte zwar schon in Scherben gelegen, aber sein Sohn war sein Ein und Alles gewesen. Der Tod des Jungen hatte Alain schwer getroffen, und erst der Beginn offener Feindseligkeiten hatte ihn aus seiner selbst erwählten Isolation reißen können. Marcel wusste um die schlecht verheilten seelischen Wunden, die sich hinter Alains so ruhiger Fassade verbargen. An Bellaiches Worten hatte er erkannt, dass auch Orlandos Vergangenheit sehr traumatisch gewesen sein musste. Er hoffte zutiefst, dass sich die beiden Männer gegenseitig heilen konnten oder zumindest in ihrer Umarmung Trost fanden. Alain hatte es endlich verdient, und Orlando wahrscheinlich auch.

Marcels Gedanken kehrten zu den praktischen Problemen ihrer Planung zurück. Er suchte nach einem Muster, das ihnen vielleicht bisher entgangen war und das die Partnersuche beschleunigen konnte. Er hätte gerne die Anzahl der Bisse, mit denen sich die Magier abfinden mussten, auf ein Minimum beschränkt. Aber ihm fiel keine Lösung ein. Er konnte nur hoffen, dass Bellaiche die Vampire unter Kontrolle hatte, sodass sie sich zurückhielten und nicht zu viel tranken. Auf den Rest hatte er keinen Einfluss. Für den Moment konnte Marcel nicht mehr tun. Alle Vorbereitungen waren getroffen. Zufrieden stand er auf, um sich vor dem morgigen Tag noch etwas auszuruhen. Er verließ sein Büro und ließ die Tür hinter sich ins Schloss fallen.

ADÈLE SAH Marcel und Raymond noch auf dem Bahnsteig stehen, als sich die Tür hinter ihr schloss und die U-Bahn losfuhr. Sie dachte über ihre Aufgabe nach. Es war nicht einfach, den Wartesaal so zu manipulieren, dass die normalen Passanten ihn zwar noch sehen konnten, aber nicht mehr eintreten wollten. Es wäre natürlich ein Leichtes, den Eingang einfach unsichtbar zu machen, sodass nur noch die durchgehende Wand zu sehen war. Aber dann würden die Leute sich wundern, warum die Magier und Vampire in einer Wand verschwanden. Nichtmagische mochten diesen Anblick um vier Uhr morgens vielleicht auf ihre Müdigkeit zurückführen und nicht ernst nehmen, aber wenn zufällig ein dunkler Magier in der Nähe war, würde er sofort misstrauisch werden. Sie musste die schwierigere Lösung wählen und ging im Kopf die einzelnen Schritte durch. Es war eine Kombination aus einzelnen Beschwörungen, die dazu dienten, zunächst das Interesse an der Tür zu unterdrücken und dann das Innere des Wartesaals vor neugierigen Blicken und fremder Magie zu schützen.

Als sie am Bahnhof ankam, machte sie sich sofort auf den Weg zu dem abseits gelegenen Wartesaal. Er war nahezu leer, als sie seine Umrisse abschritt und mit einem verbindenden Spruch belegte, der ihre anderen Beschwörungen zusammenhalten sollte. Danach setzte sie sich auf einen der Stühle an der Wand, direkt gegenüber einer Familie, die auf ihren Zug wartete. Sie wippte unruhig mit dem Fuß, schaute mehrmals auf die Uhr und murmelte leise vor sich hin. Auf die Anwesenden wirkte sie wie eine ganz normale, ziemlich ungeduldige Reisende. Aber die konnten auch die Worte nicht hören, mit denen sie die Tür aus der aktiven

Wahrnehmung der Passanten löschte, sodass niemand mehr ein Interesse daran hatte einzutreten. Sie hoffte, dass alles gut ging und auch die wartende Familie bald den Raum verlassen würde.

Bis es soweit war, sah sie sich in dem Wartesaal um und stellte ihn sich voller Magier und Vampire vor. Sie malte sich den peinlichen Moment aus, wenn die ersten Vampire auf Magier zugingen und sie um deren Blut baten oder, umgekehrt, ein Magier zu einem Vampir kam und ihm den Arm zum Trinken anbot. Es erinnerte sie an einen Tanzabend in der Oberschule, mit Teenagern, die verlegen ihren derzeitigen Schwarm zum Tanz aufforderten und jungen Mädchen, die mit unbeholfenen Flirtversuchen die Aufmerksamkeit ihrer Auserwählten auf sich lenken wollten. Bei dem Vergleich hätte sie beinahe laut aufgelacht.

Endlich machte sich die Familie auf den Weg zu ihrem Zug, sodass Adèle ihre komplexeren Beschwörungen durchführen konnte. Als erstes schuf sie die Illusion von Vorhängen vor den Fenstern und der Glastür, damit von draußen niemand mehr in den Raum sehen konnte. Ihr nächster Spruch alarmierte die Anwesenden für den Fall, dass dennoch eine feindliche gesinnte Person die Tür öffnete und den Wartesaal betreten wollte. Der letzte Spruch war der schwierigste, denn sie musste ihn so modifizieren, dass er zwar auf Sterbliche und dunkle Magier wirkte, nicht aber auf die Angehörigen der Milice und die Vampire.

Sie sah sich ein letztes Mal vorrausschauend in dem Raum um. Sie wusste, dass viele der Magier wahrscheinlich ähnlich reagieren würden wie Thierry und Raymond. Sie würden den Vampiren aus dem Weg gehen wollen und die Partnerschaften nur als eine Pflicht sehen, die sich nicht umgehen ließ. Im Gegensatz zu ihnen sah Adèle dem morgigen Treffen voller Spannung entgegen. Sie erinnerte sich an die Erregung, die Bellaiches Lippen an ihrem Handgelenk und sein anschließender Biss in ihr ausgelöst hatten. Mit dem richtigen Vampir war es wahrscheinlich ein unvergessliches Erlebnis. Alain schien es genauso zu gehen, wenn man seine offensichtliche Faszination mit Orlando als Gradmesser nahm. Er konnte die Augen nicht von dem Vampir lassen, selbst wenn der auf der anderen Seite des Zimmers stand. Er war bereits mehrmals gebissen worden und dennoch bereit, es wieder und wieder zuzulassen, Bis ans Ende seines Lebens. Es musste ein Erlebnis sein, das eine Wiederholung wert war. Adèle hoffte, mit ihrem Vampir, wenn sie ihn fand, die gleichen Erfahrungen zu machen. Wenn nicht, wäre Bellaiche vielleicht bereit, ihr hier und da außerhalb der Verpflichtungen der Allianz einen Gefallen zu tun.

Sicherheitshalber belegte sie ihre Beschwörungen noch mit einem Spruch, der sie bei ihrer Rückkehr alarmieren sollte für den Fall, dass jemand ihre Magie manipuliert hatte. Die Vorbereitung des Wartesaals hatte sie viel Kraft gekostet und sie war erschöpft, als sie die Tür hinter sich schloss und sich auf den Heimweg machte. Endlich zu Hause angekommen, fiel sie in einen tiefen Schlaf und träumte von gesichtslosen Vampiren mit sexy Zähnen.

RAYMOND STARRTE die Tür zu Marcels Büro an, die hinter ihm zugefallen war. Entlassen. Marcel hatte ihn entlassen und ihm nicht mehr die Chance gegeben, den älteren Magier von dem Irrsinn seines Vorhabens zu überzeugen. Raymond hatte alles getan, worum Marcel ihn gebeten hatte, hatte sich sogar von der abscheulichen Kreatur beißen lassen – zweimal! –, und dennoch vertraute Marcel ihm noch nicht genug, um sich seine Vorbehalte anzuhören. Er wollte nicht darüber nachdenken, was er noch alles tun müsste, um Marcels Vertrauen zu gewinnen. Raymond wusste, dass Marcel Serriers Hauptquartier finden und ihn dort angreifen wollte. Aber der dunkle Magier hatte, nachdem Raymond die Seiten gewechselt hatte, seine Zentrale verlegt. Raymond hatte Marcel die Adresse genannt, aber als der mit seinen Magiern dort angekommen war, hatten sie nur noch ein verlassenes Gebäude vorgefunden. Raymond hatte vorgeschlagen, als Spion zu Serrier zurückzukehren, aber er war durch seine Desertion bekannt geworden wie der sprichwörtliche bunte Hund. Serrier hätte ihm einen erneuten Seitenwechsel nicht abgenommen. Im Gegenteil, Raymond musste mit Folter und Tod rechnen, sollte Serrier seiner habhaft werden. Also blieb Raymond nichts anderes übrig, als Marcels Befehle auszuführen und zu hoffen, dass der General niemals einen Grund fand, seine Loyalität anzuzweifeln. Unglücklicherweise bedeutete das auch, dass er sich den Wünschen des Vampirs unterwerfen musste. Jede Zelle seines Körpers protestierte gegen diese Vorstellung. Allein der Gedanke daran löste eine unbeschreibliche Abscheu in Raymond aus, die auch durch die Attraktivität des Vampirs mit seinem schlanken Körper und seinen langen, dunklen Haaren nicht gemildert wurde. Raymond konnte einfach nicht gelassen bleiben, wenn ein Vampir ihm das Blut aussaugen wollte. Er drehte sich um, verließ das Hauptquartier und machte sich auf den Weg in seine Wohnung.

Vampire waren Mörder, erbarmungslose, kaltblütige Mörder, die nur ein Interesse hatten – ihren unnatürlichen Blutdurst zu stillen –, und Marcel hatte sich damit abgefunden, war bereit, die Magier zusammenzurufen wie Lämmer, die zur Schlachtbank geführt werden sollten. Alain war der Versuchung schon erlegen und unter ihren Bann gefallen. Was immer Marcel auch sagte, Raymond konnte sich nicht vorstellen, dass Alain aus eigenem Antrieb gehandelt hatte. Raymond mochte Alain zwar nicht allzu sehr, aber er respektierte ihn. Er wollte nicht, dass Alain Schaden nahm. Aber der hatte nicht einmal auf Thierry gehört, da würde er auf Raymond schon gar nicht hören. Raymond hoffte nur, dass Alain überhaupt noch genug Kraft haben würde, um in den bevorstehenden Kämpfen zu bestehen. Er selbst fühlte sich von Jeans Biss immer noch ausgelaugt, und der hatte nur einmal getrunken. Alain hatte dem Vampir angeboten zu trinken, wann immer der das Bedürfnis dazu verspürte. Das konnte er nicht lange überleben. Einige Wochen vielleicht, keinesfalls länger. Raymond hatte noch gut in Erinnerung, was mit dem Jungen in seinem Dorf geschehen war. Jacques, so hieß der Junge, hatte sich mit einem Vampir eingelassen, hatte sogar behauptet, sich nach dem Biss nicht geschwächt, sondern stärker zu fühlen. Jacques hatte es fünf Wochen durchgehalten, dann hatten seine Eltern ihn tot im Bett gefunden, alles Leben aus ihm ausgesaugt. Der Vampir war spurlos verschwunden und Jacques' Tod ungerächt geblieben.

Jetzt wiederholte sich diese Geschichte, direkt vor Raymonds Augen, und er war heute so hilflos, wie er es damals gewesen war. Damals hatte er nicht genug Erfahrung gehabt, um Jacques' Entscheidung zu hinterfragen. Heute wagte er es nicht, aus Furcht, Marcel zu verstimmen und dessen Schutz gegen Serriers Schergen zu verlieren. Wenn das geschah, war Raymond so gut wie tot. Vielleicht sollte er mit Thierry darüber reden. Wenn er bei Thierry auf Verständnis traf, könnte der vielleicht mit Alain reden. Natürlich würde es nicht einfach sein, Thierry zu überzeugen. Aber wenn er die ganze Geschichte erfuhr, würde seine Sorge um Alain vielleicht den Ausschlag geben und ihn zum Handeln zwingen. Raymond betrat seine Wohnung und schloss hinter sich die Tür. Er war fest entschlossen, diesen wahnwitzigen Plan scheitern zu lassen.

17

THIERRY STARRTE abwesend auf die Tür des Zuges nach Versailles und dachte an das Grauen, das ihn dort erwartete. Er würde Aleth' Leichnam identifizieren, sich um ihre Einäscherung und die Beerdigung kümmern müssen. Sie hatte die Riten der Magier immer abgelehnt, und er wollte diesen Wunsch auch nach ihrem Tod respektieren. Er schloss die Augen, um die Tränen zurückzuhalten, die ihm wider Willen aus den Augen quollen. Thierry hasste es, Schwäche zu zeigen, und Tränen waren die größte Schwäche, die er sich vorstellen konnte, besonders in der Öffentlichkeit. Er blinzelte sie weg und wehrte sich standhaft gegen die Trauer, die ihn überkam.

Er konnte einfach nicht glauben, dass Aleth tot sein sollte. Der Anblick ihrer Leiche würde ihn in die Wirklichkeit zurückholen, aber bis dahin wollte ein Teil von ihm die Hoffnung nicht aufgeben, dass alles nur ein großes Missverständnis war. Vielleicht war eine andere Frau in der Schlacht gefallen, eine Frau, die Aleth ähnlich sah und mit ihr verwechselt worden war. Aleth konnte nicht tot sein. Wahrscheinlich versteckte sie sich irgendwo und konnte sich nicht melden, weil Serriers dunkle Magier sie sonst entdeckten. Aber Thierry würde sie finden und retten, und vielleicht würde es den Bruch zwischen ihnen wieder heilen, würde ihr beweisen, dass er nicht der selbstsüchtige Hundesohn war, als den sie ihn bezeichnet hatte. Natürlich sprach es nicht zu seinen Gunsten, dass er so lange gewartet hatte, dass er nicht gleich nach Eintreffen der Nachricht aufgebrochen war, um ihr zur Hilfe zu kommen.

Aleth hatte nie verstanden, warum Thierry seine Pflichten so wichtig nahm. Das hatte sich auch nicht geändert, nachdem sie selbst in den Dienst der Milice getreten war. Je schlimmer der Krieg tobte, umso mehr hatte sie Thierry seine Aufträge und die Zeit, die er ihnen widmete, übel genommen. Er verdrängte seine Gedanken daran und versuchte, sich an die guten Zeiten mit ihr zu erinnern. Es gab eine Zeit, in der sie glücklich gewesen waren. Aber das war, bevor Serrier diesen Albtraum von Krieg angezettelt hatte.

Mit etwas Mühe konnte Thierry sich daran erinnern. Sie hatten eine Party anlässlich Alains dreiundvierzigsten Geburtstags veranstaltet. Thierry schüttelte den Kopf. War das wirklich schon zwei Jahre her? Wo war bloß die Zeit geblieben? Er kannte die Antwort: Der Krieg hatte sie aufgefressen. Nein, daran wollte er nicht denken. Er wollte sich an Aleth' Lächeln erinnern, als sie noch glücklich und verliebt gewesen waren. Sie hatten Stunden damit verbracht, Pläne zu schmieden, die Wohnung zu schmücken und gemeinsam zu kochen, nur um Alains Geburtstag zu einem besonderen Erlebnis zu machen. Alain hasste Geburtstagsfeiern und Henris Tod lag erst einen Monat zurück. Aber Aleth und Thierry hatten beschlossen, ihn aus seinem Trübsinn zu reißen. Sie hatten Marcel eingeladen, David, Adèle, Caroline, Eric …

Thierry verzog das Gesicht. Eric war ihr Freund gewesen. Sie hatten ihm vertraut, aber er hatte sie verraten und war zu Serrier übergelaufen. Wieder zwang sich Thierry, an die Party zu denken und den Spaß, den sie gehabt hatten. Es war eine kleine Feier gewesen, nur Alains beste Freunde waren eingeladen. Sie hatten gegrillt, Bier und Wein getrunken, geredet und gelacht und versucht, Alain wieder aufzumöbeln und ihm zu zeigen, dass sie für ihn da waren. Es hatte funktioniert. Alain hatte sich amüsiert und Thierry einige Tage später sogar dafür gedankt. Kurz darauf hatten Thierry und Aleth sicht ernsthaft zerstritten, der Streit war eskaliert und am vierzehnten Juli hatten sie sich getrennt.

Thierry hasste es, an diese Tage zurückzudenken, hasste es, was aus seinem Leben geworden war, nachdem er die gemeinsame Wohnung verlassen hatte. Er hatte noch mehr Aufträge von Marcel angenommen, hatte sich immer mehr in seiner Arbeit verkrochen, um nicht mehr die Zeit zu haben, über die Trümmer seines Lebens nachzudenken. Alain hatte treu an seiner Seite gestanden, denn er wusste, was eine Trennung bedeutete. Alains Frau hatte sich vor ihrem Tod von ihm scheiden lassen. Aleth hatte nicht mehr die Zeit dazu gehabt. Das machte Thierry zum Witwer, aber er konnte keinen Unterschied erkennen. Geschieden oder verwitwet, Aleth war tot, und mit ihr war die Hoffnung auf Versöhnung gestorben.

Der Zug fuhr in Versailles ein. Thierry stieg aus und folgte den Wegweisern zu dem Hospital, in das Aleth nach der Schlacht gebracht worden war. Dort zeigte man ihm den Weg zur Leichenhalle. Thierry ging zitternd die Straße entlang. Aber es war nicht der kühle Oktoberwind, der ihn frieren ließ, sondern eine Kälte, die aus seinem Inneren kam. Er öffnete die Tür zur Leichenhalle und betrat das Gebäude.

„Kann ich Ihnen helfen?", fragte die Dame an der Rezeption höflich.

„Ich bin gekommen, um …" Thierrys Stimme brach. Er räusperte sich und fing von vorne an. „Ich komme wegen meiner Frau", brachte er heraus.

„Wie ist ihr Name?", wollte die Dame wissen.

„Aleth Dumont", erwiderte Thierry.

„Wann ist sie gestorben?", fragte die Dame.

„Gestern Nacht", antwortete Thierry. „Gegen Mitternacht. Bei einem Überfall."

„Ah ja. Hier ist sie", verkündete die Dame, nachdem sie die Unterlagen auf ihrem Tisch konsultiert hatte. „Hier entlang, bitte."

Sie führte Thierry durch einen spärlich beleuchteten Flur in ein kleines Zimmer. „Bitte warten Sie hier. Ich kümmere mich darum, dass jemand die Leiche in das Nachbarzimmer bringt. Dann können Sie Ihre Frau identifizieren." Die Dame zeigte auf ein kleines Fenster, das den Blick in den Nebenraum freigab.

Bevor Thierry etwas erwidern konnte, war sie wieder verschwunden. Allein wartete er in dem Zimmer auf den gefürchteten Moment, in dem er in Aleth' totes

Gesicht blicken und sie identifizieren musste. Danach wäre es endgültig vorbei und er musste alle Hoffnungen begraben. Er schloss die Augen, wollte den entscheidenden Moment hinauszögern, und sei es auch nur um ein paar Sekunden. Aber es war keine Verwechslung. Thierry wusste das genau, auch wenn er es sich noch nicht endgültig eingestehen wollte. Marcel hätte ihn nie benachrichtigt, wenn er sich nicht absolut sicher gewesen wäre. Trotzdem konnte Thierry der Realität noch nicht ins Gesicht sehen. Er wollte es einfach nicht. Dann hörte er auf der anderen Seite des kleinen Fensters Geräusche und öffnete widerwillig die Augen. Da lag sie auf dem Tisch, ihr Körper von einem billigen Tuch bedeckt. Aleth. Es gab kein Entkommen mehr. Das war Aleth' Gesicht, und es war unverwechselbar. Er wusste nicht, was sie getötet hatte, aber ihr Gesicht war verschont geblieben. Keine Verwechslung, kein Versehen. Seine Frau war tot.

Hinter ihm öffnete sich die Tür. „Sie ist es", kam er der Frage zuvor. Dieses Mal war es der Schmerz, der ihn die Augen schließen ließ. Er wandte sich von dem Fenster ab, konnte den Anblick nicht mehr ertragen. „Was muss ich jetzt tun?"

„Ich kann Ihnen die Adressen der örtlichen Bestattungsunternehmen geben. Die helfen Ihnen gerne", schlug die Frau vor.

„Nein", sagte Thierry, „Sie wollte eingeäschert werden."

„Ich habe auch die Telefonnummer des Krematoriums hier", sagte die Frau sachlich. „Sie können den Apparat in der Lobby benutzen."

Die Kälte und Würdelosigkeit der Situation machte Thierry wütend, aber er konnte nichts daran ändern. Er nahm der Dame den Merkzettel ab und fand die Telefonnummer, die er brauchte. Das Krematorium erwies sich als hilfsbereiter und verständnisvoller. Sie waren bereit, Aleth sofort abzuholen und noch heute Nachmittag einzuäschern, damit Thierry dabei sein konnte, wenn seine Frau verbrannt wurde. Er bedankte sich bei dem Mann und setzte sich auf einen Stuhl, um auf sie zu warten.

Er verdrängte jeden Gedanken an ihren toten Körper im Nachbarzimmer mit Erinnerungen an die Vergangenheit: der Tag, an dem sie sich kennengelernt hatten, ihr erster Kuss, ihre erste Liebesnacht und der Tag ihrer Hochzeit.

Die Erinnerungen waren so frisch, als wäre es erst gestern gewesen. Er konnte ihre Haare vor sich sehen, vom Wind zerzaust durch einen unangekündigten Sturm wirbelten sie um ihr Gesicht, als sie die Straße überquerte. Sie hatte die Arme voller Tüten und Päckchen, rannte, um schneller zu sein als der drohende Regen. Ein Mann lief sie um, blieb aber nicht einmal stehen und ließ sie einfach auf dem Bürgersteig sitzen. Sie hatte sich offensichtlich wehgetan. Die Tüten und Päckchen lagen verstreut um sie herum auf dem Boden. Thierry hatte dem Mann eine unfeine Bemerkung nachgeschrieen, aber seine ganze Aufmerksamkeit galt nur Aleth.

Er half ihr auf und sie sammelten gemeinsam Aleth' Einkäufe wieder ein. Da sie sich verletzt hatte, begleitete er sie bis zu ihrer Wohnung. Sie lud ihn auf eine Tasse Tee ein, doch er lehnte ab, wollte ganz der Gentleman sein. Aber er verabredete sich mit ihr für den nächsten Tag. Als sie sich in dem kleinen Café in der Nähe trafen, hatte sie sich extra in Schale geworfen. Thierry hatte sie mit ihren windzerzausten Haaren besser gefallen, und das sagte er ihr auch. Sie musste lachen, und in diesem Augenblick verliebte er sich in sie. Es gab nichts auf der Welt, das ihrem tiefen, kehligen Lachen gleichkam. Auch nicht ihr leidenschaftliches Stöhnen, wenn sie sich liebten.

Es blieb an diesem Tag nicht bei dem Kaffee. Thierry lud sie zum Abendessen ein, sie gingen tanzen und verabredeten, sich in zwei Tagen wiederzusehen. Thierry hielt die zwei Tage Wartezeit nicht durch. Schon am nächsten Abend wollte er unbedingt wieder ihre Stimme hören. Er rief sie an und sie flirteten am Telefon wie die Teenager. Sobald sie sich am nächsten Tag wiedersahen, küsste er sie. Er konnte nicht auf den üblichen Abschiedskuss des Abends warten, er musste sie mit einem Kuss begrüßen. Einen Monat später waren sie verlobt, einen weiteren Monat später verheiratet. Es war eine Liebe wie im Märchen, wie ein Wirbelwind, der Thierry mit sich davontrug. Unglücklicherweise endete es nicht wie im Märchen. Der Prinz traf nicht rechtzeitig ein, um die Prinzessin aus der Gefahr zu erretten. Es hatte kein Happy End für sie gegeben.

„Monsieur Dumont?", riss ihn eine Stimme aus seinen Erinnerungen.

„Das bin ich", antwortete er.

„Ich komme vom Krematorium, mein Herr. Wenn Sie bitte hier unterzeichnen, können wir Ihre Frau sofort mitnehmen und uns um alles weitere kümmern."

Stumpf setzte Thierry seine Unterschrift unter den Auftrag. Regungslos sah er zu, wie sie seine Frau in einem Eichensarg abtransportierten. Dann fuhr er schweigend mit ihnen zum Krematorium.

Als sie dort ankamen, führte der Direktor des Krematoriums ihn in sein Büro, während der Sarg in einen anderen Raum gebracht wurde. „Mein herzliches Beileid für Ihren Verlust", sagte der Mann, und Thierry nahm es ihm ab. In der Stimme schwang tiefes Mitleid mit, sie war nicht mit der herablassenden, distanzierten Art zu vergleichen, mit der er in dem Hospital und in der Leichenhalle behandelt worden war. „Sie können gerne hier warten, während wir uns um Ihre Frau kümmern. Wenn Sie wollen, können Sie uns auch begleiten und zusehen. Es mag sich makaber anhören, aber für manche Menschen ist es ein tröstlicher Abschied. Ich überlasse Ihnen, was Ihnen lieber ist."

Thierry dachte über das Angebot nach. „Ich würde es gerne sehen", sagte er dann. „Ich konnte nicht bei ihr sein, als sie gestorben ist. Ich möchte sie jetzt nicht allein lassen."

Der Direktor nickte und führte ihn durch den Flur in ein Zimmer, von dem aus Thierry die Öffnung des Brennofens sehen konnte. Davor stand der hölzerne Sarg mit Aleth auf einem Band, das direkt in das tosende Inferno führte. „Wenn Sie allein sein möchten, gehe ich jetzt", sagte der Direktor. Thierry nickte. „Lassen Sie sich Zeit für Ihren Abschied. Wenn Sie soweit sind, drücken Sie den Knopf am Fenster oder rufen mich, dann übernehme ich es für Sie. Ich aktiviere das

Förderband. Sollte es Ihnen zuviel werden, kommen Sie einfach bei mir vorbei, und ich kümmere mich um alles. Sie finden mich in meinem Büro."

Thierry nickte wieder und der Mann verließ das Zimmer. Er trat an das Fenster und legte die Hand an die Scheibe. „Es tut mir so leid, meine Geliebte", flüsterte er. „Ich hätte nicht zulassen dürfen, dass du mich wegjagst. Ich hätte vorher auf dich hören, dir jeden Wunsch erfüllen sollen. Dann wäre ich vielleicht gestern bei dir gewesen. Vielleicht hätte ich dich dann retten können. Es tut mir so unendlich leid." Die Tränen, die er seit Marcels Anruf zurückgehalten hatte, bahnten sich ihren Weg und liefen ihm in Strömen über die Wangen, während er Aleth um Verzeihung bat. Aber seine Schreie, seine Gebete und seine Tränen stießen nur auf Schweigen. Nachdem er seinen unterdrückten Gefühlen freien Lauf gelassen hatte, schloss er die Augen zu einem letzten Gebet und drückte auf den Knopf. Er wischte sich die Tränen aus den Augen und sah mit versteinerter Miene zu, wie Aleth' sterbliche Überreste den Flammen übergeben wurden. Langsam setzte sich das Förderband in Bewegung und brachte Aleth' Sarg Zentimeter um Zentimeter dem Feuer näher. Thierry konnte den Blick nicht abwenden, bis der Sarg in dem lodernden Inferno der Flammen verschwand.

„Auf Wiedersehen, Aleth. Auf Wiedersehen, meine Geliebte", flüsterte er und drehte dem schrecklichen Anblick den Rücken zu. Dann ging er zum Büro des Direktors. „Wie lange dauert es, bis ich ihre Asche mitnehmen kann?"

„Sie muss erst abkühlen", erwiderte der Direktor bedauernd. „Sie können sie morgen abholen. Wenn das nicht möglich ist, können wir sie bei Ihnen abliefern."

Thierry wollte Aleth' Asche selbst nach Hause bringen, aber er wusste, dass er morgen keine Zeit haben würde, um nach Versailles zu kommen. Er gab dem Direktor seine Adresse.

Thierry verabschiedete sich, obwohl der Direktor ihm offensichtlich gerne noch mehr tröstliche Worte gesagt hätte. Aber Thierry wollte das Krematorium und Aleth' Tod hinter sich lassen. Er wusste, dass allein der räumliche Abstand nichts ändern würde, hoffte aber, dass es zumindest erträglicher machte.

Als er wieder in dem Zug nach Paris saß, wurde er von einer unerträglichen Wut erfasst. Aleth' Tod war nicht ihre Schuld gewesen, und er war auch nicht seine. Es war Serrier, der für ihren Tod verantwortlich war. Serrier hatte ihm von Anfang an einen Menschen nach dem anderen geraubt. Freunde und Nachbarn, den kleinen Jungen, den er als seinen Neffen betrachtet hatte, und jetzt seine Frau. Thierry konnte es nicht mehr ertragen, wollte es nicht länger hinnehmen. Welches Risiko er auch eingehen musste, welches Opfer er auch bringen musste, er war darauf vorbereitet. Dieser Krieg musste enden, musste schnell enden. Und dazu mussten sie Serrier gefangen nehmen oder ihn töten.

Dieser Entschluss brachte Thierrys Gedanken wieder auf die Allianz zurück, die Marcel mit den Vampiren geschlossen hatte. Sicher, Thierry hatte anfänglich zurückhaltend darauf reagiert, aber das hatte sich mittlerweile geändert. Allein die Verstärkung ihrer Truppen war schon ein unschätzbarer Vorteil. Und wenn sie ihre Schlagkraft noch dadurch erhöhen konnten, dass Thierry sein Blut spendete, wollte er jedem Vampir bereitwillig sein Handgelenk zum Biss anbieten. Nicht deshalb, weil er es genauso genoss, wie Alain es offensichtlich tat. Aber deshalb, weil es einen Zweck erfüllte. Marcels Anweisungen würden dafür sorgen, dass die anderen Magier keine schwerwiegenden Einwände mehr gegen die Allianz erheben konnten und deshalb kooperieren würden. Aber Thierry bereitete sich auch darauf vor, seinen eigenen Einfluss geltend zu machen. Nichts und niemand durfte diese Allianz verhindern, dafür wollte er mit allen Mitteln sorgen. Dann hatte er plötzlich das Brandmal an Alains Hals vor Augen. Ja, auch das, schwor er sich. Was immer auch nötig war, um Serrier zu vernichten, Thierry wollte es tun. Selbst wenn er sich für den Rest seines Leben an einen Vampir binden musste.

Thierry musste so schnell wie möglich mit Alain reden. Er musste sich persönlich davon überzeugen, dass es Alain gut ging und dass er mit seiner Wahl glücklich war. Sicher, Alains Entscheidung hatte Thierry einen Schock versetzt, aber er hatte Alain unterstützt, solange er zurückdenken konnte. Und Alain hatte für ihn das Gleiche getan. Warum sollte das jetzt anders sein? Solange Orlando Alain glücklich machte, würde Thierry keine Einwände mehr erheben und es auch keinem anderen mehr erlauben. Er würde sich sogar bei Orlando für seine barschen Worte entschuldigen. Sie konnten diese Allianz nicht mit unterschwelligen Animositäten zum Erfolg führen. Es mochte sich trivial anhören, aber eine Kette war nur so stark, wie ihr schwächstes Glied. Thierry hatte nicht mehr die Absicht, schwache Glieder zuzulassen. Er wusste, dass seine Freundschaft mit Alain auf sicheren Füßen stand. Aber er musste Orlando in diese Freundschaft miteinbeziehen und dafür sorgen, dass Orlando das wusste und sie erwiderte. Thierry entschied sich, den beiden noch diese Nacht und den nächsten Tag Zeit zu lassen, um ihre Beziehungen zu festigen. Aber bis zum Sonnenuntergang wollte er nicht warten. Er musste mit ihnen reden, bevor Marcel und die anderen in Orlandos Wohnung eintrafen.

Fest entschlossen verließ Thierry den Zug und stieg die Treppe der U-Bahn-Station hinauf, um sich auf den Heimweg zu machen. Was immer auch nötig war, er wollte es tun. Selbst, wenn er Serrier persönlich jagen und mit bloßen Händen umbringen musste. Er stürmte auf die Straße und hörte noch, wie hinter ihm die Tür mit einem lauten Knall zuschlug.

18

JEAN SAH schon zum fünften Mal innerhalb der letzten zehn Minuten auf die geschlossene Schlafzimmertür. Er hatte in einem Magazin gelesen, konnte sich aber nicht konzentrieren und gab es schließlich auf. Es hatte nicht mit der Qualität der Artikel zu tun. Orlando lebte stellvertretend durch die Artikel von National Geographic. Er hatte sich im Laufe der Jahre eine beeindruckende Sammlung zugelegt. An einem normalen Tag – oder in einer normalen Nacht – blätterte Jean auch gerne in den Heften und studierte eine Welt, die seine Natur ihm vorenthielt. Die Bilder hatten Orlandos Neugier geweckt und mit Jeans Hilfe hatte er lesen gelernt, um sie besser verstehen zu können. Was Jean heute an der geschlossenen Tür beunruhigte, war die Tatsache, dass Orlando dahinter nicht allein war. Jean hatte ihn vor hundert Jahren gerettet und Orlandos gequälte Seele hatte sich seitdem immer noch nicht ganz erholt. Jetzt hatte er einen Magier in sein Schlafzimmer eingeladen und so getan, als ob es die selbstverständlichste und normalste Sache der Welt wäre. Aber Jean wusste, dass es das erste Mal war, seit sie sich kennengelernt hatten.

Jean war sich nicht sicher, was er von dieser unerwarteten Entwicklung der Ereignisse halten sollte. Er konnte sich noch gut erinnern, wie er Orlando das erste Mal gesehen hatte. Zerschlagen und blutend war Orlando bei jeder fremden Berührung erschrocken zusammengezuckt, obwohl sein geschundener Körper selbst zu dieser kleinen Bewegung kaum in der Lage gewesen war. Und trotz seiner schrecklichen Erlebnisse in der Gefangenschaft Thurloes war er in vielen Dingen des Lebens ignorant geblieben. Orlando war nicht naiv, aber er war unerfahren. Er hatte nie die Freuden gekannt, die man in den Armen eines Geliebten empfinden konnte. Wenn er das lebenswichtige Blut brauchte, ging er distanziert und sachlich vor. Es gab genug Menschen, die sich freiwillig dem Kuss eines Vampirs hingaben, ohne vorher oder nachher verführt werden zu wollen. Oder Orlando ging ins *Sang Froid*, um zu trinken. Doch jetzt hatte er sich exklusiv an einen Magier gebunden und würde erst durch dessen Tod wieder frei sein. Und als ob das nicht genug war, schien er den Magier auch noch als Geliebten annehmen zu wollen.

Jean hatte nichts dagegen, dass sich sein kleiner Bruder einen Geliebten nahm, ganz im Gegenteil. Es wurde langsam Zeit. Aber die Hast und Spontaneität, mit der das alles geschehen war, bereiteten ihm Sorgen. Orlando kannte Alain noch keine achtundvierzig Stunden. Jean hatte den jungen Vampir noch nie so impulsiv erlebt. Bis jetzt. So hilflos und gebrochen, wie Jean ihn vor hundert Jahren aufgefunden hatte, sollte Orlando jeden Grund haben, sich vor Veränderungen, vor fremden Menschen zu fürchten. Bis vor zwei Tagen war Jean sich sicher gewesen,

105

dass er der einzige war, dem Orlando rückhaltlos vertraute. Jetzt schien Orlando ihn ersetzt zu haben; der große Bruder musste dem Geliebten weichen. Es war eine natürliche Entwicklung, aber sie hatte Jean unvorbereitet getroffen. Er hätte nie erwartet, dass Orlando in seinem Leben etwas vermisste, bis er die beiden vor einigen Stunden zusammen auf dem Friedhof gesehen hatte. Jean fragte sich allen Ernstes, ob Alain bei ihrem ersten Treffen Orlando magisch beeinflusst haben könnte. Jedenfalls würde das die Veränderungen in Orlandos Verhalten erklären, die Jean schon nach dessen erster Begegnung mit Alain aufgefallen waren und die ihn dazu bewegt hatten, Orlando das zweite Mal auf den Friedhof zu folgen.

Er hoffte nur, dass Alain dieses beispiellose Vertrauen zu schätzen wusste, das Orlando ihm entgegenbrachte. Alain hatte es schon einmal missbraucht, deshalb sah Jean Orlandos Entscheidung aus gutem Grund mit einer gewissen Skepsis. Er rief sich den Geschmack von Alains Blut und alles, was er daraus gelernt hatte, wieder in Erinnerung. Da war vor allem Alains Begehren, dessen Kraft auf Jeans Zunge geradezu explodiert war. Alain begehrte Orlando, daran konnte kein Zweifel bestehen.

Viel mehr war Jean bei seinem Biss vordergründig nicht aufgefallen, aber jetzt nahm er sich die Zeit, auch seine anderen Eindrücke zu analysieren. Er hatte Integrität geschmeckt und deshalb akzeptiert, dass Alain nur einen dummen, aber unbeabsichtigten Fehler gemacht hatte, als er Orlando aufforderte, Raymond zu beißen. Auch wenn Jean es ihm immer noch übel nahm. Dann hatte er die Loyalität geschmeckt, die Alain durch sein bedingungsloses Einstehen für Orlando unter Beweis gestellt hatte. Das war eine sehr beruhigende Erkenntnis für Jean. Er hatte seine Warnung ernst gemeint, nicht untätig zuzusehen, falls Alain Orlando wieder so verletzte. Jean hatte auch eine gewisse Rücksichtslosigkeit geschmeckt, aber die wurde überlagert durch Alains Güte und Anständigkeit. Jean war sich deshalb ziemlich sicher, dass der Magier Orlando niemals absichtlich Schaden zufügen würde, und das war der einzige Grund, warum er ruhig in seinem Sessel sitzen blieb, als er das Stöhnen hörte, das durch die Tür zu ihm ins Wohnzimmer drang. Was immer hinter dieser Tür auch vor sich ging, Jean war überzeugt davon, dass es auf Gegenseitigkeit beruhte und beide Teilnehmer ihren Spaß daran hatten. Orlando hatte es jedenfalls verdient. Er verdiente, geliebt zu werden.

Hoffentlich würden Orlando und Alain die Versprechen, die sie abgelegt hatten, niemals bedauern. Das Brandmal an Alains Hals band sie für eine sehr lange Zeit unlösbar zusammen, zumindest galt das für Orlando. Jean war nicht entgangen, dass Alain es freiwillig zugelassen hatte. Sicher, der Magier hatte die volle Bedeutung des Rituals nicht verstanden. Aber das machte seine Entscheidung Jeans Meinung nach in mancher Hinsicht noch bewundernswerter. Alain hatte sich entschieden, ein öffentliches Bekenntnis zu Orlando abzulegen, das außerhalb der Gemeinschaft der Vampire für viele missverständlich war. Er würde den Rest seines Lebens damit verbringen, neugierige und misstrauische Fragen über die Bedeutung des Mals beantworten zu müssen. Und Orlando ... Orlando hatte unwissentlich eine Entscheidung getroffen, die sein Leben und seinen Stand in der Gesellschaft für immer ändern würde. Er war eine Verpflichtung eingegangen, wie es nur wenige Vampire vor ihm getan hatten. Es war ein Risiko. Wenn äußere Umstände die beiden für längere Zeit trennten, konnte Orlando sterben. Glücklicherweise führte die monogame Natur ihres Bundes auch dazu, dass er immer seltener von Alain trinken musste und sich dieser Zeitraum verlängerte. Die meisten Vampire mussten mehrmals in der Woche eine größere Menge Blut trinken. Andere zogen es vor, täglich nur kleinere Portionen zu sich zu nehmen. Orlando würde bald nur noch einmal in der Woche, vielleicht alle zehn Tage trinken müssen, sofern er nicht verletzt wurde und Blut für die Heilung brauchte. Aber diese Wirkung setzte nicht sofort ein, und noch war es nicht so weit. Mit dem Avoué de Sang hatte Orlando eine kühne Entscheidung getroffen, die jeder Vampir ihrer Gemeinschaft respektieren musste. Sie mochten sich nach den Gründen fragen, mochten ihn sogar für leichtsinnig halten, dieses Risiko eingegangen zu sein, aber sie würden ihn nie wieder wie ein unmündiges Kind behandeln, auch nach Alains Tod nicht.

Jean hatte nie einen Avoué gewollt, hatte diese Exklusivität nie angestrebt, zu der Alain und Orlando sich mit ihrer Beziehung bekannten. Er genoss die Abwechslung, sowohl in seiner Nahrung, als auch in seinem Liebesleben. Er kehrte zwar oft zu einem Opfer oder zu seinen Geliebten zurück, aber er hatte sich nie nach Exklusivität gesehnt. Nicht, seit … Jean verdrängte den Gedanken an die Vergangenheit, zusammen mit der Wut und dem Verrat, die ihm immer noch zu schaffen machten. Er war nicht eifersüchtig auf Orlando, auch nicht auf Alains Bereitschaft, sich Orlando anzuvertrauen.

Eifersucht war ein Zeichen von Schwäche. Egal, ob es sich um eine wirkliche oder nur um eine vermeintliche Schwäche handelte, sie führte immer in die Katastrophe. Die Vampire erkannten Jean aufgrund seines hohen Alters und seiner Stärke als Chef de la Cour an. Wenn seine Fassade auch nur den kleinsten Riss zeigte, würden sie ihm nicht mehr folgen, sondern seine Kontrolle in Frage stellen. Dann würde ihre junge Allianz in Trümmern liegen, noch bevor sie richtig begonnen hatte. Das konnte Jean nicht zulassen. Ein Scheitern der Allianz würde auch Orlando in eine heikle Situation bringen. Nein, Jean durfte keine Schwächen zeigen, musste die Eifersucht zügeln, die er angesichts der wunderbaren Partnerschaft empfand, die Orlando und Alain vor seinen Augen eingegangen waren. Es war nur verständlich, dass seine eigene Partnerschaft mit Raymond sich davon unterschied, aber sie durfte deswegen nicht weniger erfolgreich sein.

Er dachte an Adèle zurück. Ihr Blut hatte ihm sehr geschmeckt und er hätte gerne mehr davon getrunken. Wenn ihre Magie auf ihn gewirkt hätte, wäre die Zusammenarbeit mit ihr eine Freude gewesen und Jean hätte sich alle Mühe gegeben, sie auch als Geliebte zu gewinnen. Er konnte sich nicht vorstellen, dass sie sich dagegen gesträubt hätte. Auch Thierrys Blut hatte unter der oberflächlich spürbaren Bitterkeit und Trauer einen sehr interessanten Geschmack gehabt. Seine Charakterstärke und seine tiefen Überzeugungen waren heute nur noch selten anzutreffen. Sie passten mehr zu einem der mittelalterlichen Ritter, die Jean vor Jahrhunderten gekannt hatte, als in diese moderne Welt. Thierry war ein Krieger und würde mit aller Macht – und Thierry war ein sehr mächtiger Magier – für seine Überzeugungen und seine Freunde kämpfen. Was Chavinier anging, so hätte Jean nie vermutet, dass ein einzelner Mensch ein solches Ausmaß an magischer Macht und Stärke besitzen konnte. Alain hatte sich Sorgen gemacht, dass keiner der heutigen Magier mit Merlin vergleichbar war, auch wenn sie ihre Partner vor der Sonne schützen konnten. Aber Jean konnte sich nicht vorstellen, dass Chaviniers Macht derjenigen Merlins auch nur im Geringsten unterlegen war. In einem fairen Kampf hätte kein Gegner eine Chance gegen Chavinier. Das Problem lag darin, dass ihre Feinde nicht fair kämpften. Jean hoffte sehr, dass er und die anderen Vampire vielleicht das Zünglein an der Waage sein konnten, um Chavinier die Chance zu einem fairen Kampf zu geben. Der General der Miliz war mit seiner Intelligenz, seiner Schläue und Macht ein Mann, dem Jean gerne als Partner zur Seite gestanden hätte.

Aber keiner der drei hatte Jean mit seinem Blut den Schutz vor der Sonne geben können, den Orlando durch Alains Blut bekommen hatte. Nein, es musste ausgerechnet Raymond sein, dessen Magie auf Jean wirkte. Der dunkle, gewaltbereite und verängstigte Raymond Payet, dessen Furcht, in die Hölle der dunklen Magier Serriers zurückkehren zu müssen, ihn alles akzeptieren ließ, auch so etwas Abstoßendes wie den Biss eines Vampirs.

Jean hatte keine Ahnung, wie er die Partnerschaft mit Raymond halbwegs erträglich und erfolgreich gestalten sollte. Alain und Orlando waren ein gutes Team, sie würden sich im Kampf gegenseitig beschützen und helfen. Mit Raymond war das undenkbar und Jean wusste nicht, wie er den Magier von der Notwendigkeit ihrer Zusammenarbeit überzeugen sollte. Er konnte Raymond nicht dazu zwingen, ihm zu vertrauen. Er konnte ihm nur drohen, damit er sich Jean unterwarf.

Die Furcht Raymonds vor Serrier und der Gefangennahme durch dessen Schergen war wahrscheinlich das Einzige, was den Magier im Kampf an Jeans Seite halten würde. Aber das machte aus ihnen noch kein echtes Team. Jean musste Raymond irgendwie davon überzeugen, dass er ihn nie Serrier ausliefern würde, solange Raymond sie nicht betrog. Wenn doch nur die Magier genauso in die Herzen anderer Menschen blicken könnten wie die Vampire. Aber bedauerlicherweise war das nicht der Fall.

Hinter der Schlafzimmertür war es still geworden und draußen war die Nacht hereingebrochen. Für Jean wurde es Zeit, sich um die praktischen Dinge zu kümmern. Er musste eine Versammlung organisieren und eine Allianz aufbauen. *Alles Gute*, wünschte er Orlando und Alain in Gedanken, dann verließ er die Wohnung und schloss leise hinter sich die Tür.

ER VERLIESS das ruhige Viertel, in dem Orlandos Wohnung lag, und machte sich auf den Weg in den Trubel des Nachtlebens von Montmartre, wo in den Bars und Clubs viele Vampire unterwegs waren, um nach willigen Opfern Ausschau zu halten. Das richtige Wort im richtigen Ohr würde viele zu ihrem geplanten Treffen locken, und sei es nur aus Neugier. Andere würden aus Loyalität zu Jean erscheinen, wieder andere gar nicht, entweder aus Opposition zu Jean, oder weil sie aus unterschiedlichen Gründen die Nachricht nicht erhalten hatten. Er musste mit Chavinier darüber reden, wie sie auch nach ihrer Versammlung noch Partnerschaften für diejenigen ermitteln konnten, die nicht daran teilgenommen hatten. Wenn ihre Allianz erfolgreich war, konnten sie auch die Chefs de la Cour anderer Städte kontaktieren. Je mehr Unterstützung sie bekamen, um so eher konnten sie diesen Krieg beenden.

Jeans erstes Ziel war ein Club im Schatten des Moulin Rouge. Soweit er wusste, war dort vor allem die Gothic Szene anzutreffen. Für Vampire auf der Suche nach einem willigen Opfer war der Club daher ein beliebter Anlaufpunkt. Jean hoffte, hier auf Julien Aubert zu treffen, der ihm bei der Verbreitung seiner Nachricht helfen konnte. Der Türsteher wollte ihn erst nicht einlassen, weil seine Alltagskleidung nicht zum Image des Clubs passte, aber als Jean ihm seine Zähne zeigte, machte der Mann den Weg frei und winkte ihn durch. Bei den Gothics waren Vampire immer willkommen, ob Alltagskleidung oder nicht. Jean ging direkt zur Bar und wartete ab. Falls Julien anwesend war, würde ihm die Aufmerksamkeit, die Jean auf sich zog, nicht entgehen. Wenn Jean auf der Suche war und einen Club betrat, musste er sich nicht auf der Tanzfläche oder in dunklen Ecken umsehen. Seine Opfer kamen zu ihm, nicht er zu ihnen.

Wie erwartet dauerte es nur wenige Minuten, dann nahm Julien auf einem Barhocker neben Jean Platz. „Das ist gewöhnlich nicht deine Szene", sagte er zur Begrüßung.

„Nein", stimmte Jean ihm zu. „Aber heute ist auch kein gewöhnlicher Tag."

Julien zog fragend die Augenbrauen hoch. „Ich erkläre euch morgen Nacht alles genauer. Richte unseren Freunden aus, dass ich sie für morgen zu einem Treffen einlade. Vier Uhr, Gare de Lyon. In dem Wartesaal an den Hauptgleisen."

„Worum geht es?", fragte Julien, dessen Neugier erwacht war.

„Um einen revolutionären Vorschlag", erwiderte Jean. „Ich erkläre es morgen. Sag allen Freunden Bescheid."

Julien nickte zustimmend und stürzte sich wieder ins Gewimmel der Tanzfläche. Jean warf einige Euro auf die Bar und machte sich auf zu seinem nächsten Ziel, einem kleinen Café, das vor allem von jungen Berufstätigen aus der Nachbarschaft frequentiert wurde. Laetitia Bastian war hier Stammgast. Sie begrüßte ihn nickend und schob mit dem Fuß einen Stuhl zurück, damit er sich setzen konnte. „Es ist lange her", meinte sie, als Jean sich zu ihr herabbeugte sie auf beide Wangen küsste.

„Zu lange", sagte er. Die nächsten Minuten verbrachten sie damit, den neuesten Klatsch auszutauschen. „Was treibt dich wirklich in unsere Ecke von Paris?", fragte sie dann.

Jean gab ihr die gleiche Botschaft wie Julien, wobei er das Wort Freunde besonders betonte.

„Es ist Jahre her, seit du uns alle zusammengerufen hast."

„Meine Neuigkeiten sind zu wichtig, um nur mündlich verbreitet zu werden. Es ist möglich, dass sie für alle Teilnehmer von großem Vorteil sind", erklärte Jean.

„Nur möglich?", wollte sie wissen.

„Sogar sehr möglich", antwortete Jean.

„Na gut", stimmte Laetitia zu. „Ich werde die Nachricht weitergeben."

Jean dankte ihr und machte sich auf den Weg zu seinem dritten Anlaufpunkt. Angélique Bouaddi bot besondere Dienstleistungen an, sowohl für Vampire als auch für normale Sterbliche. Für eine kleine Gebühr fand sie jemanden, der die speziellen Bedürfnisse ihrer Kunden befriedigte. Jean hatte ihre Dienste schon oft in Anspruch genommen, wenn er nicht in der Stimmung war, selbst auf die Jagd zu gehen.

„Was kann ich heute für dich tun?", schnurrte Angélique, als er ihr Etablissement betrat.

„Ich möchte unseren Freunden eine Nachricht zukommen lassen", sagte Jean. Sie sah ihn fragend an.

„Unseren Freunden?", erkundigte sie sich.

„Ja", betonte Jean. „Unseren Freunden." Dann informierte er sie über die Details des Treffens.

„Ich werde es weitergeben", versprach Angélique. „Kann ich sonst noch etwas für dich tun?"

„Heute nicht. Ich muss noch zu einem anderen Treffpunkt. Danke für das Angebot", erwiderte Jean.

„Komm bald wieder vorbei, wenn du freundliche Gesellschaft suchst", lud sie ihn zum Abschied ein.

„Das werde ich tun", versicherte ihr Jean. Er verabschiedete sich von Angélique mit einer galanten Verbeugung und einem Kuss auf die Wange. Dann schlug er, schon zum zweiten Mal in ebenso vielen Tagen, den Weg zu Christophe Lombards Haus ein. Mireille ließ ihn ein.

„Schon wieder hier?", fragte sie überrascht. „Monsieur ist ausgegangen. Er hat sich heute für die Jagd entschieden."

„Das ist kein Problem", meinte Jean. „Du kannst ihm meine Botschaft später überbringen."

„Dann komm ins Haus", sagte Mireille. „Im Salon können wir ungestört reden."

Jean nahm auf dem Stuhl Platz, den Mireille ihm anbot. „Was bringt dich so schnell wieder zu uns?", wollte sie wissen. „War das Treffen erfolgreich?"

„Es hat meine kühnsten Träume übertroffen", erwiderte Jean. „Was hat Monsieur Lombard dir darüber gesagt?"

„Nur, dass du eine Allianz mit den Magiern der Milice eingehen willst", antwortete Mireille.

Jean berichtete ihr alles, was seit seinem letzten Besuch geschehen war.

„Und der Kleine?", erkundigte sie sich nach Orlando.

„Ist kein Kleiner mehr", antwortete Jean lächelnd. „Er hat seinen Avoué gefunden und ihn mit seinem Mal gezeichnet."

„Wirklich?", fragte sie überrascht. „Wer ist es?"

„Sein Magier."

„Dann sind es also tatsächlich nur Lügen, dass Magierblut gefährlich wäre?"

„Ja", bestätigte Jean. „Sowohl Orlando als auch ich haben Magierblut getrunken und es überlebt. Und …" Er unterbrach sich, um die Bedeutung seiner Worte zu betonen. „… mit dem Blut des richtigen Magiers in den Adern konnten wir beide unbeschadet ins Sonnenlicht gehen. Komm morgen zu unserer Versammlung, auch wenn Monsieur Lombard sich dagegen entscheidet. Vielleicht findest du auch einen Magier, der zu dir passt."

„Wir werden sehen", sagte sie. „Wenn ich daran teilnehme, bin ich nicht für Monsieur da, sollte er meine Hilfe brauchen."

„Es ist natürlich deine Entscheidung", meinte Jean. „Aber rede mit ihm darüber. Es ist sehr wichtig, Mireille, und das weiß er auch."

„Wir werden sehen", wiederholte sie unverbindlich.

Das war das Stichwort für Jean und er verabschiedete sich. Er schlenderte die Straße entlang und überlegte, was er vor dem morgigen Treffen noch erledigen musste. Dann fiel ihm auf, wie hungrig er war. Er hatte, bis auf die wenigen Tropfen von Raymond, seit zwei Tagen kein Blut mehr getrunken. Raymonds Blut hatte zwar seinen Zweck erfüllt, aber es hatte Jean nicht gesättigt. Und da Raymond wahrscheinlich auch in absehbarer Zeit nicht vorhatte, Jeans Hunger zu befriedigen, musste er heute noch eine andere Möglichkeit finden, um sich satt zu trinken.

Er dachte an die üblichen Clubs und Cafés, entschied sich dann aber dagegen. Seine Botschaft würde sich schneller verbreiten, wenn er selbst nicht anwesend war. Angélique könnte etwas für ihn arrangieren, aber dazu hatte er keine rechte Lust. Er konnte verstehen, warum Lombard sich von der Welt zurückgezogen hatte. Das Leben eines Vampirs zu führen, konnte sehr ermüdend sein. Das Abenteuer Jagd verlor im Laufe der Jahrhunderte seine ursprüngliche Faszination und wurde zu einer langweiligen, immer gleichen Notwendigkeit. In dieser Beziehung beneidete er Orlando, der nicht mehr jagen musste. Orlando musste nur noch die Hand nach Alain ausstrecken. Jean seufzte. Er würde Karine besuchen. Die liebliche Miss Gautier würde ihn nicht abweisen. Sie würde wahrscheinlich sogar den Avoué de Sang von ihm annehmen, so wie Alain es für Orlando getan hatte. Aber er würde sie nie darum bitten, und das wussten sie beide auch. Selbst ohne die Allianz, die es erforderlich machte, dass er Raymonds Blut trinken konnte, hätte er Karine nie darum gebeten.

Jean hatte sich nicht geirrt. Als er an Karines Tür klopfte, ließ sie ihn wortlos eintreten. Sie führte ihn in ihr Zimmer, setzte sich aufs Bett und entblößte unaufgefordert ihren Hals. Jean kniete sich schweigend an ihre Seite und drückte die Lippen an ihren Hals. Er roch den betörenden Duft der Rosen, die in einer Vase auf

111

der Kommode standen. Nachdem er Karines Hals mit seinem Speichel befeuchtet hatte, biss er zu und ließ ihr warmes Blut in seinen Mund laufen. Er saugte tief und hungrig, bis sein Mund und sein Magen mit ihrem lebenspendenden Blut gefüllt waren. Ein Blick in ihr Gesicht zeigte ihm, dass sie die Augen geschlossen hatte und zufrieden lächelte. Manchmal vergingen Wochen, gar Monate zwischen seinen Besuchen bei Karine. Aber er würde immer wieder zu ihr zurückkommen, bis sie ihn vielleicht eines Tages nicht mehr sehen wollte. Ihre Vitalität schoss durch seine Adern, als er das Blut in sich aufnahm. Jean kannte ihre Grenzen und wusste, wann er aufhören musste zu trinken, um sie nicht zu gefährden. Als er sich gesättigt fühlte, zog er die Zähne aus ihrem Hals und verschloss die Wunde mit seiner Zunge. Sie streichelte ihm zärtlich übers Gesicht und sah ihn bittend an.

„Heute nicht", sagte er bedauernd. Das Lächeln verschwand aus ihrem Gesicht, aber sie nickte verständnisvoll.

„Wann sehen wir uns wieder?", fragte sie.

„Das kann ich nicht sagen", erwiderte er. „Im Moment geschehen Dinge, die meine ganze Zeit und Aufmerksamkeit beanspruchen. Ich will dir nichts versprechen, das ich vielleicht nicht halten kann."

„Natürlich", sagte sie mit einem Hauch von Bitterkeit in der Stimme.

„Dann sag mir, dass ich gehen soll", forderte Jean sie auf. „Sag mir, dass ich gehen und nie wieder zurückkommen soll."

Sie lachte über seine Worte, aber ihre Traurigkeit war mit Händen greifbar. „Nein", antwortete sie. „Das kann ich nicht."

„Wenn ich kann, komme ich bald zurück", erwiderte Jean, der ihr wenigstens eine kleine Sicherheit geben wollte. Er stand auf und strich ihr mit dem Finger über die Wange. „Warte nicht auf etwas, dass ich dir nicht geben kann", verabschiedete er sich mit den gleichen Worten, die er ihr immer sagte, wenn er sie wieder verließ.

„Das werde ich nicht tun", erwiderte sie, ebenfalls wie immer.

Jean ging und spürte den Schmerz, den er dieser wunderbaren Frau zugefügt hatte. Aber er konnte nicht anders handeln. Nicht nach dem letzten Mal, als er sich an einen Sterblichen gebunden hatte. Hinter ihm fiel die Tür zu Karines Wohnung mit einem leisen Klicken ins Schloss.

19

ORLANDO HIELT sein Versprechen und wachte über Alain, der friedlich an seiner Seite schlief. In ihm tobte das Verlangen nach dem schlafenden Magier, aber er zügelte es mit der Kraft seines Willens. Er hatte die Erschöpfung in Alains Gesicht erkannt, die selbst unter der Leidenschaft noch sichtbar gewesen war, die vor kurzer Zeit die Züge des Magiers auf andere, wunderbare Weise verzerrt hatte. In den über zweihundert Jahren seines Lebens als Vampir hatte Orlando Geduld gelernt. Er konnte warten, bis Alain wieder erwachte und bereit war, sein Verlangen mit ihm zu teilen.

Im Schlaf löste sich die Anspannung, die um Alains Augen und auf seiner Stirn lag. Es ließ ihn um Jahre jünger aussehen. Orlando konnte sich eine kleine, zarte Berührung nicht verkneifen und strich ihm die Haare aus dem Gesicht. Alain schmiegte sich an Orlandos Hand und er ließ sie auf Alains Wange liegen. Die sexy Bartstoppeln waren ein starker Kontrast zu seiner eigenen, glatten Haut. Sie waren genauso erotisch und verführerisch, wie Alains starke Muskeln und die breiten Schultern.

Alain bewegte sich unter Orlandos Hand und schlug die blauen Augen auf. Sie blickten sich verwirrt um, wurden aber schnell klar, als Alain erkannte, wo er sich befand.

„Orlando?", fragte er mit schlaftrunkener Stimme.

„Ich bin hier", antwortete Orlando leise und drückte ihm einen zarten Kuss auf die Lippen.

Alain kam zu sich und erinnerte sich daran, was vor dem Einschlafen passiert war. Und was nicht passiert war.

„Es tut mir leid", entfuhr es ihm. „Ich wollte nicht so egoistisch sein."

Orlando wusste, was Alain damit meinte. Alain war eingeschlafen, bevor Orlando ebenfalls Befriedigung gefunden hatte. „Du warst sehr müde", sagte Orlando, der keine weiteren Entschuldigungen mehr hören wollte. „Es wäre von mir egoistisch gewesen, wenn ich dich länger wachgehalten hätte. Ich will nicht alles berechnen und Listen führen, wer wem was schuldig ist. Wir sind beide füreinander da. Nichts anderes habe ich getan."

Alain nickte. Er verstand, was Orlando ihm sagen wollte, weil es ihm genauso ging. Er wollte eine Beziehung, keine Strichliste. „Aber jetzt bin ich ausgeschlafen", sagte er mit einem breiten Grinsen. „Darf ich jetzt für dich da sein?" Er streichelte über Orlandos nackten Arm und seine Schulter, legte ihm die Hand in den Nacken und zog ihn zu sich herab, um ihn zu küssen.

Orlandos Reaktion auf den Kuss beantwortete Alains Frage. Er konnte das Begehren und den Hunger spüren, den Orlandos Körper ausstrahlte. Es wäre fast beängstigend gewesen, hätte Orlando ihm nicht schon bewiesen, dass er seine Leidenschaft unter Kontrolle halten konnte. Alain war sich nicht sicher, ob er selbst die Kraft dazu gehabt hätte, Orlando einfach schlafen zu lassen, wäre er an dessen Stelle gewesen. Deshalb fürchtete er Orlandos Leidenschaft nicht, sondern ließ sich sogar von ihr anstecken.

Er zog Orlando zu sich herab und wollte ihre Position tauschen, um Orlando lieben zu können. Aber als Alain sich auf ihn rollen wollte, wehrte sich Orlando und drückte ihn aufs Bett zurück. Alain ließ sich nicht auf einen Kampf um Dominanz ein, diese Schlacht musste er nicht gewinnen. Er schloss entspannt die Augen und überließ sich Orlandos Führung. Seine Hand lag immer noch in Orlandos Nacken und er konnte dessen Haare fühlen, die ihm über den Handrücken fielen. Dann ließ er los und fuhr mit den Fingern durch Orlandos Locken. Noch so ein Schatz, den es zu entdecken galt. Alain vertraute darauf, dass Orlando ihn wieder küssen wollte. Er wurde nicht enttäuscht. Als er Orlandos Lippen auf seinem Mund fühlte, öffnete Alain die Augen, um seinen Geliebten sehen zu können. Er wollte erkennen, was in Orlandos Gesicht vor sich ging und welche Gefühle darin zum Ausdruck kamen.

Sie blieben einige Minuten so liegen und küssten sich, Orlando auf den Ellbogen gestützt und über Alain gebeugt, ihre Beine ineinander verschlungen. Orlandos Lippen fühlten sich weich an und Alain überlegte, ob er sich hätte rasieren sollen, weil seine Bartstoppeln wahrscheinlich Orlandos zarte Haut wund rieben. Aber der Vampir schien sich daran nicht zu stören. Er war tief in ihren Kuss versunken und hatte offensichtlich nicht vor, Alains Mund in absehbarer Zeit freizugeben. Seine Zunge fuhr neckisch zwischen Alains Lippen, der den Mund um den warmen Muskel schloss und sinnlich daran zu saugen begann. Orlando stöhnte und stieß seine Zunge tiefer in Alains Mund, als wollte er von ihm Besitz ergreifen. Alain ließ ihn gewähren. Orlando hatte ihn schon vor aller Öffentlichkeit mit seinem Mal in Besitz genommen, sein Kuss erfüllte dieses Versprechen nur auf eine zusätzliche Weise. Alain spielte mit Orlando, bis ihre Zungen in seinem Mund ein hitziges Duell ausfochten, bei dem er sich genüsslich geschlagen gab.

Nach Alains Kapitulation verließ Orlandos Mund Alains Lippen und suchte sich seinen Weg über das Kinn zum Hals, wo er sich auf die Pulsader legte und zu saugen begann. Alain fragte sich, ob in Orlando ein anderer Hunger erwacht war. Er hätte sich nicht gegen Orlandos Biss gewehrt. Er hoffte sogar, dass es früher oder später passieren würde und Orlando dort von seinem Blut trinken wollte. So erregend, wie sein Biss sich am Handgelenk und in der Armbeuge angefühlt hatte, konnte Alain es kaum abwarten, am Hals gebissen zu werden, wo das Erlebnis wahrscheinlich noch viel intensiver war. Aber nicht jetzt. Jetzt glitten Orlandos Lippen weiter, über Alains Schulter und zu seinem Schlüsselbein.

Dieser Teil von Alains Körper war kein Neuland für Orlando, er hatte ihn schon zuvor erkundet. Aber er wusste, dass er diese Reise noch oft machen und immer wieder Neues entdecken würde, denn alles an Alain war es wert, wieder und wieder entdeckt zu werden. Orlando war noch nie so erregt gewesen, weder vor noch nach seiner Umwandlung zum Vampir. Für einen kurzen Augenblick verlor er die Kontrolle über seine Lust und schlug die Zähne in Alains Schulter. Er konnte sich aber wieder fangen, noch bevor sie die Haut durchbohrten. Fast wäre es passiert, aber es war noch zu früh, um der Blutlust nachzugeben. Orlando hatte noch andere Pläne mit seinem Magier, der sich an ihn klammerte, als wäre er kurz davor zu ertrinken.

Alain bog den Rücken durch und presste sich mit einem Aufschrei an Orlando, als er den Biss spürte. Sein harter Schwanz pochte im Takt mit Orlandos saugendem Mund. Aber so gut Orlandos Mund sich auch an der Schulter anfühlte, Alain wollte ihn weiter unten spüren. Er rieb sich ruhelos an Orlandos Körper und drückte sich mit den Hüften an dessen steifes Glied. Er wollte Orlando mit seinen Bewegungen auffordern, den nächsten Schritt zu wagen.

Orlando fühlte Alains Hüften, die sich gegen seinen Schwanz pressten, und er war versucht, ihn hier und jetzt zu nehmen. Sein Magier war so wunderschön in seiner Hingabe. Aber Orlando wollte mehr als nur schnelle Befriedigung. Er wollte Alain die aufgestaute Zärtlichkeit zeigen, die er so lange in seiner geschundenen Seele unter Verschluss gehalten hatte. Und vielleicht – ja, vielleicht – würde Alain die Gefühle Orlandos sogar eines Tages erwidern. Deshalb ignorierte er seine eigenen Bedürfnisse und liebte Alain so, wie er selbst schon immer hatte geliebt werden wollen.

Er fuhr mit der Zunge über Alains Körper nach unten, von der Brust bis zum Bauchnabel. Dabei streichelte er ihm mit den Händen über die Oberschenkel, erkundete ihre Stärke und lernte ihre Haut kennen. Sein Geliebter war nicht nur ein mächtiger Magier, er war auch ein sehr starker Mann. Orlando schätzte sich glücklich, dass es ausgerechnet Alain war, dessen Blut zu ihm passte und ihm Schutz bot. Noch glücklicher war er darüber, dass Alain bereit und willens gewesen war, sein Avoué zu werden. Er hatte am Verhalten der anderen Magier erkannt, dass das durchaus nicht selbstverständlich war. Jetzt musste er Alain nur noch zeigen, dass er seinen Magier genauso glücklich machen wollte, wie er selbst es war.

Orlandos Hände waren mittlerweile am Ende von Alains Oberschenkeln angelangt, wo sie auf die Boxershorts stießen. Orlando fasste das störende Kleidungsstück am Bund und zog es über Alains Hüften und Beine nach unten. Dann stützte er sich mit einer Hand ab und zog auch seine eigenen Shorts aus, sodass sie jetzt beide nackt waren.

„Endlich", murmelte Alain.

„Sei nicht so ungeduldig", wies Orlando ihn zurecht. „Weißt du nicht, dass Vorfreude die beste Freude ist?"

Alain griff nach Orlandos Hand und presste sie an sein steifes Glied. „Mehr Vorfreude halte ich aber nicht mehr aus", informierte er seinen Vampir. „Und dieses Mal will ich mit dir zusammen kommen."

Alains Worte jagten Orlando eine Gänsehaut über den Rücken. „Wie du wünschst", flüsterte er heiser.

20

ORLANDO BLIEB noch einen Augenblick wie erstarrt stehen und sah schweigend auf Alain hinab, bevor er sich wieder in Bewegung setzte. Alain lag auf dem Bett, war bereit, sich Orlando vorbehaltlos hinzugeben. Orlando war sprachlos vor Überwältigung angesichts des Vertrauens, das Alain ihm entgegenbrachte. Er wusste, wie es war, unter einem Vampir zu liegen, gefangen und hilflos ausgeliefert zu sein und darauf zu warten, was als Nächstes passieren würde. Er kannte die Schmerzen, die ein Vampir seinem Opfer zufügen konnte. Orlando verdrängte seine Erinnerungen und rief sich ins Gedächtnis zurück, dass er und Alain Geliebte waren, nicht Herr und Sklave. Er würde Alain nie die unerträgliche Pein zufügen, der er selbst in den Händen seines Schöpfers ausgesetzt gewesen war. Eher wollte er sie selbst erleiden, als den einzigen Menschen zu verletzen, den Orlandos Vergangenheit und Natur nicht zu kümmern schienen.

Orlando legte die Hand um Alains Schwanz, um dessen Erregung nicht abklingen zu lassen und ihn von den Schmerzen abzulenken, die nach Orlandos Erfahrung untrennbar mit Sex verbunden waren. In Alains Augen flackerte die Leidenschaft. Orlando beobachtete ihn aufmerksam, weil er jede Veränderung in Alains Gesichtszügen sofort erkennen wollte, um darauf reagieren zu können.

Alain sah Orlando ins Gesicht. Er blickte in eine Maske angespannter Konzentration und konnte die Bedenken erkennen, die seinen Vampir plagten. Alain konnte sich den Grund dafür nicht erklären und wusste nicht, ob und wie er das Thema ansprechen sollte. Immerhin hatte sich sein erster Wunsch erfüllt, denn Orlando hatte ihn angefasst. Blieb nur noch, dass er Orlando ebenfalls berühren konnte. Alain hatte den Verdacht, dass er auf die Erfüllung seines zweiten Wunsches noch etwas warten musste.

Orlando ließ Alain los, um das Gel aus der Nachttischschublade zu ziehen, das er dort für seine langen, einsamen Tage aufbewahrte. Er schob es unter das Kopfkissen, um es jederzeit griffbereit zu haben. Dann legte er die Hände um Alains Gesicht. Seine Daumen berührten sich unter Alains Kinn. Orlando drückte Alains Kopf vorsichtig nach oben, gerade genug, um ihm einen zarten Kuss auf den Mund geben zu können. Die Bewegung reichte aus, um die Haut an Alains Hals zu dehnen und ihn das Brandmal spüren zu lassen. Es erinnerte ihn an die Bedeutung ihrer Vereinigung.

Als ihre Lippen sich wieder trennten, suchte Orlando in Alains Gesicht nach Anzeichen von Zweifel und Furcht, konnte aber nur Begehren, Vorfreude und Sehnsucht erkennen. Er zog das Gel unterm Kissen hervor, befeuchtete damit seine

Finger und zerrieb es vorsichtig. Er konnte spüren, wie es langsam die Körperwärme annahm, die Alains Blut ihm gegeben hatte. Er musste lächeln. Es lief immer noch durch seine Adern. Unter ihm spreizte Alain einladend die Beine. In den zwei Tagen, die sie sich kannten, hatte Alain ihm mehr Vertrauen entgegengebracht, mehr an ihn geglaubt als jeder andere Mensch seit seiner Umwandlung. Alain hatte ihm sein Blut gegeben und war den Aveu des Sang mit ihm eingegangen. Und jetzt bot er ihm seinen Körper an. Orlando konnte diese Geschenke nur in Demut annehmen und sich ihrer würdig erweisen. Vorsichtig fuhr er mit seinen feuchten Fingern zwischen Alains Beine.

Die Finger fuhren zart, beinahe zögernd, über Alains Hoden nach hinten. Er spreizte die Beine weiter, in der Hoffnung, Orlando damit zu ermutigen und ihm zu signalisieren, dass er bereit war. Orlandos Daumen strich über seinen Damm und ein Finger drückte sanft an seine Öffnung. Alain entspannte sich und presste sich dem Finger entgegen, forderte ihn auf einzudringen. Alain widerstand der Versuchung, nach seinem wunderbaren Vampir zu greifen und ihn an sich zu ziehen. Er musste die Initiative Orlando überlassen.

Orlando beugte sich vor und küsste Alain, dann erfüllte er ihm seinen Wunsch und ließ einen Finger vorsichtig in seinen Körper gleiten. Alain seufzte erleichtert und Orlando hob den Kopf, um ihn anzusehen. Der Ausdruck der Ekstase in Alains Gesicht beruhigte ihn und gab ihm Sicherheit. Er hatte seinem Magier Vergnügen bereitet. Orlando bewegte seinen Finger langsam vor und zurück, streichelte Alains Inneres und suchte nach der kleinen Stelle, an der die Nerven zusammenliefen und die Alain noch mehr erregen würde, wenn sie gestreichelt wurde.

Als er sie fand, entfuhr Alain ein lautes Stöhnen, das wie Musik in Orlandos Ohren klang. Alains Augenlider flatterten und sein Gesicht verzog sich ekstatisch. Orlando konnte sich wieder daran erinnern, was wahre Freude war. Er wagte es, einen zweiten Finger einzuführen und Alain sanft zu dehnen. Bei Alains Stöhnen überkam ihn eine kurze Panik, aber noch bevor er sich entschuldigen oder seine Finger zurückziehen konnte, hörte er Alain leise flüstern: „Mehr."

Orlando war wie verzaubert von dem Anblick Alains, der sich unter ihm krümmte vor Erregung. Er ließ den Blick über Alains Körper wandern, erkannte die unübersehbaren Anzeichen der Leidenschaft: die offenen, geschwollenen Lippen, den gläsernen Blick, die erregten Nippel und – natürlich – den harten Schwanz, der an Alains Bauch schlug. Orlando wollte sich zu ihm hinabbeugen und die kleinen Tropfen, die seinem Schlitz entquollen, auffangen, um sich ihren Geschmack auf der Zunge zergehen zu lassen. Aber er hatte nicht den Mut dazu, die Erfahrungen der Vergangenheit zu überwinden. Später vielleicht, falls Alain ihn dann immer noch wollte.

Alain schwebte auf einer Wolke des Begehrens irgendwo zwischen Himmel und Erde, aber Orlandos bedächtiges und zögerliches Vorgehen drohte, ihn langsam in den Wahnsinn zu treiben. Er musste Orlando endlich in sich spüren, wollte von ihm erfüllt werden. So wunderbar sich Orlandos Finger auch anfühlten, Alain brauchte mehr. Er hätte es Orlando gerne gesagt, aber dessen liebevolle Zärtlichkeit hatte ihm offensichtlich die Sprache geraubt. Er fuhr mit der Hand über die Matratze, bis er die Tube mit dem Gel fand. Dann streckte er die andere Hand nach Orlandos Schwanz aus, um ihn mit seiner Berührung zu mehr Eile zu ermutigen.

Orlando fing seine Hand ab, bevor sie ihr Ziel fand. Er verhinderte Alains Protest durch einen Kuss, der Alain erneut die Sprache raubte und ihn um den Verstand brachte. Die Tube fiel unbeachtet aus seiner Hand auf die Matratze zurück. Alain hatte Orlando nicht die ganze Arbeit überlassen wollen, doch der Vampir hatte jede Einmischung sanft, aber bestimmt, verhindert. Alain wollte seinen neuen Geliebten nicht verstören und fand sich endlich damit ab, keine Kontrolle über die Situation zu haben. Er ließ sich wieder aufs Bett fallen und überließ sich ganz Orlandos Händen.

Alains Duldsamkeit und Hingabe wirkten auf Orlando wie ein Aphrodisiakum. Er hatte immer noch Angst, Alain Schmerzen zuzufügen, und war deshalb versucht, Alain nur mit seinem Finger zum Höhepunkt zu bringen und sich an dem Anblick seines Geliebten zu befriedigen. Aber dann spürte er Alains Hände auf den Schultern, die ihn langsam zu sich nach unten zogen. Orlando gab nach, konnte sich aber immer noch nicht dazu durchringen, seine Finger durch seinen Schwanz zu ersetzen. Er schob vorsichtig einen dritten Finger in Alains Körper, um sicherzugehen, seinen Magier so gründlich vorzubereiten, dass der auch nicht den geringsten Schmerz erleiden musste.

Alains Gesicht war keine Reaktion auf den zusätzlichen Finger anzusehen. Sie dehnten ihn perfekt, er fühlte sich offen und wartete nur noch auf Orlando. Kleine Schreie kamen über seine Lippen, vermischten sich mit seinem Stöhnen und Wimmern zu einer Symphonie unvergleichlicher Schönheit, die Orlando tief ins Herz drang. Sein Schöpfer hatte ihm oft genug gesagt, dass er nur ein ungelenker, erbärmlicher Versager wäre, und Orlando hatte es ihm geglaubt. Dass er jetzt seinem wunderbaren Magier so viel Freude schenken konnte, erfüllte eine ungeahnte Sehnsucht in Orlandos Herz. Diese Erkenntnis gab ihm den Mut, jetzt auch den letzten Schritt zu wagen. Alain begehrte ihn. Orlando konnte dieses Gefühl zwar nicht nachvollziehen, aber Alains gespreizte Beine und der ermutigende Druck seiner Hände an Orlandos Schultern ließen kein Missverständnis mehr zu.

Vorsichtig nahm er Alains Beine und legte sie sich auf die Schultern. Er hob Alains Hüften und schob ein Kissen darunter, um ihm Halt zu geben. „Ist es so gut?", fragte er.

„Ja," krächzte Alain, der im richtigen Moment seine Stimme wiedergefunden hatte. „Ich brauche dich. Bitte, liebe mich."

Alains Bitte und der Gedanke daran, dass er selbst für das Verlangen und die Sehnsucht in der Stimme seines Magiers verantwortlich war, überzeugten Orlando endgültig. Er gab alle Vorbehalte auf, die ihn bis jetzt noch gequält hatten, brachte seinen Schwanz in Position und drückte leicht gegen Alains Öffnung. Trotz der ausgiebigen Vorbereitung widerstand sie zunächst Orlandos Versuchen und er erkannte frustriert, dass er seine Vorsicht aufgeben musste. „Verzeih mir", flüsterte er und presste fester dagegen, bis die Spitze seines Schwanzes durch Alains Schließmuskel eindrang. Sein Magier gab ein lautes Stöhnen von sich.

„So ... gut", keuchte Alain und hob die Hüften, um Orlando tiefer in sich hineinzuziehen. „Du fühlst dich so gut an."

Orlando musste seine Erregung mit aller Kraft zügeln, während er langsam tiefer in Alains Körper eindrang. Er wollte sich nicht gehen lassen und ihn verletzen. Niemals. Er hatte Alain versprochen, ihn nie wieder zu verletzen.

Alain spürte, wie Orlando langsam tiefer und tiefer in ihn glitt. Es war ein wunderbares Gefühl. Der harte Schwanz dehnte ihn bis fast an die Schmerzgrenze und er fühlte sich bis zum Anschlag ausgefüllt, aber er wusste, dass noch mehr kommen würde. Er griff nach Orlandos Hüften und forderte ihn wortlos auf, die Vorsicht aufzugeben und kräftiger zuzustoßen.

Orlando kämpfte immer noch um Selbstbeherrschung, weil er seinem Begehren nicht nachgeben und Alain rücksichtslos in Grund und Boden ficken wollte. Das war es nicht, was er seinem Magier geben wollte. Er wollte Alain all die Zärtlichkeit und Liebe geben, die er selbst nie erlebt hatte. In den nächsten Minuten hielt er an seinem Vorhaben fest und ließ sich Zeit, aber dann zehrte die enge, feuchte Hitze von Alains Körper seine Kontrolle langsam auf und es fiel Orlando schwerer und schwerer, sich noch zurückzuhalten.

Alain war sich nicht zu schade, ihn anzubetteln. „Fester", jammerte er. Er wollte Orlando noch tiefer spüren. „Bitte."

Gedankenlos kam Orlando der Bitte nach und stieß mit aller Macht zu, trieb seinen Schwanz bis zum Anschlag in Alains Körper. Alain entfuhr ein scharfer Schrei, so unglaublich fühlte es sich an. Orlando ahnte nichts von Alains Gefühlen, er hörte nur den Schrei. Panisch wollte er sich aus Alain zurückziehen.

„Nein!", protestierte Alain, als Orlandos Reaktion zu ihm durchdrang. „Nicht! Bitte nicht." Er klammert sich mit Armen und Beinen an Orlando fest, um ihn wieder an sich zu ziehen.

Orlando hielt still. „Alain?", fragte er unsicher.

Alain fasste ihn an den Hüften und drückte ihn an sich. „Bitte, mach so weiter."

„Wirklich?", fragte Orlando ungläubig.

„Gott, ja!", rief Alain. „Beweg dich!"

Orlando erfüllte ihm seinen Wunsch, und auch wenn seine Stöße nicht so hart kamen wie sein Ausrutscher eben, so waren sie doch kraftvoller und eindringlicher als zuvor. „Ja, so gut", krächzte Alain. „So voll. Nicht aufhören." Seine Worte begleiteten Orlandos Stöße wie eine ständige Ermutigung und Bestätigung. Sie ließen ihn einen Rhythmus finden, der seine eigene Leidenschaft genauso befriedigte wie Alains, der ihn unaufhörlich weiter anfeuerte. Orlando hätte am liebsten gar nicht mehr aufgehört.

Die Kraft und der Rhythmus von Orlandos Stößen brachten Alain an den Rand des Höhepunkts. Seine Prostata schickte mit jedem Kontakt kleine Stromstöße durch sein Nervensystem und er konnte spüren, wie sich seine Eier zusammenzogen und auf die bevorstehende Explosion vorbereiteten. Es fehlte nicht mehr viel, dann …

„Gleich", stöhnte er und fasste nach seinem Schwanz.

„Lass mich das machen", verlangte Orlando und stieß Alains Hand weg. Für einige quälende Sekunden massierte er ihm die Eier und schloss dann – endlich! – die Hand fest um Alains Schwanz. Sein Daumen streichelte über die Eichel und presste sich in den Schlitz, dort, wo Alain am empfindlichsten war. Das war es. Alain schloss die Augen und bäumte sich unter Orlando auf. Samen schoss aus seinem Schwanz, bedeckte seine Brust und seinen Bauch und lief über Orlandos Hand.

Orlando konnte spüren, wie Alains Inneres sich um seinen Schwanz zusammenzog und er von Krämpfen erschüttert wurde. Er wollte den Moment so lange wie möglich genießen und hörte nicht auf, sich bis zum Anschlag in Alains zuckenden Körper zu versenken, bis er sich nicht mehr wehren konnte und seine Welt von einem Orgasmus erschüttert wurde, wie er ihn in seinen kühnsten Träumen nicht für möglich gehalten hätte. Dann brach er erschöpft über Alain zusammen. „Mein Vampir", murmelte Alain und küsste ihn auf den Kopf, während er ihn mit Armen und Beinen an sich presste und festhielt

„Mein Magier", erwiderte Orlando mit einem verwunderten Lächeln und küsste ihn zärtlich. Er hatte jetzt einen Geliebten, und es war ein Mann, der ihn mit all seinen Unsicherheiten und trotz des Fluchs, der auf ihm lastete, akzeptierte. Orlando schwor sich, das nie zu vergessen und Alain nie als selbstverständlich hinzunehmen.

Sie blieben lange so liegen, um sich zu erholen, fest umschlungen und ihre Körper immer noch vereint. Die vertraute Nähe gab ihnen Geborgenheit und neue Kraft. Schließlich rollte sich Orlando auf die Seite, stand auf und ging zur Tür.

„Warte", rief Alain ihm nach.

Orlando drehte sich zu ihm um.

„Was ist mit Jean?", wollte Alain wissen.

Orlando kicherte. „Der ist schon lange gegangen. Ich will nur ins Badezimmer gehen und ein Handtuch holen, damit wir uns abwischen können. Ich bin gleich zurück."

Alain ließ sich aufs Bett fallen und wartete auf Orlandos Rückkehr. Kurz darauf tauchte Orlando mit einem Tuch in der Hand wieder auf und reinigte Alain von den Spuren ihrer Leidenschaft. Alain fasste ihn an der Hand und zog ihn zu sich ins Bett. Er legte den Kopf an Orlandos Schulter und schmiegte sich an ihn. „Du musst dich nicht um mich kümmern", sagte er leise. „Ich bin nicht aus Glas."

„Vielleicht will ich mich aber um dich kümmern", verteidigte sich Orlando und rutschte verlegen von Alain weg.

Alain folgte ihm und drückte ihn wieder an sich. „Und das hast du auch getan. Es war wunderbar", sagte er beruhigend. „Aber ich bin nicht so empfindlich, dass ich bei der geringsten Erschütterung zerbreche. Ich habe das Gefühl, dass du Angst davor hast, und mich deshalb so schonend behandelst."

Orlando fühlte sich in Alains Armen gefangen und erstarrte. Dann merkte er, dass Alain wahrscheinlich nur mit ihm schmusen wollte. „Ich weiß, welche Schmerzen es bereiten kann", flüsterte er. „Ich will dir das nicht antun. Ich werde dich niemals verletzen."

„Das hast du doch auch nicht getan", versicherte ihm Alain. „Weißt du denn nicht, wie schön es für mich war?"

„Nein", antwortete Orlando leise. „Ich habe nie einem Mann erlaubt, das mit mir zu tun. Ich kann es einfach nicht."

Alain ließ sich Orlandos Antwort lange durch den Kopf gehen. Er wusste, dass Orlando von seinem Schöpfer vergewaltigt worden war. Konnte es wirklich sein, dass seine einzige Erfahrung die Misshandlung durch dieses Monster war? Er musste es wissen, wenn er Orlando richtig behandeln wollte. Aber er hatte keine Ahnung, wie er ihn danach fragen sollte, ohne die Sache noch schlimmer zu machen.

„Du hast nie …", fing er an, aber dann wusste er nicht weiter.

„… nie einen Geliebten gehabt", beendete Orlando den Satz für ihn und setzte sich auf. Alain versuchte ihn zurückzuhalten, aber Orlando entzog sich seinen Armen. „Ich erzähle dir alles", sagte er. „Aber das geht nur, wenn du mich nicht festhältst."

Alain ließ ihn los und legte sich auf den Rücken. „Du musst es mir nicht sagen, wenn es dir unangenehm ist." Er war sich nicht sicher, ob er Orlandos Geschichte überhaupt hören wollte. Allein die Erwähnung der Vergangenheit hatte Orlando spürbar aus dem Gleichgewicht geworfen. Alain hatte den Eindruck, als wäre sein Geliebter von einem fürchterlichen Albtraum eingeholt worden. Er zog sich nicht nur körperlich von Alain zurück, sondern auch emotional. Seine Augen verloren ihren Glanz und sein blasses Gesicht zeigte überdeutlich, wie aufgewühlt er im Innersten war.

„Irgendwann muss ich es dir sowieso erzählen", meinte Orlando niedergeschlagen. „Es ist einfacher für mich, wenn du jetzt gleich wieder gehst, als wenn du mich später verlässt."

Alain richtete sich auf. „Wie kommst du darauf, dass ich dich verlassen will?", fragte er. „Ich habe dir ein Versprechen gegeben und nicht vor, es jemals zu brechen. Oder hast du das schon vergessen?"

„Ich habe es nicht vergessen", erwiderte Orlando und fuhr Alain sanft mit den Fingern über den Hals. „Aber wenn du erst meine Geschichte gehört hast, wirst du nicht mehr bei mir bleiben wollen."

„Ich kann mir nicht vorstellen, was du mir erzählen könntest, um meine Meinung zu ändern. Aber so lange du mir das nicht glaubst, solltest du mir einfach erklären, wieso ein so wunderbarer und liebevoller Mensch wie du nie einen Geliebten gehabt hat." Alain war sich seiner Gefühle für Orlando sehr sicher. Aber er hatte den Verdacht, dass seine Reaktion auf Orlandos Geschichte der Schlüssel für ihre Zukunft war.

„Weil ich nie einen wollte", antwortete Orlando. Seine Stimme klang kalt und wie abwesend, als wäre er nicht selbst betroffen und würde nur einen unpersönlichen Bericht abliefern. Er konnte Alain nicht in die Augen sehen und hielt den Blick starr auf die Wand gerichtet. „Mein Schöpfer hat mich gesehen, einen jungen Soldaten in seiner Uniform, unschuldig und naiv, ohne jede Lebenserfahrung. Er hat mich begehrt, hat mich aus meinem Regiment geholt und in sein Bett gezwungen."

Alain erstarrte. Er hatte gewusst, dass Orlando misshandelt worden war, aber er hatte nicht geahnt, dass seine erste Erfahrung eine Vergewaltigung gewesen war.

„Ich war noch unberührt vor dieser Nacht, aber meine Unschuld und meine Schmerzensschreie haben ihn nicht gekümmert. Seine Zähne und Krallen haben meine Haut durchbohrt und aufgerissen, so wie sein Glied meinen Körper." Orlandos Stimme klang unverändert monoton, aber in seinen Augen spiegelte sich die Erinnerung an einen Albtraum. Mit aller Kraft schien er aufs Neue um seine Freiheit zu kämpfen und sich gegen das Monster wehren zu wollen, das nur mit ihm spielte und ihm falsche Hoffnung gab, bevor es sich wieder auf ihn stürzte und dem hilflosen jungen Mann eine Wunde nach der anderen riss. Als der Vampir des Spiels müde wurde, presste er ihn auf den Boden, vergewaltigte ihn unbarmherzig und brach damit endgültig jeden Widerstand.

„Als ich reglos vor ihm auf dem Boden lag, hat er mich bis auf den letzten Blutstropfen ausgesaugt und mich dann gezwungen, sein eigenes Blut zu trinken. Es hat ihn nicht gestört, dass ich lieber gestorben wäre, als auf diese Weise umgewandelt zu werden. Er hat mich nahezu täglich vergewaltigt und auch noch erwartet, dass es mir gefällt. Mein Bitten und Betteln hat ihn nicht im Geringsten beeindruckt. Er hat nur gelacht, wenn ich ihm gesagt habe, ich wäre wund, hat mich als Schwächling bezeichnet, wenn ich geblutet habe. Und als ob das nicht schon Demütigung genug gewesen wäre, hat er mir trotz meiner Gegenwehr immer mindestens einen Orgasmus abgezwungen. Er hat sich darüber gefreut, wenn ich mich geschämt habe, weil ich die Reaktion meines Körpers nicht kontrollieren konnte. Dann, als er mit diesen Quälereien aufgehört hat, wollte er mich in das gleiche Monster verwandeln, wie er selbst eines war. Er hat mich gezwungen, mit anderen Menschen – meistens waren es Sterbliche – das Gleiche zu tun. Ich habe versucht, sie besser zu behandeln, es so angenehm wie möglich für sie zu machen, aber sie haben meine Berührungen genauso gehasst wie ich die meines Schöpfers."

Alain zuckte zusammen, als er hörte, welche Qualen Orlando in den Händen seines Schöpfers erlitten hatte. Er war sich sicher, nur eine kurz gefasste, vielleicht abgeschwächte Version der Geschichte gehört zu haben. „Ich hasse deine Berührungen nicht", flüsterte er. Es schienen so kleine, unbedeutende Worte angesichts des Horrors, den Orlando durchlebt hatte. Aber es war die einzige Bestätigung, die er ihm geben konnte. „Mir hast du nur Freude und Liebe gebracht."

Orlando lächelte zitternd und sah ihm in die Augen. „Kannst du jetzt verstehen, warum ich so gezögert habe?"

„Ja. Aber es wäre nicht nötig gewesen. Nicht mit mir. Ich sehne mich nach deiner Berührung. Ich will deine Stärke spüren. Ich will fühlen, wie es ist, wenn du dich gehen lässt. Und ich sage dir, wenn du aufhören sollst." Dann fuhr ihm ein Gedanke durch den Kopf. „Es hat dir doch auch Spaß gemacht, oder?"

Orlando starrte ihn mit offenem Mund an. „Ich habe noch nie solche Gefühle erlebt wie mit dir", rief er und seine Augen glänzten, als er daran zurückdachte. „Ich hätte nie für möglich gehalten, dass man sich einem anderen Menschen so verbunden fühlen kann. Es muss am Aveu de Sang liegen."

Alain lächelte, als er die Wärme sah, die in Orlandos Augen zurückkehrte. Er hob seine Hand an die Lippen zu einem Kuss, dann legte er sie sich aufs Herz. „Ja", erwiderte er liebevoll. „Unser Bund." Aber er wünschte sich aus tiefstem Herzen, dass es mehr war als nur das Brandmal, das sie zusammenhielt. Er streckte die Arme nach Orlando aus und hoffte, der Vampir würde sein Angebot annehmen, damit sie sich noch etwas ausruhen konnten.

Orlando ließ sich von Alain in die Arme nehmen. Er fühlte sich sicher und geborgen in der Umarmung seines Magiers.

21

ALAIN WURDE durch seinen knurrenden Magen geweckt. Er konnte sein Glück kaum fassen, als er das wunderbare Wesen sah, das in seinen Armen lag. Die meisten Menschen würden ihn wahrscheinlich für verrückt erklären, die Partnerschaft mit einem Vampir als Glück zu bezeichnen, aber Alain war sich seines Herzens sicher. Und sein Herz sagte ihm, Orlando niemals wieder gehen zu lassen. Der Vampir würde Alains Beteuerungen wahrscheinlich noch nicht glauben können, also behielt er sie für sich, als sich die braunen Augen öffneten und ihn ansahen. Er beschränkte sich auf ein Lächeln und gab Orlando einen Kuss. „Hast du gut geschlafen?", erkundigte er sich.

„Vampire schlafen nicht so wie ihr, aber es war sehr schön." Das stimmte. Zum ersten Mal seit unzähligen Jahren war Orlando nicht von Albträumen heimgesucht worden, als er die Augen schloss. Stattdessen hatte er von Alain geträumt, dessen Leidenschaft und Hingabe vor seinem inneren Auge noch einmal erlebt. Er wollte Alain gerade fragen, ob der an einer Wiederholung interessiert wäre, als der Magen des Magiers laut und vernehmlich knurrte.

„Das hört sich an, als müssten wir etwas dagegen unternehmen", bemerkte Orlando und betonte seine Worte mit einem zärtlichen Kuss. Er konnte sein Verlangen noch zurückstellen, aber auf Alains sanfte Lippen wollte er nicht verzichten.

Alain lächelte ihn an. „Ich habe seit gestern Abend außer den kleinen Törtchen, die Thierry uns zum Frühstück besorgt hat, nichts gegessen."

„Dann habe ich dich vernachlässigt", erwiderte Orlando entschuldigend und sah auf die Uhr. Halb elf. Das Bistro St. Vincent hatte noch einige Stunden lang auf und die Besitzer würden ihn auch danach noch bedienen.

„Ich bin sechsunddreißig Jahre alt", lachte Alain. „Ich brauche keinen Babysitter mehr."

„Und ich bin zweihunderteinundfünfzig Jahre alt. Außerdem bin ich jetzt für dich verantwortlich." Er merkte, dass Alain ihm widersprechen wollte. „So, wie du für mich verantwortlich bist", fügte er schnell hinzu. Es gibt in dieser Straße ein Restaurant, wo wir gut essen können. Du jedenfalls. Ich leiste dir Gesellschaft."

„Es stört sie nicht, wenn du nichts bestellst?", fragte Alain und ging auf den Themenwechsel ein.

Orlando lachte. Er konnte Alains Frage gut verstehen. Die Restaurants in Paris waren nicht gerade begeistert von Gästen, die nicht das volle Menü bestellten. „Ich bin dort bekannt. Ich bestelle ein Glas Wein und alles ist in Ordnung." Er stand auf und ging durchs Zimmer. Alain konnte die Augen nicht von Orlandos grazilem Körper abwenden, als der zum Kleiderschrank ging und sich darin umsah. Er seufzte zufrieden. Ja, er war ein sehr glücklicher Mann.

„Du kannst also auch noch andere Sachen trinken als Blut?", fragte er, während er sich ebenfalls ankleidete.

„Ich kann essen und trinken, was ich will", antwortete Orlando und zog seine Schuhe an. „Aber Blut ist das Einzige, was mich ernährt. Alles andere läuft nur durch. Ich bestelle Kaffee oder Wein, manchmal sogar eine Mahlzeit, weil ich nicht auffallen will. Oder, wie heute, weil die Besitzer sehr nett zu mir sind und deshalb an mir verdienen sollen. Wenn ich mich normal verhalte, werden die anderen Menschen nicht beunruhigt."

„Normal nach ihren Standards", ergänzte Alain.

„Selbstverständlich. Normal ist ein sehr relativer Begriff. Lass uns jetzt gehen. Wir können im Restaurant weiter darüber reden."

Alain nickte und folgte Orlando zu dem Restaurant. Der Vampir wurde wie ein alter Bekannter begrüßt. Kaum waren sie eingetreten, kam eine ältere Frau mit silbergrauen Haaren auf sie zu, begrüßte Orlando und sah Alain misstrauisch an. Orlando nahm ihn an der Hand und sagte: „Keine Angst, Madame Marceline. Alain weiß über mich Bescheid und ist trotzdem freiwillig bei mir. Sie müssen sich seinetwegen keine Sorgen machen."

Orlandos Worte zeigten Wirkung. Alain wurde plötzlich ihr Lieblingsgast. Sie führte die beiden zu einem kleinen Tisch in einer Ecke, wo sie durch eine niedrige Wand und Efeupflanzen vor neugierigen Blicken geschützt waren. „Asseyez-vous ici", sagte sie. „Hier seid ihr ungestört." Sie drückte ihnen die Speisekarte in die Hand und verschwand in der Küche.

„Sie ist sehr besorgt um dich", meinte Alain.

„Ich komme seit Jahren hierher. Am Anfang hat sie mich immer gefragt, warum ich nie eine junge Frau mitbringe. Ich habe ihr dann geantwortet, dass ich Männer vorziehe. Das hat sie für einen Abend zum Schweigen gebracht. Das nächste Mal hat sie mich gefragt, warum ich keinen jungen Mann mitbringe. Irgendwann habe ich ihr die Wahrheit gesagt. Und weißt du, was sie mir geantwortet hat?"

„Nein. Was?"

„Sie hat gesagt, dass jeder, der in mir nur den Vampir sieht, entweder blind oder dumm sein muss. Aber eines Tages würde ich jemanden treffen, der weder das eine noch das andere wäre. Ich habe keine Familie mehr. Meine Eltern und meine Schwester sind für mich an dem Tag gestorben, als ich umgewandelt worden bin. Als ich mit Jeans Hilfe meinem Schöpfer entkommen konnte, waren sie schon lange tot. Jean, Madame Marceline und Monsieur Daniel sind die einzigen Menschen, die für mich so etwas wie Familie sind."

„Dann hast du mich also hierher gebracht, damit sie mich unter die Lupe nehmen kann?", scherzte Alain.

„Nein. Ich habe dich hierher gebracht, weil du hungrig bist. Wenn es nach mir gegangen wäre, hätten wir meine Wohnung gar nicht verlassen und weniger störende Kleidung zwischen uns", gab Orlando zurück.

Bei Orlandos Worten wurde Alain von neuem Begehren gepackt. Die Augen des Vampirs blitzten ihn über den Tisch hinweg an. Alains Bemerkung, nicht aus Glas gemacht zu sein, schien auf fruchtbaren Boden gefallen zu sein. Er fragte sich, wie lange er wohl auf sein Essen warten musste, sodass sie möglichst schnell wieder in Orlandos Wohnung gehen und ihre junge Beziehung weiter erkunden konnten. Dann kam Monsieur Daniel an den Tisch und nahm ihre Bestellung auf. Er schlug einige Köstlichkeiten vor, die Alain unbedingt probieren musste. Orlando sah den alten Mann so herzlich an, dass Alain alles bestellt hätte, selbst wenn es sie die ganze Nacht festhalten würde.

„Und ein Flasche Wein, bitte. Falls der Fixin noch vorrätig ist …", schlug Orlando vor, nachdem Alain seine Bestellung aufgegeben hatte.

„Für dich ist er immer vorrätig", versprach Monsieur Daniel. „Ich habe sogar noch eine Flasche von dem 96er Jahrgang." Er eilte in die Küche zurück.

„Du bist also ein Weinkenner?"

„Ganz und gar nicht. Aber Monsieur Daniel ist aus der Gegend von Beaune, wo der Fixin hergestellt wird, und er ist sehr stolz auf seine Herkunft. Ich habe über den Wein in einem Magazin gelesen und herausgefunden, welche Jahrgänge gut sind und warum. Ich sage Monsieur einfach nur das, was er gerne hört. Er hat keine Ahnung, dass ich den Wein kaum schmecken kann", erklärte Orlando leise. „Ich verlasse mich darauf, dass du mein kleines Geheimnis für dich behältst."

„Natürlich", versprach Alain. „Gibt es etwas, das du noch schmecken kannst?"

„Nur Blut", sagte Orlando bedauernd. „Alles andere ist geschmacklos. Es schmeckt nicht schlecht, aber es könnte genauso gut Wasser sein – kein oder nur sehr wenig Geschmack."

Alain versuchte sich vorzustellen, wie es wäre, außer Blut nichts schmecken zu können. Es wollte ihm nicht so recht gelingen, und als er Orlando davon erzählte, musste der laut lachen.

„So langweilig ist es gar nicht. Jeder Mensch hat seinen besonderen Geschmack."

„Wird es dir nicht langweilig werden, wenn du nur noch mein Blut trinken kannst?", fragte Alain unsicher.

Orlando erinnerte sich an Alains Blut und der Geschmack explodierte auf seiner Zunge, als hätte er den Magier gerade wirklich gebissen. „Niemals", schwor er. „Dein Blut ist ein Festmahl für mich, so voller Geschmack ist es. Ich werde es genießen, so lange du lebst." Er wollte nicht darüber nachdenken, was danach passieren würde. Dann wäre er von seinem Bund befreit und könnte wieder von anderen trinken. Aber er hatte keine Ahnung, was er mit dieser Freiheit anfangen sollte.

„Wenn wir wieder in deiner Wohnung sind", versprach Alain. Der Gedanke an Orlandos Biss ließ ihn vor Erregung erschauern.

126

„Wenn ich Hunger habe", erwiderte Orlando. „Es ist besser, so lange zu warten und dann ausgiebig zu trinken, als sich mit einem kleinen Imbiss zufriedengeben zu müssen."

„Und wann wirst du wieder hungrig?", fragte Alain nach.

„Nach dem, was ich heute getrunken habe ... wahrscheinlich morgen früh. So können wir auch herausfinden, wie lange deine Magie nach einer vollen Mahlzeit wirksam bleibt."

Alain schauderte. Er wollte Orlando davon überzeugen, das nächste Mal von seinem Hals zu trinken. Es war für ihn der ultimative Vertrauensbeweis, daher wollte er nicht länger als unbedingt nötig damit warten. Alain hatte keine Zweifel, dass ein Biss in den Hals erotischer sein würde als alles andere, was er bisher mit Orlando geteilt hatte.

Madame Marceline kam mit Alains Vorspeise an ihren Tisch. Wie sie ihnen versicherte, waren die Œufs en Meurette eine Spezialität des Hauses. Sie öffnete den Wein und goss ihnen ein. „Bon appetit", wünschte sie dann und ließ die beiden wieder allein.

Alain aß seine Vorspeise und Orlando nippte ab und zu an seinem Wein. „Wir haben den Trinkspruch vergessen", sagte Alain plötzlich.

„Worauf sollen wir trinken?", fragte Orlando.

„Auf den Erfolg der Allianz und der zukünftigen Partnerschaften", schlug Alain vor. „Und vor allem auf ... unsere Partnerschaft."

Orlando stieß lächelnd mit ihm an und hob das Glas an die Lippen. Alain sah wie verzaubert zu, als Orlando den Mund öffnete und sich mit seiner rosa Zunge genüsslich einige Tropfen Wein von den Lippen leckte. Er konnte sich nicht erinnern, jemals einen erotischeren Anblick erlebt zu haben und stellte sich vor, es wäre nicht der Wein, sondern sein eigenes Blut, das Orlandos Lippen rot färbte. Alain trank ebenfalls einen Schluck Wein, dann reichte er mit der Hand über den Tisch und zog Orlandos Kopf zu sich heran, um ihm einen Kuss zu geben. Er konnte den Wein auf Orlandos Zunge schmecken.

Orlando ließ sich von Alain den Wein von seiner Zunge lecken. Dann biss er leicht zu, bis zwei kleine Blutströpfchen aus Alains Zunge in seinen Mund liefen. „Mmm, die perfekte Mischung aus zwei berauschenden Flüssigkeiten", schnurrte er. „Ich kann von dem Geschmack nicht genug bekommen."

Alain war durch Orlandos Geständnis so tief bewegt, dass er verlegen den Blick senkte. Es war nicht die Liebeserklärung, die er gerne gehört hätte, aber es war der Ausdruck eines dauerhaften Interesses. In Alains Augen war das ein Fortschritt. Er wusste, dass Orlando magisch an ihn gebunden war, aber er wollte mehr als das. Seine Gefühle für Orlando gingen bereits jetzt tiefer und er sehnte sich danach, dass sie anerkannt wurden.

Alain widmete sich wieder dem köstlichen Essen auf seinem Teller. Œufs en Meurette waren schon immer eine seiner Lieblingsspeisen gewesen, aber diese waren unübertroffen. Er war froh, von Orlando hierher eingeladen worden zu sein und wusste, dass er auch ein Stammgast des kleinen Restaurants werden würde, zumal er hoffte, in Zukunft mehr Zeit bei Orlando zu verbringen.

Monsieur Daniel brachte den nächsten Gang, frischen Tomatensalat mit einem Dressing aus Dijonsenf. Es war eine perfekte Kombination aus sonnengereiften Tomaten und würziger Sauce. „Wie hast du dieses Restaurant eigentlich gefunden?", wollte Alain von Orlando wissen. „Sicher, es liegt in der Nähe deiner Wohnung, aber woher weißt du, dass es so gut ist?"

„Als ich hierher gezogen bin, habe ich mich noch versteckt", erklärte Orlando. „Deshalb wollte ich mich so normal wie möglich verhalten, obwohl ich nicht bei Tageslicht nach draußen konnte. Ich habe mich bei den Nachbarn nach der besten Bäckerei, dem besten Café und dem besten Restaurant erkundigt, alles Fragen, die ein Vampir niemals stellen würde. Für einige Jahre habe ich diese Fassade aufrechterhalten, bis es mir zu anstrengend wurde. Aber ich komme immer noch hierher, wenn ich Gesellschaft suche. Jetzt kommt mir mein Wissen über die Nachbarschaft zugute." Kaum hatte Orlando das gesagt, merkte er, was er damit vorausgesetzt hatte. „Es tut mir leid, ich hätte nicht …"

Alain brachte ihn mit einem Kuss zum Schweigen. „Solange du mich nicht wieder rauswirfst, werde ich meine freie Zeit bei dir verbringen. Meine Wohnung hat keine fensterlosen Zimmer und ich will nicht das Risiko eingehen, dass du dich versehentlich verbrennst. Also, wie ist es? Wirfst du mich raus?"

„Nein! Aber ich hätte es nicht einfach voraussetzen sollen."

„Mag sein. Aber du konntest eigentlich nicht falsch liegen", versicherte ihm Alain. „Ich wüsste nicht, wo ich lieber wäre." Er griff über den Tisch nach Orlandos Hand. Es war eine einfache Geste, aber sie berührte Orlando sehr. Selbst von den Menschen, die ihn in der Vergangenheit begehrt hatten – solange sie nicht wussten, dass er ein Vampir war – hatte keiner sich die Zeit genommen, seine Hand zu halten. Sie wollten ihn nur immer gleich ins Bett zerren, ergriffen aber die Flucht, sobald er ihnen seine Zähne zeigte. Alain und er hielten sich bis zum Ende des Abendessens an der Hand. Orlando konnte sich nicht erinnern, jemals so romantische Stunden erlebt zu haben, mit Alains Hand in seiner, auf dem Tisch eines kleinen Restaurants in einer ganz gewöhnlichen Straße. Kein besonderer Abend, keine große Planung. Einfach nur eine spontane, zärtliche Geste. Sie füllte eine Leere in Orlandos Herz, derer er sich zuvor gar nicht bewusst gewesen war. Er hätte Alain gerne seine Gefühle gestanden, aber ihm fehlten die passenden Worte, die diesem wunderbaren Moment gerecht geworden wären. Er hielt einfach nur Alains Hand fest in seiner und wollte sie nicht mehr loslassen, auch als es Zeit wurde, zu bezahlen und das Restaurant zu verlassen.

Alain hatte nichts dagegen einzuwenden. Er konnte auch mit einer Hand essen und hatte nicht vor, Orlando wieder loszulassen. Glücklicherweise hatte er Bœuf Bourgignon bestellt, das man nur mit der Gabel essen konnte. Und das Dessert auch. Jedes Mal, wenn Monsieur Daniel oder Madame Marceline an ihren Tisch kamen und ihre verschränkten Hände sahen, warfen sie Alain einen dankbaren Blick zu. Alain hätte sich kein perfekteres Abendessen wünschen können. Er hatte für einen vernünftigen Preis hervorragend gegessen, was in Paris schon bemerkenswert genug war. Aber er hatte auch – und das war ihm noch wichtiger – einen romantischen Abend mit seinem neuen Geliebten verbracht. Alain war versucht, sich zu zwicken, nur um sicher zu sein, dass er das nicht alles nur träumte. Er war seit dem Tod seiner Frau keine Beziehungen mehr eingegangen, wenn man von dem gelegentlichen One Night Stand in Nächten absah, in denen er sich besonders einsam gefühlt hatte. Aber das war nicht mit seiner Beziehung zu Orlando vergleichbar. Sie war all das, was seine Ehe mit Edwige eigentlich hätte sein sollen.

22

ORLANDOS GEFÜHLE waren in Aufruhr, als sie sich wieder auf den Rückweg in seine Wohnung machten. Alain hatte ihm versprochen, seine freie Zeit bei ihm verbringen zu wollen. Hieß das, dass er bei ihm einziehen wollte? Erst nachdem Orlando darüber nachdachte, wurde ihm bewusst, dass er sich genau das wünschte, dass er es sogar brauchte, um wirklich glücklich zu sein. In Gedanken räumte er schon seine Möbel um, damit Alain genug Platz hatte, um alles unterzubringen. Er überlegte, was er wirklich brauchte und worauf er verzichten konnte, was sie sich neu anschaffen mussten, damit Alain sich wohlfühlte. Da seine Wohnung nur zwei Zimmer hatte, dachte er sogar darüber nach, eine größere zu suchen. Seine Küche war ziemlich klein, bot gerade genug Platz für einen kleinen Tisch und zwei Stühle. Das Badezimmer war nicht viel besser. Wenn Orlando sich tagsüber im Wohnzimmer aufhielt, mussten die Vorhänge geschlossen bleiben, und im Schlafzimmer gab es gar kein Fenster. Alain hatte keinen Raum, in dem er die Sonne genießen konnte. Dazu würde er die Wohnung verlassen müssen, was Orlando unfair vorkam.

„Hör mit dem Grübeln auf", meinte Alain an seiner Seite.

„Was? Nein, es ist schon in Ordnung", stammelte Orlando und wühlte in der Tasche nach dem Hausschlüssel.

„Ist es nicht", erwiderte Alain. „Ich habe die Falten auf deiner Stirn gesehen. Du machst dir um irgendwas Sorgen. Wenn du nicht willst, musst du es mir nicht sagen. Und solange es nicht um uns beide geht, können wir es heute Nacht sowieso nicht mehr ändern. Also hör auf, dir Sorgen zu machen."

„Es geht aber um uns beide", gab Orlando zu, während sie die Treppen zu seiner Wohnung hinaufgingen. „Meine Wohnung ist so klein, im Schlafzimmer gibt es keine Fenster, und ich bin eine Geschöpf der Nacht und du nicht und … wie soll das alles funktionieren?"

Alain nahm ihm die Schlüssel aus der Hand und schloss die Wohnungstür auf. Dann führte er ihn zu dem Sofa im Wohnzimmer, ohne Orlandos Einwände auch nur anzusprechen. In seinem Kuss lag die gleiche Mischung aus Romantik und Zärtlichkeit, die schon ihren ganzen Abend bestimmt hatte. „Das weiß ich auch nicht", gab er ehrlich zu. „Aber es wird funktionieren. Mein Blut beschützt dich vor dem Sonnenlicht, also musst du deine Tage nicht mehr in Dunkelheit verbringen. Wir wissen noch nicht, wie lange und wie stark es wirkt, aber das werden wir herausfinden. Außerdem ist meine Wohnung noch kleiner als deine, ich bin also daran gewöhnt. Ich will nicht behaupten, dass es einfach sein wird. Aber ich bin bereit, es zu versuchen, wenn du es auch willst."

„Natürlich bin ich dazu bereit", sagte Orlando. „Aber …" Er schämte sich über seine Planspiele und verstummte.

„Was?", fragte Alain zärtlich. „Was ist los mit dir?"

„Ich habe darüber nachgedacht, was ich alles umräumen muss, damit der Platz für dich ausreicht. Dann ist mir aufgefallen, dass ich deinen Einzug schon wieder als selbstverständlich voraussetze. Niemand zwingt dich dazu, Alain. Ich wünsche es mir zwar, und das weißt du auch schon; aber falls du deine Wohnung behalten und mich nur besuchen willst, wenn ich hungrig bin, dann ist das auch in Ordnung."

„Wenn das zwischen uns …", Alain machte eine Pause und zeigte mit der Hand auf sie beide, „… nur eine Frage deines Hungers und der Immunität vor dem Sonnenlicht wäre, so wie es bei den anderen Partnerschaften vermutlich der Fall sein wird, würde ich meine Wohnung wahrscheinlich behalten wollen. Aber wir haben die Erfordernisse der Allianz schon bei Weitem überschritten. Ja, wir sind Partner, aber wir sind auch mehr als das. Das ist schon so, seit du mich das erste Mal geküsst hast. Oder kannst du dir vorstellen, dass Payet und Bellaiche nach einem gemeinsamen romantischen Abendessen auf dem Sofa liegen und schmusen?"

Orlando musste lachen, als er sich das Bild ausmalte. „Nein", gab er zu. „Das kann ich mir absolut nicht vorstellen. Es tut mir leid, dass ich mich so dumm und unsicher angestellt habe, aber ich habe keine Erfahrung mit Beziehungen. Ich weiß nicht, was erlaubt ist und was nicht, was zu viel verlangt ist und was zu wenig …" Alains Lippen brachten ihn zum Schweigen. Orlando schloss die Augen und akzeptierte mit dem Kuss auch die Geborgenheit und Alains Versprechen auf eine gemeinsame Zukunft.

„Es gibt kein richtig oder falsch", flüsterte Alain ihm zu. „Es geht nur darum, dass wir uns glücklich machen. Ich weiß nicht, warum du dir solche Sorgen machst. Aber ich verspreche dir, nicht wütend zu werden, wenn du einen Fehler machst oder von falschen Voraussetzungen ausgehst. Das ist nicht meine Art. Außerdem ist jede Beziehung anders. Wir müssen beide erst lernen, was der andere erwartet. Und wir schaffen das zusammen, so, wie wir es uns versprochen haben."

Orlando lächelte so sanft und glücklich, dass Alain es kaum fassen konnte. Er hatte seinen Vampir immer für wunderschön gehalten, aber dieses Lächeln machte ihn noch strahlender. Dann legte ihm Orlando die Hand in den Nacken und strich mit den Fingern über das Zeichen ihres Bundes. Alain senkte den Kopf und gab ihm einen zärtlichen Kuss. „Lass uns ins Bett gehen", flüsterte er Orlando zu.

23

DAS VERTRAUEN in Alains Worten machte Orlando sprachlos. Alain wollte wieder mit ihm ins Bett gehen. Orlando ahnte, dass ihn das nicht überraschen sollte. Alain hatte während ihres Abendessens und auch danach sein Interesse an Orlando ausreichend deutlich gemacht. Aber Orlando fiel es schwer, seine bisherigen Erfahrungen zu vergessen und es erstaunte ihn immer noch, dass Alain sich von einem Vampir auch nur anfassen ließ. Und dass Alain es sogar ein zweites Mal wollte, überstieg seinen Horizont. Er blickte Alain in die Augen, konnte aber keine Zweifel, keine Furcht darin entdecken. Nur Begehren. Er wünschte, er könnte Alains Blut schmecken, um sicher zu sein, dass er sich nicht täuschte. Aber für die explosive Mischung aus Sex und Bluttrinken war es noch zu früh. Orlando könnte die Kontrolle verlieren und Alain, wenn auch unabsichtlich, verletzen. Dieses Risiko war ihm zu groß, jedenfalls vorläufig noch.

Orlandos Schweigen verunsicherte Alain. Zögernd stand er auf und streckte die Hand nach Orlando aus. „Komm und zeig mir, was dir gefällt", forderte er ihn auf.

Orlando gab ihm die Hand und ließ sich ins Schlafzimmer führen. Es war ein seltsames Gefühl, von einem anderen Mann ins eigene Schlafzimmer geführt zu werden. Aber es war auch irgendwie richtig. Auf diesem Gebiet hatte Alain mehr Erfahrung und er war bereit, sie mit Orlando zu teilen. Orlando folgte Alain, der sicheren Schrittes aufs Bett zuging und sich auszog, als hätten sie das schon Hunderte Male getan. Alain ließ die Boxershorts an, weil er Orlando nicht unter Druck setzen wollte. Er streckte sich auf dem Bett aus und winkte den Vampir zu sich.

Orlando zögerte kurz und sah auf ihn hinab. Alain lag wartend auf dem Bett und hatte Orlando sogar aufgefordert, zu ihm zu kommen. „Zeig mir, was dir gefällt", wiederholte Alain und machte es sich bequem, um seinen Geliebten willkommen zu heißen.

Orlando sah ihn immer noch an. Dann zog er sich hastig aus und kam aufs Bett. Er hockte sich über Alain und beugte sich vor, um sein Gesicht mit spielerischen Küssen zu bedecken – zuerst die Augen, dann die Stirn, die Nase, das Kinn und die Wangen. Alain legte sich zurück und überließ sich Orlandos Erkundungen, selbst, als aus den Küssen fast kleine Bisse wurden. Er hätte nichts dagegen gehabt, von Orlando gebissen zu werden. Er war viel zu froh darüber, von Orlando überhaupt berührt zu werden, in welcher Form auch immer. Orlando fasste ihn an den Oberarmen und drückte leicht zu. Alain verstand die Geste und legte die Arme an die Seite, ohne Orlando anzufassen oder ihn an sich zu ziehen.

Er beschloss, es als eine Art Verführung mit umgekehrtem Vorzeichen zu sehen. Wenn sein Vampir es brauchte, konnte Alain ihn auch verführen, indem er ihm die Kontrolle überließ.

Orlandos heißem Blick nach zu urteilen schien es zu funktionieren. Alain konnte sich nicht erinnern, jemals ein solches Feuer in den Augen eines Liebhabers gesehen zu haben. Bereitwillig lieferte er sich Orlandos Begehren aus. Er spürte ein leichtes Zwicken an der Wange und erkannte erst mit etwas Verzögerung, was es war. Orlandos Eckzahn war an seinem Wangenknochen hängen geblieben und hatte die Haut aufgekratzt. Ein kleiner Blutstropfen quoll hervor und lief über Alains Haut. Es kribbelte ihn am ganzen Körper. Dann fühlte er die elektrisierende Berührung von Orlandos Zunge, die das Blut zärtlich ableckte und den Riss in der Haut versiegelte.

Orlando hatte die Wunde bemerkt und sofort ein schlechtes Gewissen bekommen. Er wollte seine Blutlust noch nicht ins Spiel bringen, aber er konnte die Wunde nicht einfach übersehen, auch wenn sie noch so klein war. Zumal er sie selbst verursacht hatte. Orlando heilte sie mit seiner Zunge und leckte dabei die kleinen Blutströpfchen von Alains Wange. Gerade eben hatte er sich noch gewünscht, Alains Blut zu schmecken, um sich der Gefühle seines Magiers sicher zu sein. Dieser unerlaubte kleine Kontakt beseitigte seine Zweifel endgültig. Alains Verlangen stand seinem eigenen in nichts nach. Orlando beugte den Kopf und gab Alain einen leidenschaftlichen Kuss, nahm den Mund seines Magiers in Besitz.

Alain schmeckte sein eigenes Blut auf Orlandos Zunge und stellte sich vor, seine eigene Erregung schmecken zu können. Fast konnte er Orlandos Faszination mit dem Geschmack nachvollziehen. Er saugte an der Zunge, die fordernd in seinen Mund eindrang, entrang ihr jede noch so kleine Geschmacksspur. Dann knabberte er spielerisch daran, so wie Orlando ihn im Restaurant geneckt hatte. Alain wusste, dass seine eigenen Zähne nicht die gleiche durchdringende Wirkung hatten wie Orlandos spitze Eckzähne. Aber er war davon überzeugt, dass es Orlando genauso gefallen würde.

Alain täuschte sich. Orlando zog sich sofort zurück. „Nicht", sagte er. „Wir wissen nicht, welche Wirkung mein Blut auf dich hat. Ich will nicht riskieren, dich zu verlieren." Er erwähnte nicht, dass sein Schöpfer ihn auf diese Weise gequält hatte, dass er ihn grausam gebissen hatte, obwohl es keinen Zweck mehr erfüllte. Orlandos Haut hatte von den Bissen seines Schöpfers keine Narben zurückbehalten, aber sein Herz litt immer noch unter den Nachwirkungen dieser Misshandlungen.

„Du wirst mich nicht verlieren", versprach Alain. „Die kleinen Bisse, auch wenn sie bluten, wie es eben und im Restaurant der Fall war, machen mich wahnsinnig. Ich würde mich gerne dafür revanchieren, aber wenn es dir unangenehm ist, halte ich mich mit meinen Zähnen zurück."

„Danke", erwiderte Orlando und gab ihm noch einen zärtlichen Kuss auf den Mund, bevor er sich über das Brandmal und Alains Schulter zu dessen Brust vorarbeitete. Es bereitete ihm unbeschreibliches Vergnügen, Alains Haut zu berühren und zu küssen, aber er wollte noch mehr. Er knabberte an Alains Haut. Es war gänzlich harmlos, aber Alain zuckte jedes Mal zusammen und hoffte, dass Orlando ernsthaft zubeißen würde.

Doch das geschah nicht. Orlando hielt seine Eckzähne sorgsam von Alains Haut fern. Nur seine Lippen und seine Zunge waren zu spüren, als er sich langsam über Alains Körper nach unten bewegte und dabei genau darauf achtete, was seinem Magier besonders viel Spaß machte.

Alain hielt still und überließ sich Orlandos Liebkosungen, so wie er es schon zuvor getan hatte. Es fiel ihm zunehmend schwerer, sich zurückzuhalten und Orlando nicht zu berühren. „Bitte", flüsterte er. „Ich möchte dich auch anfassen. Ich möchte, dass du dich dabei genauso gut fühlst wie ich."

Orlando zögerte. Er wollte Alains Angebot annehmen, aber er hatte Angst davor, einem anderen, selbst Alain, auch nur für kurze Zeit die Kontrolle zu überlassen.

„Du musst nur Nein sagen", meinte Alain verständnisvoll, als er die widerstrebenden Gefühle in Orlandos Miene erkannte. „Ich tue nichts, was du nicht willst." Es war eine Selbstverständlichkeit für Alain. Er war noch nie ein sehr dominanter, aggressiver Liebhaber gewesen, sondern zog es vor, sich zuerst um seinen Partner zu kümmern. Er liebte die sanften, zärtlichen Berührungen mehr, als die rauen und groben. Aber er hatte genug über Orlandos Vergangenheit gehört, um zu wissen, dass der andere Erfahrungen hatte. Orlando brauchte Bestätigung und Gewissheit, und die wollte Alain ihm wieder und wieder geben, bis Orlando es ihm schließlich glaubte und ihm vertrauen konnte.

Orlando kämpfte gegen seine Dämonen an. Er war überzeugt davon, dass Alain ein Nein nicht zum Anlass nehmen würde, ihn zu verlassen. Trotzdem wollte er seinem Geliebten diese kleine Bitte gern erfüllen. Es konnte doch nicht so schwer sein, sich von Alain berühren zu lassen. Orlando entschied sich zu einem Kompromiss. „Oberhalb der Hüfte und nur mit den Händen."

Ganz langsam, als würde er sich einem wilden Tier nähern, legte Alain die Hände auf Orlandos Gesicht. Er hatte ihn schon einmal so berührt und hoffte deshalb, dass es akzeptabel war. Als Orlando ihm nicht auswich, ließ er die Hände vorsichtig tiefer gleiten und achtete dabei aufmerksam auf jedes mögliche Anzeichen von Unwillen in Orlandos Reaktionen. Alain wollte ihm eine Erfahrung schenken, die nur von guten Eindrücken geprägt war, mit der er Orlandos Ängste durchbrechen und ihm ein Vergnügen schenken konnte, von dem sein Vampir nicht zu träumen gewagt hatte.

Orlando schloss die Augen, als er Alains Hände an seinem Gesicht spürte. Die zarten Berührungen waren so anders, als die Gewalt, die ihm von seinem Schöpfer angetan worden war. Er wollte dieses Gefühl auskosten. Für einen kurzen Augenblick fürchtete er, die Albträume der Vergangenheit würden ihn wieder einholen, wenn er die Augen schloss. Aber Alains Hände waren so anders, so beruhigend und liebevoll, dass sie die schlechten Erinnerungen in Schach hielten. Allmählich entspannte er sich und genoss das Gefühl der rauen Hände auf seiner Haut, die ihm über die Schulten,

die Arme und die Brust streichelten. „Weißt du eigentlich, wie wunderschön du bist?",
fragte Alain. Seine raue Stimme jagte Orlando eine Gänsehaut über den Rücken. „Du
bist der schönste Mensch, den ich jemals gesehen habe. Ich möchte dich anbeten,
und wenn ich meinen Mund noch nicht benutzen kann, um dich zu küssen, dann
sage ich dir damit, wie wunderbar du bist." Alain murmelte kleine Zärtlichkeiten vor
sich hin, während seine Hände und Finger langsam wagemutiger wurden. Er hielt
sich an die Grenzen, die Orlando ihm gesetzt hatte, aber seine Zärtlichkeiten wurden
leidenschaftlicher, je mehr Orlando sie akzeptierte.

Orlando kam sich vor wie in einer anderen Welt. Niemand hatte ihn jemals
mit dieser Zärtlichkeit und Sanftheit berührt. Niemand hatte ihm jemals solche
lieben und lobenden Worte zugeflüstert. Niemand hatte jemals seine Wünsche
und Grenzen respektiert. Niemand war so wie sein Magier. Orlando konnte ihm
vertrauen. Er hatte es seit dem ersten Blutstropfen gewusst, und Alain hatte es ihm
immer wieder neu bewiesen. Orlando wusste endlich, wie gut sich die Hand eines
anderen Menschen, eines Geliebten, anfühlen konnte.

Alain erkannte, wie Orlando sich bei seinen Worten entspannte und sich
seinen Zärtlichkeiten hingab. Er gab seine Zurückhaltung weiter auf und versuchte
bewusst, Orlandos Erregung zu steigern. Er fuhr ihm mit den Daumen über die
Nippel, bis sie sich genauso aufrichteten wie sein Schwanz. Alain hätte ihn dort
gerne berührt, hätte gerne Orlandos steifen Schwanz in die Hand genommen, aber
das war ihm nicht erlaubt, deshalb hielt er sich zurück. Alain wollte Orlandos
Vertrauen nicht brechen, nicht jetzt, nachdem sie einen so gewaltigen Schritt
nach vorne gemacht hatten. Er musste sich an die Grenzen halten, die Orlando
ihm vorgegeben hatte, doch innerhalb dieser Grenzen konnte Alain ihm soviel
Vergnügen bereiten, dass Orlando irgendwann mehr wollte.

Orlando bog den Rücken durch, und drückte sich an Alains Daumen, die
seine Nippel massierten. Die Bewegung brachte ihn mit Alains stoffbedecktem,
steifem Glied in Kontakt. Er zuckte instinktiv zurück, aber Alains Hände beruhigten
ihn wieder. „Nichts, was du nicht willst", erinnerte Alain ihn und streichelte ihm
über die Arme. Innerlich war er zutiefst erschrocken über Orlandos Reaktion. Dem
Körper des Vampirs waren die Spuren der Misshandlungen nicht anzusehen, die
er erlitten hatte. Vermutlich lag es daran, dass er ein Vampir war. Alain wünschte
sich fast, dass die Narben noch zu erkennen wären und ihm einen Hinweis geben
konnten, welche Gesten und Zärtlichkeiten er besser unterlassen sollte. Aber die
einzigen Narben, die Orlando davongetragen hatte, waren in seinem Herzen und
in seinem Verstand. Alain konnte sie nicht erkennen und ihm weder Trost noch
Heilung spenden. Er konnte ihm nur seine Liebe zeigen, um damit irgendwann
die Schranken in Orlandos Herz und Verstand zu überwinden, und so sein
bedingungsloses Vertrauen zu gewinnen.

Es dauerte einige Sekunden, bis Orlando den Schreck über seine eigene
Reaktion überwunden hatte, aber Alains liebevollen Zärtlichkeiten brachten das
Gefühl der Geborgenheit schließlich doch zurück. Alain wurde wieder kühner

und Orlandos Erregung erholte sich ebenfalls. Alain ertappte sich mehrfach dabei, Orlandos Grenzen überschreiten zu wollen, konnte sich aber noch rechtzeitig beherrschen. Er zwang sich dazu, es bei seinen bisherigen Zärtlichkeiten zu belassen und darauf zu vertrauen, dass Orlando ihn aufhalten würde, wenn es ihm zu viel wurde. Sie hatten schon genug Schwierigkeiten zu überwinden. Alain wollte dem nicht noch vermeidbare Probleme hinzufügen.

„Gibst du mir einen Kuss?", fragte er leise und streichelte Orlando über die Brust, um ihn aus seiner Zurückhaltung zu locken.

Orlando erfüllte ihm seinen Wunsch. Orlando streckte sich an Alains Seite aus und küsste ihn mit all der Leidenschaft und Zärtlichkeit, die der Magier in ihm geweckt hatte. Er zog Alain die Hose über die Hüften, bis sie beide nackt waren. Ihre Haut berührte sich und ihre Körper rieben aneinander, brachte sie näher und näher zusammen. Als Orlando schließlich den Kopf hob, fand er Alains Blick zärtlich und voller Sehnsucht auf sich gerichtet. „Liebe mich", flüsterte Alain. „Nimm mich mit, wie nur du es kannst."

Orlando erschauderte. Es fiel ihm immer noch schwer, zu glauben, dass ein wertloser Vampir wie er selbst in einem Mann wie Alain solche Gefühle auslösen konnte. Außer seinem Schöpfer hatte nie jemand etwas von ihm gewollt. *Bis jetzt*, rief er sich ins Gedächtnis zurück. Jetzt konnte er Alain geben, wonach der sich sehnte. Er konnte dem Magier Ekstase schenken. Orlando rollte auf die Seite und griff nach der Tube mit dem Gel. Während er sich die Finger einrieb, küsste er Alain wieder auf den Mund. Er streichelte ihn und erfreute sich an dem Anblick des Mannes, der sich unter seinen Händen hin und her wand. Dann fuhr er mit dem feuchten Finger nach unten, über Alains Eier und zu der kleinen Rosette, die sich dahinter verbarg. Alain spreizte einladend die Beine und hieß Orlandos Finger mit einem zufriedenen Seufzer willkommen.

„Beeil dich", bettelte er. „Ich will dich spüren."

Orlando hatte nicht vor, ihm seinen Wunsch zu versagen. Er schob den Finger erst bis zum ersten Knöchel in die Öffnung und dann, als Alain leise stöhnte, tiefer. Alain fühlte sich wie im Paradies. Orlando lag nackt an ihn gepresst, den Finger in seinem Körper, wo er seinen unwiderstehlichen Zauber ausübte. Er hob den Kopf und suchte mit dem Mund nach Orlandos Lippen, weil er seinem Geliebten noch näher sein wollte.

Bald reichte der eine Finger nicht mehr aus. Alain brauchte keine lange Vorbereitung, er war immer noch entspannt von ihrer ersten Runde. Er wartete darauf, dass Orlando das auch merken würde, aber der ließ sich alle Zeit der Welt und bewegte sich quälend langsam.

„Es reicht", drängte Alain. „Nimm den zweiten Finger."

„Ich will dir nicht wehtun", widersprach Orlando.

„Das tust du nicht."

Alain hörte sich so überzeugend an, dass Orlando nachgab und ihm seinen Wunsch erfüllte. Ein zweiter Finger schob sich durch den engen Muskel.

Alain stöhnte wieder. „Mehr", verlangte er. Aber so sehr Orlando auch wollte, dieses Mal gab er nicht nach. Er war sich sicher, dass es zu schnell wäre und Alain schmerzen würde. Vorsichtig bewegte er die Finger, um Alain zu dehnen. Alain bettelte weiter, aber als ihm klarwurde, dass Orlando sich nicht umstimmen ließ, sparte er sich die Worte und beschränkte sich darauf, seinen Geliebten über das Gesicht, die Brust und den Rücken zu streicheln. Wie gerne hätte er seine Hände weiter nach unten bewegt … Aber das war noch nicht erlaubt.

Für einen kurzen Augenblick ließ Orlando sich von Alains sanften Händen ablenken. Dann zuckte Alain mit den Hüften und erinnerte ihn an sein ursprüngliches Vorhaben. „Füll mich", flüsterte Alain. „Ich will mit dir eins sein."

Orlando gab seinen Widerstand auf, legte sich auf Alain und drang in ihn ein. Er spürte, dass es dieses Mal leichter ging. Alains enge Öffnung nahm ihn in sich auf, drückte leicht und massierte ihn in seiner ganzen Länge. Die wunderbare Hitze, die ihn umgab, ließ Orlando aufstöhnen und fuhr ihm durch alle Glieder. Sie erwärmte sein Herz und seine Seele. Er bewegte sich langsam, und wenn er sich zurückzog, spürte er Alains Schließmuskel, der ihn umklammerte, als wollte er ihn nie wieder gehen lassen. Dann stieß er zu und der Muskel entspannte sich wieder, hieß ihn in Alain willkommen. Orlando ließ sich auf die Ellbogen herab, um Alain am ganzen Körper zu spüren. Alain schlang die Beine um ihn und presste sich ihm mit den Hüften entgegen. Der langsame Rhythmus, mit dem Orlando begonnen hatte, nahm mehr und mehr an Fahrt auf.

Alain klammerte sich so fest an Orlandos Arme, dass er Angst hatte, ihn zu verletzen. Er lockerte seinen Griff und ließ die Arme aufs Bett fallen. Orlandos Schwanz glitt ihm mit jeder Bewegung über die Prostata. Die harten Stöße ließen ihn erbeben und er wusste, dass er es nicht mehr lange aushalten würde. Dann legte Orlando die Hand um Alains steifes Glied und die leichte Positionsveränderung ließ den Schwanz des Vampirs direkt auf Alains Prostata zielen. Sein Körper verkrampfte sich und mit einem lauten Aufschrei kam er zum Orgasmus, bis er schlaff auf die Matratze zurückfiel. Orlando stieß noch einige Male zu, dann kam er ebenfalls zum Höhepunkt und ergoss sich in seinem Geliebten.

24

„WEITER, UND diesmal härter", befahl Pascal Serrier mit gelangweilter Stimme, bevor er sich wieder seinem ersten Offizier zuwandte. „Es wundert mich, dass sie nach Versailles nicht stärker reagiert haben", bemerkte er und hob dann mit einem barbarischen Grinsen den Kopf, als er das Knallen der Peitsche und den Schmerzensschrei hörte. „Seit vierundzwanzig Stunden kein einziger Kontakt. Normalerweise müsste Chavinier schon längst zurückgeschlagen haben."

„Ich weiß nicht", meinte Claude Blanchet schulterzuckend. „Mit dem kommen wir nicht weiter. Entweder weiß er wirklich nichts, oder er hat eine übermenschliche Schmerzgrenze."

„Weiter", befahl Serrier ungerührt und sah Eric an. „Du warst mit ihnen befreundet, bevor du deinen Irrtum eingesehen hast. Was denkst du darüber?"

„Ich glaube nicht, dass es jemanden gibt, der wirklich weiß, was in Chaviniers Kopf vorgeht", erwiderte Eric und ignorierte den blutigen Körper hinter seinem Rücken. „Aber es kommt mir auch merkwürdig vor, dass sie sämtliche Aktivitäten eingestellt haben sollen. Selbst die Einheiten, von denen wir wussten, scheinen sich in Luft aufgelöst zu haben."

„Das Auspeitschen führt uns nicht weiter", unterbrach Claude. „Er schreit, aber er sagt nichts. Vielleicht wäre eine … eindringlichere Methode wirkungsvoller."

Pascal grinste brutal. „Wie du meinst", sagte er zu Claude. „Aber vergiss nicht, dass er bei Bewusstsein bleiben muss, wenn er uns etwas erzählen soll."

„Ich habe nicht vor, ihm die Zunge auszureißen", beschwichtigte ihn Claude. „Aber ansonsten erlaube ich mir freie Hand."

Pascal lachte. Eric verzog das Gesicht. Er hatte sich nie mit der Gewalt abfinden können, die bei seinen neuen Mitkämpfern an der Tagesordnung war. Aber so lange sie nicht seine Teilnahme erwarteten, fand er sich damit ab. Er wusste allerdings nicht, wie er darauf reagieren würde, einen seiner ehemaligen Freunde in der Lage zu sehen, in der sich der unglückliche Magier hinter ihm befand. Eric war sich nicht sicher, ob er der Folter eines Bekannten ebenso tatenlos zusehen könnte.

„Aus welchem Grund sollte Chavinier seine Leute zurückziehen?", wollte Pascal von Eric wissen.

Eric zuckte zusammen, als er den gellenden Schrei hörte, der einer Frage Claudes nach Chaviniers Plänen folgte. Er war beeindruckt, dass der gefolterte Magier immer noch keine Antwort gab. Eric hoffte nur, Chavinier wusste die Loyalität seiner Gefolgsleute zu schätzen. Eine solche Loyalität konnte nicht befohlen werden, die musste man sich verdienen.

„Ich habe nicht die geringste Idee", beantwortete er Pascals Frage. „Aber es muss eine große Sache sein. Er hat zu viel Mühe in seine Organisation gesteckt, um wegen einer solchen Lappalie wie Versailles einen Rückzieher zu machen."

„Dann müssen wir erfahren, worum es sich handelt, und seine Pläne vereiteln", erklärte Pascal.

„Und wie willst du das anstellen?", fragte Eric, während ein weiterer Aufschrei durch den Raum hallte. Er konnte sich nicht zurückhalten und drehte sich um, weil er sehen wollte, was Claude mit dem armen Teufel anstellte. Eric musste sich sofort wieder abwenden, um sich nicht zu übergeben. Claude hatte dem Mann eine Hand abgeschnitten und damit begonnen, ihm die Haut vom Arm zu schälen. Eine rote Blutlache breitete sich auf dem Boden aus.

Im Hintergrund bewegte sich jemand und weckte Erics Aufmerksamkeit. „Was will Robert hier?", fragte er Pascal. „Ich dachte, er wäre in einer Mission unterwegs."

„War er auch", erwiderte Pascal. „Ich will sehen, was er zu berichten hat. Du kannst in der Zwischenzeit die Show genießen."

„Vielleicht mache ich diesmal sogar mit", sagte Eric seelenruhig.

„Wie du willst. Du könntest Claude etwas mehr Fingerspitzengefühl beibringen", meinte Pascal mit einer abwertenden Geste in Richtung des wimmernden Magiers. Dann ging er durch das Zimmer auf Robert Pacotte zu.

Eric drehte sich zu dem um, was von einem ehemals so stolzen Magier übrig geblieben war. Seine Züge verhärteten sich, als er in die schmerzgefüllten Augen blickte. „Es tut mir sehr leid, Marc. Aber es lässt sich nicht vermeiden", murmelte er und schleuderte einen Fluch durch den Raum. Der Körper des Magiers wurde von qualvollen Krämpfen erfasst, dann bäumte er sich noch einmal auf und sackte in seinen Fesseln zusammen. Er war offensichtlich tot. Eric zuckte nur mit den Schultern, als Claude ihm einen bösen Blick zuwarf, weil er sein Spielzeug verloren hatte. „Er war schon schwächer, als ich vermutet habe."

Claude verschwand wütend und ließ die Leiche des Magiers zurück. Eric sah sich in dem Raum um. Auf den Gesichtern der meisten Anwesenden war Enttäuschung zu lesen, aber einige schienen auch erleichtert darüber, dass Eric sich etwas zu tun getraut hatte, wozu ihnen selbst der Mut fehlte. Nicht jeder teilte Claudes Spaß an ihren Verhörmethoden und Eric hatte sie noch nie ertragen können. Verhöre waren die eine Sache, aber Claudes Spaß an der Folter und den Schmerzen, die er seinen Opfern zufügte, war eine andere. Außerdem hatten sie schon alles aus Marc herausgeholt, was es zu erfahren gab. Es war nicht viel gewesen.

Eric wollte wissen, was Robert in Erfahrung gebracht hatte. Er erhob sich von seinem Stuhl, um Pascal zu folgen. Er hörte gerade noch die letzten Sätze von Roberts Bericht.

„… treffen sich am Gare de Lyon, morgen um vier Uhr."

„Interessant", sagte Pascal. „Gute Arbeit."

„Chavinier?", fragte Eric nach.

„Die Vampire", erwiderte Pascal. „Offensichtlich halten sie eine Versammlung ab. Das sieht ihnen nicht sehr ähnlich, oder?"

„Nein", stimmte Eric zu. „Das tut es nicht. Ich habe noch nie davon gehört, dass sie solche Treffen abhalten."

„Ich denken, wir sollten ihre Party sprengen", meinte Pascal gedehnt. „Dann erfahren wir vielleicht, was ihnen so wichtig ist, um eine solche Versammlung erforderlich zu machen."

Eric erschauderte. Selbst nach zwei Jahren hatte er sich noch nicht an diesen Tonfall gewöhnen können. Glücklicherweise interpretierte Pascal seine Reaktion als Vorfreude. „Wie viele?", erkundigte Eric sich. „Und wen willst du schicken?"

„Robert hat eine Belohnung verdient. Er geht auf jeden Fall. Er soll sich einige Leute aussuchen, aber nicht mehr als zwanzig. Claude will ich nicht schicken. Er vergisst manchmal das Zuhören. Wenn ihre Versammlung sich nicht gegen uns richtet, will ich sie nicht stören. Es wäre nicht sehr klug, sich grundlos zusätzliche Feinde zu machen."

„Das hört sich vernünftig an", meinte Eric zustimmend. „Ich kümmere mich jetzt um Claudes Hinterlassenschaften."

Pascal warf einen Blick auf den toten Magier. „Er zerbricht immer sein Spielzeug."

Eric zuckte mit den Schultern. Auf diese Bemerkung gab es keine sichere Antwort. Mit einer schnellen Handbewegung ließ er eine Decke erscheinen, die sich um den Körper des toten Magiers wickelte. Der rote Stoff wurde dunkel, als er sich mit dem Blut vollsaugte. Mit einer weiteren Handbewegung ließ Eric das ganze Bündel aus dem Raum verschwinden.

„Wohin hast du ihn geschickt?", wollte Pascal wissen.

„Vor Chaviniers Türschwelle natürlich", erwiderte Eric. „Meine Beschwörungen können seinen Schutzschild nicht durchbrechen, aber ich kann Geschenke bei ihm abliefern. Vielleicht weckt ihn das aus seiner Gleichgültigkeit."

Pascal lachte. „Ich liebe deine Ideen."

25

ORLANDO WURDE durch das übliche Unwohlsein, das ihn bei Anbruch der Morgendämmerung überkam, aus seiner Ruhe gerissen. Zwei Dinge fielen ihm sofort auf. Er lag sicher und geborgen in Alains warmen Armen, und er hatte Hunger. Er drehte sich um und sah in Alains schlafendes Gesicht. Er hatte schon einmal in Alains Armen geruht, aber dieses Mal war es anders. Dieses Mal war das Gefühl der Zugehörigkeit viel stärker, weil sie in jeder Beziehung Geliebte waren. Alain hatte Orlando schon zweimal in seinen Körper gelassen, hatte ihm erlaubt, ihn sogar dazu aufgefordert, ihn zu lieben. Und er hatte Orlandos Ängste und Grenzen respektiert. Blieb Orlando nur noch, sich an Alains Blut zu sättigen. Dann wäre ihr Bund vollkommen.

Alain schmiegte sich im Schlaf enger an Orlandos Körper. Der wusste zwar, dass er seinen Geliebten schlafen lassen sollte, aber er drückte ihm trotzdem einen zarten Kuss auf den Mund. Alain regte sich wieder und schlug die Augen auf.

„Schlaf weiter", flüsterte Orlando. „Ich wollte dich nicht wecken."

„Warum bist du schon wach?", erkundigte Alain sich verschlafen.

„Der Sonnenaufgang", erklärte Orlando. „Selbst wenn ich in einem fensterlosen Raum liege, treibt mich mein Instinkt dazu, Schutz zu suchen. Ich muss jeden Morgen dagegen ankämpfen."

Alain nickte. Er kam langsam zu sich. „So lange ich bei dir bin, musst du die Sonne nicht mehr fürchten."

„Das weiß ich. Es fällt mir schwer, meine Reaktion zu unterdrücken. Sie weckt mich zwar, aber sie kann mich nicht mehr kontrollieren. Wenn wir kämpfen, werde ich Tag und Nacht an deiner Seite sein", versprach Orlando. Bessere Worte fand er noch nicht, um Alain seine Gefühle zu gestehen.

„Und ich werde an deiner Seite sein", versprach Alain ihm seinerseits. „Dauert dieses Unwohlsein den ganzen Tag über an? Gestern schien es dir nichts auszumachen."

„In der Dämmerung ist es am schlimmsten", erklärte Orlando. „Gestern war ich so abgelenkt, dass ich es weitgehend ignorieren konnte. Normalerweise ruhe ich, bis der Tag wieder zu Ende geht. Das wird sich in Zukunft ändern müssen."

„Teilweise schon", stimmte Alain zu. „Aber wir können auch nachts arbeiten, wenn du dich wohler fühlst. Ich will nicht, dass dein Instinkt deine Konzentration beeinflusst. Im Kampf kann das gefährlich werden."

Orlando nickte. „Wir werden sehen, wie es sich entwickelt", meinte er. „Sobald Serrier von der Allianz erfährt, wird er wahrscheinlich öfter tagsüber angreifen. Er wird denken, dass wir euch dann nicht unterstützen können."

„Das wird eine schöne Überraschung für ihn sein, wenn er euch bei Tageslicht erlebt!" Alain lachte leise.

„Ich hoffe doch sehr, dass es eine unangenehme Überraschung sein wird!"

„Du bist sehr entschlossen, nicht wahr?", stellte Alain fest.

„Sie haben Thierrys Frau getötet. Sie haben deinen Sohn getötet. Und wenn sie könnten, würde sie auch dich töten. Das macht sie zu meinen Feinden. Bevor ich dich kennengelernt habe, war der Krieg nur eines der vielen Dinge, die da draußen passierten und mit denen ich nichts zu tun hatte. Aber das hat sich geändert. Sie greifen nicht nur die Magier an, sie greifen *meinen* Magier an. Das kann ich nicht zulassen. Und wenn unsere Versammlung wirklich zu weiteren Partnerschaften führt, wird es auch für andere Vampire eine persönliche Angelegenheit. Wir werden diese Allianz zum Erfolg führen."

„Ich bin sicher, dass es mehr Partnerschaften geben wird. Wir beide haben uns gefunden; Bellaiche und Payet haben sich gefunden. Nur zwei Vampire und fünf Magier haben schon zu zwei Partnerschaften geführt. Es wird funktionieren."

Während sie sich unterhielten, machte Orlandos Hunger sich stärker bemerkbar. Er wusste nicht, wie er das Thema ansprechen sollte. Glücklicherweise ersparte Alain ihm die Peinlichkeit. „Du hast gesagt, dass du heute früh wahrscheinlich Hunger bekommst. Willst du trinken?"

Orlando nickte. Er konnte die Vorfreude, die er in Alains Stimme hörte, nicht nachvollziehen. Natürlich war Alain freiwillig hier und hatte zugestimmt, sich von Orlando beißen zu lassen. Damit unterschied sich seine Lage grundsätzlich von Orlandos eigenen Erlebnissen, der gezwungen worden war und dessen erster Biss Teil einer Vergewaltigung gewesen war.

Alain legte den Kopf zur Seite und hielt ihm seine Halsschlagader hin. „Dann komm, trink dich satt."

Orlando starrte auf Alains Hals. Ihre sexuelle Vereinigung hatte ihn schon überwältigt, aber dass Alain ihm freiwillig seinen Hals zum Trinken anbot, übertraf alles, was er jemals erlebt hatte. Orlando zitterte und hatte fast Angst, auf Alains Angebot einzugehen. Was war, wenn er die Kontrolle verlor? Wenn er Alain verletzte? Wenn …?

„Es ist schon gut", beruhigte ihn Alain. „Ich will es genauso wie du. Bitte, erfülle uns unseren Wunsch."

Orlando konnte sich nicht mehr zurückhalten. Er senkte den Kopf und atmete tief Alains Geruch ein, der immer noch an den Sex erinnerte, den sie in der Nacht gehabt hatten. Er wollte alles richtig machen, selbst, wenn es ihn an die Grenzen seiner Selbstbeherrschung brachte. Er würde Mittel und Wege finden, damit Alain diesen Biss genauso genießen konnte wie ihre Liebe. Er leckte über die glatte Haut und bereitete sie auf seine Zähne vor.

Alain kannte die Routine schon. Er wusste, dass Orlando nicht einfach zubeißen würde. Er entspannte sich unter dem leichten Kitzeln von Orlandos feuchter, warmer Zunge und genoss die lustvollen Schauer, die ihm bei der liebevollen Vorbereitung durch seinen Vampir über die Haut liefen. Orlandos Lippen an seinem Hals waren nichts, worüber er sich jemals beschweren würde. Der erste kleine Biss war so zart, dass Alain ihn kaum wahrnahm. Aber er war erregend genug, um sich nach mehr zu sehnen. Er neigte seinen Kopf noch weiter zur Seite und drückte sich mit dem Hals an Orlandos Mund. „Stillhalten", hauchte Orlando. „Ich will dir nicht versehentlich wehtun."

Alain wollte ihm versichern, dass das gar nicht möglich wäre, ließ es dann aber doch sein. Wahrscheinlich hatte Orlando ja recht und eine unbedachte Bewegung konnte dazu führen, dass er Alain mit den Zähnen den Hals aufriss. Aber das änderte nichts an seinem Wunsch, diese Zähne in seinem Hals zu spüren, auch wenn er jetzt stillhielt.

Orlando ließ nicht ab, Alain weiter mit seinem knabbernden Mund zu reizen. „Bitte", bettelte Alain, der mittlerweile so erregt war, dass sein harter Schwanz die Bettdecke ausbeulte.

Orlando leckte ein letztes Mal über Alains Hals, dann drückte er mit den Zähnen an die Haut und biss leicht zu. Er fuhr sich mit der Zunge über die Zähne, um die ersten Blutstropfen aufzufangen. Der Geschmack sagte ihm mehr als deutlich, wie sehr Alain den Biss herbeisehnte. Nicht die geringste Furcht, nicht der kleinste Zweifel war Alain anzumerken. Er wollte diesen Biss mit der gleichen Leidenschaft wie Orlando. Langsam drückte der Vampir seine Eckzähne tiefer in Alains jungfräulichen Hals.

Orlando ließ sich Zeit und machte nach jedem Schluck eine kurze Pause, um die Macht von Alains Magie voll auszukosten und sich ihren Geschmack auf der Zunge zergehen zu lassen. Er konnte die wesentlichen Bestandteile von Alains Geschmack wiedererkennen – seine Integrität, seine Ehrlichkeit und sein Begehren. Aber dieses Mal suchte er auch nach den weniger offensichtlichen Nuancen, die das alles zusammenhielten. Er fand eine Spur von tiefem Bedauern, das Alains Herz belastete. Nichts Vordergründiges, aber doch vorhanden, war es der erste neue Geschmack, den Orlando entdecken konnte. *Sein Sohn*, dachte er. Dann fand er einen angenehmeren Geschmack – Alains Verbundenheit seinen Freunden gegenüber. Es war ein Charakterzug, der Alains Persönlichkeit ebenso stark bestimmte wie die Magie. Orlando musste einen Anflug von Eifersucht unterdrücken, als er ihn erkannte. Er wollte Alain nur für sich, obwohl er wusste, wie unvernünftig das war, denn Alains Großherzigkeit war einer der Hauptgründe, warum Orlando sich so zu ihm hingezogen fühlte. In einer weiteren Ecke von Alains Herz fand er die Spuren eines unterschwelligen, streng kontrollierten Zorns, der dennoch eine starke Antriebskraft für das Handeln des Magiers war. *Der Krieg gegen die dunklen Magier*, vermutete Orlando. Unter dem Zorn brach sich ein

Funke Hoffnung Bahn. *Ist das unsere Allianz?* Orlando hoffte es. Es ermutigte ihn, einen kleinen Anteil zu Alains Glück beizutragen.

Während Orlando noch die vielfältigen Geschmackssträge in Alains Blut auf sich einwirken ließ, spürte er die Leidenschaft, die von seinem Geliebten Besitz ergriff. Alain wurde von dem Biss in eine sexuelle Erregung versetzt, die auch auf Orlando übergriff. Er versenkte seine Zähne noch tiefer in Alains Hals, so wie er vorhin seinen Schwanz in dessen Körper versenkt hatte, als sie sich liebten. Dann fing er ernsthaft zu saugen an und nahm sich mit jedem Schluck die Nahrung, nach der sein Körper verlangte, aber auch die Geborgenheit, nach der sein Herz sich sehnte.

Alain erbebte unter dem Ansturm der Gefühle, die Orlando in ihm freisetzte. Er hatte erwartet, dass ein Biss in den Hals viel intensiver sein würde, als ins Handgelenk oder die Armbeuge. Aber er hatte nicht damit gerechnet, dass der Biss sich auch intensiver anfühlen würde, als von Orlando geliebt zu werden. Aber so war es. Es war die tiefste Verbundenheit, die er jemals für einen anderen Menschen empfunden hatte. Er hätte sich nicht vorstellen können, sich so in dem Vampir – *seinem* Vampir – zu verlieren und an ihn gebunden zu werden. Alain konnte spüren, wie sich seine Lebenskraft, die Kraft seiner Magie, auf Orlando übertrug, aber er fühlte sich dadurch nicht geschwächt. Im Gegenteil, er fühlte sich stärker, weil er seine Macht mit Orlando teilte und ihm davon abgab. Mit jedem Stoß von Orlandos Zähnen, mit jedem Saugen seines Mundes, fühlte Alain sich von einer neuen Woge der Leidenschaft überrollt. Er ließ die Hände über Orlandos Rücken nach oben gleiten, über die Muskeln, die sich unter seinem Griff anspannten und wieder lockerten, bis er an Orlandos Kopf angelangte und ihm mit den Fingern in die Haare fuhr. Orlandos Hände rührten sich nicht von der Stelle, hielten ihn nur fest. Trotzdem wurde Alain von einer Ekstase erfasst, die er nie zuvor für möglich gehalten hätte, jedenfalls nicht allein dadurch, dass ein Vampir an seinem Hals saugte. Aber da hatte er sich gewaltig getäuscht. Nicht mehr viel, und er kam allein durch Orlandos Biss zum Höhepunkt. Dieser Gedanke war der Wassertropfen, der das Fass zum Überlaufen brachte. Eine Hitzewelle breitete sich von seinem Unterleib aus, die jeden einzelnen Nerv in seinem Körper erfasste und sich in einem gewaltigen Orgasmus entlud. Er stöhnte, als die Zähne seines Geliebten jede Zuckung seines Körpers mit einem tiefen Stoß begleiteten.

Orlando hatte erkannt, wie sehr Alain durch das Eindringen seiner Zähne erregt worden war. Er konnte es in Alains Blut schmecken und an den erregten Lauten hören, die ihm über die Lippen kamen. Alains Leidenschaft weckte in Orlando den gleichen Hunger, aber er wurde trotzdem überrascht davon, wie schnell Alains Ekstase ihren Gipfel erreichte. Er hörte nicht auf zu saugen und kostete jede Sekunde aus, folgte Alain durch den Geschmack seines Blutes vom Höhepunkt zur tiefen Befriedigung und dem Gefühl der Geborgenheit, das seinen Geliebten anschließend überkam. Es war mehr als genug, um Orlando ebenfalls Erlösung zu bringen. Er zog die Zähne aus Alains Hals und kam, fest an Alains Seite gepresst.

„Hast du genug getrunken?", fragte Alain leise. Seine Stimme klang immer noch heiser und zitterte leicht.

Orlando überlegte kurz. „Ja, ich bin vollkommen satt", erwiderte er dann.

„Ist es immer so ... so intim und leidenschaftlich?"

„So war es noch nie", gestand Orlando. „Aber das kann man nicht vergleichen. Mit dir ist alles anders."

Alain nickte. Noch so eine Erfahrung, die sie genauer untersuchen mussten, zusammen mit der Wirkungsdauer seine Magie auf Orlandos Immunität gegen die Sonne. „Kannst du den Schutz meiner Magie spüren?"

Orlando nickte.

„Dann lass uns aufstehen. Ich will dir Paris bei Tage zeigen."

26

ORLANDO HATTE ein strahlendes Lächeln auf den Lippen, als sie wieder in seiner Wohnung ankamen. Er und Alain waren den ganzen Tag durch Paris geschlendert, und nicht ein einziges Mal hatte ihn die Sonne gestört. Seine Beziehung zu Alain hatte ihm die Möglichkeit gegeben, wieder ein normales Leben zu führen. Sie waren durch die Straßen gewandert, hatten in Läden gestöbert, die Orlando normalerweise nicht betreten konnte, hatten Parks, Plätze und Cafés besucht. Sie waren Hand in Hand oder Arm in Arm gelaufen, das perfekte Bild zweier frisch verliebter Männer. Alain war sogar mit Orlando im Louvre gewesen, um ihm seine Lieblingskunstwerke zu zeigen. Als sie vor Michelangelos Sklavenskulpturen standen, hatte Alain den Arm um ihn gelegt und ihn auf den Hals geküsst. „Das ist nichts im Vergleich zu dir", hatte er geflüstert.

Es war ein perfekter Tag gewesen, und jetzt freute sich Orlando schon auf einen perfekten Abend. Ein Klopfen an der Tür riss ihn aus seiner Euphorie. Er runzelte die Stirn. Die Sonne war noch nicht untergegangen. Jean und die anderen konnten es daher noch nicht sein. Sie wurden erst nach Sonnenuntergang erwartet, also frühestens in einer Stunde. Als er vorsichtig die Tür öffnete, stand Thierry vor ihm. Er sah den Magier unfreundlich an. „Du bist früh", sagte er kalt und ließ Thierry eintreten. Dann war Alain an seiner Seite.

„Wir müssen reden", erklärte Thierry und sah sie beide an.

„Ich gehe nach nebenan", meinte Orlando. „Dann seid ihr ungestört."

„Mit dir möchte ich auch reden", sagte Thierry. „Aber erst nach meinem Gespräch mit Alain. Ich schulde dir eine Entschuldigung und möchte mein Verhalten gern erklären."

Orlando zog überrascht eine Augenbraue hoch. Das hatte er von Thierry nicht erwartet. „Na gut", stimmte er zu. „Ich höre dich an. Aber jetzt lasse ich euch erst einmal allein."

Er wollte das Zimmer verlassen, aber Alain zog ihn zurück und gab ihm einen Kuss. „Danke", flüsterte er Orlando zu und ließ ihn wieder los. Orlando nickte und überließ die beiden ihrem Gespräch.

„Ich war gestern in Versailles", fing Thierry an. „Ich wollte Aleth sehen. Wenn das hier alles vorbei ist, bringe ihre Asche wieder nach Hause und verstreue sie, so wie Aleth es sich gewünscht hat."

„Mein Gott, Thierry!", rief Alain. „Das hättest du nicht allein tun müssen. Ich hätte dich begleiten sollen."

„Nein, ich musste es allein tun", erwiderte Thierry. „Obwohl ich nichts dagegen hätte, wenn wir demnächst irgendwo ein Glas auf sie trinken. Während der Einäscherung ist mir etwas aufgefallen. Diese Allianz muss Erfolg haben. Ich mag meine Zweifel gehabt haben, aber damit ist es vorbei. Ich werde alles tun, damit wir erfolgreich sind. Alles. Ich lasse Serrier nicht gewinnen."

„Ich bin froh, dass du es so siehst", sagte Alain.

„Wie steht es mit dir?", wollte Thierry wissen. „Ist alles in Ordnung?"

„Bestens", antwortete Alain. „Mir ist es seit dem Tod von Edwige und Henri nicht mehr so gut gegangen. Und davor wahrscheinlich auch nicht."

„Er macht dich glücklich?"

„Sehr glücklich."

Thierry nickte. Mehr wollte er nicht hören. „Ich werde euch unterstützen, falls ihr mich brauchen solltet", versicherte er Alain.

„Das wird hoffentlich nicht nötig sein", erwiderte Alain. „Was uns verbindet, geht niemanden etwas an. Es hat keinerlei Auswirkungen auf die Allianz."

„Wie du meinst", sagte Thierry. „Ich bin mir allerdings nicht sicher, ob das alle so sehen." Er zuckte mit den Schultern. „Ist aber auch egal. Du bist glücklich. Nur das zählt." Thierry fasste Alain am Kinn und hob seinen Kopf, um sich das Brandmal anzusehen. „Es ist schon nicht mehr so wund. Stört es dich noch?"

Alain schüttelte den Kopf. „Dein Spruch hat gewirkt. Übrigens nochmals vielen Dank für deine Hilfe."

„Du hast sie nicht gewollt", bemerkte Thierry. Er schob Alains Kopf auf die andere Seite und schaute sich die Bisswunden an, die Orlandos Zähne hinterlassen hatten. „Das ist neu", stellte er fest.

„Ja, es ist neu", gab Alain mit einem zufriedenen Lächeln zu.

„Und wie fühlst du dich? Hat es dich beeinträchtigt?"

„Es hatte eine unglaubliche Wirkung, aber auf eine ganz andere Weise, als du befürchtest. Wir sind den ganzen Tag in der Stadt unterwegs gewesen und ich fühle mich nicht im Geringsten müde. Das Sonnenlicht hat Orlando keinerlei Probleme verursacht, auch nach so vielen Stunden im Freien nicht." Alain musste lächeln. Er dachte an Orlandos Begeisterung über die bunten Herbstfarben, als sie im Jardin de Luxembourg den Kindern zugesehen hatten, die ihre kleinen Boote in einem Springbrunnen schwimmen ließen.

„Das ist gut", meinte Thierry. „Lass uns hoffen, dass es dabei bleibt. Es wäre keine große Hilfe, wenn die Magier zum Kämpfen zu schwach sind, nachdem ein Vampir von ihnen getrunken hat."

„Ich hätte heute jederzeit kämpfen können, wenn es dazu gekommen wäre", versicherte ihm Alain. „Wie gesagt … Ich kann mich nicht erinnern, mich jemals besser gefühlt zu haben."

Alains Lächeln sagte Thierry alles. Es war über zwei Jahre her, seit er dieses offene Lächeln bei seinem Freund gesehen hatte. Vielleicht konnte Orlando Alain endlich Heilung bringen. Thierry hoffte es jedenfalls. Alain musste die Trauer über den Verlust seiner Familie überwinden, und Thierry wollte dafür sorgen, dass der Vampir die Wahrheit erfuhr, um seinem Freund besser helfen zu können. „Kann ich kurz mit Orlando allein reden? Er bedeutet dir sehr viel, und damit ist er auch für mich wichtig. Wir hatten keinen guten Start und ich möchte mit ihm ins Reine kommen."

„Du bist ein guter Mensch, Thierry", erwiderte Alain. „Ich hole Orlando und lasse euch dann allein. Aber du musst freundlich zu ihm sein. Er ist ein sehr verwundbarer Mensch."

Das bist du auch, mein Freund, dachte Thierry und nickte.

Die Stimmung kühlte spürbar ab, als Orlando das Zimmer betrat. Ohne Alain als Vermittler wussten weder Orlando noch Thierry, wie sie miteinander umgehen sollten.

„Ich schulde dir eine Entschuldigung", brach Thierry schließlich das Schweigen. „Alain wird dir bestätigen, dass ich oft impulsiv handele, ohne vorher über die Konsequenzen nachzudenken. Mit dir war es besonders schlimm, weil ich meinen Vorurteilen freien Lauf gelassen habe, ohne dich als Person zu sehen."

Orlando nickte kurz.

„Alain und ich sind schon seit dreißig Jahren befreundet. Ich will nur das Beste für ihn", versuchte Thierry es erneut.

„Ich auch", erwiderte Orlando.

„Das habe ich mittlerweile auch erkannt", beruhigte Thierry ihn sofort und ging einen Schritt auf ihn zu. „Es hat nur einige Zeit gedauert, bis ich es gemerkt habe. Vielleicht ist es dir noch nicht aufgefallen, aber Alain ist verwundbarer, als es den Anschein hat."

„Wie meinst du das?", fragte Orlando, der gegen seinen Willen neugierig wurde. Er wollte mehr über seinen Geliebten erfahren, und Thierry bot ihm diese Möglichkeit.

„Du hast gehört, dass ich seinen Sohn erwähnt habe", fing Thierry an. „Was hat er dir über Henri erzählt?"

„Nichts", antwortete Orlando.

„Es war vor etwas mehr als zwei Jahren, der Krieg hatte gerade begonnen", erzählte Thierry. „Alain war ein sehr engagierter Mensch, der sich oft und vernehmlich geäußert hat. Er versuchte, die öffentliche Meinung auf unsere Seite zu bringen. Damit hat er die Aufmerksamkeit der dunklen Magier auf sich gelenkt. Einer von ihnen ging zu seinem Haus, um ihm aufzulauern. Alain war nicht zu Hause, nur seine frühere Frau und ihr Sohn. Sie hatten Besuch von der Frau und den Kindern eines Freundes – Eric. Edwige war keine Magierin und Henri war noch zu jung, um schon ausgebildet zu werden. Edwige konnte Erics Frau und Kinder noch in einem Schrank verstecken, aber sie und Henri haben die volle Macht des dunklen Magiers zu spüren bekommen. Als Alain und ich eintrafen … Es war zu spät, um sie zu retten. Alain sah sie, sah, was der dunkle Magier mit ihnen gemacht hatte, und … er ist vollkommen durchgedreht. Er hat jeden Fluch auf den Mann geschleudert, den er kannte. Er hat auf nichts und niemanden Rücksicht genommen, was er normalerweise niemals getan hätte. Er hat nicht aufgehört, bis von dem dunklen Magier nur noch ein Häuflein Asche übrig war. Aber … bevor der Magier starb, hat er einen von Alains Flüchen abgelenkt und den Schrank getroffen, in dem sich Erics Frau und Kinder versteckt hielten. Wir haben sie erst gefunden, als alles vorbei war. Eric hat … sehr schlimm reagiert, als er hörte, dass Alains Fluch seine Familie umgebracht hat. Er hat uns verlassen und sich Serrier angeschlossen. Alain macht sich heute noch Vorwürfe über den Tod von Erics Familie und seine Desertion."

„Es war nicht seine Schuld", insistierte Orlando. „Er wusste nicht, dass sie in dem Schrank waren."

„Du hast recht", stimmte Thierry zu. „Aber Eric hat es ihm vorgeworfen und Alain hat es akzeptiert."

„Das war das Bedauern, das ich in seinem Blut geschmeckt habe", murmelte Orlando.

„Was?", fragte Thierry.

„Nichts", erwiderte Orlando. „Ich habe nur laut nachgedacht. Warum hast du mir das alles erzählt?"

„Weil Alain dich offensichtlich sehr, sehr gerne hat. Ich will nicht, dass er verletzt wird. Ich weiß, dass du ihm nie absichtlich schaden würdest, aber ich wollte dich informieren, dass er auch Narben hat. Ich habe ihn seit dem Tod seiner Familie nicht mehr so glücklich erlebt, wie er es heute war. Dafür bin ich dir Dank schuldig. Ich weiß, dass ich bisher keinen guten Eindruck bei dir hinterlassen habe, aber ich möchte, dass wir Freunde, zumindest aber Verbündete werden. Falls du es auch willst", beendete Thierry sein Plädoyer in eigener Sache.

„Hast du deine Meinung darüber geändert, dein Blut mit einem Vampir zu teilen?", fragte Orlando nach.

„Ich werde alles tun, was für unsere Allianz nötig ist", bestätigte Thierry. „Sie haben mir meine Frau genommen. Ich werde nicht zulassen, dass sie mir auch meinen Freund oder andere Menschen nehmen."

Orlando nickte. Die Worte Thierrys waren wie ein Echo seiner eigenen Gedanken. Er streckte die Hand nach dem Magier aus. „Entschuldigung angenommen", sagte er. „Wenn Alain dich als Freund sieht, musst du auch gute Eigenschaften haben." Orlandos Lächeln nahm seinen Worten viel von ihrer Schärfe.

Thierry nahm seine Hand an und schüttelte sie, um ihren Vertrag zu besiegeln.

27

ALAIN WARF durch den Türspalt einen verstohlenen Blick ins Wohnzimmer. Er wollte die beiden nicht stören, war aber gespannt, ob sie sich versöhnen würden. Als sie sich die Hände schüttelten, ging er beruhigt in die Küche zurück und überließ es ihnen, ihr Gespräch abzuschließen.

„Hör auf, dich hinter der Tür rumzudrücken!", rief Thierry, kaum dass Alain seinen Horchposten verlassen hatte.

Alain kam mit rotem Kopf ins Wohnzimmer. „Ich habe nicht gelauscht. Ich wollte nur wissen, ob bei euch alles in Ordnung ist."

Orlando streckte lächelnd die Hand nach ihm aus. Alain kam sofort an seine Seite und legte den Arm um ihn. „Wir sind uns darüber einig geworden, dass du uns beiden viel bedeutest, und dass wir beide dir auch viel bedeuten. Grund genug für uns, um Freunde zu werden."

Alain sah Thierry an, der ihm zunickte.

„Das ist prima", meinte Alain. „Ich bin froh darüber. Je besser wir zusammenarbeiten, umso stärker ist unsere Allianz."

Alain hätte Orlando die Nervosität nie angesehen, aber da sie nebeneinander standen und er den Arm um Orlandos Hüfte gelegt hatte, konnte er fühlen, wie die Anspannung von ihm abfiel. „Was ist los?", fragte er ihn.

„Der Sonnenuntergang", erklärte Orlando. „Es wird wohl einige Zeit dauern, bis ich mich daran gewöhnt habe, die Sonne zu ignorieren. Ich weiß, dass sie keine Macht mehr über mich hat, aber mein Instinkt hat das noch nicht ganz begriffen."

„Ihr ward also den ganzen Tag draußen unterwegs?", fragte Thierry.

„Jedenfalls außerhalb der Wohnung", sagte Alain. „Wir haben viele Sehenswürdigkeiten besichtigt und waren deshalb nicht immer in der Sonne."

Orlando lächelte, als er sich an den Invalidendom erinnerte, dessen goldene Kuppel die Sonnenstrahlen reflektierte. Er hatte das Gebäude nachts schon oft von außen bewundert, aber heute hatte er es das erste Mal bei Tageslicht gesehen. Die gelblichen Mauern hatten im Licht der Herbstsonne warm geleuchtet und das Gold so hell geglänzt, dass er beinahe die Augen geschlossen hätte. Es war ein überwältigender Anblick gewesen. Alain hatte bei ihm gestanden und abgewartet, bis er sich sattgesehen hatte. Und das war fast noch kostbarer gewesen. Die anderen Vampire, selbst Jean, hatten wenig Geduld mit Orlandos Unerfahrenheit. Alains Geduld mit ihm schien grenzenlos.

„Und wie fühlst du dich jetzt?", wollte Thierry von Orlando wissen.

„Als ob ich morgen wieder nach draußen gehen könnte", erwiderte Orlando und riss sich von seinen Erinnerungen los. „Alains magischer Schutzmantel ist noch genauso stark wie heute früh. Ich weiß nicht, wie lange es noch anhält, aber zehn Stunden sind das Minimum."

„Selbst wenn es nur halb so lange wäre, würde es ausreichen", sagte Thierry. „Serriers Taktik sind Überraschungsangriffe und schneller Rückzug. Die Kämpfe dauern selten länger als eine Stunde. Selbst wenn wir die zusätzliche Zeit einkalkulieren, um anzukommen und sich nach dem Kampf wieder in Sicherheit zu bringen, würden wir keine zehn Stunden Schutzwirkung brauchen."

Orlando war erstaunt, wie leicht und unkompliziert ihr Gespräch verlief. Es kam ihm vor, als ob Thierry ihn nicht nur akzeptierte, sondern ihm auch die gleiche Wertschätzung entgegenbrachte wie seinem Freund Alain. Alain war sichtlich froh über Thierrys verändertes Verhalten, also entschied Orlando sich nach kurzem Zögern, es ebenfalls zu akzeptieren und sich zu entspannen.

„Das setzt aber voraus, dass wir einen Plan haben oder Marcel vorher erfährt, wo Serrier zuschlagen will. Wenn sie uns einfach auf der Straße angreifen oder tagsüber eine Patrouille überfallen, müssten wir auf die Unterstützung der Vampire verzichten", widersprach Alain. „Aber wenn wir genug Partner finden, die bereit sind, mehr Zeit miteinander zu verbringen, können wir auf die zusätzliche Hilfe dieser Vampire zählen."

„Wie viel Blut muss ein Vampir trinken, um das zu ermöglichen?", erkundigte sich Thierry bei Orlando. „Alain ist offensichtlich dazu bereit. Ich auch. Aber wir müssen wissen, was wir den anderen sagen."

„Ich habe heute früh die übliche Menge getrunken und die magische Wirkung ist noch nicht verflogen. Ich weiß nicht, ob sie so lange anhält, bis ich wieder Hunger habe. Normalerweise ist das alle zwei oder drei Tage der Fall", antwortete Orlando. Er war begeistert darüber, wie selbstverständlich Thierry ihn nach seiner Meinung gefragt hatte.

„Wenn die Wirkung nicht so lange anhält, müssen wir einen rotierenden Einsatzplan aufstellen, sodass jeder Vampir nur alle zwei oder drei Tage die Patrouillen begleitet. Wir können den Magiern nicht zu viel zumuten," schlug Thierry vor.

„Den Vampiren aber auch nicht", mischte sich Orlando ein, der seine Zurückhaltung aufgegeben hatte. „Uns macht es auch krank, wenn wir zu viel trinken. Und wir wissen nichts über die Wirkungsdauer, wenn der Vampir zwar öfter, aber weniger trinkt."

„Wir müssen einfach experimentieren, bis wir mehr Erfahrung haben", meinte Alain. „Es kann auch sein, dass es für jeden Vampir unterschiedlich ist."

Ihre Diskussion wurde durch ein Klopfen an der Tür unterbrochen. Während Orlando die Neuankömmlinge einließ, wandte Alain sich an Thierry. „Bist du dir sicher, dass du keine Bedenken mehr hast?"

„Ja", versicherte ihm Thierry. „Es ist, wie ich euch beiden gesagt habe. Du bist glücklich, und das habe ich schon lange nicht mehr erlebt. Wenn Orlando dich so glücklich macht, habe ich nicht die geringsten Einwände dagegen. Ich werde für ihn genauso da sein wie für dich."

„Danke", sagte Alain leise.

Im Flur begrüßte Orlando Jean mit einem herzlichen Händedruck. Jean hielt seine Hand fest und schaute ihm ins Gesicht. „Du siehst … glücklich aus", sagte er dann. Er konnte sich nicht erinnern, Orlando jemals so glücklich und zufrieden erlebt zu haben.

„Das hat Thierry zu Alain auch gesagt", erwiderte Orlando und sein Lächeln wurde noch strahlender. „Wir sind den ganzen Tag in Paris unterwegs gewesen, und sieh mich an! Keine graue Haut, kein … nichts. Niemand käme auf den Gedanken, dass ich in der Sonne war, und außer bei unserem Besuch im Louvre waren wir ständig im Freien."

„Wie viel hast du getrunken?", fragte Jean.

„Die normale Menge, nicht mehr", antwortete Orlando.

„Dann ist dein Avoué also nicht von oben bis unten mit Bissen übersät?", scherzte Jean.

„Natürlich nicht!", rief Orlando. „Ich würde die beiden Dinge nie gleichzeitig tun."

„Dein Verlust", meinte Jean schulterzuckend und machte sich auf den Weg ins Wohnzimmer.

„Warte", rief ihm Orlando nach. „Ich habe Angst, ihn zu verletzen."

„Du wirst noch lernen, mehr Vertrauen in dich zu haben", versicherte ihm Jean. „Und wenn es soweit ist, wird es ein unvergleichliches Erlebnis sein."

Orlando starrte Jean mit offenem Mund an. Auf diese Worte fiel ihm nichts mehr ein. Sowohl der Sex mit Alain wie auch das Trinken waren schon unabhängig voneinander unvergleichliche Erlebnisse gewesen. Dass es noch besser werden sollte, überstieg Orlandos Vorstellungsvermögen.

Orlando riss sich aus seiner Erstarrung und lief Jean nach, der gerade das Wohnzimmer betrat. Die Atmosphäre in dem Raum hatte sich beträchtlich abgekühlt. Die unkomplizierte Kameradschaft, die Orlando eben noch mit Alain und Thierry geteilt hatte, war verschwunden und einer angespannten Stille gewichen, auf die sich Orlando zunächst keinen Reim machen konnte. Dann wurde ihm klar, dass die beiden Magier nicht wussten, wie sie sich Jean gegenüber verhalten sollten. Er wollte ihnen sagen, dass sie ihn genauso behandeln konnten wie ihn selbst, war sich aber nicht sicher, ob das wirklich stimmte. Außerdem wusste Orlando nicht, ob er überhaupt das Recht hatte, sich zu dieser Angelegenheit zu äußern. Er ging zu Alain zurück, weil er den anderen zeigen wollte, dass sie jetzt zusammen gehörten.

Als ihm die Stille unangenehm wurde, drehte Orlando sich zu Jean um. „Wir haben gerade darüber geredet, wie wir unsere Zusammenarbeit am besten gestalten", erklärte er dem anderen Vampir und hoffte, damit das Gespräch wieder

152

in Gang zu bringen. Aber Jean nickte nur. Orlando wollte gerade einen zweiten Versuch wagen, als es wieder an der Tür klopfte. Er ging schnell in den Flur, um die anderen Magier einzulassen, die gestern schon hier gewesen waren. Sie folgten ihm ins Wohnzimmer und verteilten sich im Raum, wobei sie die Nähe zu Jean mieden. Orlando unterdrückte ein frustriertes Seufzen und kehrte an seinen Platz an Alains Seite zurück. Thierrys Akzeptanz hatte ihn hoffen lassen, dass es so weitergehen würde. Aber offensichtlich beschränkte sie sich auf ihn persönlich, und andere Vampire wurden nicht so behandelt. Außerdem schien Thierrys Verhalten auch kein Gradmesser für die anderen Magier zu sein, die Orlando noch sehr reserviert behandelten.

„Hast du dich um Aleth gekümmert?", wollte Marcel von Thierry wissen.

Thierry nickte und presste die Lippen zusammen. Die letzten vierundzwanzig Stunden waren nicht leicht gewesen.

„Gut", erwiderte Marcel. „Alain, wie geht es dir?"

Alain lächelte und drückte Orlandos Hand. „So gut, wie lange nicht mehr", sagte er.

Marcel lächelte erfreut. „Adèle, hast du den Wartesaal für heute Nacht vorbereitet?"

„Alles erledigt", antwortete sie. „Ich habe einen Alarm eingearbeitet, der uns warnt, falls jemand meine Beschwörungen manipulieren will. Bis jetzt ist nichts passiert."

„Gute Idee", sagte Marcel. „Ich habe einige schlechte Nachrichten. Marc war nach dem Überfall in Versailles verschwunden. Seine Leiche hat heute früh vor meiner Tür gelegen. Er ist gefoltert worden, bevor sie ihn umgebracht haben."

Die Magier waren schockiert.

„Blanchet", fluchte Thierry. „Eines Tages bekomme ich ihn in die Finger. Dann wird er den Tag verwünschen, an dem er geboren wurde."

„Beruhige dich, Thierry", sagte Marcel. „Seine Zeit wird kommen, und wenn es soweit ist, will ich nicht, dass sein Blut an deinen Händen klebt. Außer, es ist ein fairer Kampf. Wir werden uns nicht auf ihr Niveau begeben."

Thierry fluchte leise vor sich hin. Die Luft um ihn herum war magisch aufgeladen und Funken sprühten durch das Zimmer.

„Es interessiert euch vielleicht, dass die Wirkung von Alains Magie schon seit heute früh anhält", unterbrach Orlando ungehalten. Er konnte verstehen, dass Marcel sich bei Adèle über die Vorbereitung des Wartesaals informiert hatte. Er konnte sogar verstehen, dass Marcel sich bei Thierry und Alain über deren Wohlergehen erkundigt hatte. Die beiden waren Schlüsselfiguren der Allianz. Er verstand auch die Schrecken der Folter, schließlich hatte er über hundert Jahre die Qualen aushalten müssen, denen ihn sein Schöpfer ausgesetzt hatte. Aber er konnte nicht verstehen, wieso Marcel dieses Thema offensichtlich wichtiger war, als sich bei Jean über die Vorbereitungen der Vampire zu informieren. Sie waren für ihre Pläne immerhin von entscheidender Bedeutung, zumal sie hoffentlich dazu beitragen würden, dass sich solche Schrecken nicht wiederholten.

Marcel zog eine Augenbraue hoch. „Das ist eine gute Nachricht", gab er Orlando recht. „Wie stark hast du dich der Sonne ausgesetzt?"

„Fast den ganzen Tag", antwortete Alain. „Wir sind durch die Stadt gelaufen und haben nur für einen Besuch im Museum ein Gebäude betreten."

Jean wartete schweigend ab. Er war erleichtert darüber, dass die Magie ihnen soviel Beweglichkeit und Flexibilität geben konnte. Aber er erwartete auch, von Marcel in die Diskussion einbezogen zu werden. Schließlich waren die Magier zu ihm gekommen, nicht umgekehrt. Es war ihm wichtig, sie daran zu erinnern.

„Wird das ausreichen, um die anderen Vampire zu überzeugen, die Allianz zu unterstützen?", fragte Marcel.

„Es wird sie zumindest neugierig machen", erwiderte Jean. „Der Rest hängt davon ab, was ihr von ihnen dafür verlangt."

„Was wir von ihnen verlangen", unterbrach Orlando. „Merkt ihr es nicht? Ihr redet, als wären wir zwei getrennte Gruppen. So wird die Allianz nie funktionieren können. Wir müssen uns gegenseitig vertrauen, wenn wir erfolgreich zusammenarbeiten wollen."

„Orlando hat recht", mischte sich Alain ein. „Die Magier werden uns auch nicht glauben, wenn wir so gespalten vor sie treten. Sie müssen sehen, dass wir von unseren Argumenten überzeugt sind und an diese Allianz glauben. Sonst werden sie nie zustimmen, sich oft genug beißen zu lassen, um ihre möglichen Partner zu finden."

„Und wie sollen wir es besser machen?", fragte Marcel. „Ich … wir brauchen konkrete Vorschläge", gestand er und nickte Jean versöhnlich zu.

Jean nickte zurück und wartete auf die Reaktion der anderen.

„Wir könnten damit beginnen, den anderen Magiern die Bissspuren an unseren Handgelenken und an Alains Hals zu zeigen. Dann sehen sie, dass es keinen dauerhaften Schaden anrichtet", schlug Thierry vor.

„Und Jean und ich sind der Beweis für die Vampire, dass Magierblut nicht giftig ist", ergänzte Orlando.

„Wird das ausreichen?", fragte Adèle. „Einige werden vielleicht glauben, dass die Bisse nicht von euch sind und der Vampir, der Alains und Thierrys Blut wirklich getrunken hat, krank oder gar tot ist."

„Was sollten wir damit erreichen wollen?", fragte Jean nach. „Warum sollte ich die Vampire davon überzeugen wollen, etwas zu tun, das ihnen schadet?"

„Ich weiß", erwiderte Adèle. „Aber eine kleine Demonstration könnte nicht schaden, um die Skeptiker auf beiden Seiten zu überzeugen. Wenn sich einer von uns vor ihren Augen von dir oder Orlando beißen lässt, können sie alle sehen, dass es ungefährlich ist."

Alain lief eine Gänsehaut über den Rücken. Nach der Erfahrung heute früh war er sich nicht sicher, ob er sich beherrschen konnte, wenn Orlando ihn in aller Öffentlichkeit beißen würde.

„Wenn es nötig sein sollte, stelle ich mich zur Verfügung", erklärte Jean, als er den Ausdruck in den Gesichtern von Alain und Orlando sah. Er hatte die Befürchtung, die beiden würden ihrem Publikum mehr vorführen als nur einen Biss. Natürlich würden sie das nicht absichtlich tun, aber sie waren offensichtlich so ineinander verliebt, dass Jean sich nicht sicher war, ob sie die Kontrolle über den Biss behalten konnten. Und das würde auf beiden Seiten den falschen Eindruck erwecken. Er sah Raymond an und erkannte unverhohlenes Misstrauen in den Augen des Magiers. Jean seufzte und wünschte sich zum wiederholten Male, er hätte die Kooperation Raymonds nicht durch Drohungen erzwingen müssen.

„Es wäre ein zusätzliches Argument, wenn sich einer von uns zur Verfügung stellt, der schon gebissen worden ist. Das zeigt, dass wir keine Angst davor haben, die Erfahrung zu wiederholen", ergänzte Thierry.

„Gestern hast du dich noch anders angehört", bemerkte Adèle erstaunt.

„Ich habe in der Zwischenzeit meine Frau beerdigt", erwiderte Thierry scharf. „Das hat meine Sicht der Dinge verändert."

„Verständlicherweise", unterbrach Marcel, um eine sinnlose Auseinandersetzung zu verhindern. „Die Idee ist gut. Wir werden am Anfang wahrscheinlich in jedem Einzelfall die Teilnehmer zu dem Experiment überreden müssen. Jean, gibt es jemanden, dem du zutraust, sich als erster zur Verfügung zu stellen? Orlando hat schon einen Partner, und du auch."

„Ich denke schon", erwiderte Jean. Er dachte an Angélique. Sie war sehr abenteuerlustig, und falls sie heute Nacht kam, würde er sie bestimmt dazu überreden können, sich unter den Magiern einen Partner zu suchen. Es gab noch einen anderen Vampir, der dafür in Frage kam. Aber Jean hoffte, dass der Mann nicht erscheinen würde.

28

SIE DISKUTIERTEN noch angeregt weiter, bis es Zeit wurde, aufzubrechen und zum Gare de Lyon zu fahren. Raymond hatte keine Gelegenheit gefunden, mit Thierry ein Gespräch unter vier Augen zu führen. Fast war er darüber erleichtert, denn nach dem Verlauf der Diskussion hatte er den Verdacht, dass Thierry als möglicher Verbündeter ausgefallen war. Thierry schien sich mit Alains Lage abgefunden zu haben. Raymond knirschte frustriert mit den Zähnen. Er durfte nicht den Eindruck erwecken, die Allianz hintertreiben zu wollen, aber er hielt die ganze Sache für eine höchst gefährliche Idee. Es war schon schlimm genug gewesen, als sie die Vampire nur für einige Stunden immun machen wollten, aber mittlerweile redeten sie davon, die Schutzwirkung auf den ganzen Tag auszuweiten. Sicher, sie wollten es nur mit Magiern versuchen, die sich freiwillig bereit erklärten. Aber Raymond war sich sicher, dass aus der Bereitwilligkeit bald ein Erfordernis werden würde. Sie würden es schon sehen. Sobald die ersten Magier an den Bissen der Vampire starben, würden sie sehen, was sie angerichtet hatten. Vielleicht würden sie dann darauf hören, was er ihnen zu sagen hatte.

Marcel bestand darauf, dass sie sich getrennt auf den Weg machten. „So ziehen wir weniger Aufmerksamkeit auf uns", erklärte er.

Nach und nach verließen sie die Wohnung, bis nur noch Orlando und Alain übrig blieben. Orlando nahm Alain an der Hand und zog ihn in die Arme. „Wir gehen zusammen", erklärte er bestimmt.

Alain gab ihm einen Kuss. „Ich hätte nie etwas anderes erwartet." Hand in Hand verließen sie die Wohnung und gingen durch die verlassenen Straßen zur U-Bahn-Haltestelle. Sie beobachteten wachsam ihre Umgebung, um mögliche Gefahren rechtzeitig erkennen zu können. Als sie am Gare de Lyon ankamen, glaubte Alain, einen dunklen Magier bemerkt zu haben, aber als er das zweite Mal hinsah, war der Mann verschwunden. Da er keine unnötige Aufregung verursachen wollte, erwähnte er seine Beobachtung nicht, war aber besonders wachsam, als sie durch den Bahnhof zu dem Wartesaal gingen, den Adèle für ihr Treffen vorbereitet hatte. Sie fanden ihn problemlos und schlüpften so unauffällig wie möglich durch die Tür, um keine zusätzliche Aufmerksamkeit auf den magisch abgeriegelten Raum zu lenken.

Alain sah sich um und seufzte frustriert, als er die unsichtbare Demarkationslinie erkannte, die beide Gruppen zu trennen schien. Auf der einen Seite des Raumes hatten sich die Magier zusammengefunden, auf der anderen standen die Vampire. „Da liegt noch einiges an Arbeit vor uns", flüsterte er Orlando zu. Er kam sich vor wie auf einem Schulball – Jungs auf einer Seite, Mädels auf der anderen, und beide Gruppen starren sich verlegen an und wissen nicht, wie sie den leeren Raum überwinden sollen, der sie voneinander trennt.

Orlando nickte. „Vielleicht kommen sie zu uns, wenn wir zusammen in der Mitte stehen bleiben."

„Es ist einen Versuch wert. Aber ich muss erst mit Marcel reden. Ich bin gleich zurück." Orlando sah seinem Geliebten nach, der zu dem älteren Magier ging. Er konnte aus dieser Entfernung nicht hören, worüber gesprochen wurde. Aber es war Alain anzusehen, dass ihn etwas beunruhigt hatte.

„Ich glaube, ich habe einen von Serriers Männern gesehen, nachdem wir die Métro verlassen haben", flüsterte Alain Marcel zu.

Marcel nickte. Es schien ihn nicht zu überraschen. „Glaubst du wirklich, wir hätten dieses Treffen vor ihnen verheimlichen können?", fragte er.

„Vermutlich nicht", gab Alain zu. „Aber wir müssen wachsam sein."

„Adèles Beschwörungen werden halten", versicherte ihm Marcel. „Wir sind hier sicher. Und wenn wir den Raum wieder verlassen, haben wir hoffentlich neue Verbündete, mit denen wir uns jeder Gefahr stellen können, die da draußen auf uns wartet."

Alain nickte und kehrte zu Orlando in die Saalmitte zurück. Die Magier, die nach ihnen den Wartesaal betraten, begrüßten ihn im Vorbeigehen, aber keiner blieb bei ihnen stehen. Die Vampire verhielten sich ähnlich. Sie begrüßten Orlando und gingen schnell auf ihre Seite des Raums.

Um Punkt vier Uhr kamen Marcel und Jean zu Alain und Orlando in die Saalmitte. Marcel holte tief Luft und ließ den Blick über die versammelten Magier und Vampire schweifen. Er setzte alle Hoffnung in den Erfolg ihres Treffens, denn er ahnte, was sie vor dem Wartesaal erwartete.

„Ich danke euch für euer Erscheinen", fing Marcel an. „Ich kann mir vorstellen, dass ihr wissen wollt, warum wir zu diesem Zeitpunkt hier versammelt sind. Jean Bellaiche und ich haben in unserer Eigenschaft als Generalkommandeur der Milice de Sorcellerie und als Chef de la Cour von Paris eine Allianz geschlossen. Wir hoffen, dass wir gemeinsam erfolgreich den Krieg beenden können, den die dunklen Magier begonnen haben."

„Der Krieg betrifft uns alle", fuhr Jean fort und sah die versammelten Vampire an. „Wenn die Elementarkräfte der Erde durcheinander geraten, weil die Magier sie nicht mehr im Gleichgewicht halten können, werden wir auch darunter leiden. Wahrscheinlich wird es uns noch eher treffen, als die nichtmagischen Menschen, denn wir sind auch magische Geschöpfe. Im Austausch für unsere Unterstützung in diesem Krieg haben die Magier uns zugesichert, ein Gesetz zur Gleichstellung in der Nationalversammlung einzubringen, das uns vor Diskriminierung schützen soll."

„Und das hast du ihnen abgenommen?", rief eine Stimme aus der Menge.

„Ja", erwiderte Jean. „Blut lügt nicht."

157

„Du hast sein Blut geschmeckt?", fragte ein anderer Vampir.

Jean nickte. „Chavinier meint es ehrlich."

„Magierblut ist giftig", rief ein dritter Vampir. „Wie konntest du es trinken und überleben?"

„Es ist nicht giftig", sagte Jean. „Tatsächlich kann das Blut des passenden Magiers einen Vampir vor dem Sonnenlicht schützen."

Diese Worte lösten eine beträchtliche Unruhe unter den Anwesenden beider Lager aus. Als das Gemurmel aufhörte, redete Jean weiter. „Die Partnerschaft zwischen einem Magier und einem Vampir gibt uns die Möglichkeit, bei Tageslicht ins Freie zu gehen, ohne dadurch Schaden zu nehmen."

„Das ist unmöglich!", rief der erste Vampir.

„Doch, Stéphane, das ist es", erwiderte Jean. „Ich habe selbst in der Sonne gestanden und es überlebt. Orlando hat gestern den ganzen Tag in der Stadt verbracht."

Das Gemurmel ging wieder los, dieses Mal noch lauter. Die Vampire hatten Jeans Worte gehört und begriffen langsam, was die vorgeschlagene Allianz für sie bedeuten würde. Wieder im Sonnenlicht zu gehen …

„Wir können euch vor Sonnenaufgang nicht beweisen, dass wir recht haben", fügte Orlando hinzu. „Aber wir können euch schon jetzt zeigen, dass uns das Magierblut nicht schadet. Schaut her!" Er sah Alain fragend an. Als sein Magier nickte, hob er Alains Arm und zeigte allen die Bissspuren an Alain Handgelenk.

Marcel, Thierry und Adèle waren an Alains Seite getreten und hoben ebenfalls ihre Arme, um sie den Anwesenden zu zeigen.

„Dann suchen wir uns also einfach einen Magier und beißen ihn?"

Jetzt wurde es unter den Magiern unruhig. Die gefühllose Bemerkung des Vampirs kam nicht sehr gut an.

„Ganz so einfach ist es nicht", erklärte Jean. „Ihr müsst den richtigen Magier für euch finden. Ihr könnt in seinem Blut die Magie fühlen, die sich wie eine schützende Decke um euch legt, die euch vor der Welt abschirmt. Nur das Blut des passenden Magiers kann euch schützen."

„Es sind nur wenige Tropfen nötig", fügte Orlando hinzu, als ihm die wachsende Unruhe unter den Magiern auffiel.

„Es ist nur ein kleiner Biss. Ich habe ihn kaum gespürt", versicherte Alain den Magiern. Seine Erfahrung mit den darauffolgenden Bissen behielt er wohlweislich für sich. Er wusste nicht, ob den anderen Paaren ein ähnlich intensives Erlebnis bevorstand. Alain hätte die Erinnerung an ihren letzten Biss gern mit Orlando geteilt, aber er traute sich nicht, ihm in die Augen zu sehen. Er wollte die Kraft ihrer Gefühle nicht vor den Anwesenden zu erkennen geben. Es war ihre Privatangelegenheit, ging nur sie beide etwas an und hatte mit der Allianz nichts zu tun. Es hatte auch nichts damit zu tun, wie sich die anderen Partnerschaften entwickeln würden.

„Und wie war es für den Rest von euch?", wollte eine Magierin wissen.

„Keiner von uns ist durch den Biss zu Schaden gekommen, Caroline", sagte Marcel.

„Das möchte ich gerne von jedem persönlich hören", forderte Caroline.

„Es war ein Erlebnis, das ich jederzeit gerne wiederhole", sagte Adèle im Brustton der Überzeugung. Die Diskussion ging ihr langsam auf die Nerven.

„Ich bin unverletzt", fügte Thierry hinzu und drehte sich dann zu Raymond um.

„Es … geht mir gut", sagte der zögernd. Er konnte sein Unbehagen nicht ganz verbergen. Alain sah ihn mit gerunzelter Stirn an, verkniff sich aber jeden Kommentar. Er wollte nicht den Eindruck der Uneinigkeit vermitteln.

„Wir müssen es versuchen", sagte Marcel zu den beiden Gruppen. „Wir können uns in diesem Krieg nicht geschlagen geben. Die Partnerschaft des Blutes gibt den Vampiren eine Flexibilität, die sie sonst nicht hätten. Wir können es uns nicht leisten, wenn in einem Kampf plötzlich die Hälfte unserer Leute verschwindet, weil gleich die Sonne aufgeht. Und wir wollen auch nicht, dass Serrier seine Angriffe auf den Tag verlegt, weil er weiß, dass uns dann unsere Verbündeten nicht helfen können."

„Dann stellen wir uns also jetzt in einer Reihe auf und lassen uns beißen?", fragte einer der Magier.

„Ja, David", antwortete Thierry. „Genau das werden wir tun." Damit ging er auf die Vampire zu, schob seinen Ärmel hoch und hielt ihnen das Handgelenk hin, um sich vom ersten Vampir beißen zu lassen, der sich dazu bereit erklärte.

Die Spannung im Raum stieg. Die Augen der anwesenden Vampire waren auf Thierrys Handgelenk gerichtet, aber keiner von ihnen bewegte sich. „Das gibt einen Biss dem Gespött preis", protestierte Stéphane. „Einfach … einfach so zu beißen, wenn jeder zusehen kann."

„Hast du Angst, dich nicht beherrschen zu können, Stéphane?", forderte Jean den Vampir heraus. Einige der Vampire, die das Temperament Stéphanes nur zu gut kannten, lachten leise. Als sich die Spannung wieder gelegt hatte, ließ Jean den Blick über die Gesichter seiner Freunde und Anhänger schweifen. „Ich weiß sehr genau, worum ich euch bitte. Aber ob öffentlich oder nicht, es lässt sich nicht vermeiden. Wenn wir mehr Zeit hätten oder eine bessere Methode wüssten, würde ich euch nicht bitten, dieses Tabu zu brechen. Aber dieser Luxus ist uns verwehrt. Ich kann euch zu nichts zwingen und ich würde es auch nicht wollen, aber ich bitte euch als euer Chef de la Cour, den ihr selbst gewählt habt. Vertraut mir und versucht es. Nur einen kleinen Tropfen, an dem ihr die Wirkung erkennen könnt."

29

SCHLIESSLICH TRAT eine dunkelhaarige Frau vor und hob Thierrys Arm an den Mund. Die anwesenden Vampire hielten geschlossen die Luft an, als ihre Lippen sich auf Thierrys Handgelenk pressten.

Thierry versuchte, locker zu bleiben, als er die Zähne spürte, die seine Haut berührten und dann zubissen. Dann hob sie auch schon wieder den Kopf, um sein Blut auf der Zunge zu schmecken. „Schmeckst du seine Magie, Angélique?", fragte Jean.

„Ja", sagte sie nickend. Sie spürte den zusätzlichen Geschmack, den die Magie dem Blut gab. Aber es hatte auch einen leicht säuerlichen Geschmack, den sie als Trauer identifizierte. „Aber ich spüre es nicht so, wie du es uns beschrieben hast."

„Dann versuche es mit jemand anderem", forderte Jean sie auf. „Ich habe es fünfmal versucht, bis ich den richtigen Magier gefunden habe, dessen Blut mich beschützen kann."

Angélique sah sich suchend um. Sofort trat Adèle vor und bot der Vampirin ihr Handgelenk an.

Alain beobachtete die anderen Magier, während Angélique den Kopf beugte, um von Adèles Blut zu kosten. Keiner bewegte sich. Er seufzte frustriert und überlegte, wen von ihnen er auffordern konnte, dem Beispiel von Thierry, Adèle und Marcel zu folgen. David ignorierte er. Nach der Bemerkung des Magiers und angesichts ihrer Vergangenheit wollte Alain ihn erst gar nicht ansprechen. Auch Caroline schied durch ihren Kommentar aus. Alains Blick fiel auf Laurent Copé, Thierrys Leutnant. Laurent war jung genug, um eine solche Herausforderung gerne anzunehmen. Alain beugte sich zu Orlando und flüsterte ihm ins Ohr: „Ich bin gleich zurück, aber ich will sehen, ob ich einige Magier überzeugen kann."

„Ich versuche es mit den Vampiren", erwiderte Orlando leise. Sie gingen auf die jeweilige Seite des Wartesaals und sahen sich nach vertrauten Gesichtern um.

Alain ging direkt auf Laurent zu. „Komm schon, Laurent", sagte er. „Hilf mir, einen Anfang zu machen."

„Ich weiß nicht, Alain", antwortete Laurent zögernd. „Es ist eine schwere Entscheidung."

„Wovor hast du Angst?", fragte Alain herausfordernd.

„Ich habe keine Angst", gab Laurent zurück. „Ich sehe nur nicht, welche Vorteile es uns bringen soll."

„Liegt das nicht auf der Hand?", fragte Alain frustriert. „Glaubst du nicht, dass ein Vampir jeden Magier besiegen kann? Oder zweifelst du daran, dass sie ihr Wort halten?"

„Von beidem etwas", gab Laurent zu.

„Sie werden ihr Wort halten, weil wir etwas haben, das sie wollen. Es sind sogar zwei Dinge, die sie wollen. Zum einen haben wir die Macht, uns für Antidiskriminierungsgesetze stark zu machen, zum anderen lässt unser Blut sie wieder ein halbwegs normales Leben führen. Wenn sie ihr Wort brechen, werden sie beides verlieren."

„Dann vertraust du ihnen also?", hakte Laurent nach.

„Mit meinem Leben", erwiderte Alain. Um die Ernsthaftigkeit seiner Worte zu unterstreichen, legte er den Kopf zur Seite und zeigte Laurent die Bissspuren an seinem Hals. „So sehr vertraue ich ihnen." Natürlich war das nur die Oberfläche, aber über seine Beziehung zu Orlando wollte er im Moment nicht sprechen. Das würde die Situation nur unnötig verkomplizieren.

Laurent starrte Alains Hals an. „Na gut", gab er schließlich nach und ging auf die Vampire zu. Alain seufzte erleichtert. Aber wenn er dieses Gespräch mit jedem einzelnen Magier führen musste, würden sie es niemals schaffen, ihren Zeitplan einzuhalten. Er sah sich um und entdeckte noch einige andere Magier, die sich auf den Weg gemacht hatten, um die Kluft zwischen den beiden Gruppen zu überwinden. Alain schlängelte sich durch die Menge und suchte weiter nach potenziellen Kandidaten, als er sich unvermutet vor David Sabatier wiederfand. Er hatte nichts gegen den Magier, aber leider hatte David etwas gegen ihn. Außerdem war Alain nicht sehr glücklich darüber, wie David Marcels Autorität herausgefordert hatte.

„Willst du schon gehen?", zischte er David an.

„Was geht dich das an?", fragte David im gleichen Ton zurück. Es gefiel ihm nicht, dass Alain in Marcels Plänen eine zentrale Rolle spielte, während er selbst außen vor gelassen wurde.

„Ich will den Erfolg dieser Allianz", erklärte Alain. „Und dein Verhalten bringt uns keinen Schritt weiter."

„Ich bin von deinem Verhalten auch nicht allzu begeistert", schnappte David ihn an. „Nur weil du Marcels Liebling bist, müssen wir dich noch lange nicht anbeten." Er schob sich an Alain vorbei und warf ihn fast zu Boden. Alain griff ihn am Arm und wirbelte ihn zu sich herum.

„Was ist denn dir in den Arsch gekrochen?"

„Du", fauchte David. „Du und deine Überheblichkeit. Nur weil du einen Vampir gefunden hast, der dein Blut saugt, müssen wir es dir noch lange nicht nachmachen." Er wollte wieder an Alain vorbeigehen, blieb jedoch plötzlich neben ihm stehen. „Was ist das?", fragte er und fasste an Alains Kinn, um sich das Brandmal anzusehen.

„Das hat mit dir nicht das Geringste zu tun", erwiderte Alain und befreite sich aus Davids Griff.

Auf der anderen Seite des Raumes hatte Orlando mit den Vampiren mehr Glück. Als er die Schreie hörte, drehte er sich zu den Magiern um. Er sah, wie David Alain am Kinn fasste, verlor die Beherrschung und lief los. Orlando stieß jeden zur Seite, der ihm im Weg stand. Er konnte nicht zulassen, dass der andere Magier seinen Alain verletzte. Alain blockierte gerade noch rechtzeitig den Fluch, mit dem David sich gegen Orlando verteidigen wollte. Orlando fasste David an der Kehle und presste ihn mit dem Rücken an die Wand. „Wenn du ihn noch ein einziges Mal anfasst, bringe ich dich um", drohte er dem Magier. Orlando meinte es ernst. Niemand würde seinen Freunden etwas antun. Und auf Alain traf das erst recht zu.

Alain legte Orlando die Hand auf die Schulter und beruhigte ihn wieder. „Schon gut. Er hat mir nichts getan", versicherte er Orlando. „Du kannst ihn wieder loslassen."

Orlando funkelte David wütend an, ließ ihn aber los. „Vergiss nicht, was ich dir gesagt habe", warnte er den Magier.

„Glaubst du immer noch, sie können gegen einen Magier nichts ausrichten?", fragte Alain spitz. „Wenn er es wirklich gewollt hätte, wärst du jetzt tot. Und jetzt denk darüber nach, was er und seine Freunde gegen unsere Feinde ausrichten können."

In diesem Moment tauchten Jean und Marcel auf. „Was ist hier los?", wollte Marcel wissen.

„Nichts", antwortete Alain. „Wir wollten David nur vom Wert unserer neuen Verbündeten überzeugen. Ich glaube, dass es uns gelungen ist. Was meinst du, David?"

David nickte. Er wirkte mehr als eingeschüchtert.

„Gut", meinte Marcel. „Dann können wir ja jetzt mit unserem Plan weitermachen, Partner für unsere Verbündeten zu finden. Wenn wir uns untereinander streiten, haben Serrier und seine Leute den Sieg schon in der Tasche. Wollt ihr das?" Er sah jedem Magier einzeln in die Augen und scheuchte sie auf die andere Seite des Raumes.

Zum ersten Mal, seit Orlando zu seiner Verteidigung gekommen war, sah Alain ihm in die Augen. Sie mussten später noch über die Sache reden, aber jetzt brauchte er diesen kurzen Augenblick, sowohl für sich selbst wie auch für Orlando. Alain konnte Orlando ansehen, dass es ihm ähnlich ging. Es war, als hätte diese Auseinandersetzung sie wieder in die Wirklichkeit zurückgeholt, um sie daran zu erinnern, was ihnen in zukünftigen Schlachten bevorstand. David hatte nach einem Fluch aufgegeben und Orlando sich auf Drohungen beschränkt. Serriers Magier waren so leicht nicht aufzuhalten.

Vampire und Magier beäugten sich einige Minuten lang misstrauisch, schlichen umeinander herum und wussten nicht, wie sie den nächsten Schritt angehen sollten. Dann fassten sich die ersten ein Herz, boten einem Vampir ihr Handgelenk an oder griffen nach dem Arm eines Magiers.

In der Mitte des Gewimmels stand Adèle und suchte die Menge nach interessanten Kandidaten ab. Eine Vampirin lehnte sie rundweg ab. Sie war nicht daran interessiert, dieses Erlebnis mit einer Frau zu teilen. Sie hatte die Funken gesehen, die zwischen Alain und Orlando sprühten, und genau das wollte sie auch für sich selbst. Bei Angéliques Biss hatte sie nicht das Geringste gespürt, deshalb wollte sie es jetzt mit einem Mann versuchen. „Mein Name ist Adèle Rougier", sagte sie und ging mit ausgestrecktem Arm auf einen Vampir zu.

„Yves Levy", kam die Antwort. Der Vampir nahm ihre Hand und hob sie zögernd an seine Lippen.

„Es ist schon in Ordnung", versicherte ihm Adèle. „Ich weiß, was auf mich zukommt."

Sein Mund legte sich auf ihre Haut und sie konnte die feuchte Zunge spüren, die sie auf den Biss vorbereitete. Ein Gefühl der Vorfreude ließ sie erschauern. Yves' Zähne piekesten leicht in ihr Gelenk, dann war die Zunge wieder da. Sie sah ihn erwartungsvoll an, aber er schüttelte den Kopf. Enttäuscht, aber nicht entmutigt, dankte sie ihm lächelnd und machte sich auf die Suche nach dem nächsten Vampir, dem sie ihr Blut anbieten wollte.

Mireille stand am Rand des Geschehens und beobachtete alles. Sie hatte Monsieur Lombard gesagt, dass sie gerne an dem Treffen teilnehmen wollte. Er hatte keine Einwände erhoben, für sich selbst aber abgelehnt. Doch er hatte sie noch gewarnt, vorsichtig zu sein und sorgfältig nachzudenken, bevor sie sich entschied. Er hatte sie darauf hingewiesen, dass sie eine Teilnahme an der Allianz jederzeit ablehnen konnte, da sie bereits ihm verpflichtet war. Mireille war ihm für seine Geste dankbar, aber als sie sah, wie sich das erste Paar fand, als sie das ungläubige Erstaunen in Josées Gesicht sah, die zum ersten Mal das Blut schmeckte, das sie beschützen würde, wusste Mireille, dass nichts sie davon abhalten konnte, ein Teil dieser Allianz zu werden. Es war zu wichtig, um es nur den anderen zu überlassen.

Mireille war von Natur aus eher schüchtern und führte durch ihren Dienst bei Monsieur Lombard ein abgeschirmtes Leben. Deshalb wusste sie nicht, wie sie auf einen der Magier zugehen sollte. Die ganze Situation war ihr peinlich.

„Ist dir das Ganze auch so unangenehm wie mir?", fragte eine weibliche Stimme hinter ihr.

Mireille drehte sich überrascht um, weil sie nicht gemerkt hatte, dass sich jemand näherte. Eine blonde Magierin stand vor ihr und lächelte sie verlegen an.

„Ich muss zugeben, dass ich mich schon wohler gefühlt habe", stimmte Mireille ihr mit einem leisen Lachen zu.

„Ich heiße Caroline Bontoux", stellte die Frau sich vor. „Da es von uns erwartet wird, sollten wir einfach anfangen. Vielleicht haben wir Glück und brauchen nur diesen einen Versuch."

„Das wäre schön", erwiderte Mireille lächelnd. „Ich bin Mireille Fournier."

Caroline holte tief Luft und schob den Ärmel ihrer Jacke nach oben, um die glatte Haut ihres Handgelenks für die scharfen Zähne freizulegen.

„Ich sollte eigentlich nicht so nervös sein", meinte Mireille, als sie nach Carolines Hand griff. „Ich lebe schon seit Jahrzehnten als Vampir und mache das alle paar Tage."

„Aber du kannst dich frei entscheiden, wann und von wem du trinkst, lernst deine Opfer wahrscheinlich vorher kennen", meinte Caroline. „Es ist schon gut, ich biete es dir freiwillig an."

Beruhigt hob Mireille die Hand an ihren Mund. Sie bereitete die Haut schnell, aber gründlich vor. Sie wollte sich damit nicht zu lange aufhalten, da sie Carolines Reaktion nicht einschätzen konnte. Außerdem ging es bei diesem Biss nicht ums Vergnügen, sondern es war eine rein funktionale Angelegenheit. Sie biss so leicht wie möglich zu, gerade tief genug, um einige Blutstropfen aus Carolines Handgelenk fließen zu lassen. So hatte Orlandos es ihnen gesagt. Einige wenige Tropfen würden ausreichen.

Mireille konnte die meisten Menschen schon nach einem kurzen Blick einschätzen. Das war wichtig, denn ihr Leben und ihr Lebensunterhalt hingen davon ab, schmackhaftes Blut zu finden. Sie hatte erwartet, dass das auch auf Caroline zutreffen und ihr Blut den leichten, unkomplizierten Geschmack haben würde, der zu der zierlichen Person passte.

Sie hatte sich getäuscht. Vielleicht war es nur die Magie, die den Unterschied ausmachte, aber Carolines Blut schmeckte wie ein voller, reifer Wein. Das Erste, was Mireille auffiel, war ein Selbstbewusstsein, das in klarem Widerspruch zu Carolines zurückhaltender Annäherung stand. Darunter lag die Macht ihrer Magie, die wie eine Basisnote alles zusammenhielt. Mireille ließ den Geschmack auf sich einwirken und erkannte, dass sie sich von Carolines Magie umhüllt und beschützt fühlte, so wie Jean es ihnen beschrieben hatte.

„Hallo, Partnerin", sagte sie lächelnd. Der Geschmack hatte ihr gefallen. Caroline war ein Mensch, mit dem sie arbeiten und dem sie vertrauen konnte.

Caroline erwiderte das Lächeln. „Das war einfach und relativ schmerzlos. Jetzt können wir zusehen und abwarten, was mit den anderen passiert."

„Stimmt", antwortete Mireille und freute sich schon darauf, die anderen Vampire und Magier dabei zu beobachten, wie sie mit dieser peinlichen Situation fertig wurden. Ihre gute Laune verflog wieder, als Patrick Devoy auf sie zukam. Mireille hatte Patrick noch nie leiden können. Er war anmaßend und überheblich. Ohne sie zur Kenntnis zu nehmen, griff er nach Carolines Arm. Das war eindeutig zu viel. Mireille trat zwischen die beiden und zischte Patrick an: „Verschwinde. Sie hat schon eine Partnerin."

Als Patrick Mireille herausfordern wollte, nahm Caroline ihre Hand. „Und ich bin ausgesprochen zufrieden mit ihr", fügte sie hinzu und zog Mireille von ihm fort. „Lass uns zu Alain gehen", schlug Caroline vor. „Er kann uns sagen, wie es jetzt weitergeht und was noch auf uns zukommt." Sie ignorierte den anderen Vampir und machte sich mit Mireille auf den Weg zu Alain und Orlando.

Orlando freute sich, dass Mireille gekommen und eine Partnerin gefunden hatte. Jean hatte ihm gesagt, dass er sie eingeladen hätte, sich aber nicht sicher wäre, ob sie an der Versammlung teilnehmen würde.

Caroline begrüßte Orlando mit einem Kopfnicken. „Wir sollten die Partner jetzt zusammenrufen", schlug sie dann Alain vor. „Das vermeidet Missverständnisse, weil die vergebenen Partner nicht mehr angesprochen werden können."

Orlando sah sie überrascht an und wollte fragen, was geschehen war. Aber Mireille schüttelte den Kopf und er beschloss, seine Frage zurückzustellen. Alain stimmte Caroline zu und ging in eine leere Ecke des Wartesaals. Auf dem Weg sprach er die neuen Paare an und forderte sie auf, ihn zu begleiten.

Adèle sah sich immer noch um. Ihre Wahlmöglichkeiten nahmen mehr und mehr ab. Irgendwo war sicher der richtige Partner für sie, sie musste ihn nur finden. Mit einem frustrierten Seufzen drehte sie sich um und stand vor einem goldenen Gott von einem Mann. Für einen kurzen Augenblick war sie sprachlos und hob wie hypnotisiert den Arm, um ihm ihr Handgelenk zum Biss anzubieten.

Der Vampir sah auf ihre Hand. Das Gelenk war von zahlreichen Bissen übersät und ein Ausdruck des Missfallens huschte über sein Gesicht. „Du hast dich nicht gerade zurückgehalten", stellte er fest.

Die Bemerkung riss Adèle aus ihrer Sprachlosigkeit. „So lange ich nicht die erste bin, deren Blut du getrunken hast, steht es dir nicht zu, mich zu kritisieren", schoss sie zurück. „Ich will diese Allianz zum Erfolg führen, also muss ich mich von Vampiren beißen lassen, bis ich den richtigen finde. Aber wenn dich das stört, versuche ich es mit einem anderen." Sie drehte sich um, kam aber nicht weit, da fasste er sie am Arm und zog sie zurück.

„Ich habe nicht gesagt, dass du gehen sollst", sagte er mit seinem britischen Akzent.

Adèle sah ihn mit geschürzten Lippen an. „Du hast mich auch nicht gebeten zu bleiben."

„Hätte ich das tun sollen? Du hast mir dein Handgelenk angeboten."

„Und du hast es zurückgewiesen, als du die anderen Bissspuren gesehen hast", erwiderte Adèle. „Jetzt beiß mich oder verschwinde. Wir vergeuden wertvolle Zeit."

„Dein Wunsch ist mir Befehl", sagte der Vampir und hob ihren Arm wieder an, streifte aber den Ärmel so weit zurück, bis er unberührte Haut fand.

Adèle war zwar überrascht darüber, hielt ihn aber nicht auf, als er den Kopf senkte und sie vorsichtig in den Arm biss. Es war der sanfteste Biss, den sie an diesem Morgen bekommen hatte. Als er den Kopf wieder hob, wartete sie auf die unvermeidliche Zurückweisung.

„Ich heiße Jude", sagte er lächelnd.

„Dann hat es funktioniert?", fragte sie erstaunt.

„Das hat es", bestätigte er. „Darf ich um deinen Namen bitten?"

„Adèle", erwiderte sie und konnte ihr Glück immer noch nicht fassen. Sie sah ihn ebenfalls lächelnd an. Oh ja, sie würde gerne mit ihm zusammenarbeiten.

Mehr und mehr Partner fanden sich und zogen sich in die Ecke des Wartesaals zurück. Alain nannte Orlando die Namen der Magier und Orlando informierte ihn

165

über die Vampire. Angélique hatte, zu seiner großen Überraschung, ihren Partner ausgerechnet in David gefunden. Fabienne Bruguière war die Partnerin von Mathieu Gastineau, einem Leutnant von Alain. Laurents Partner war Blair Nichols, von dem Orlando ihm mitteilte, dass er erst kürzlich aus Los Angeles gekommen wäre. Alain beobachtete die neuen Partner genau. Er suchte nach Anzeichen der tiefen Verbindung, die er und Orlando so bald nach ihrem ersten Aufeinandertreffen verspürt hatten. Einige der Paare schienen sich in ihrer Partnerschaft wohler zu fühlen als andere, aber er konnte keine Hinweise dafür finden, dass sie eine ähnlich intensive Beziehung hatten. Und wenn, dann verbargen sie es so gut, dass er es nicht erkennen konnte.

Thierry war frustriert, als sich immer mehr Partner fanden und seine eigene Suche erfolglos blieb. Er konnte nicht glauben, dass er nach all dem, was geschehen war, nicht auch den richtigen Vampir finden sollte. Alain, der ein wachsames Auge auf ihn gehalten hatte, erkannte die wachsende Frustration an den magischen Funken, die sein Freund versprühte. Als auch die letzten partnerlosen Vampire ihn abgelehnt hatten, ging Thierrys Temperament mit ihm durch und er verlor die Kontrolle über seine Magie. Alain gelang es noch rechtzeitig, Thierrys Ausbruch mit einer Beschwörung zu bündeln und auf die Tür abzulenken, damit niemand verletzt wurde. Kurz bevor die gebündelte Magie mit aller Macht auf die Tür prallte, öffnete sie sich und ein unbekannter Mann trat ein. Thierrys Magie traf ihn mitten auf die Brust.

30

IM WARTESAAL herrschte Grabesstille. Keiner rührte sich. Der Mann machte einen weiteren Schritt auf die Anwesenden zu. Thierry starrte ihn ungläubig an. Der Neuankömmling hatte klassisch schöne Gesichtszüge, schmale Schultern und lange, dunkle Haare. Thierrys unkontrollierter Ausbruch hatte sich nicht auf ein besonderes Ziel gerichtet und auch keinen bestimmten Zweck verfolgt, aber er hätte den Mann zumindest von den Füßen werfen sollen. Aber die Magie schien nicht die geringste Wirkung auf ihn zu haben. Thierry drehte sich sprachlos um und suchte nach Marcel, weil er hoffte, dass der alte Magier ihm eine Erklärung geben könnte. Aber Marcel war genauso verblüfft und sprachlos wie Thierry. Er konnte sich offensichtlich auch nicht erklären, was er gerade mit eigenen Augen gesehen hatte.

Thierrys Blick fiel auf Alain und Orlando, die bei den anderen Paaren standen. Alain wirkte ebenfalls ziemlich verwirrt. Er hatte Thierrys Magie zwar gebündelt und abgelenkt, sie aber nicht neutralisiert.

„Was zum Teufel ist da gerade passiert?", murmelte Alain und starrte den Fremden an, der wütend auf Thierry zuging.

„Ich habe keine Ahnung", erwiderte Orlandos leise. In der Zwischenzeit kündigte sich ein neues Spektakel an, das ihn ablenkte. Jean hatte sich nicht vom Fleck gerührt, seit die Tür aufgegangen war und der Neuankömmling den Wartesaal betreten hatte. Die versammelten Vampire sahen erwartungsvoll zwischen den beiden Männern hin und her.

Mist!, dachte Jean und kämpfte um Beherrschung, weil er sich keine Blöße geben wollte. Von allen Vampiren der Stadt musste ausgerechnet derjenige hier auftauchen, den er am wenigsten sehen wollte. Er ging auf den Mann zu und hoffte, die Fassade der Höflichkeit aufrecht erhalten zu können. „Noyer", sagte er mit aufgesetzter Freundlichkeit. „Ich hätte nicht erwartet, dich hier zu sehen."

Sebastien blieb stehen und sah ihn mit stechendem Blick an. „Und warum nicht?", fragte er. „Ich dachte, du hättest den Cour zu diesem Treffen eingeladen."

Jean fühlte sich überrumpelt. Er hatte seine Freunde eingeladen, und dazu gehörte Sebastien seit über vierhundert Jahren nicht mehr. Offensichtlich hatte sich jemand nicht an den verdeckten Hinweis gehalten und die Botschaft an Sebastien weitergegeben. „Ich habe nicht erwartet, dass du dem Aufruf folgen würdest", wich er aus.

„Dann hast du dich getäuscht", erwiderte Sebastien. „Worum geht es hier?" Er machte eine abschätzige Handbewegung.

„Wir schließen eine Allianz zwischen den Vampiren und der Milice der Magier", mischte sich Marcel ein.

„Und dazu müsst ihr jeden angreifen, der durch die Tür kommt?", fragte Sebastien ungläubig.

„Es war ein Zufall", kam Alain Marcel zur Hilfe. „Wir haben so spät niemanden mehr erwartet. Die Tür schien mir ein sicherer Ort, auf den ich etwas ungerichtete Magie ablenken konnte."

Sebastien schien die Erklärung zu akzeptieren. „Und was sind die Bedingungen dieser Allianz?", wollte er wissen.

Jean war wieder verstummt, daher erklärten Alain und Marcel ihm die Lage. Sebastien warf einen Blick über die anwesenden Vampire und Magier. Er konnte jetzt an ihrer Körpersprache erkennen, welche Partner sich zusammengefunden hatten. „Dann sollte ich also die ungebundenen Magier beißen, bis ich den richtigen gefunden habe?", fragte er nach.

„So funktioniert es", bestätigte ihm Orlando.

„In diesem Fall möchte ich mit demjenigen beginnen, dessen Magie mich an der Tür getroffen hat. Es scheint mir nur fair zu sein."

„Aber nur wenige Tropfen", erinnerte ihn Orlando. „Du bist nicht der erste, der ihn heute Nacht beißt. Du darfst nicht zu viel trinken."

Thierry trat vor und sah Sebastien in die Augen. Grün traf auf braun, und Thierry erkannte die unterdrückte Wut, wollte sich aber nicht entschuldigen. Er entblößte sein Handgelenk, auf dem zahlreiche Bissspuren zu erkennen waren, und hielt es Sebastien hin.

Sebastien war beeindruckt. Jeder, der sich so oft hintereinander beißen ließ, verdiente seinen Respekt. Egal, wie vorsichtig die Vampire auch gewesen waren, so viele Bisse mussten sehr schmerzhaft sein. Aber im Verhalten des Magiers war keinerlei Zögern oder Zurückhaltung zu erkennen. Als Sebastien sah, dass sich eine der Bisswunden nicht vollständig geschlossen hatte und noch blutete, verzichtete er auf einen neuen Biss. Er leckte das Blut ab und versiegelte die Wunde mit seiner Zunge. Aber er merkte schnell, dass ihm die wenigen Tropfen nicht reichen würden. Er schmeckte eine tiefe Trauer in dem Blut, die seiner eigenen gleich kam. Er schmeckte Entschlossenheit und eine gewisse Dickköpfigkeit, die es mit seiner eigenen Sturheit aufnehmen konnte. Sebastien hob den Kopf und schaute dem Magier ins Gesicht. Im Blick der grünen Augen erkannte er die gleiche Entschlossenheit, die er in dem Blut geschmeckt hatte. Das blonde Haar war verstrubbelt, als wäre der Magier sich mehr als einmal mit den Fingern durch die Haare gefahren. Ja, mit dem konnte er zusammenarbeiten.

„Fühlst du es?", wollte Orlando wissen. „Es sollte sich anfühlen, als ob die Magie dich umhüllt wie eine warme Decke."

„Mit einer Decke würde ich es nicht vergleichen", antwortete Sebastien bedächtig, ohne Thierry dabei aus den Augen zu lassen. „Es ist mehr so, als würde ich meine Lieblingsjacke anziehen, um das Haus zu verlassen und aller Welt entgegenzutreten. Aber ja, ich fühle es."

Thierry atmete erleichtert aus. Er hatte einen Partner. Er würde sein Versprechen an Aleth erfüllen und diese Allianz zum Erfolg führen können. „Thierry Dumont", stellte er sich vor.

„Sebastien Noyer", antwortete der Vampir und streckte die Hand zur Begrüßung aus. Thierry schüttelte sie und fühlte den festen Griff des Vampirs. Ja, mit dem konnte er arbeiten.

„Tut mir leid, euer Techtelmechtel unterbrechen zu müssen", mischte Adèle sich sarkastisch ein. „Aber ich wüsste zu gerne, was bei Sebastiens Eintreten passiert ist. Warum hat Thierrys Magie ihn nicht aufgehalten?"

„Warum hat *deine* Magie ihn nicht aufgehalten?", fragte Jean zurück.

„Weil meine Beschwörungen nicht dazu gedacht waren, Vampire und Magier der Milice zurückzuhalten", erwiderte sie. „Du hast mir nicht gesagt, dass ich zwischen den Vampiren Unterschiede machen soll."

„Hättest du mir den Einlass verwehrt?", wollte Sebastien wissen. „Ich hätte nicht erwartet, dass du schon zu solchen Mitteln greifst."

„Darum geht es nicht", unterbrach Marcel den Schlagabtausch. „Adèle geht es darum, dass Thierrys Magie offensichtlich nicht die geringste Wirkung auf dich hatte. Ist das richtig, Sebastien?"

Sebastien dachte über die Frage nach. „Ich habe sie gefühlt", sagte er dann. „Ich wusste, dass sie mich getroffen hat. Aber sie hat mich nicht verletzt."

„Sind Vampire gegen Magie immun?", fragte Caroline. „Oder hat es nur mit Thierry und Sebastien zu tun?"

„Das können wir leicht überprüfen", meinte Alain. „Mit einem einfachen Spruch, einer Levitation beispielsweise. Wenn er wirkt, betrifft es nur Thierry und Sebastien. Wenn nicht, ist es bei allen Vampiren so." Er sah Orlando fragend an. „Darf ich es mit dir versuchen? Ich lasse dich nur einige Zentimeter über dem Boden schweben."

Orlando nickte zustimmend. „Ich vertraue dir", sagte er.

Alain murmelte die Worte für eine einfache Levitation. Orlando fühlte, wie die Magie sich um ihn hüllte, aber er blieb fest und sicher auf dem Boden stehen.

„Das ist kein abschließender Beweis", warf Jean ein. „Vielleicht hat der Aveu de Sang die Wirkung der Magie beeinflusst."

Ein Raunen ging durch den Wartesaal und aus den Reihen der Vampire war hier und da das Wort ‚Avoué' zu hören. Jude, der Alain am nächsten stand, griff ihn am Kinn und bog seinen Kopf zu Seite, um das Brandmal freizulegen. Orlando fasste sofort nach Judes Arm. „Lass ihn los", sagte er so ruhig wie möglich, aber sein Griff wurde fester, bis Jude aufgab und Alains Kinn losließ. „Thierry soll es versuchen", schlug Orlando dann vor.

Alain stellten sich die Nackenhaare hoch bei dem Gedanken, dass Orlando fremder Magie, sei sie auch noch so harmlos, ausgesetzt würde. Aber Thierry

169

konnte er vertrauen. Er sah seinem Freund in die Augen, um ihn zur Vorsicht zu mahnen. Thierry nickte ihm verständnisvoll zu und amüsierte sich insgeheim über den Beschützerinstinkt Alains. Dann versuchte er es mit dem gleichen Spruch, den Alain benutzt hatte. Orlando hob ungefähr fünf Zentimeter vom Boden ab.

„Dann wirkt unsere Magie also nicht auf unsere Partner, sondern nur auf die anderen Vampire?", wunderte sich Caroline und wollte Jude, Jean, Orlando und Sebastien mit dem Spruch belegen.

„Halt!", befahl Alain und stellte sich schützend vor Orlando. „Wir haben unseren Beweis. Es gibt keinen Grund für weitere Versuche." Er spürte Orlandos Hand auf der Schulter, die ihm zu verstehen gab, dass sein Einschreiten nicht sehr vernünftig war. Es machte ihn eifersüchtig, Orlando fremder Magie zu überlassen.

„Wenn wir das früher gewusst hätten, wären die vielen Bisse vermeidbar gewesen"", stellte Laurent fest und rieb sich über sein wundes Handgelenk. Einige der anderen Magier lachten mitfühlend.

„Aber woher hätten wir es wissen sollen?", fragte Alain mit einem bedauernden Lächeln. „Selbst jetzt haben wir es nur zufällig herausgefunden. Die ganze Sache mit den Partnerschaften ist ein einziges, großes Experiment."

„Genug davon. Ich will jetzt wissen, was das Brandmal an deinem Hals zu bedeuten hat", verlangte David. „Ich will wissen, was es ist und was es mit der Allianz zu tun hat."

„Ich habe dir doch schon gesagt, dass es dich nichts angeht", knurrte Alain ihn an.

„Das mag sein", erwiderte David. „Aber die Vampire scheinen mehr darüber zu wissen. Ich verlange, dass wir es auch erfahren."

„Es ist ein Versprechen", sagte Alain. „Ich lasse mich von keinem anderen Vampir beißen und Orlando trinkt nur von mir."

„Aber warum zum Teufel ...", fing David an.

„Es reicht", unterbrach Thierry ihn warnend. Er kannte Davids Feindseligkeit Alain gegenüber. David war der Auffassung, dass Alain nach dem Tod von Erics Frau und Kindern bevorzugt behandelt worden war. Es war eine alte Geschichte, und vorhin hatte Orlando sich rechtzeitig eingemischt. Dieses Mal war es besser, wenn Thierry jeden weiteren Streit unterband. „Alain hat dir alles Wissenswerte gesagt. Es hat keinerlei Bedeutung für die Allianz."

„Es war eine persönliche Entscheidung zwischen Alain und Orlando", ergänzte Marcel. „Weder Bellaiche noch ich erwarten, dass jemand sich ihrem Vorbild anschließt und dieses Versprechen ablegt. Wir erwarten nur, dass die Magier ihre Partner vor einer Schlacht trinken lassen, damit die Vampire vor der Sonne geschützt sind, falls das nötig sein sollte. Freiwillige können sich auch tagsüber für Patrouillen zur Verfügung stellen. Aber, und ich betone es erneut, das ist freiwillig und beide Partner müssen zustimmen. Unsere Allianz dient militärischen Zwecken, nicht persönlichen. Das sind Entscheidungen, die jeder für sich selbst fällen muss."

Marcel machte eine kurze Pause, um seine Worte wirken zu lassen. Als alle Augen sich wieder auf ihn richteten, hob er die Stimme und fuhr fort: „Ich habe soeben erfahren, dass draußen im Bahnhof zwanzig dunkle Magier nur darauf warten, dass wir den Wartesaal verlassen. Darf ich vorschlagen, dass wir uns einen Plan zurechtlegen, wie wir mit ihnen fertig werden?"

31

MARCELS ANKÜNDIGUNG löste zunächst Totenstille aus. Dann brachen sämtliche Anwesenden in lautstarke Proteste und Anschuldigungen aus. Marcel wartete geduldig, bis sich der Tumult wieder legte und Ruhe einkehrte.

„Ich weiß nicht, wie sie es erfahren haben", ging er auf einige der Zurufe ein. „Und nein, niemand wollte den Vampiren eine Falle stellen. Wir sind alle aus den gleichen Gründen hier. Ihr wisst genau, dass hier keine dunkle Magie ausgeübt wird. Ihr hättet sie schmecken können und ihr habt genug Magier gebissen, viele von euch auch mich, um zu wissen, dass ich die Wahrheit sage."

„Du hast uns nicht nur warnen wollen", sagte Alain. „Du hast etwas Bestimmtes vor." Er fragte Marcel nicht, woher er von den dunklen Magiern erfahren hatte. Marcel beantwortete solche Fragen sowieso nie, und im Grunde genommen spielte es auch keine Rolle. Wichtig war nur, dass sie alle wieder gesund nach Hause kamen. Sie konnten nicht einfach den Wartesaal verlassen und hoffen, dass alles gut ging.

„Die Gelegenheit, unsere Allianz zu testen, ist früher gekommen als erwartet", fuhr Marcel fort. „Ich möchte euch einen Vorschlag machen. Sobald Adèle die Schutzschilde wieder neutralisiert hat, gibt es ein kleines Zeitfenster, bevor die dunklen Magier etwas unternehmen können. Sie werden vermutlich davon ausgehen, dass wir über ihre Anwesenheit nicht informiert sind. Aber sie werden uns nicht offen angreifen, weil sie wissen, dass wir in der Überzahl sind. Sie können sich nur einzelne von uns rauspicken, wenn wir nacheinander den Saal verlassen. Aber wenn wir die Tür nicht benutzen, können wir sie überraschen und überwältigen, bevor Serrier etwas davon erfährt."

DRAUSSEN IM Schatten verbarg sich Robert und beobachtete aufmerksam die Tür zum Wartesaal. Die Vampire waren schon seit fast zwei Stunden dort drinnen. Und als ob das nicht schon auffällig genug wäre, waren auch noch etliche von Chaviniers Magiern anwesend. Robert konnte sich nicht vorstellen, was hinter dieser Tür vor sich ging. Der Raum war so stark mit magischen Schutzschilden versehen, dass er keinen Ton hören konnte. Das war verdächtig. Was hatten Chaviniers Magier mit den Vampiren zu besprechen? Er wusste es nicht, und das machte ihn nervös. Er hoffte, dass es bei den Vampiren nicht auf Interesse stieß, was immer es auch sein mochte. Mit etwas Glück würde es die Blutsauger vielleicht verärgern und sie würden ihm einige der Magier vom Hals schaffen.

Er sah sich auf den Bahnsteigen um und suchte nach seinen Einsatzkräften, die sich in Nischen und dunklen Ecken versteckt hielten. Ihre Positionen waren so gewählt, dass sie ebenfalls den Eingang zum Wartesaal im Auge behalten konnten. Sie waren nur gekommen, um zu beobachten und anschließend Bericht zu erstatten. Aber wenn sie als Bonus noch einige Magier ausschalten konnten – nun, dann umso besser. Die Tür war nicht sehr breit, sodass sie den Wartesaal einzeln verlassen mussten. Natürlich würden sie nach den ersten Angriffen gewarnt sein, aber selbst ein oder zwei tote Magier waren den Versuch schon wert.

Eine Bewegung in den Schatten erregte seine Aufmerksamkeit. Er warf Dominique Cornet einen bösen Blick zu und gab ihm damit zu verstehen, vorsichtiger zu sein. Wenn sie vorzeitig entdeckt wurden, verspielten sie ihre Chance. Dominique zog sich schmollend wieder in sein Versteck zurück. Robert schüttelte den Kopf. Die Attitüden des jungen Magiers gefielen ihm ganz und gar nicht. Serrier würde den Mann verwarnen müssen.

Robert sah auf die Uhr. Für die Vampire wurde die Zeit langsam knapp, weil der Sonnenaufgang bevorstand und sie dann hier festsitzen würden. Sie mussten den Wartesaal bald verlassen und sich auf den Rückweg machen. Und mit etwas Glück würden dann auch die Magier mit ihnen kommen.

„Nicht die Tür benutzen?", fragte Jean. „Wie sollen wir hier rauskommen, wenn nicht durch die Tür?" Er sah sich im Wartesaal um, aber die Wände waren durchgängig stabil.

„Magie", sagte Marcel grinsend. „Es ist relativ einfach, alle Vampire, die noch keinen Partner haben, ein Stockwerk tiefer zu schicken, von wo sie noch vor Sonnenaufgang mit der U-Bahn nach Hause fahren können. Bleiben diejenigen, die damit kein Problem mehr haben und von ihren Partnern trinken können. Ich schlage vor, dass sich zwanzig Paare zur Verfügung stellen, um die dunklen Magier zu stellen. Die anderen können sich ebenfalls auf den Rückweg machen, damit wir unsere wahre Stärke nicht gleich beim ersten Einsatz zu erkennen geben."

„Wir können unsere Partner nicht transportieren", erinnerte Alain.

„Dann bilden wir Teams aus jeweils zwei Paaren", schlug Thierry vor. „Jeder Magier ist für sich selbst und den Vampirpartner des anderen Magiers zuständig. Wir springen zusammen und schließen uns dann wieder mit unserem Partner zusammen. Ich würde so vorgehen, wie du es vorhin zusammen mit Orlando getan hast. Der Magier blockiert den Spruch des dunklen Magiers und der Vampir setzt ihn außer Gefecht. Es ist einfach, aber effektiv. Wenn der Vampir dem dunklen Magier den Stab aus den Händen schlägt, dürften die meisten von ihnen hilflos sein."

„Bei der Schnelligkeit der Vampire sollte das nicht lange dauern. Aber selbst wenn wir mehrere Anläufe brauchen, werden wir mit den Beschwörungen unsere Partner nicht verletzen, weil sie gegen unsere Magie immun sind", meinte Alain. „Machen die Vampire mit?" Er sah sich im Raum um.

„Wer kommt mit mir?", fragte Jean auffordern in die Runde der Vampire. Er war so auf sie konzentriert, dass er die Mischung aus Schock und Resignation nicht bemerkte, die sich auf Raymonds Gesicht ausbreitete, als er von Jean so komplett ignoriert wurde.

Alain warf Orlando einen kurzen Blick zu. „Wir sind natürlich dabei", sagte er und sein Geliebter nickte bestätigend.

„Wir auch", sagten Thierry und Sebastien gleichzeitig. Dann sahen sie sich erfreut an, weil sie beide wussten, dass sie gut harmonieren würden.

„Damit sind wir zu dritt", sagte Jean. „Wer noch?"

Adèle trat vor und zog Jude hinter sich her. „Auf uns kannst du zählen." Sie ignorierte den wütenden Blick, den Jude ihr zuwarf. Er würde schon lernen, dass sie nicht auf seine Erlaubnis wartete.

Alain musste ein Lachen unterdrücken, als er Judes Reaktion sah. Er konnte kaum zählen, wie oft er das schon bei Männern erlebt hatte. Sie sahen in Adèle nichts als ihr hübsches Gesicht, erkannten nicht das Rückgrat aus Stahl, das sich unter ihrem samtweichen Äußeren verbarg. Es war leicht, sie beim ersten Mal zu unterschätzen. Aber es war ein Fehler, der Keinem ein zweites Mal unterlief. Adèle hatte kein Verständnis für männliche Herablassung und Überheblichkeit, und sie hatte auch keine Hemmungen, ihre Meinung darüber zum Ausdruck zu bringen.

Alain sah sich um und wartete gespannt ab, welche Paare sich noch melden würden. Einige waren schon vorgetreten und hatten damit ihr stillschweigendes Einverständnis erklärt, an dem bevorstehenden Kampf teilzunehmen. Von David hatte Alain das nicht erwartet, aber er sah den Magier in eine hitzige Diskussion mit seiner Partnerin verwickelt, die aufgeregt mit ihren hennabemalten Händen fuchtelte. Ihre Gestik schlug ihn für einen Moment in ihren Bann, dann hörte er Orlandos Stimme an seinem Ohr: „Angélique Bouaddi. Sie betreibt ein Etablissement, das sich um die Bedürfnisse von Vampiren kümmert, die … nicht jagen wollen. Für eine geringe Gebühr vermittelt sie die Dienste von willigen Opfern."

Alain kicherte leise. „Ein Bordell für Vampire?"

„Du sagst es." Orlando kicherte ebenfalls.

Alain schüttelte den Kopf. *Armer David*, dachte er. Dem armen und – Ach! – so puritanischen David stand ein veritabler Schock bevor. „Diese Partnerschaft wird noch sehr interessant werden."

Angélique hatte David mittlerweile überzeugt und die beiden traten vor, um ihre Teilnahme an dem Kampf zu signalisieren. Auch Mireille und Caroline waren unter den Freiwilligen. Damit war die Quote erfüllt. Zwanzig Paare gegen zwanzig dunkle Magier.

„Gut", sagte Marcel. „Jetzt müssen sich jeweils zwei Paare zusammenfinden, damit wir die Vampire transportieren können. Die Vampire ohne Partner möchte ich bitten, mir jetzt zu folgen. Ich werde mich selbst um sie kümmern. Es ist wichtig, dass alles gleichzeitig erfolgt. Die freigesetzte Magie wird unsere Gegner irritieren und sie verwundbar machen, wenn sie angegriffen werden. Und alle anderen sind zu diesem Zeitpunkt in Sicherheit und nicht mehr angreifbar."

Thierry zählte ungefähr fünfundzwanzig Vampire, die in Sicherheit gebracht werden mussten. Selbst für einen mächtigen Magier wie Marcel würde es schwer sein, sie alle auf einmal zur U-Bahn-Station zu transportieren. Er sah Marcel nachdenklich an. „Du willst dich als Köder benutzen!", rief er, als er den Plan durchschaute.

„Wer könnte sie mehr in Versuchung führen?", fragte Marcel. „Es dauert nur wenige Sekunden, und bis dahin seid ihr bereits draußen und sie haben andere Probleme. Ich schaffe den Rest schon allein, du musst dir um mich keine Sorgen machen. Und spare dir die Mühe – ich werde es keinem anderen überlassen. Ich brauche euch für den Kampf gegen unsere Feinde. Tötet sie nur, wenn es sich nicht vermeiden lässt. Mir sind Gefangene lieber. Doch ich möchte auf keinen Fall, dass einer von ihnen zu Serrier zurückkehrt und ihm Bericht erstattet. Sie werden sich die Gelegenheit nicht entgehen lassen, mich zu erwischen. Aber meine Sehnsucht nach dem Tod hält sich in Grenzen und ich werde ihnen keine Chance geben. Ich warte nur so lange, bis ich sie aus der Reserve gelockt habe. Dann müsst ihr einsatzbereit sein und zurückschlagen können."

Thierry sah ihn lange an. „Und du weißt, wo sie sind?", fragte er dann.

„Ich weiß, wo sie sind", erwiderte Marcel. „Ich habe meine eigenen Alarmsysteme aktiviert." Er gab Thierry die genaue Position der dunklen Magier. Thierry sah die anderen kurz an und gab dann Befehle aus. Er verteilte die Teams auf Positionen, von denen sie ihre Ziele am schnellsten erreichen konnten. Danach wandte er sich zu einem Paar um, das sich nicht für den Kampf gemeldet hatte. „Michel, du musst mit deinem Partner die Tür bewachen. Lasst die dunklen Magier auf keinen Fall in den Wartesaal, egal, was ihr dazu tun müsst. Schafft ihr das?"

Michel sah Olivier an, der ihm entschlossen zunickte. „Wir schaffen es", versprach Michel.

„Gut. Dann kann es jetzt losgehen", verkündete Thierry und sah sich ein letztes Mal um. „Wenn du bereit bist, Adèle."

„Warte", sagte Sebastien. „Wir haben nicht genug Blut getrunken, um gegen die Sonne geschützt zu sein, falls sich der Kampf länger hinziehen sollte."

Thierry sah auf die Uhr. „Wir haben noch fast eine Stunde bis zur Morgendämmerung. Falls der Kampf bis dahin noch nicht vorbei ist, haben wir größere Probleme als den Sonnenaufgang."

Sebastien verzog das Gesicht und wollte dem Magier gerade erklären, was ein Sonnenaufgang für Vampire bedeutete. Dann wurde ihm bewusst, was sein Partner mit seinen Worten andeuten wollte und er nickte. „Na gut. Aber dann lass uns jetzt loslegen."

„Wir sorgen schon dafür, dass ihr vor Sonnenaufgang zu Hause seid", versprach Thierry grinsend. „Wenn du bereit bist, Adèle."

32

SIE WARTETEN mit angehaltenem Atem darauf, dass Adèle die magischen Schutzschilde entfernte. Sie musste dazu nicht sehr subtil vorgehen. Die freigesetzte Magie wäre der beste Köder, um die dunklen Magier aus der Deckung locken. Mit einem leichten Schnippen ihres Stabes löste sie den Bann, den sie über den Wartesaal gelegt hatte.

„Los!", befahl Marcel. Seine Magie legte sich um die partnerlosen Vampire und dann waren sie verschwunden.

Überall im Wartesaal folgten die Magier seinem Vorbild und transportierten sich und die Vampire nach draußen.

Alain und Sebastien erschienen auf einem Bahnsteig und sahen sich sofort nach Thierry und Orlando um. Alain fühlte einen kurzen Anflug von Panik, als er sie nicht gleich finden konnte. Dann materialisierten sich die beiden direkt neben ihnen. Thierry zeigte nach rechts, wo er einen dunklen Magier entdeckt hatte. Alain nickte ihm zu und konzentrierte sich auf ihre linke Flanke. Als er ihren Gegner sah, schüttelte er nur den Kopf. Der unbekannte Magier sah aus, als wäre er noch viel zu jung für diesen Krieg, und doch hatte er sich Serrier angeschlossen. Alain fragte sich, welche Lügen und falschen Versprechungen Serrier wohl benutzt hatte, um den jungen Mann in seine Verschwörung zu verwickeln. Er fragte sich auch, ob es einen Weg gab, den Magier zum Aussteigen zu bewegen.

„Lass deinen Stab fallen", rief Alain dem jungen Magier zu und machte ihn damit auf sich aufmerksam. Überall im Bahnhof waren ähnliche Rufe zu hören.

Der dunkle Magier drehte sich um und schleuderte sofort einen Fluch in Alains Richtung. Alain konterte routiniert mit einem Gegenfluch, der den jungen Magier benommen machte. Kaum hörte Orlando, dass Alain mit seiner Beschwörung begann, sprang er auf den dunklen Magier zu, riss ihm den Stab aus der Hand und warf ihn zur Seite. Er fühlte Alains Magie an sich vorbei auf den Magier zuschießen, dem die Hände gebunden wurden.

Sie hatten ihren Auftrag in dieser Schlacht erstaunlich schnell erfüllt und Alain schaute sich um, um zu sehen, ob jemand ihre Hilfe brauchen konnte. Aber die dunklen Magier waren zu weit auf dem Bahnhofsgelände verteilt. Wenn er von hier eingriff, konnte seine Magie abgelenkt werden und das falsche Ziel treffen. Er konnte sich auch nicht zu den anderen Paaren transportieren, weil er Orlando nicht allein zurücklassen wollte.

Raymond hatte Thierrys Befehl befolgt und einen der Vampire mit sich auf einen der Bahnsteige transportiert. Als sie dort ankamen, fand er sofort sein Opfer.

Er machte sich nicht die Mühe, den dunklen Magier zu warnen, sondern ging sofort zum Angriff über. Der unbekannte Mann konnte ihn spüren, drehte sich um und konterte Raymonds Magie, bevor sie ihn traf. Raymond fluchte leise vor sich hin. Zweikampf war nicht seine Stärke. Er zog es vor, seine Gegner zu überraschen und schnell außer Gefecht zu setzen. Anders der dunkle Magier, den Raymond jetzt erkannt hatte. Lionel Desurmont war ein erfahrener Duellant und wesentlich besser als Raymond. Er duckte sich, als er von einem Angriff Desurmonts überrascht wurde, den er so schnell nicht kontern konnte. Dann wurde Desurmont durch eine Bewegung an seiner rechten Seite abgelenkt und Raymond ergriff die Chance, um einen *Abbatoire* auf ihn zu schleudern. Desurmont ging zu Boden. Raymond nahm sich nicht die Zeit herauszufinden, was den dunklen Magier abgelenkt hatte. Er wollte ihm nicht die Gelegenheit geben, sich zu erholen und wieder anzugreifen. Egal, wer da rechts von Desurmont aufgetaucht war, ob Bellaiche oder ein zufälliger Passant, Raymond wollte seinen Tod nicht auf dem Gewissen haben. Es gab einige Magier unter Serriers Leuten, denen er ungern gegenübergetreten wäre, weil er sich seiner eigenen Reaktion nicht sicher war. Auf Desurmont traf das nicht zu. Der Mann war durch und durch schlecht und Raymond hatte keine Hemmungen, ihn zu töten. Alain und Thierry mochten es ihm noch nicht recht glauben, aber Raymond wollte nichts mehr, als Serrier zu Fall zu bringen. Dazu wollte er seinen Beitrag leisten und hoffte, dass er damit die anderen eines Tages davon überzeugen konnte, wirklich auf ihrer Seite zu stehen.

Jean wollte Raymond gerade zur Hilfe eilen, als der dunkle Magier zusammenbrach. Verblüfft sah Jean seinen Partner an. So war das nicht abgesprochen. Sie sollten zusammenarbeiten. Raymond hatte sich schon auf den dunklen Magier gestürzt und ihn getötet, bevor Jean überhaupt angekommen war. Jean runzelte verärgert die Stirn. Er würde demnächst mit Raymond darüber reden müssen, wie eine Partnerschaft funktionierte. Sonst könnten sie nie erfolgreich zusammenarbeiten.

„Lässt du mir das nächste Mal auch noch etwas übrig?", fragte er sarkastisch, als er den toten Magier zu seinen Füßen liegen sah.

„Ich dachte, er würde wieder angreifen", verteidigte sich Raymond. „Du kannst dich gegen seine Magie nicht so wehren wie ich."

Mireille spürte die Magie, die sie einhüllte, dann stand sie auch schon auf einem Bahngleis. Sie blinzelte verwirrt. Es würde einige Zeit dauern, bis sie sich daran gewöhnte. In diesem Moment tauchte Caroline an ihrer Seite auf. „Dort", flüsterte sie und zeigte mit ihrem Stab auf einen Mann. „Das ist unser Ziel."

Mireille nickte nervös. Sie hatte noch nie ein Opfer überwältigt, zog es vor, sie zu verführen. Normalerweise suchte sie sich einfach ein anderes Opfer, wenn sie abgewiesen wurde. Aber in dieser Situation kam das nicht in Frage. Dieser Mensch würde sie töten, wenn er die Chance dazu bekam. Oder er würde Caroline töten, was fast genauso schlimm war. Mireille wusste nicht, was Magie mit einem Opfer anstellen konnte und ob sie das überhaupt herausfinden wollte.

Sie wartete ab, bis Caroline den dunklen Magier ablenkte, um ihn auch angreifen zu können.

Carolines erster Spruch verfehlte sein Ziel und traf die Säule hinter dem Kopf des Magiers. Mit dem Stab in der Hand wirbelte er herum und suchte nach dem Angreifer. Caroline trat einen Schritt vor und lenkte seine Aufmerksamkeit auf sich. Es war waghalsig von ihr und machte sie verwundbar, aber sie verließ sich auf Mireille, auch wenn sie ihr Vertrauen in die Vampirin nicht begründen konnte. Sie wehrte den Angriff des dunklen Magiers ab, war aber nur teilweise erfolgreich. Ein Rest des Fluchs traf sie an der Schulter und lähmte ihren Arm. Sie nahm den Stab in die andere Hand und sah Mireille, die den Magier angriff. Anstatt ihn ebenfalls anzugreifen, entwaffnete sie ihn mit ihrem nächsten Spruch, um Mireille zu helfen. Der Magier war von der Vampirin so abgelenkt, dass er den Spruch nicht konterte. Der Stab flog ihm aus der Hand und er musste sich körperlich gegen Mireille zur Wehr setzen. Er hatte gegen ihre übernatürlichen Kräfte keine Chance.

Der dunkle Magier, den Thierry aufgefordert hatte, seinen Stab fallen zu lassen, drehte sich um. Thierry erkannte Robert Pacotte, einen von Serriers führenden Offizieren. Thierry grinste breit und freute sich darauf, seine Kräfte mit denen des Mannes zu messen. Er hatte mit Serrier und dessen Schergen noch eine Rechnung zu begleichen, und einen seiner obersten Handlanger aus dem Verkehr zu ziehen, war ein guter Anfang.

Sebastien wartete ab und sah zu, wie die Flüche schnell und hart zwischen den beiden Magiern hin und her flogen. Er wusste, dass Thierrys Magie ihm nichts anhaben konnte, aber Angriffe des fremden Magiers waren eine andere Sache. Sebastien hatte nicht vor, von der Magie des dunklen Magiers getroffen zu werden. Er wartete einen passenden Moment ab. Das hitzige Gefecht ließ seine Bewunderung für den Magier wachsen, dessen Partner er geworden war.

Thierry hatte damit gerechnet, dass Pacotte seinen ersten Spruch kontern und dann selbst angreifen würde. Er blockierte ebenfalls und lenkte Pacottes Fluch auf eine der Säulen in der Nähe ab, wo er keinen Schaden anrichtete. Hinter sich hörte er die aufgeregten Schreie der ersten Pendler, die der Schlacht auszuweichen versuchten. Thierry ließ sich von ihnen nicht irritieren, denn damit hätte er sein Leben riskiert. Pacotte würde sich nicht damit zufrieden geben, ihn nur zu binden. Pacotte wollte ihn töten. Thierry ging etwas zur Seite und versuchte, den dunklen Magier in eine andere Position zu manövrieren. Wenn Pacotte mit dem Rücken zu Sebastien stand, konnte Thierrys Partner eingreifen.

Sobald Sebastien Thierrys Taktik durchschaute, ging er langsam um den dunklen Magier herum, um hinter ihn zu gelangen. Als er aus dem Blickwinkel des Mannes verschwunden war, schlug er zu. Er sprang ihn an und versuchte, ihm den Stab aus der Hand zu schlagen. Es gab ein kurzes Gerangel, aber dann erwies sich Sebastien als stärker und der Magier ließ den Stab los. Er wehrte sich zwar noch, aber seine Magie hatte ihre Kraft eingebüßt. Ein letzter Spruch von Thierry brachte seine Gegenwehr schließlich zum Erliegen.

Da Sebastien Pacotte unter Kontrolle hatte, sah Thierry sich auf dem Bahnhof um und suchte nach ihren Freunden. Direkt neben ihm hatten Alain und Orlando ihren Gegner bereits neutralisiert, was Thierry nicht sehr überraschte. Er fand auch die anderen Paare an ihren Einsatzorten. Fünf tote dunkle Magier, fünfzehn Gefangene. Alle zwanzig Paare waren erfolgreich gewesen und Thierry nickte zufrieden. Heute würde Serrier vergeblich auf die Rückkehr seiner Männer warten und sich weiter fragen müssen, was hier vorgefallen war.

„Bringt sie in den Wartesaal", befahl Thierry und sah sich nach Marcel um, der wie gerufen an seiner Seite auftauchte. „Was machen wir mit den Toten?", fragte er Marcel.

„Ich würde sie gerne zu Serrier zurückschicken", meinte Marcel. „Aber bedauerlicherweise weiß ich nicht, wo er sich aufhält." Mit einer Handbewegung transportierte er die Leichen ins nächste Krankenhaus, wo man sich um sie kümmern würde. „So, jetzt wollen wir sehen, was unsere Gefangenen uns zu erzählen haben."

Von der anderen Seite des Bahnhofs sah Jean zu, wie die Gefangenen in den Wartesaal gebracht wurden. Trotz der Sorge um seinen Partner wurde er von einer tiefen Zufriedenheit erfüllt. Die junge Allianz hatte ihre erste Schlacht siegreich geschlagen. Es war ein gutes Omen für die Zukunft. Sie mussten noch daran arbeiten, die Partnerschaften zu festigen, und dabei stand seine eigene an erster Stelle. Aber Jean glaubte jetzt an den Erfolg ihres Unternehmens. Und dann wären seine Leute endlich frei von der Verfolgung, der sie seit Jahrtausenden ausgesetzt waren. Mit einem zuversichtlichen Lächeln auf den Lippen folgte er den anderen in den Wartesaal. Er war bereit, was immer auch als Nächstes auf sie zukommen mochte.

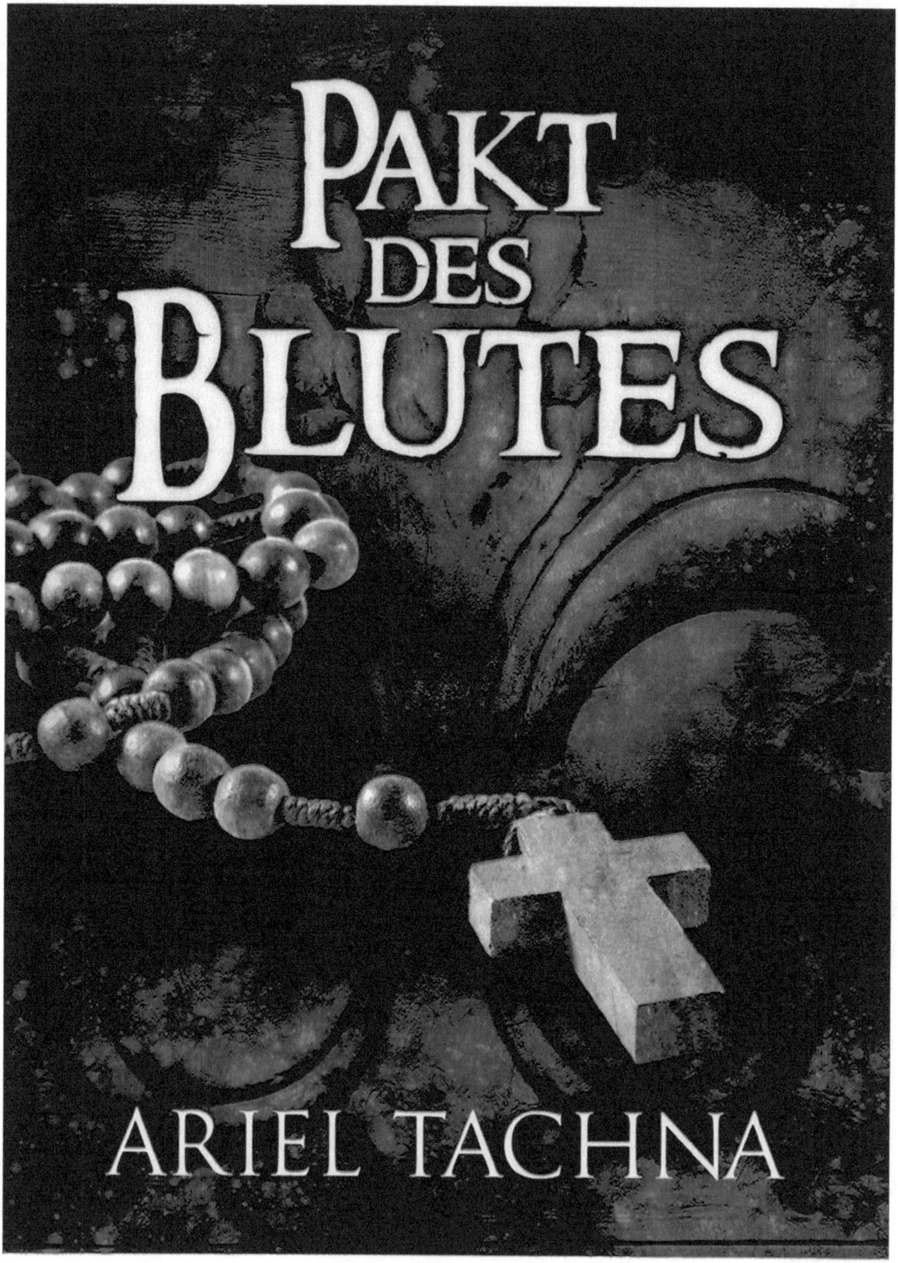
PAKT
DES
BLUTES
ARIEL TACHNA

Verpassen Sie nicht, wie es weitergeht in:

Fortsetzung zu Allianz des Blutes
Buch 2 in der Serie – Blutspartnerschaft

von Ariel Tachna

Magier und Vampire haben eine Allianz geschmiedet, die auf Partnerschaften des Blutes und der Magie gründet. Sie hoffen, damit dem Krieg gegen die dunklen Magier eine entscheidende Wendung geben zu können. Einige Partnerschaften sind ebenso erfolgreich wie die zwischen Alain Magnier und Orlando St. Clair. Auf andere trifft das nicht zu. Es kommt zu Streit, Vorwürfen und sogar offener Feindschaft zwischen den Partnern, obwohl sie durch ein gemeinsames Ziel verbunden sind.

Thierry Dumont ist entschlossen, dem Beispiel seines besten Freundes Alain zu folgen, und ist mit dem Vampir Sebastien Noyer eine Partnerschaft eingegangen. Obwohl er sich, so kurz nach dem gewaltsamen Tod seiner Frau in der Nähe des Vampirs – eines Mannes – unbehaglich fühlt. Aber sie stellen fest, dass ihre gemeinsame Verzweiflung die beste Voraussetzung ist, um einen Bund zu schließen. Thierry und Sebastien stellen den Schutz ihres Partners über alles und unterstützen sich vorbehaltlos.

Durch die Erfolge der Allianz bestärkt, beschließen das Oberhaupt der Magier und der Chef de la Cour der Vampire, ihr neues Bündnis der Öffentlichkeit bekannt zu machen. Sie erhoffen sich dadurch zusätzliche Unterstützung in ihrem Kampf gegen die dunklen Magier, die das Leben auf der Erde in seiner bisherigen Form zu vernichten drohen. Aber die Allianz erleidet auch Rückschläge, denn die Partnerschaften bringen nicht nur Vorteile mit sich, sondern gefährden auch das magische Gleichgewicht der Erde. Und diese Gefahr könnte sich als größer erweisen als der Krieg selbst.

1

Der Sonnenaufgang kündete den Beginn einer neuen Ära an. Marcel Chavinier, der General der Milice de Sorcellerie und Kommandeur ihrer Truppen im Krieg gegen die rebellierenden dunklen Magier, war zufrieden und fühlte sich in seiner Entschlossenheit bestärkt, die junge Allianz mit den Vampiren zum Erfolg zu führen. Er und seine Magier standen der Gefahr endlich nicht mehr allein gegenüber. Er sah sich in dem abgelegenen kleinen Wartesaal des Gare de Lyon um und stellte fest, dass jeder seiner zwanzig Magier, die an dem soeben siegreich beendeten Kampf teilgenommen hatten, jetzt von einem Vampir begleitet wurde, mit dem er die Kraft seiner Magie teilte. Es war die Frucht dieser Allianz, die er mit Jean Bellaiche, dem Chef de la Cour der Pariser Vampire, vor sechs Tagen geschlossen hatte. Das Bündnis hatte seinen ersten Test bestanden. Vampire und Magier hatten Seite an Seite gegen Serriers Schergen gekämpft, zwanzig Paare gegen zwanzig dunkle Magier. Sie hatten fünfzehn Gefangene gemacht, die anderen fünf dunklen Magier waren getötet worden. Aber sie selbst hatten keine Verluste zu beklagen, und das war ein großer Erfolg, vor allem, wenn man bedachte, wie überraschend schnell der Kampf zu Ende gewesen war.

Natürlich mussten die praktischen Details der Allianz noch ausgearbeitet werden. Marcels Blick fiel auf einen seiner führenden Offiziere, Alain Magnier, und dessen Partner Orlando St. Clair. Die beiden gaben ihm Hoffnung, dass alles gut gehen würde. Marcel konnte kaum glauben, wie schnell die beiden Männer zueinander gefunden hatten. Schon wenige Tage nach ihrem ersten Treffen war Alain mit Orlando freiwillig den tiefsten Bund eingegangen, den es für einen Vampir gab. Aber Alain schien darüber glücklich zu sein und der alte Patriarch, der sich unter Marcels militärischer Fassade der letzten Jahre verborgen hielt, war darüber sehr zufrieden. Viele der jungen Magier, die er in den Kampf schickte und die vielleicht fallen würden, waren für ihn wie die eigenen Kinder, die er nie gehabt hatte. Das galt insbesondere für Raymond Payet, der sich von Serrier losgesagt und in dem Chef de la Cour höchstpersönlich seinen Partner gefunden hatte. Marcel hatte seine Zweifel, ob diese Partnerschaft erfolgreich sein würde. Raymond war ein sehr misstrauischer Mensch, und dass er jetzt gezwungen war, sein Blut regelmäßig mit einem Vampir zu teilen, war nicht gerade dazu angetan, ihm dieses Misstrauen zu nehmen. Marcel hatte Raymond und den anderen Magiern versprochen, dass sie nur soviel Blut geben mussten, wie die Vampire brauchten, um auch bei Tageslicht zu kämpfen oder auf Patrouille gehen zu können. Dieses Versprechen würde er halten. Die neue Entwicklung kam ihm wie ein Treppenwitz vor. Wer hätte gedacht, dass das Blut des richtigen Magiers es einem Vampir erlauben könnte, die tödlichen Sonnenstrahlen zu überleben? Er selbst hätte es nicht im Traum für möglich gehalten, aber Alain und sein zweiter Leutnant, Thierry Dumont, hatten ihn eines Besseren belehrt.

Marcel sah Thierry und dessen Partner an. Sebastien Noyer war das schwarze Schaf der Pariser Vampire, wenn man Bellaiches schockierter Reaktion auf sein Erscheinen heute Nacht glauben durfte. Marcel hielt die Partnerschaft zwischen Thierry und Noyer für durchaus passend, denn Thierry war auch nicht gerade dafür bekannt, sich an die Regeln zu halten. Er hoffte nur, dass Bellaiche – Jean – seine Vorbehalte gegen Noyer zurückstellen konnte, wenn es darauf ankam, und sei es nur für das Gelingen der Allianz.

Siebzehn weitere Partnerschaften, die sich heute gefunden hatten, standen im Raum verstreut und bewachten die dunklen Magier, die sie gefangen genommen hatten. Gemeinsam, Vampir und Magier, flankierten sie die Gefangenen und verhinderten jeden Fluchtversuch. Marcel beobachtete die Gefangenen und sah die Blicke, mit denen die jüngeren von ihnen bei ihren erfahreneren Gefährten nach Trost suchten. Er kannte einige von ihnen persönlich, andere hatte er noch nie gesehen. Es machte ihm Sorgen, dass Serrier offensichtlich auch außerhalb von Paris Gefolgsleute rekrutierte. Aber im Moment konnte er nichts dagegen unternehmen. Dazu brachte er mehr Hintergrundinformationen. Vielleicht war es möglich, von den Gefangenen mehr zu erfahren.

Mit einer Handbewegung sorgte er dafür, dass die dunklen Magier nicht mehr sehen und hören konnten, was um sie herum geschah. „Jetzt können sie uns nicht mehr belauschen", verkündete er. „Ich weiß nicht, wie lange es dauern wird, bevor Serrier Suchtrupps aussendet, aber bis dahin sollten wir von hier verschwunden sein. Wir müssen sie ins Hauptquartier bringen, wo wir sie in Ruhe verhören können."

Die Worte des Generals lösten eine gewisse Unruhe aus und die Vampire zogen sich in den Schutz der hintersten Wand zurück. „Was …?" Thierry wunderte sich über die Reaktion seines Partners und der anderen Vampire. Dann dämmerte es ihm. Die Sonne ging schon auf und keiner von ihnen, mit Ausnahme von Orlando, hatte genug Blut getrunken, um ihre Strahlen zu überleben. Er sah sich im Wartesaal um. In seinem gegenwärtigen Zustand war der Raum nicht geeignet, um die Intimität zu bieten, die dafür nötig war. Thierry wusste aus Bellaiches früheren Erklärungen, dass die Vampire niemals in einem so öffentlichen Rahmen trinken würden.

Orlando fühlte das übliche Unwohlsein, als der Tag anbrach. Aber er widerstand dem Impuls, an der Wand Sicherheit zu suchen. Die großen Fenster waren an der Nordseite und es würde noch Stunden dauern, bevor die Sonne direkt in den Raum schien. Und selbst wenn das geschah, wusste er, dass er ihre Strahlen nicht fürchten musste. Es konnte immer noch Alains Magie in seinen Adern fühlen, die ihn mit ihrem schützenden Mantel umgab. Orlando wandte sich den anderen

Vampiren zu. „Seht her", sagte er und ging, im Vertrauen auf die Wirkung von Alains Magie, zur Tür.

Alain musste sich sehr zusammenreißen, um ihn nicht von der Tür wegzuziehen. Es war Stunden her seit Orlandos letztem Biss und sie wussten immer noch nicht, wie lange die Wirkung genau anhielt. Aber Orlando würde seine Einmischung nicht sehr schätzen, dazu war er zu unabhängig und eigenwillig. Außerdem vertraute Alain darauf, dass Orlando nicht unbedacht handeln würde. Wenn Orlando sich noch sicher fühlte, konnte Alain das akzeptieren und seine eigenen Ängste zurückstellen. Trotzdem fühlte er sich unwohl, als Orlando durch die Tür auf den Bahnsteig ging, direkt in das strahlende Sonnenlicht. Dort blieb er einige Minuten grinsend stehen. Er hob den Kopf und genoss es sichtlich, sich von der wärmenden Herbstsonne ins Gesicht scheinen zu lassen. Orlando hatte den ganzen Tag im Freien verbracht, aber das Erlebnis war noch so neu für ihn, dass er es immer noch in vollen Zügen genießen konnte. Nach einigen Minuten kam er in den Wartesaal zurück. Er hatte den anderen Vampiren nur zeigen wollen, dass sie keine Angst vor der Sonne haben mussten, wenn sie genug Magierblut von ihren Partnern getrunken hatten.

Alain kam ihm zur Tür entgegen und suchte in Orlandos Gesicht und an seinen Händen nach Spuren der aschgrauen Farbe, die das erste Anzeichen der Verbrennungen waren, die Orlando sich zugezogen hatte, als er sich das letzte Mal zu lange ungeschützt der Sonne ausgesetzt hatte. Alain wollte ihn an sich ziehen und ihm verbieten, solche unbedachten Risiken einzugehen, aber das wäre vor den anderen Vampiren die falsche Botschaft gewesen. Auch für ihre Partnerschaft wäre es nicht gut gewesen. Orlando war nach seiner Umwandlung zu lange misshandelt, beherrscht und unterworfen worden. Deshalb musste Alain sich zurückhalten, so sehr er seinen Vampir auch beschützen wollte.

Die Vampire, auch Jean, der am Vortag selbst in der Sonne gestanden hatte, beobachteten Orlando mit der gleichen Aufmerksamkeit wie Alain. Aber sie hatten einen anderen Grund. „Und das wird für uns alle so sein?", fragte Jude. „Bist du sicher, dass es nicht nur am Aveu de Sang liegt?"

„Bei mir hat es auch gewirkt", erwiderte Jean. „Und ich habe keinen Avoué." Er sah Sebastien bedeutungsvoll an. Sebastien ließ sich durch die wortlose Anschuldigung nicht aus der Ruhe bringen, wich Jeans Blick aber auch nicht aus.

Thierry fiel auf, was zwischen den beiden Vampiren vor sich ging, doch er hatte keine Erklärung für die offensichtliche Spannung, die zwischen ihnen herrschte. Er nahm sich vor, Sebastien später danach zu fragen, weil sie sich solche Konflikte nicht leisten konnten. Sie mussten sich aufeinander verlassen können, nicht nur innerhalb ihrer Partnerschaften, sondern auch zwischen ihnen.

Nachdem Alain sich davon überzeugt hatte, dass Orlando durch seinen Ausflug in die Sonne keinen Schaden genommen hatte, wandte er sich wieder dem Wartesaal zu. Seine eigene Erfahrung war noch frisch genug, um ihm das Problem sofort klarzumachen, dass der offene Raum für die Vampire darstellte.

Er ging zu Marcel. „Wir können das hier nicht machen. Es ist zu intim und der Raum zu wenig abgeschirmt", flüsterte er ihm zu.

„Aber sie können ihn nicht verlassen", flüsterte Marcel zurück. Er hätte die Vampire mit einer einfachen Bewegung seines Stabes an einen sicheren Ort transportieren können. Doch das hätte weder dem Zusammenhalt zwischen den Partnern gedient, noch den Vampiren die Vorteile ihrer Allianz vor Augen geführt. Marcel sah sich in dem Wartesaal um. Sie konnten die Stühle benutzen, um einen Teil des Raumes abzutrennen. Mit einer einfachen Beschwörung, die alle Geräusche unterdrückte, wäre so zumindest ein Anschein von Intimität gesichert.

„Ich kümmere mich darum", meinte Marcel. „Versuch in der Zwischenzeit, mit Thierry herauszufinden, wer unter den Gefangenen uns Informationen geben kann. Es wird länger dauern, bis alle getrunken haben, und Serrier wird uns nicht den ganzen Tag Zeit lassen."

Alain nickte und ging zu Thierry. „Marcel will, dass wir mit den Verhören beginnen, während die Vampire trinken. Mit Pacotte brauchen wir es vermutlich erst gar nicht zu versuchen. Er ist zwar ihr Anführer, aber er wird uns nichts sagen."

Sebastien hüstelte leise, als Alain so nebensächlich über das Trinken sprach. Er sah sich in dem großen Saal um, der keinerlei Intimität bot. Sebastien wollte gerade Protest einlegen, als die Stühle sich plötzlich bewegten und zu einer mannshohen Trennwand zusammenschoben.

Thierry sah auf und folgte Sebastiens Blick. „Intimität", sagte er lächelnd. „Nicht ganz das, was ihr euch gewünscht habt, aber wir sind auch keine kompletten Ignoranten."

Sebastien lachte leise. „Nicht jeder kennt sich mit unseren Befindlichkeiten aus, und wenn man bedenkt, wie wir uns kennengelernt haben …"

„Wir lernen dazu", versicherte ihm Alain. „So schnell wir können. Aber du kannst uns jederzeit ansprechen, wenn es etwas gibt, das wir wissen müssen. Wie Thierry gesagt hat … Es ist nicht perfekt; es wird jedoch wie ein abgeschlossener Raum sein, wenn Marcel mit seiner Beschwörung erst die Geräusche unterdrückt hat. Wir werden zwar wissen, was hinter der Wand vor sich geht, aber wir werden nichts davon sehen oder hören." Er riskierte einen Blick zu Orlando und erkannte den Hunger in dessen Augen. Es war der gleiche Hunger, den er selbst in seinem Magen spürte. Orlando musste nicht trinken, aber die Erinnerung an ihren letzten Biss stand ihm ins Gesicht geschrieben. Ihnen stand ein langer und ereignisreicher Tag bevor. Alain hoffte inständig, einige Minuten allein mit Orlando verbringen zu können, und sei es nur für einen kurzen Kuss oder eine Umarmung.

Jean wusste Marcels Geste zu schätzen. Sie zeigte den Respekt des Magiers für die Bräuche der Vampire und war ein weiterer Grund für Jean, Marcel ebenfalls zu respektieren. In drei Ecken des Wartesaals waren kleine Kabinen abgetrennt, hinter denen die Vampire von ihren Partnern trinken konnten, ohne neugierigen Blicken ausgesetzt zu sein. Jetzt lag es an ihnen, diese Möglichkeit zu nutzen. Nach Orlandos Demonstration war klar, dass er nicht von Alain trinken musste.

Die beiden konnten also nicht den Anfang machen. Damit war es Jeans Aufgabe, den anderen mit seinem guten Beispiel voranzugehen. Er zog eine Grimasse, als er an den Geschmack nach Furcht in Raymonds Blut dachte. Aber es ließ sich nicht verhindern. Die Sonne war schon aufgegangen und sie konnten nicht den ganzen Tag hier im Wartesaal verbringen. Serrier hatte irgendwie von ihrer Versammlung erfahren und wartete wahrscheinlich schon auf seine Leute. Wenn sie nicht zurückkamen, würde er nach ihnen suchen. Sie mussten von hier verschwinden, also musste er Raymond beißen. Er ging zu seinem Partner, der immer noch bei einem dunklen Magier stand und ihn bewachte. „Komm", forderte er Raymond auf und ging auf eine der Kabinen zu.

Raymond warf Jean einen bösen Blick nach und folgte widerstrebend. Es blieb ihm keine andere Wahl, denn jede Weigerung würde als Verrat angesehen werden. Mit diesem Trumpf in der Hand konnte der Vampir nahezu alles von Raymond verlangen.

„Wollen wir?", sagte Sebastien und sah Thierry fragend an.

„Ja", erwiderte Thierry. „Ich bin gleich zurück, Alain. Wir können uns danach mit den Gefangenen beschäftigen." Alain nickte zustimmend und sah den beiden nach, die auf die zweite Kabine zugingen.

„Ich bin ziemlich nervös", gab Thierry zu, als sie sich der Kabine näherten. „Ich habe keine Ahnung, was auf mich zukommt."

„Ich werde dich schonend behandeln", scherzte Sebastien, wurde aber sofort wieder ernst. „Ich habe dir da draußen auf dem Bahngleis vertraut und du hast mich beschützt. Jetzt musst du mir vertrauen. Ich werde mich um alles kümmern."

„Das kann ich tun", erwiderte Thierry und meinte es ehrlich. Er und Sebastien hatten hervorragend zusammengearbeitet und sich ergänzt. Thierry konnte sich ihm auch mit dieser neuen Erfahrung anvertrauen.

Sie verschwanden hinter der Wand aus Stühlen. Eine plötzliche Stille umgab sie und der Rest der Welt schien nicht mehr zu existieren. Thierry konnte das Verlangen der Vampire nach Intimität verstehen. Er hob den Arm, um Sebastien sein Handgelenk zum Biss anzubieten. Es war ein spannungsgeladener und emotionaler Moment, der ihn an seinen ersten Kuss mit Aleth, seiner verstorbenen Frau, erinnerte. Schnell verdrängte er den Vergleich. Er hatte mit dieser Allianz seinen Frieden gemacht, hatte sich mit Aleth' Tod abgefunden, als er sie vor zwei Tagen im Krematorium den Flammen übergab, und mit seinem neuen Partner war er mehr als zufrieden. Bisher hatte er nur mit Alain so gut zusammenarbeiten können. Thierry hatte keine Angst vor dieser Partnerschaft. Er hatte auch keine Angst vor dem Biss. Er war in dieser Nacht auf der Suche nach seinem Partner schon oft genug gebissen worden, sodass er keine Probleme mehr damit hatte. Es war die Intimität des Vorgangs, die ihm ein gewisses Unbehagen bereitete. Er fürchtete sich vor der spontanen Verbindung, wie sie zwischen Alain und Orlando so offensichtlich geworden war. Verdammt, seine Frau war erst seit zwei Tagen tot! Er konnte sie nicht so schnell vergessen und einfach mit der erstbesten Person, die ihm über den Weg lief, eine neue Beziehung eingehen. Auch wenn Thierrys Ehe mit Aleth nur noch ein Scherbenhaufen gewesen war, ihr plötzlicher und grausamer Tod war ein Grund zur Trauer. Er konnte ihr Andenken nicht dadurch entehren, indem er sie schon nach zwei Tagen ersetzte.

Sebastien nahm Thierrys Hand, drehte sie um und sah auf seinen Puls. „Es wird schmerzen, wenn ich dich da beiße", sagte er und zeigte auf die Haut, die von zahlreichen Bissspuren bedeckt war.

„Es ist nur ein kurzer Schmerz", erwiderte Thierry ruhig. Sie passten so gut zusammen. Sebastien hätte es als ausgesprochen anstrengend empfunden, mit einem Partner zusammenarbeiten zu müssen, der sich über jede Kleinigkeit beschwerte.

„Mag sein", stimmte er Thierry zu. „Aber deshalb muss ich es nicht noch schlimmer machen. Darf ich?" Er zeigte auf Thierrys Ärmel.

Thierry gab ihm keine Antwort, sondern schob nur den Ärmel seines Pullovers nach oben, weil er das nicht Sebastien überlassen wollte. Als er Sebastiens weiche Lippen und Zunge auf seiner Haut fühlte, schloss er die Augen. Der Vampir machte sich nicht die Mühe, seinen Berührungen eine besonders erotische Note zu verleihen, aber das änderte nichts an Thierrys Reaktion, als er die Lippen und die Zähne Sebastiens wie die Liebkosung eines Geliebten an seinem Arm spürte.

Sebastien konnte Thierrys Anspannung fühlen und wollte seinen Biss deshalb nicht länger hinauszögern. Er fuhr mit den Zähnen über die Haut und biss zu. Warmes Blut füllte seinen Mund. Er hatte Thierry zwar schon zuvor geschmeckt, aber erst jetzt konnte er den Geschmack, der so viel über diesen Mann verriet, richtig genießen.

Wieder spürte er die Stärke und Entschlossenheit Thierrys, die den Magier zu einem zuverlässigen und treuen Partner ihrer Allianz machte. Er schmeckte die überwältigende Trauer, die alle anderen Gefühle zu überlagern drohte. Sebastien saugte stärker an Thierrys Arm und ließ sich von dem Blut stärken, dessen Magie sich in ihm ausbreitete und ihn schützend umhüllte. Mit jedem Schluck wuchs auch Sebastiens Entschlossenheit. Jean mochte ihn hier nicht sehen wollen, wünschte ihn wahrscheinlich ins tiefste Höllenfeuer. Aber Sebastien wollte an Thierrys Seite stehen und mit ihm gemeinsam kämpfen, bis der letzte dunkle Magier besiegt war. Für einen kurzen Augenblick fühlte er eine Seelengemeinschaft mit Thierry, wie er sie seit dem Tod seines Avoué vor vierhundert Jahren mit keinem Menschen mehr verspürt hatte.

Nachdem Sebastien genug getrunken hatte, hob er den Kopf und streckte die Hand aus. Thierry griff zu und sie besiegelten ihren Vertrag mit einem festen Händedruck. „Vielen Dank, mein Freund", sagte Sebastien.

Freund. Damit konnte Thierry leben. „Jederzeit", erwiderte er und wollte sich umdrehen, um die Kabine für das nächste Paar zu räumen.

„Warte", hielt Sebastien ihn zurück. „Wen hast du verloren, um so tief zu trauern?"

„Meine Frau ist vor zwei Tagen im Kampf gefallen", antwortete Thierry ausdruckslos.

Sebastien zuckte zusammen. Kein Wunder, dass es ein so überwältigendes Gefühl war. „Das tut mir leid. Ich weiß, wie es ist, einen geliebten Menschen zu verlieren."

Thierry nickte nur. Er konnte die tiefe Trauer in Sebastiens Stimme hören, aber er wollte noch nicht mit ihm über seine eigenen Gefühle reden. Sebastien folgte ihm aus der Kabine und respektierte seine Reaktion. Er wollte Thierry seine Freundschaft anbieten, wenn der sie annahm. Aber nicht mehr. Alles andere wäre unfair, denn Thierry würde es nicht annehmen können.

Alain beobachtete, wie die ersten Paare wieder aus den Kabinen kamen. Raymond und Jean waren die ersten. Raymond wirkte blass und schwach. Er verließ sofort Jeans Seite und ließ sich in einer Ecke auf einen Stuhl sinken. Alain runzelte die Stirn. Das war nicht die Reaktion, die er nach seiner eigenen Erfahrung mit Orlando erwartet hätte. Er fragte sich, was wohl mit Raymond los war und wunderte sich, ob er durch den Aveu de Sang, der ihn und Orlando für den Rest seines Lebens verband, zu viel von den anderen Partnerschaften erwartete. Kurz darauf kam auch Thierry aus seiner Kabine. Er wirkte ernst, aber entschlossen. Vermutlich war das Problem doch bei Raymond zu suchen. Dann tauchte auch Adèle wieder auf und ihr strahlendes Gesicht erinnerte Alain an seine eigene Reaktion auf Orlandos Biss am vergangenen Morgen. Er entspannte sich wieder. Solange Raymond der einzige war, auf den der Biss keine vorteilhafte Wirkung hatte, konnte Alain damit leben. Thierry kam mit Sebastien auf ihn und Orlando zu.

Sie sahen sich die Gefangenen an und Alain zeigte auf den jungen Mann, den Orlando außer Gefecht gesetzt hatte. „Der dort, denke ich", sagte er zu Thierry. „Er ist jung und wusste offensichtlich nicht, was er tat. Wenn einer von ihnen bricht, dann er. Es ist traurig, einen so jungen Mann so voller Hass zu erleben. Wenn wir erfahren, was ihn zu Serrier getrieben hat, können wir ihn vielleicht wieder zurückholen."

„Das wird davon abhängen, wie stark seine persönliche Überzeugung ist", meinte Thierry. „Wenn er Zweifel hat, können wir die vielleicht ausnutzen und zu unserem Vorteil verwenden."

„Und wenn nicht, haben wir uns zu früh in die Karten sehen lassen", gab Alain zurück. „Ich wünschte, wir könnten uns sicher sein."

Jean kam auf sie zu und hörte das Ende ihres Gesprächs. „Es gibt Möglichkeiten, sicher zu sein. Habt ihr vergessen, wer eure Verbündeten sind?"

Die Geschichte geht weiter in:

KONFLIKT DES BLUTES

ARIEL TACHNA

Fortsetzung zu Pakt des Blutes
Buch 3 in der Serie – Blutspartnerschaft

von Ariel Tachna

Die Allianz des Blutes zwischen Magiern und Vampiren wird stärker und fügt den dunklen Magiern empfindlichere Verluste zu. Immer verzweifelter suchen sie nach Informationen, um die drohende Niederlage abzuwenden. Sie wissen nicht, dass auch die Allianz unter wachsenden Spannungen in einigen Partnerschaften zu leiden hat.

Der Konflikt breitet sich aus. Es gibt Partnerschaften, die weder persönlich noch professionell harmonieren und die drohen, die Allianz von Innen heraus zu zerstören. Alain Magnier und Orlando St. Clair versuchen, ein Auseinanderbrechen der Allianz zu verhindern. Sie werden unterstützt durch Thierry Dumont und Sebastien Noyer, aber auch durch Raymond Payet und Jean Bellaiche, den Chef de la Cour von Paris, die beide selbst noch darum kämpfen, ihre Partnerschaft auf eine stabile Grundlage zu stellen, um durch ihr Vorbild andere überzeugen zu können.

Während der Krieg immer brutaler wird und sich auf beiden Seiten die Verluste häufen, suchen die dunklen Magier immer noch nach Wegen, die Allianz zu zerstören. Derweil durchforsten die Blutspartner alte Quellen, um hinter den Vorurteilen und Legenden das entscheidende Quäntchen Wahrheit zu finden, das die Geschicke des Krieges endgültig zu ihren Gunsten wenden kann.

ARIEL TACHNA lebt mit ihrem Ehemann, ihrem Sohn und ihrer Tochter sowie einer Katze in der Nähe von Houston. Bevor sie sich dort niedergelassen hat, hat sie die ganze Welt bereist. Sie hat sich in zwei Länder verliebt: in Frankreich, wo sie ihren Mann kennengelernt hat, und in Indien, wo sie sich eines Tages zur Ruhe setzten möchte. Ariel ist zweisprachig und kann sich in vier weiteren Sprachen verständigen. Sie liebt Sprachen genauso sehr, wie sie das Schreiben liebt.

Besuchen Sie Ariel auf ihrer Website: http://www.arieltachna.com, bei Facebook: https://www.facebook.com/ArielTachna oder schicken Sie ihr eine E-Mail an: arieltachna@gmail.com.